书山蠹语

顾犇　著

国家圖書館出版社

图书在版编目（CIP）数据

书山蠹语/顾犇著. —北京：国家图书馆出版社，
2013. 6
ISBN 978 - 7 - 5013 - 5056 - 8

Ⅰ. ①书… Ⅱ. ①顾… Ⅲ. ①随笔—作品集—
中国—当代 Ⅳ. ①I267. 1

中国版本图书馆 CIP 数据核字（2013）第 076496 号

责任编辑：高 爽 王炳乾

书名 书山蠹语
著者 顾犇 著
出版 国家图书馆出版社（原北京图书馆出版社）
 （100034 北京市西城区文津街 7 号）
发行 010 - 66139745 66151313 66175620 66126153
 66174391（传真） 66126156（门市部）
E-mail btsfxb@ nlc. gov. cn（邮购）
Website www. nlcpress. com→投稿中心
经销 新华书店
印刷 北京科信印刷有限公司
开本 710×1000（毫米） 1/16
印张 22
版次 2013 年 6 月第 1 版 2013 年 6 月第 1 次印刷
字数 400 千字
书号 ISBN 978 - 7 - 5013 - 5056 - 8
定价 100. 00 元

目 录 *Contents*

书
山
蠹
语

目

录

书
山
蠹
语

书
山
蠹
语

目录

前　言

　　本文集为本人以书蠹精为名所写博文的精选,涉及本人的工作、研究、业界交流、各地见闻和爱好等各个方面,大多数都曾经发表在新浪博客中,部分半公开发表在 MSN 博客里。第一部分"书城印记",主要包括从 2008 年到 2012 年间本人担任国家图书馆中文采编部主任和外文采编部主任这个时期的工作心得,也是本人参与各种工作的记录,最后也包括一些对国家图书馆人和事的回忆。第二部分"心得"是本人在各个方面的工作心得。其中国际交流方面,正是本人担任国际图联编目组专业委员会委员、《国际标准书目著录》(ISBD)修订组成员、ISSN 中国国家中心主任、《国际图联杂志》编委等职务时期的记录。第三部分"读书、出版、青联和音乐"包括本人业余生活和与社会兼职相关的感想。第四部分"各地见闻"是本人在世界各地的见闻。第五部分是"生活体验",包括本人对故乡上海的一些回忆和思考,还有对小学、初中、高中、大学、硕士研究生、博士研究生等各个学习阶段老师和同学的回忆,以及对生活各个方面的体会。本文集还收入了本人兴趣爱好的主要方面,例如音乐、美食、技术等内容。

　　博客是一种日记,也是一种非正式出版平台。作为日记,我的博客记录了我所经历的各种事件,使得读者可以了解一个图书馆员的所做、所见、所思,它们不可能被收入正史中,但可以被后人作为"野史"参考。作为一种非正式的出版平台,我的博客有一些本人对专业问题的看法,因为没有整理成论文的体例,不可能在专业刊物中发表。

　　感谢张志清先生,他在百忙之中为本集子构思了书名。感谢我的同事郝永利、吕淑萍、王雁行,他们分别为我提供图片或插图素材。感谢青岛画家韩盈老师,他为我画了漫像和插图。感谢国家图书馆的同事们、全国各地的同行和朋友们的支持,也感谢国家图书馆出版社的编辑们。

顾　犇

2013 年 1 月 16 日

日记(2006 年 4 月 29 日)

在大学里,我曾经有记日记的习惯。这个习惯一直保持到工作后的几年。岁月给人们带来了许多过去没有的果实,也夺取了过去我们曾经拥有的回忆。有了 MSN 这个东东①,我似乎又有写日记的欲望了。

五一快到了,大家都开始考虑节日的安排,可是我还是很麻木。在忙乱中,根本没有想到节日的到来,也没有考虑到我的部下也应该享受节日的快乐。我的五一应该还是如此,能完成一些文章和书稿,就是很大的成绩了。

---

① “东东”是网络用语,表示“东西”。

博客的是与非(2006 年 12 月 10 日)

本人写博客的目的主要是写日记。但是,博客是面向公众的,所以有一些特别个人的东西还是不能写。许多朋友想看我的博客,这也是激励我坚持写下去的一个动力。本人至今还是坚持不写与工作有关的东西,也不谈学术问题,甚至不愿意指名道姓,所以我的博客可以归入某大腕所说的"生活博客"之类,对于学术界来说是没有什么价值的。

但是,最近发现访问本博客的人越来越多了,每天大约有 200 人次。我又喜又忧。能得到那么多人的关注,当然高兴。但是,老是有人对我的博客进行反馈,这也造成了我的心理压力。例如,当我说某天身体不适时,马上就会有人写信让我注意身体。谁不想注意身体?谁不想健康?这种无谓的关怀反而造成了我的心理压力。当然,大家都是好意,我不能不领情。

其实,我自己也看别人的博客,我收集了 30 多个博客,有熟悉的人,也有不熟悉的名人。我尽量不对不特别熟悉的人当面说我看你的博客,知道你最近干什么之类的话,以免别人产生心理压力。

专业博客是了解行业发展的一个窗口,生活博客是了解朋友心灵的一个窗口。用 RSS,不必每天花很多的时间,就可以看几十个博客的最近内容。自己写博客,都是有感而发,一般 10 多分钟就可以了,除个别感想类的博文要花一定的时间。

写博客的乐趣（2012年4月17日）

最近很少写长篇博客了。

虽然每天都在写，但总觉得好博客越来越少了。

分析原因大概有如下几个：

1. 工作太忙，写长博客的时间少了；

2. 写了几年，大概把想写的东西都写完了；

3. 身份的限制，有一些东西不想写得太透。

本人写博客大概有6年多，新浪开博将近6年，正式写新浪博客从2007年1月1日开始，也有5年多了。

正如我2002年8月8日起开个人网站是为了自己使用信息方便，同时也与大家分享那样，开博客的目的是日记、分享、交流，而不如一些人所说的是为了发泄或炫耀。

博客是一种记忆，不仅便于自己日后归纳总结，也记录了我所经历过的各种事件，大多数是以后不会有人再去记录的；

博客是一面镜子，从中可以了解到大家对我所关心的问题的看法；

博客是一种交流方式，我可以把自己所知道的事情与大家分享，同时也从大家的评论中学到更多的知识；

博客是一种媒体，可以发布各种消息，而且比正规媒体更快。

最近在工作低效率的状态下，抽空整理了博客。因为整理过去的东西不需要太费脑子，而且也正感觉到有整理文字的必要性。

回头一看，许多博客是我在工作之余、在旅行途中、在会议期间的记录，如果当时不放弃休息抓住点滴的感想，现在即使回忆起来，也不会如此生动和详细。无论是关于个人、集体还是事件的内容，这个侧面的记忆就没有了。

读着过去的博客，有时候自己被自己的文字所感动。

我突然发现写博客的意义所在，也希望有时间整理出这些年新浪博客的精华。

书 城 印 记

- ·日志
- ·记忆

❋ 明天要参加葬礼（2007 年 2 月 13 日）❋

明天要参加一位老同事的葬礼。我没有见过那位老太太，只是听说过她的名字而已。作为部门的主任，我有责任要参加她的葬礼，这是不可推脱的。

前年夏天参加了另一位老同事的葬礼，去的同事不多，但是我感触很深。葬礼上最令人感动的是老太太的侄子从大洋彼岸发过来的唁电，讲述了老太太对工作的敬业精神，也讲述了自己从小在老太太的影响下学会去热爱知识的过程。她长期从事西文图书采访工作，虽然很平凡，但是她的打字技能和英语知识，却启发了侄子从小对知识和对外语的热爱。我马上想起了自己的童年，我不也是在类似的环境下长大的吗？其实，我的追求很普通，就是想读书，想做一个图书馆员或者研究人员，这是我很小时就热爱的工作。我至今还珍藏着父亲留给我的一台老式打字机。

那天她老伴的眼神很特别，深深地刻在我的脑海里。他对我们能参加葬礼表示感谢，没有过多的要求，这反而使我感到很不安。

明天的葬礼会有不少同事参加，愿老人家在天国安息！

❋ 国家图书馆正在经历着阵痛（2008 年 5 月 17 日）❋

5 月，国家图书馆 2008 年的任务书正式下发，各个部门接着向下属科组分配任务，并进行缺员的聘任工作。

今年的分配机制与往年不同，需要我们靠创新思路来解决新机制下出现的新问题，中层和基层干部需要费很多心思考虑问题，也要承受调整带来的压力。中文采编部的主任和组长们没有怨言，都在默默地承受着这样巨大的压力。群众也都很理解，按部就班地进行着日常的工作。与此同时，业务流程的改革也在悄然进行之中。我不想做表面文章，就想看以后的结果。

同样是在 5 月，二期工程接近尾声，搬迁工作即将开始，需要搬迁的部门已经在准备之中。中文采编部大部分不需要搬迁，但是要处理与相关部门搬迁有关的复杂问题。还有一个科组需要搬迁，需要动用大量的人力。

目前，全馆正处于一个非正常的状态中。除了新馆的建设，还有旧馆维修工作，馆内到处是"工地"，到处在施工。房屋已经紧张到极限，我们的业务需要外包,但是外包公司没有场地。我联系了财务和房管部门多次,几乎没有办法。昨天,我与兄弟部门商量对策,尽量在短期内考虑临时的办法。好在大家为了同一个目标,齐心协力,任何困难都是会有办法解决的。

国家图书馆正在经历一次阵痛,大概要有半年时间。希望经过这个过程以后,国家图书馆将获得新生,一个崭新的中国国家图书馆将出现在世人面前。

✲ 从新馆建设想到图书馆外包工作(2008 年 6 月 18 日) ✲

今天下班回家,看到物业正在交班,一个物业公司进驻了宿舍小区,取代过去的馆内物业工作人员。新馆的地下车库即将启用,员工和读者的车辆将被存放在这里。宿舍小区与新馆之间的铁栅栏已经建好,新馆北侧沿街的铁栅栏也在安装中。

这一切迹象表明,国家图书馆的新馆即将竣工,国家图书馆也将逐渐引进新的管理机制。听说,新馆的物业和保卫也将由外包的公司负责。

前几天,上海的老姜①问我业务外包到底是什么回事情,我想在这里再解释一下。对于非主流业务,我们当然是要考虑外包。对于主流业务中的非主流部分,或者对于因为业务增长暂时无法解决人员短缺的部分,我们也要考虑外包。例如,我们去年开始的外文图书回溯项目,就是按这样的思路进行的。领导要求在短期内完成外文图书的回溯工作,而我们自己的员工日常工作量已经饱和,无力再承担额外的工作;即使有余力,所需要的成本也很高,需要花费的时间也很长。所以,这部分的业务就需要外包。

外包也是有代价的,同样要花费我们的心血。从去年的外包工作来看,我们的工作人员花费了大量的时间和精力与外包公司磨合(包括培训、业务协调、验收等),可以说极其辛苦。要做好外包工作,选择合格的公司很重要,初期的磨合也很重要。如果前几年顺利,后几年的工作就可以走上正轨。具体来说,我们要为外包公司寻找工作场地,要负责外包人员的安全管理(遵守书库的有关规定),要为外包公司安装编目软件、申请 IP 地址、开通网络端口、进行系统培训……去年是第一年,验收工作也十分艰巨。由于外包公司对我馆的业务和要求不熟悉,经常有返工的情况,不仅造成了公司的重复劳动,也给我馆验收人

① 上海图书馆虞定龙先生,网名图林老姜。

员带来了巨大的工作量。

为了完成今年的工作任务,我们同样需要开展外包工作。我们正在探索新的工作模式,努力提高工作效率。但是,我们的主流编目工作是不可能外包的。

❋ 图书馆里的强迫症病人(2008 年 11 月 22 日) ❋

在国家图书馆工作了 21 年,对图书馆里的精神病了解很清楚,大概其中最严重的是强迫症病人吧。

国家图书馆是重点防火单位,消防工作是一把手需要亲自抓的头等大事。保卫处由正馆长亲自主管,部门的消防工作也要由正主任亲自抓。记得大约 20 年前的一位馆领导在大会上说过,只要图书馆不着火,他的工作就算完成了。他的话至今仍经常被人提及,正面的说法就是他重视消防工作,负面的说法就是他不思进取。除了防火以外,其他方面的安全工作也是十分重要的。

上上下下对安全工作如此重视,群众也就不敢怠慢了。每天下班的时候,大家都很留心办公室的门、窗、灯、电源插头等,千万不能忘记关闭。所以,下班的时候,经常可以看到图书馆员在回家之前,反复拧、拽、拉、踹已经锁上了门,确认门已经安全地关闭,以免没有上锁,或者尽管上锁但是门的上下插销忘记插上。久而久之,这个动作成了习惯性强迫症,这已经是众所周知的了。

前几天晚上下班,我亲自体会到了这种强迫症有多么的严重。我从办公室出来,旁边有一个办公室的员工正好出来,锁上了门,然后就开始确认门是否关上,反复拧把手,只听见喀嚓喀嚓的声音。办公室的通道很长,大约有 60 米。等我走到过道另一头的尽头,还听见那一头的喀嚓声音,大概已经有 30—40 下了吧。我在感受强迫症的同时,也深为馆员的认真负责精神所感动。

我想,为了图书馆的事业,还是多一些这样的强迫症为好!

❋ 年终总结(2008 年 12 月 8 日) ❋

一晃一年又快过去了。这几天忙于总结,要到各个组去听述职。

每年总希望有一些安静的时间，但是到时候总会有很多临时的事情要做，有个别新的工作就只好暂时搁置，留下很多遗憾。总结这几年的经验，一年中可以用来思考问题的时间也只有两至三个月。

回顾今年一年，新馆开馆、机构改革、新的分配制度的实施、流程的协调、科学发展观活动等，都牵扯了大家很多的精力。上个星期交了部门的总结，看来做了不少事情，有很大的成绩，自己认为还算满意，但还是有很多遗憾。

大部门有大部门的难处，主要是工作无法做得细致，很难做个性化的思想工作。但是，大部门也有大部门的好处：我们有一支坚强的队伍，有齐备的人才梯队。做了多年全馆第二大部门（正式员工约150人，所有员工约200人）的主管，感觉这个岗位很能锻炼自己的综合能力。没有副手的配合，没有办公室文书的团结协作，没有组长们和业务骨干的敬业精神，没有全体员工的努力，我们不可能取得这么多成果的。

采编部的人员层次差别比较大，而且需要关注的点比较多：工作数量、工作质量、科研成果、业务发展、思想工作、人才梯队、行业协调、工会工作、青年工作……要扎实工作的话不吃饭不睡觉都是做不完的。所以每到年底，都觉得十分遗憾，尽管自己应该说是对得起自己的岗位了——可以说牺牲了很多很多。

除了做好自己的工作以外，我们需要花很多时间与兄弟部门协调，当然要准备好做无用功，也要对各种结果有心理准备。作为全国最大的图书馆，我们有责任要做好全国性的业务协调，这方面的工作也不是容易做的。最后，我们要走出国门，走向国际，需要多交外国朋友，需要学习国外的经验，需要了解国际标准。

前几天在早餐会上，领导引用了广东某图书馆馆长家属的话："没有干过图书馆工作的人，是不可能体会到图书馆工作有这么辛苦的！"确实，局外人根本不理解我们到底在做些什么事情。但是，我们却很清楚自己工作的意义。

❋ 考核中的温暖（2008 年 12 月 10 日）❋

冬天已经到来，年终考核更产生了紧张的气氛。但是在这几天的考核过程中，大家感受到了集体的温暖。

今天上午参加考核，一个老员工的话说得大家倍感温暖。她说："在这一年内,在自己病假期间感受到了集体的温暖,在地震捐款中感受到了人间的温暖,在集体活动中感受到了齐心协力的温暖,在新馆中看到我们的劳动成果后感到收获的温暖。"

采编工作是幕后工作,大家付出很多。新馆开馆好评如潮,但是却很少有人能知道和理解我们工作的艰辛,大家都在默默地奉献着。正如一位老员工所说的那样,"尽管我们没有得到奖牌,但是我们却一直有心中的奖牌"。

管理干部需要营造一种良好的氛围,形成一种风气。这几天,我看到了组长们不仅努力完成业务工作,也用心思考管理上的问题。中文采编部的各个科组正在形成一种积极的、向上的、团结的风气,我对今后的工作充满信心。

❋ 2008 年的最后一天(2008 年 12 月 31 日) ❋

今天是 2008 年的最后一天。

早晨上班,马上就叫上部门的安全员,一起去检查安全工作。11 个科组,按指定路线走下来一圈正好一个半小时。检查的重点无非是门、窗、电,还有人员的思想稳定问题。每次过节日都是这样,已经成定式了。

然后就是全部员工的考核表的签字工作。这几年下来,我的习惯是所有员工的考核表都要看一遍,并亲自签字。我不喜欢文书代理,用橡皮图章。自己看的好处就是多了解每个员工的思想和工作情况,但是比较花时间。大约 200 张考核表,陆陆续续看了一个多星期,今天终于完成了。

还有见缝插针地找组长谈话。一是要他们在考核评语上签字认可,二是简单总结一年的工作,对明年的工作提出希望。组长们都很努力,但是新组长缺少管理经验,需要提醒,需要鼓励,需要摸索管理方法。经过双方的交流,我们的思想就能越来越靠近,工作起来才会效率更高。

午饭前去书库看了一下。老专家们仍然在为核对馆藏辛勤劳动。见我来了,正好问我一本民国时期的双语种图书是什么语言的。我一看就知道是拉丁语的,是介绍"我主耶稣生平"的书,我还告诉她们哪里是著者,哪里是书名。解决了问题,大家都很高兴。我也向大家拜了早年。

中午办公室的同事一起吃年饭。一年下来很不容易,成绩是主要的,吃饭的同时也是交流思想和感情的过程。希望来年能继续和谐相处,高效工作。

下午继续签字、谈话,上报了几个文件,然后处理一些考核中出现的问题,一天就悄悄地过去了。本想早点回去，但是人事工作紧急，如果不妥善处理，我部某些员工就会出问题。最后离开办公室还是到 17：20 了。

期待明天，期待明年，期待我们美好的生活，期待国家图书馆的未来！

❋ 年终盘点（2009 年 1 月 1 日）❋

2009 年的第一天，总得写一些什么东西。

大家都在盘点 2008，我也"时髦"一把。

一年忙忙碌碌，觉得有点虚度光阴，但是盘点一下，还觉得收获不少。

在博客圈子里，最大的收获是博客访问量突破 10 万大关，这是 2008 年年初想达到，但是又没有把握的事情。

在部门管理方面，想做很多事情，但是老有临时任务分心，不过也完成了一些工作：

- 组建班子：从无到有，真是不堪回首。在 2008 年的新年，我几乎是只身一人来到新的办公室，到现在办公室 5 人已经齐备，合作默契。
- 部门文化：组织了多次部门活动，营造了和谐氛围，过去老大难的科组都发生了明显的变化。我体会到了管理的成果。
- 业务流程：用了一个多月调整业务流程，但是花了半年多平稳着陆。
- 业务外包：推进业务外包，进行工作置换，解决了人员短缺的问题。
- 临时任务：为了新馆开馆，大家放弃休息时间，经常完成临时的工作任务。
- 国内协调：努力与兄弟图书馆协调业务工作，推进合作的进程。
- 联合编目：推进全国图书馆联合编目的工作，清理历史遗留问题，开拓新的领域。
- 国际交流：参与国际标准的制定，参与国际图联的业务交流，让中文数据走出国门。给 OCLC、UNESCO、ProQuest 等提供数据，这是中文书目数据第一次大规模批量走出国门。

在科研和培训方面，也做了不少工作：

- 文章：完成 3 篇。
- 译文：完成 3 部，其中 1 部参与、1 部主译、1 部独译。
- 国家标准：参与 2 种标准的起草，1 种标准的审定。

- 学术交流：参与 9 次国内学术会议和培训，并作了发言。
- 学术评审：参与硕士论文、学会年会、优秀专家、职称等多次评审工作。

自己原来计划的科研工作没有完成，但是临时插进来的却有若干种，而且牵扯了相当多的精力。例如，几项国家标准工作都是临时插进来的。

本来自己不打算这么累的，但是看到有一定的成果出来，心里还是感到了一丝的安慰。成果有有形的，也有无形的。管理上的成果更多是无形的，但是我觉得似乎更有成就感。

✳ 人生是一本书（2009 年 1 月 12 日）✳

到年底了，事情还是那么多。尤其是许多人要提前回家，我们就要在短时间内做更多的事情：订车票、聚餐、慰问老干部、买年货……每天下班以后就觉得十分疲惫。

访问了几个老干部，觉得他们很希望与大家交谈，就是没有时间。昨天去一家看望，结果楼上在装修。近 90 岁的老人本来就听力不好，再加上持续的噪音，根本无法交流，我们只好看着老人期盼的眼神而匆匆告辞，回到办公室以后副手还在回想那种期盼的眼神，令人难忘。

这几天青年人在排练新员工联欢会，节目是音乐剧《人生是一本书》。我也在最后几次加入了彩排，被大家的团队精神和创造能力所感染。大家各有不同的才能，结合起来就能发挥巨大的潜力，组成一台不错的音乐剧。我为自己的部门有这样一支青年后备队伍而感到自豪，同时也觉得自己肩上的担子很重——我们如何调动大家？如何让大家热爱自己的岗位？如何发挥大家的潜能？这是我们要考虑的问题。

《人生是一本书》，这个名字起得很好。在图书馆工作了 21 年，人生的许多阶段已经都经历过了。对于新员工而言，才打开了第一页。对这一页如何理解，会影响他们今后的人生。

我想起了 1999 年去美国的时候，接待方为了让我们了解美国文化的各个方面，特意安排我们看了百老汇的音乐剧，其中有一首歌的歌词我一直记着："Life is just a bowl of rice（人生只是一碗米饭）…"我们这个团中有来自许多国家的图书馆员，都觉得这样的形式很好。

书山蟲语

✳ 中文采编部迎新春联欢会（2009 年 1 月 17 日）✳

昨天中午，中文采编部举行了迎春联欢会。这么大一个部门，将近 200 人，要找一个地方实在不容易。周边地区看了一圈，只有屈指可数的一两家餐馆可以容下这么多人。不像其他小部门，一辆旅行大巴就可以拉到郊区了。

今年春节太早，我们没有时间精心准备。在这么短的时间内，工会干部做出了巨大的贡献，策划了联欢会的各个细节，包括文艺节目、领导讲话、颁发奖状（优秀工作者、科研奖励、志愿者奖励）、本命年的礼品、有奖猜谜、抽奖等等。现场比较嘈杂，演出的效果没有在舞台上好。不过大家也自得其乐，领导们也都很开心。我们是全馆第二大部门，也是最基础的业务部门。如果我们的工作做好了，领导们也就可以省心了。

馆领导日理万机，本来说是不来了。可是临时的变故，倒成了我们的福音，4 位领导一起出现在现场，令我们感动得不知道说什么好。有领导的支持，我们明年的工作干劲就更大了。我是要脸的，领导们却不要里子了——他们牺牲了午休时间，下午还要开会，我很不好意思。

临时安排使我们显得有点忙乱。午餐结束以后，我就开始头晕，但是还不得不应付下班前的任务书工作。加班到 19 点，谈完了任务书，肚子里已经翻江倒海了，到厕所把东西全都吐了出来。

最后，我脸色惨白地到甘家口，参加我们一年一度的聚会，不想错过，也不好意思错过。那么多专家看我晚到，没有什么埋怨的。我强撑着喝了四碗稀粥，倪晓建馆长为我做了按摩。到 22 点散会的时候，我的身体竟然基本恢复了，我觉得太神奇了！倪晓健、杨沛超、胡越等领导不仅学问做得好，管理工作出色，而且都懂医术，令我不得不叫绝！

✳ 节后的流水账（2009 年 2 月 2 日）✳

回北京以后，就去图书馆看了一下。一是整理办公室的文件，二是看看图书馆的节日气氛。由于我在旧楼上班，就去旧楼文津厅看了一下。感觉不如往年，觉得装饰比较简单，人气也不很足。我没有去新楼，也许人都去那里了。我去的时候已经接近傍晚，大概读者都准备离开了。

第一天早晨上班的时候，看到楼道里有动物排泄物，实在不明白动物是如何进来的。如果是猫，倒可以理解，院子里有一只野猫一直在游荡。如果是狗，那就不可思议了。

上了两天班，主要是适应工作的气氛和考虑今年的工作。休息了那么多天，节日综合征是难免的。按惯例，过几天领导肯定会布置大量的任务，趁这两天先考虑一些问题，整理思路，以免日后没有时间。

这两天下午都参加科学发展观的学习，领导高屋建瓴，提出了今后的发展方向，很值得我们深思。我也花了半天的时间阅读文件，提出了自己的意见。大家为馆领导的一些新的举措而感到高兴，它们主要都涉及了群众的生活问题。

听副手汇报了节前最后几天的工作，觉得大家十分辛苦，工作很充实。抽空与她们谈了一些今年工作的基本想法，但只是务虚而已，因为要等馆领导的最后方案。

随意浏览了一些国家图书馆规范记录，发现几个问题，与善本部主任和出版社社长核对了一下，基本解决了。出版行为的不规范、机构的频繁变动等因素，给我们编目工作带来了困难。有一本书署名为"国家图书馆善本金石组"，我实在不能确认有这个组，张主任说应该是"善本组"和"金石拓本组"。还有一本书署名为"古籍影印室"，到底是国家图书馆出版社的一个室还是国家图书馆善本特藏部的一个室呢？署名不规范的问题，应该在出版过程中解决。机构规范在国内有很大的争议，我们要逐渐解决问题。

领导布置了许多学习任务，但是有不少干部还在休假，只能干着急。希望大家早日归来。

团委的霍书记①很有想法，总能折腾一些新的东西出来，让人不得不佩服。

2月的工作实在是很多，包括任务书、分配方案、聘任等，还有中层干部会、全馆总结会等，期待早日结束。

每天上班经过的加工组，在新一轮工作之前看上去很整齐、很敞亮，就拍了一张照片，留作纪念。尤其是书车尽头的"福"字，不断带给人们节日感觉。

❋ 元宵节的高兴事情（2009 年 2 月 9 日）❋

今天是元宵节，似乎节日的气氛比过春节还要浓，晚上大街上的鞭炮声此

① 即霍瑞娟女士。

起彼伏,没有中断。

中午,大家都出去吃饭,各有各的饭局,享受着同事的友情。

下午领导召见,总结去年的工作,并对我的成绩予以肯定。其实到我这把年龄,对于荣誉已经无所谓了,能得到领导的肯定,就是一件高兴的事情。采编工作不出彩,看上去似乎也不累,但是谁知道我们心里的甜酸苦辣?只有我们自己知道。希望领导能更重视采编工作,不希望忙了一年下来领导看不见。尽管我们不能为领导的总结加上很多可以列举的亮点,但是我们的工作极其重要,我们这支队伍占了图书馆很大一部分人群,不能不受到关注。

下午又参加了一次座谈会,有关领导与我们讨论与群众密切相关的一些事情。会议在轻松的气氛中进行,大家都很高兴领导能重视群众的意见。

今天又收到了《出版人》杂志给我寄来的样刊,里面有我的大头照,不少呢!我要珍藏起来啊!

下午听说倪大官人①荣升北京市文化局副局长,我马上去短信确认,他也没有否认——看来是事实了!新年新气象,希望图书馆事业蒸蒸日上啊!似乎还有一些重要人事变动,但是没有确认,不敢随便发布。

❁ 参加"加强部门之间协调工作会议" (2009年2月13日) ❁

今天上午,所有部门的正职参加了"加强部门之间协调工作会议",用了一个上午,午饭也是在会议室里吃的,一直到下午上班的时候才散会。

本以为开这样的会议解决不了什么问题,但是真开了起来,大家还是发表了许多看法。

部门之间的协调问题似乎已经成为单位里的突出问题,它一方面涉及行政部门和业务部门之间的关系,另一方面也是因为去年业务格局的改革而导致了管理成本的提高。各个部门主任一起开会的时候,经常提出这个问题。昨天的职工代表大会上,许多人抨击这个现象。在学习科学发展观的活动中,不少员工也指出了这个问题。

要讨论这个问题,如果说宏观的观点,大家觉得不可信,也不能理解;如果说微观的事例,就会得罪人,大家担心被人穿小鞋。

---

① 即倪晓建先生。

本人从解决问题的角度出发,不管能否如愿,还是发表了不少看法。不过本人的表达不够委婉,比较刺耳。

其实,大家总的出发点,就是为了我们的工作能做好。如果为了自己的地位,我就不说了。谁不懂得要搞好兄弟部门之间的关系呢?谁不懂得要说领导喜欢听的话呢?但是问题不说,永远也解决不了,只能自己生闷气,工作也开展不了,领导会高兴吗?明智的领导应该懂得听逆耳的忠言。

我说过多少次了,行政部门如果多花一天的时间,也许可以让我们业务部门少做一个月甚至半年的工作。我这不是空穴来风,是有真实的事例的。但是我不想举例,具体到个人会出问题的。

任务书也是一个大问题,大家对任务书的机制深恶痛绝,但是也没有更好的解决办法。是大家的智商都不够吗?只有上帝知道了。

任务书是我的心病。这四五年间,每年的任务模式和分配模式几乎都有变化,我们要随之协调操作的模式,耗费将近半年,管理成本太大。每年花费几个月,讲清楚了的事情,第二年还要以吵架的方式讲,这有必要吗?我渴望能有一段"和平发展期",让我们都能安心作为主人翁来考虑自己的业务建设和业务发展,而不是疲于奔命。关于这个问题,以后有空再谈吧。

❋ 国家图书馆举行建党 88 周年纪念活动 (2009 年 6 月 29 日) ❋

为回顾党的光辉发展历程,加强党员理想教育,增强党性观念,国家图书馆党委于 6 月 29 日(星期一)上午 9:00 在国图音乐厅召开全体党团员大会,纪念中国共产党成立 88 周年。

大会上还对优秀党员、优秀党务工作者、先进党支部、优秀团支部、优秀共青团干部、优秀共青团员等进行了表彰,颁发了荣誉证书。

中文采编部党支部获得先进党支部称号,中文采编部团支部获得文化部优秀团支部称号。

今天会议的形式很新颖:第一是没有主席台,领导们都坐在第一排,发言人在讲台上发言,与国际接轨了;第二是配有 PPT 幻灯演示,图文并茂;第三是没有领导的冗长讲话,发言权都交给了优秀党员和集体的代表们。

中文采编部党支部宣传委员崔云红介绍了我们支部两年来的发展历程,其中丰富的图片演示让我们一起回顾了我们这个团队共同战斗的日子。"中文采编部是我馆最大的党支部之一,从事的是我馆最基础也是最核心的业务工作,任务重、责任大。采编永远是图书馆的后台工作,踏实敬业、甘做铺路石是中采编党支部的基本特征;踏踏实实做人,认认真真做事,兢兢业业为图书馆事业无私奉献是中采编共产党员共同的行为准则。"

会议组织者安排了 3 名党员代表作了较长的发言,介绍了自己的成长经历。他们都是国家图书馆自己培养出来的业务骨干,有 20 至 30 年的馆龄,他们的经历给人们留下了深刻的印象。

最后还有一个花絮:在大会接近结束的时候,我收到一个同事的短信,告诉我结婚的消息,其对象竟然也是我们馆的,我们都很熟悉的人。这个消息成为我们中午的热点话题,可以说是爆炸性新闻了。大家都觉得很突然,可见保密工作做得多么的好。

这几年馆里内部"解决问题"的青年人越来越多了,正在进行中的还有若干。我们应该向他们表示祝福!

❋ "图林第一大党"在国图有抬头的趋势 (2009 年 7 月 3 日) ❋

图林第一大党是"夫妻党",以老槐和精灵①为代表。共同的革命理想,共同的爱好,使得他们走上了共同的道路,并且在革命工作中培养起了真诚的革命感情,结合为革命的家庭。

他们的结合,不仅稳定了革命队伍,鼓舞了革命的斗志,更因为他们比别人有更高的工作效率,有双倍的精力和智慧,往往能做出更大的成就,他们对中国图书馆事业发展的贡献是不可忽视的。

不过,一个单位里夫妻太多,容易使得其他同事感觉有压力。曾经有一段时期,国家图书馆的员工在食堂吃饭,都不敢随便乱说话,说不定身边坐的人正好是你议论的同事的配偶、兄弟、姐妹、子女或者父母。于是,领导下命令,不允许亲属进图书馆工作。

规定当然要严格执行,但是这也阻挡不了那些朝气蓬勃的青年同志们。他们来的时候都是单身,总希望能在图书馆这个和谐的环境里找到自己的另一半。本人所处的时代不好,没有如愿以偿。改革的春风吹遍了祖国大地,也温

---

① "老槐"是范并思先生的网名,"编目精灵"是胡小菁女士的网名。

暖了所有图书馆员的心。图书馆员的经济收入高了，社会地位也日益提高，自然要更多地考虑家庭的问题。最近几年，在图书馆内经常可以看到成对的恋人，已经不是个别现象了。图有其表①就是他们中的一个代表，但是表弟自己知道以后日子不会好过，就悄悄地开溜，现在已经不属于这个党了。据不完全统计，目前处于地下工作者状态的和公开未确定状态的还有若干对。

2009 年 6 月 29 日，这个日子不知道有什么特别的地方，大概是黄历上适合婚嫁的日子。我们在开大会将近结束的时候，突然收到了一对夫妇结婚的消息。事前没有任何征兆，没有任何人会想到他们两个人会走到一起……一时间，这成为国家图书馆青年同志中的爆炸性新闻，大家为他们激动了很多天。在为他们高兴的同时，我也觉得，图林第一大党在国家图书馆有抬头的趋势了。

❋ 图书馆工作要从小事着手（2009 年 7 月 4 日） ❋

记得四年前孙家正部长到国家图书馆来的时候，任继愈老先生谈了自己这么多年当馆长的经历。他说："我其实也没有做什么事情，记得最清楚的是，1987 年新馆开馆，用的都是玻璃门。许多员工不习惯，以为没有门，一个员工一头撞了上去，玻璃碎了，头也破了；我知道这个事情以后，就马上要求有关人员在门上贴标记，以免发生类似事情。"乍一听，似乎任馆长多年来就干了这一件事情，可是孙部长却对任馆长的发言给予了高度的评价。其实，任馆长做的事情很多，大家都数不清楚，但是他还是关注特别细小的事情，这反映了老一辈对工作的认真态度。

我刚担任采编部主任的时候，有一次任先生召见我。我本以为是有要事与我商量，进他办公室，才知道与我谈的是一本残书如何处理的问题。出版社印刷有残缺，采访人员在"记到"的时候，有责任发现问题，及时退换。这个问题看来很小，但的确是图书馆采访人员经常忽视的问题。任老平时心中装着大事，还经常关注小事，其精神值得我们大家学习。

前几天《文汇报》介绍了李致忠对古籍保护工作的看法，他也感叹现在博士多了，愿意扎实工作的人却少了；许多人都喜欢在网上查一些资料，拼凑成自己的文章，但很少有人愿意去古籍和档案堆里考证的。这与社会风气有关，也与各个层面上的机制有关。

---

① "图有其表"是顾晓光先生的网名。

图书馆工作是高不成，低不就。也就是说，水平再高的人在图书馆都有用武之地，但是他们往往不愿意做具体工作；许多日常工作很烦琐、枯燥，看上去是简单劳动，但是水平低的人却干不了。

这些年，图书馆进了不少高学历的人才，但是似乎还没有培养起一支热爱图书馆工作、踏实肯干、从小事做起的业务骨干队伍。我们要经常想起任馆长的话和李先生的希望，图书馆事业一定会后继有人。

❊ 沉痛悼念任继愈老先生（2009 年 7 月 11 日）❊

早晨接到人事处通知，国家图书馆名誉馆长任继愈老先生今天凌晨去世，国家图书馆网站即将正式发布消息。

在 6 月中旬，任先生的身体已经不太好了，我们听说有关部门开始筹办丧事。

7 月 2 日，就有网站和博客发布了一些不属实的消息，说任先生已经去世了。当天下午，就看到大多数消息被删除了。任先生还没有去世，提前报道消息对老人很不尊重。

我今天早晨得知，任先生于凌晨 4 点多去世。

任先生的病情惊动了许多领导，也牵动了大家的心。中层干部中有许多人都被安排去医院值班。虽然任先生的病情不完全公开，但是有些组长听说了以后，主动向我提出申请，希望能参加有关工作。一些中层干部没有被安排值班，也主动提出希望能有机会去医院。

前天，一个曾经值夜班的同事告诉了我自己的感受。他觉得任老先生的意志力确实十分强，在最后日子里，还是希望自己能料理自己的生活；躺在病床上，神志不太清楚了，还是不断在谈工作，说《大藏经》的事情。我听了很感动。我与任先生接触不很多，不过我知道过去在老先生身边工作过的人都对他十分敬仰。

任老先生走了，他留给我们的是一笔可贵的精神财富。

❊ 任继愈老先生吊唁仪式第二天（2009 年 7 月 14 日）❊

任继愈老先生吊唁仪式第二天，各界人士陆续前来国家图书馆，对老先生表示敬意。国家图书馆的网站有详细的报道，其中有本人参加接待过程中出现的影子。

今天有同事说，电视台的报道里也看到我在里面"晃悠"。

中文采编部的若干员工参加了接待工作。大家不计较个人得失，放下手头的工作，努力协助馆领导做好工作，以此寄托自己的哀思。

下午本人客串接待了北京大学副校长张国有教授。张教授主管学校图书馆，对图书馆界的人和事都比较熟悉。

昨天发现有一个人转载了我的博客（沉痛悼念任继愈老先生），新浪网把他的文章作为"国家图书馆员工"的文章放在显著的位置，使得他的点击率达到了1.3 万，而我自己的文章点击率虽然也不低，但是只有他的十分之一，我的一些同事感到很气愤。我也在他的博客上留言，表示了我的看法。今天收到他的来信，表示已经增加了我的原文连接。其实，我写文章的目的不是点击率，而是与大家交流。知道起到了作用，也就不在乎形式了。不过，博友之间还是应该互相尊重，有共同的道德规范。

❋ 任继愈老先生吊唁仪式第三天：追思会
（2009 年 7 月 15 日）❋

昨天晚上，我在家里工作到 23∶45，看见行政部门的灯还亮着，他们还在为任老的丧事操心啊！

下午开会，大家商量了老先生遗体告别仪式的组织工作。

今天上午馆内有两个任继愈老先生的追思会，一个是社会各界参加的，另一个是馆内老员工参加的。本人参加了善本部（古籍馆）组织的追思会，由馆内老员工参加，还有不少媒体记者和自发前来参加的读者。

不少在任先生身边工作过的老同志认为，任先生很平易近人，让大家感觉不是领导，而是和蔼可亲的长辈；他没有领导的架子，从来不支使别人，从来不为自己家里的事情麻烦工作人员。馆办公室的人天天与他见面，但是似乎从来没有"接触"。

任老是大学问家，但是说的话很朴实，通俗易懂，不故弄玄虚。

孙蓓欣副馆长回忆到，人家都在新年祝大家"万事如意"，但是任先生却说："万事如意是不可能的，有一两件事情如意就不错了。"

徐自强先生回忆，当时在北大读书的时候，他慕名去哲学系听任先生讲课，他从来不用板书，也不照本宣科，一堂课就像讲故事一样地讲完了。徐先生认为,任先生的特点是学识渊博,治学严谨,抱负远大。

馆办公室主任张彦回忆了与任老交往的最后日子。任老视学术如生命,住院期间仍不停止学术研究。他做人踏实认真,从不炫耀自己。他一直说:"做人要做老实人,要做什么都不惧怕的人。"

原馆办公室主任黄润华先生回忆了"文津厅"题字的来历,当时是任老先生亲自选的钱玄同的字,最后一个"厅"没有在文献中找到,但是他亲自联系钱先生的家人,解决了问题。1987年国家图书馆新馆开放以后,读者乘公共汽车来图书馆,要过马路,没有斑马线。国家图书馆与北京市联系了多次都没有解决问题。任老一直担心读者的安全问题,趁陈希同来图书馆开会离开的时候,追出来拦住陈希同,希望解决斑马线的问题,结果问题很快就解决了。

业务处副处长王磊先生在追思会中年龄最小,他含泪回忆了与任老交往的三个感受。第一次经历是2000年初到馆时任老的一次谈话,要求他立志,读史,学外语,这些话激励着他在国家图书馆迅速成长。第二个感受是,任老与他谈话,从来都是以"您"相称;任老与他年龄差距那么大,还以"您"尊称,实在令人感到震撼。第三个感想是在任老最后的日子,王磊在医院陪床。任老在病床上说的,大多数是开会、发言、《大藏经》、书稿等,听了觉得是对心灵的一种净化,自己的烦恼都显得十分地渺小。他在人们心中的形象都是很强,怎么就走了呢? 他去世的时候,正好是每天起床工作的时候,我们觉得他现在已经去天堂里上班了。

张志清副馆长总结:任先生的学问和人格魅力,将永远活在我们大家的心里。

❋ 国家图书馆员工给任继愈先生送行 (2009年7月17日) ❋

今天上午,任继愈先生遗体告别仪式在八宝山举行,国家图书馆员工600多人出席了告别仪式。

早晨大雨,但是我的同事很早就到图书馆,准备了横幅。

我们去的时候,天气很不好。大家顶着瓢泼大雨,给任老先生送行。中文采编部的员工打出了"任先生我们永远怀念您"和"任先生走好"的条幅,表达了自己的哀思。

听说温家宝总理等领导人都出席了遗体告别仪式。

❀ 在离开任继愈先生的日子里（2009年7月18日）❀

昨天倾盆大雨，送走了任先生。今天又赶回上海，看望病中的老母亲。

雨后的北京很凉爽，而晴朗的上海则显得十分闷热。

坐了一个晚上的动车，二等座比去欧洲的飞机更舒适一些，能够承受。试了几次以后，觉得晚上的动车在价格、舒适度和性价比等方面都很好，可以成为我的首选交通工具。以后基本上不考虑飞机，因为飞机即使有折扣，也要占用大量的白天时间。

上个星期主要是围绕任继愈先生的丧事工作，包括吊唁、追思会、遗体告别等。国家图书馆的领导和员工把自己对任老的崇敬和思念心情都倾注到后事的操办中，大家主动参与每一个细节的工作，丧事本身也体现了国家图书馆员工的组织能力、敬业精神和奉献精神。我们可以说，其他任何一个单位不可能在短时间内办出我们这样高规格、高质量的大型活动。

中文采编部副主任陈荔京曾经在任先生身边工作过，言行中透出对任老的无限敬仰。她一直是丧事筹办工作的主力，上个星期几乎没有休息过。她把任先生的事情当做自家里的事情，看得出是带着感情去工作的，丝毫不是为了完成一个上级交给的任务。我们在一个办公室工作，我都被她的精神深深感染，觉得我们一定要把这件事情做好，让家属满意，让领导满意，让全馆员工满意，也让社会各界满意。中文采编部有若干员工参加了接待工作，我和王洋副主任也随时被叫去帮忙。昨天下午本来安排我送上海图书馆的王世伟书记去机场，但是后来临时有变化。

忙了几天，陈主任身体不舒服，去医院看病。大夫一开始很不耐烦，态度不好。当大夫看到病历上写的是国家图书馆员工时，马上表示出对任先生的崇敬心情，表情也"多云转晴"了。由此可见任老在公众心目中的地位。

7月13日，吊唁第一天，我在吊唁大厅值班，遇到了不少我熟悉的客人。有任先生的家属任继周、任重、任远等；有老馆长唐绍明、李家荣、邵文杰、孙蓓欣等；有老专家戚志芬、黄明信等；老馆员陈汉玉、王菡等研究员还买了鲜花，亲自献给任老；还有一些著名学者，例如何祚庥、白化文、王尧等；我的老朋友吴尚之司长代表新闻出版总署送来了花圈，出版总署副署长阎晓宏也亲自前来吊唁。邵馆长和黄老行动不便，我扶着他们走进吊唁大厅。

大概有十多年没有见的当时单身宿舍的朋友佟博也来吊唁，并问起了任老过去秘书王曦的事情；佟先生在做艺术设计，王先生仍在图书行业，是成功人士,好久不见了。听说王先生多次出现在北京医院、吊唁大厅、遗体告别仪式等处,用与众不同的方式表达了自己的感情,但是我都没有见到。

前个星期刚见到的一些省市图书馆领导也特意过来吊唁,他们有湖北省图书馆的主要领导(万群华、汤旭岩、贺定安)、安徽省图书馆易向军馆长、首都图书馆馆长倪晓建等。我还看到了任老家乡的各级领导。

一个来吊唁的同志告诉我,他是熊十力先生的外甥,他代表他母亲来吊唁。

前来采访的媒体很多,一个美女记者不清楚自己在做什么工作,竟然穿着红鞋子过来。后来她穿了一个鞋套,避免尴尬,我开始还以为她怕自己的鞋弄脏地毯呢!

❋ 工作流水账(2009 年 8 月 4 日) ❋

刚回北京上班,马上又要回家看老妈,时间很紧,要处理重要的问题,一天当两天用。

这两天的工作流水账如下:

- 看科组调整后的新办公室;
- 了解主管科组的工作进展;
- 签订临时人员的合同;
- 与行政部门讨论遗留经费问题;
- 讨论部门经费使用进度问题;
- 督促业务外包工作;
- 接待兄弟馆参观;
- 参加艺术节合唱排练;
- 接待辛希孟老师;
- 考虑国家标准起草问题;
- 安排科组人员;
- 接待保卫处半年安全验收组;
- 与新员工谈话,介绍本部工作情况,提出要求;
- 讨论中图学会资源建设专业委员会的人选问题;
- 实地考察一期改造期间的临时办公空间;
- 接待 OCLC 业务员的来访;
- 落实 ISSN 国家中心主任工作会议的具体事宜;

- 协助刊物英文翻译工作；
- 考虑部门未来发展重点问题，向领导报告；
- 过问部门党员活动的组织事宜；
- 签署月份统计报表；
- 修改拟投稿的论文；
......

副手很能干，在我请假期间把工作安排得很有序。发达的网络环境，使我能在千里以外的上海及时获得最新信息，处理重要的公文。

又涨工资了，大家都高兴，但是接下来的工作十分繁重，主要是馆庆前后的各种活动，需要大家一起协作完成任务。

❋ 三周以后第一天上班（2009 年 8 月 31 日）❋

离开办公室有三个星期了。今天早晨坐火车到达北京，马上赶去上班。

连续几天没有在家里过夜。大前天晚上是在飞机上过的，前天和昨天晚上是在火车上过的，今天晚上又要值班。真需要好好休息一下啊！

馆里的事情似乎都扎堆了——艺术节、评职称、馆庆、新员工培训……

首先要处理的是职称的事情。不过对于评职称，我已经没有什么话可以说的了。有很多无奈，也有很多烦恼。早晨提着行李刚到馆，就有人拦住我，要我关照——这样的感觉不好：还没有进入工作状态，还处于个人休假期间，就谈这样的事情啊？我个人有那么大的权吗？

中午吃饭，见了许多领导。詹馆长对我的家事和图联大会工作表示了关心，并对我的工作表示了肯定，心里觉得很温暖。我们还第一次见到了新调任一个多星期的副馆长、党委副书记常丕军，也是女强人的样子。常馆长说其他人都认识了，就是我们几个一直在外出差，没有见过。

中午见到了工会副主席景鸿达，他对中文采编部员工参加首都"爱国歌曲大家唱"活动表示了肯定，认为我们的员工有很强的组织性和纪律性，代表文化部圆满完成了任务。听说文化部只有 3 个单位参加，国家图书馆的代表就是中文采编部的 50 名员工。

❊ 国家图书馆馆庆渐入佳境(2009 年 9 月 8 日) ❊

今天虽然是馆庆前一天,但是我觉得大家已经进入状态了。

上午,我们组织了全部 100 多人的合影,各个科组也组织了合影。穿着新馆服,大家都很兴奋。

上午我们还参加了馆庆活动之一的中国学文献研讨会,见了一些国内外的朋友,很高兴。

下午领导召开中层干部会议,布置这两天的任务。

下午还参加了馆史展开幕式,见到了一些平时难得见面的老同志。

晚上是馆庆欢迎晚宴,来自国内外的宾客有 200 多人,酒到酣畅之时,大家格外兴奋。我个人认为,宴会搞到这样的程度,算十分成功了。馆领导规划得好,中层干部配合得好,20 多个志愿者也尽了最大的努力,来宾都很捧场。

我的桌子有 5 位外国来宾,还有 3 位国内省馆的领导,大家都很融洽。OCLC 的老板 Jay Jordan 似乎很能适应中国人的习惯,喝了不少茅台,还抽了西部的香烟,其他外宾大概不会这样的。在晚宴上,还见到了英国、意大利等国的国家图书馆馆长,还有国际图联(IFLA)主席 Ellen Tise,我与他们见过多次,都很熟悉了。

我与许多省馆的领导喝了酒。没有他们的支持,全国图书馆联合编目中心是不会成功的。中国客人当然是尽兴了,有一些馆领导走路都不稳,更显出友好的姿态。100 年一次,醉趴下了也是值得的。

下周我做东,要召开 ISSN 国家中心主任工作会议,有来自全世界五十位客人,是纯粹的国际性会议。筹备工作还有一些细节没有落实,有点紧张。今天下午开了一个筹备会议,讨论了具体的工作。

❊ 中国国家图书馆百年馆庆(2009 年 9 月 9 日) ❊

早晨同学发短信给我,说今天有六九连珠(2009 年 9 月 9 日 9 点 9 分 9 秒),吉祥如意。我回信说今天是我们的百年馆庆,当然是吉祥如意了。

上午我们中层干部都去参加“图书馆的国际化:促进知识的全球共享国际研讨会”,许多中外图书馆名人都出席了会议。国际图联(IFLA)主席和秘书长也出席了会议,并作了发言。

日本国立国会图书馆的馆长长尾真先生的英语很好，不过口音也很重。日本人能如此积极参与国际图书馆交流，也是过去所没有的。

下午是最重要的庆典活动，来了若干中央领导，我们坐在二层中间，在军乐队前，看得比较清楚。一个小时主要是讲话，发表讲话的分别是国家图书馆馆长、上海图书馆馆长、图联主席、文化部部长、长春同志，文化部副部长周和平主持了大会。首长讲话中最受欢迎的是"以后考核600多个市长是否有文化，就看他们把图书馆办得怎样"（大意如此），这句话激起了在场听众的两次热烈掌声。

大会以后，音乐厅门口排队哄抢报纸，是许多份报道馆庆的免费报纸。我的同事给我拿了一些，留做纪念。北京大学的朱强馆长对我说："领导讲得真好。"

晚上有音乐会，主要是西洋音乐，穿插一些中国戏剧小品，我就不去了。

今天有一个老兄说我的博客成了国家图书馆的官方信息发布网站，我觉得这个说法不恰当。第一，我只写我所参加的活动的感受，不报道其他消息；第二，我谈的是个人观点，不代表国家图书馆的观点；第三，只是在国家图书馆活动频繁的时候，我的报道多一些，其他时候也许就谈个人的一些学术观点或者个人的生活。不过，我的博客也许能起到"凤凰卫视"的作用。

❋ 馆庆第二天：学术研讨、下周的会议和感想点滴 （2009年9月10日）❋

今天是国家图书馆馆庆第二天，上午"图书馆的国际化：促进知识的全球共享国际研讨会"继续召开，听了张晓林和朱强等大腕的报告。朱馆长特别提到了国家图书馆与北京大学图书馆之间的渊源，其中有曾经在西编组工作过的梁思庄，后来是北京大学图书馆的副馆长，这样的例子还有很多。

顺便想起来，过去在国家图书馆西文采编工作过的文化名人很多，其中有图书馆学家梁思庄（做过西编）、翻译家何兆武（做过短时间西编。我特别喜欢看他翻译的罗素的《西方哲学史》，前几天商务的老总说这本书创了纪录，重印了16次！他在《上学记》里提到了图书馆工作的经历）、翻译家梅绍武（做过国际交换）、哲学家张申府（做过西采。我亲眼看过他用小楷写的卡片，但是现在是大海捞针，无处寻觅了）、出版家郑效洵（我和他还共事过）等，今后大概很难再有了。

下午是"世界图书馆馆长论坛"，听了美国伯克利加州大学图书馆助理馆长、东亚图书馆馆长周欣平博士的报告。

中午回到办公室，桌子上放着馆里发的邮册、画册和馆史。看到画册里有不少我的影子，还有一张我拍的照片（N多年前获得过摄影比赛二等奖），很觉得高兴。

馆史基本是按时间顺序写的，其附录中多次出现了我的名字。不过大家在翻阅过程中，也发现了一些小的瑕疵，倒也不是严重的问题。

馆庆接近尾声，我们马上要准备下周的会议。事到临头，还有一些没有落实的事情。大家出谋划策，下午基本都解决了。

我觉得中国人与外国人还是有很大的差别。中国人办事情总体比较认真，而且有规矩，讲面子。外国人开会，大多数是很简单的——没有会议资料（自己打印或者看电脑），没有条幅，不拍正规的合影，不排座次，吃饭很随便（没有中餐馆的包间），没有礼品，不接送，甚至有一些会议连水都不提供。所以，在中国开国际会议（特别是纯粹的国际会议），我就觉得左右为难。如果太考虑中国特色，外国人会觉得奇怪；如果不考虑中国特色，领导和同事责备也不是好受的。如果我把会议安排成巴黎国际中心的会议那样，自己到旅馆，第二天直接去办公室开会，没有指引，没有签到，没有纪念品，别说外国客人是否能接受，我的领导和同事就不会答应。所以，我们觉得还是要体现中国人的热情好客的传统，让大家以后留个念想，不丢中国人的脸。筹备工作的成败似乎比会议本身的成败更重要一些。

举办国际会议，有一点是比较省事的，就是不用准备饭，大家自己到附近的餐馆吃饭就可以了，我们最多提供指引和参考意见。老外要吃茶点，中午本来就吃得很少，所以也简单。

记得前几年我有一次在地方上组织会议，取消了主席台，大家都觉得不习惯。没有想到，国家图书馆去年和今年有好几次会议，都取消了主席台。

❋ 馆庆的尾声：讲座、竞赛、后期会议 (2009年9月11日) ❋

今天是馆庆第三天，馆庆活动基本进入尾声。

上午有两个活动，第一个是OCLC老板邱人杰（Jay Jordan）的讲座"OCLC和全球图书馆在万维网时代的信息策略"，讲座效果很好。第二个是馆团委组织的"百年馆庆"知识竞赛决赛，很多青年人都去了决赛现场。

邱人杰的讲座十分成功，但是知识竞赛却有一些美中不足，主要是大家多次对抢答器的公平性表示怀疑。有一些题目很容易，有一些题目则很偏，运气和抢答的速度占了很大的比例。

系统部的鼓手 DD 和数字部的电子琴手 MM① 为比赛增色不少。

整个下午都是会议筹备工作，很忙碌，很疲惫，也很高兴。我参加的活动太多，主要靠副手和秘书协助。没有她们的工作，很难想象会是什么样子的。

❋ 节日以后，大家都在忙碌（2009 年 10 月 10 日）❋

节日以后，又要进入工作状态。

我的主要任务是要消灭几个月来的积压工作。这几个月来走南闯北，工作压下来不少。几个组长说很少能见到我在办公室，现在都要逐个解决。

找了一些同事谈工作，还有三个月的时间，工作不能耽误。

今天领导找谈话，布置了新的任务。

还要筹备两个会议，要花费一些心思，都是在 11 月。

办公室的计算机瘫痪了一个月，没有心思整理，用笔记本凑合。今天弄了半天，在同事的帮助下，才发现是内存松了。怪不得我昨天发现有"memory check error"的信息，觉得哪里松了，就打了一下机器，当时稍好一些，但也没有解决问题。今天拆开计算机清理一下，马上就好了。CMOS 的纽扣电池也没有电了，我让 Help Desk 过来换一个，竟然告诉我需要打报告——我差一点晕菜！后来接线员找了一个小伙子，弄明白只是一个纽扣电池，马上就过来了。为了一个纽扣电池打报告，不是笑话吗？那还做什么事情啊！为了计算机折腾了半天，所以我之前不想修理它，怕太耽误自己的工作。如果自己不管，直接送过去，还不知道怎么折腾我的机器呢，说不定干脆先格式化再说——这可是我最不愿意看到的事情。

久病成良医，我在判断计算机故障方面比许多专业人员都强一些，当然不能与专家比的。有一次我打电话让 Help Desk 解决网络故障，他们还不断问我是什么现象，可能是我的机器问题，其实我早就判断出机器—节点—交换机—服务器这几个环节中哪里出问题了。

IFLA 的会议已经一个多月了，才有心思整理纪要。给几个同行发邮件，发

---

① 网络用语，"DD"表示"弟弟"，"MM"表示"妹妹"。

现大家都在忙着,瑞典人和美国人都说过几天答复我。只有 ISBD 的主席Elena,一直在状态中,老发邮件给我们。

上班第一天,收到 ISSN 国际中心主任给馆长的感谢信,对我们成功举办 ISSN 国家中心主任工作会议表示感谢。我们马上翻译成中文,给领导报了上去。

10 月应该是快乐的,希望不要节外生枝。

❈ 扫雪＋系统升级＋培训＋年度工作任务
(2009 年 11 月 10 日) ❈

昨天晚上值班,只听见外面的雷声,觉得诧异,没有想到早晨外面已经积了很厚的雪。

吃早饭的时候,总务部主任告诉我,照例要组织大家扫雪。于是,大家拿起工具,到指定地点扫雪。工具露天放了一年,把柄脏得不行。

我部门包干的是南门口的那块地方,半个小时就解决问题了。但是今天气温较高,雪融化了不少,湿度大,扫帚使不上劲,黏度很高,铲子铲上以后又甩不掉。不过大家还是保质保量地完成了任务,但是觉得台阶上的积雪扫掉有点可惜——多么美的景色,又没有人走那个台阶。

扫雪的最高境界不是把雪扫到路边,而是把它们都扫到草地里,以便雪融化的时候逐渐渗到地里去。水是宝贵的,不能让他们白白流到下水道里去。

我穿的工作服,有人看了觉得很脏,其实是 1987 年白石桥新馆开放的时候发的工作服,舍不得丢掉,现在已经洗不干净了,一般在打扫卫生的时候穿。今天在整个图书馆里,很少能找到这样的工作服了。

扫完雪的感觉很好,很爽快,每次都有这样的感觉。感谢缩微部的孙老师①,她的照片给我留下了美好的记忆。

今天是最后一天的系统测试,与系统部的工作人员沟通了多次,心悬在半空中,直到下午 4 点多最后一次索引,我们才看到问题基本解决了。

下午业务处和系统部的领导到我办公室来确认升级的最后事项,要我承担责任,我当然不含糊——《中国分类主题词表》要进入主题库,标目索引要正确排序,书目数据分批更新,主题子字段的检索功能一定要有……下午 6 点,已经

①　即孙静荣女士。

下班了，系统商的吴忠俊经理是高手，终于解决了问题。如果不解决，我们也没有时间解决了，会造成不好的影响。实在太悬了，以后可不能再这样干啊！

《中国分类主题词表》出版若干年，终于可以在我们的系统里启用了。我们自己都不用，如何向大家交代？

忙乱的同时还要考虑系统升级期间的培训工作，事先进行了安排。

期间业务处几个领导又过来骚扰，不是系统的事情，而是年度工作任务的事情。快到年底，有一些小问题还需要落实。

今天晚上开始系统切换，此前大家为了不造成工作的积压，几个周末都过来加班，赶进度，现在看来不会有太大的影响了。

❋ 牛年喜事多（2009 年 11 月 30 日）❋

牛年已经过了大半。回头看来，虽然自己在本命年里不是很顺利，但是国家图书馆里却是喜事多多。

喜事主要是两种：一是结婚，二是生子。

也许大家都觉得牛年比较吉利，也许有一些人觉得明年不是很好，于是都抢着在牛年办喜事，或者计划提前生子。

对于恋爱中的男女，提前结婚当然可以少一些波折，夜长梦多啊！

提前结婚的另一个好处，就是可以早一些申请房子。在房价飞涨的今天，在工资收入不高的情况下先购买福利房，当然是一个很好的选择。

今年吃喜糖吃得特别地多，周围的男性光棍基本上都解决问题了。可是，还有不少女同胞需要关注。

对于詹福瑞馆长来说，添丁和置地都是他所希望看到的，这是中国传统中的大事。二期刚开放，这是重大"置地"行动。连续几年进了数百位高学历人才，也是"添丁"的结果。不过，有一点也许詹馆长没有预料到，就是不仅图书馆"添丁"，图书馆员的家里也"添丁"了。双重"添丁"，固然是喜上加喜，但也给基层管理者带来了苦恼。休产假员工的工作，都要由其他员工来完成，需要做很多协调工作。特别是近几年大批进新员工，三年前毕业的女研究生们基本上都在考虑生育的问题，或者已经解决了这个问题。

现在，大家都有保健意识，刚怀上孩子，就开始穿特殊的服装，好像是要向食堂的所有人庄严宣告似的。只要大家有心，不必调查就可以知道大致上有多少美女怀孕了。

女性比男性更善于交流,以此获得其他人的经验。于是,食堂里怀孕的女性经常扎堆,了解对方的情况,做好自己的准备。

❋ 年终总结(2009 年 12 月 17 日) ❋

明天要述职,今天晚上要准备讲稿。

时间限制在 10 分钟以内,其实稿子只能在 2000 字以内。但是每次述职的时候,总要费不少心思。

一年下来,工作做了不少,但是要仔细回顾,总怕有遗漏。如果少说了几个方面,不仅对不起自己——毕竟一年下来花费了很大的精力;而且也对不起群众——每次总结,如果少提了有关科组,就有人会不高兴。所以,述职一般不仅要说自己做的事情,也要说大家做的事情。如果不说大家做的事情,群众心里不舒服;如果只说大家做的事情,那你自己一年下来在做什么呢?

前几天早饭时与一个老同事闲聊,谈到一年下来忙忙碌碌,很觉得感慨。当干部有不同的当法:混日子的很舒服;认真的则很累,而且还不一般的累。现在干部的差别也很大,有一些干部如果作为群众考核,也许是不合格的,但是怎么就当干部了呢? 领导有领导的眼光,有一些人是将才,有一些人是帅才,这就是大家的解释,我也算是学习了。

今年是中文采编部成立后的第二年,工作逐渐有序,员工很团结,部门文化逐渐显现,队伍建设初见成效,这几点都是今年的成绩。不过在别人眼里也许未必能看到,看到也许不认为是成绩。管理工作,都是仁者见仁,智者见智的事情。能做到问心无愧,就差不多了。好在群众眼睛是雪亮的,投机的人短期内可能占便宜,长期来看早晚是要被人唾弃的。

今年有半年多为老妈的事情忙碌。虽然尽量不占用工作时间,但是因为体力和脑力消耗太多,确实有一些工作没有考虑细致,效果没有自己开始设想的那么好。那次与领导一起吃饭,领导主动说了这个事情,我觉得很感动。领导日理万机,我本以为都不知道我在忙些啥呢,没有想到都记在心里,而且在适当的时候进行点评,确实起到了鼓励人的作用。

中文采编部是全馆第二大部门,编制有近 200 人,正式员工有 150 人。大部门的管理与小部门的管理有很大的不同。首先,人多管理起来就累,人少自然管理轻松。第二,小部门管理起来可以采用"穷尽法",或者说做个性化的思想工作,而大部门这样是不可行的,只能靠分层管理,或者举行一些会议。不

书城印记·日志

过，各个部门的特点不同，小部门有时候要面向整个单位、整个国家或者全世界，也有他们的烦恼。

这几年，过日子基本上不按天计算了，主要按周（星期）计算，有时候还按月计算，所以过得特别快。做一件事情需要很多天，甚至几个月，要考虑整个过程，要考虑各方面的效果。视角从微观逐渐转向宏观，也是自己的一种收获。

由于各种原因，人事出现了许多空缺，自然就会有各种猜测，"地下组织部"自然也就开始工作了。希望大家心里的石头早日落地吧。

✳ 年底的感动（2009 年 12 月 24 日）✳

这几天忙于年终考核，今天主持了本部门副主任的述职和考核，还主持了党支部大会。

副主任们比我能说会道，把我上个星期述职中没有时间讲的内容都讲了，听了很感动，我也很感谢她们。

在支部大会上，同志们的发言，更让我感动。有发言说中采充满活力，充满生命的张力，大家表现出了对工作的责任；这个集体有光荣的传统，在许多平凡的岗位上，都体现了共产党员的点滴追求和优秀精神品质。

作为管理人员，考核的应该不是自己个人工作成绩。忙了一年，听到大家对这个集体的肯定，就是我最大的收获。

下午还要参加科组的考核，还会有更多的收获。

✳ 告别 2009：喜事、丧事、烦心事（2009 年 12 月 31 日）✳

2009 年最后一天了，感慨万分。在这一年里，喜事、丧事、烦心事，家事、国事、天下事，都体验了一遍。

在这一年里，我度过了第四个本命年，也是我在工作岗位上的最后一个本命年了。

"奔五"的人，人生的喜怒哀乐、世态万象都有所经历，似乎觉得更充实了一些。

人的一生，得到的东西再多，死后也带不走。所以，人生最有意义的也许是经历，这就是我这么多年的体会。完美的人生不在于常人眼中的幸福美满，而在于内心的充实。

最后一天，照例去科组走了一下，按最佳路线，用了一个多小时，走了 11 个组，大概有 20 多个办公室，叮嘱大家注意节日期间的安全。节日前最后一天，要注意的是门、窗、电、锁。今年安全工作做得很好，基本上没有发现问题，应该要申请领导表扬了。

前几天有人问我，部门 200 个员工是否能都叫出名字，我的回答当然是肯定的。两次当主任，都用了半年时间了解员工的情况，所有员工的名字都是熟悉的。此外，我还认识图书馆内其他部门的许多员工，认识的人比其他主任多得多，可以说是"名誉"人事处处长。

上午还开会讨论部门考核工作，抽空翻阅员工的工作总结。当了那么多年主任，我每年都要把所有员工的工作总结通读一遍，还要亲自在评语上签字。我不认为这个工作是负担，我觉得这是了解员工的很好的渠道。

最后一天，中午和晚上都与文化界的朋友一起吃饭，很高兴；专业歌唱家、作曲家、评论家、记者们的表演和故事，为聚会增色不少。

今天气温很低，感觉很冷；傍晚的月亮出奇地圆，可以清楚看到月亮上的山。

新的一年马上就要到来，让我们忘却 2009 年的烦恼，迎接 2010 年的到来。

❋ 部门高级岗培训工作今天举行（2010 年 1 月 15 日）❋

今天抽了一天时间，进行高级岗培训工作。

高级岗主要是各个环节的审校人员，具有质量控制、人员培训、科学研究等职责。

中文采编部是图书馆内技术含量比较高的部门，承担着重要的工作，是多工种、多人员、多工序并存的团队性工作，对全国有一定的指导作用。如何进一步提升自己的水平和地位，如何改进编目人员之间的沟通问题，是我们需要思考的问题。

我们请馆领导和部门的三个研究员给大家讲课，从不同的侧面突出高级岗应该具有的各种素质。

我部有三个正研究员，这是我部的财富，要靠她们去带动其他高级岗位人员，提高各个方面的能力。"一花不是春，百花满园春"。

大家对相关问题进行了热烈的讨论，取得了良好的效果。

培训的过程也是交流的过程——不仅包括学术和工作的交流,也包括人与人之间的交流。

年初工作很多,能抽出这样一段时间实在很不容易。下午临时有会,差一点影响了我们的培训。

员工的潜能是无限的,需要我们去发现,去激发。如果能形成团队中互相学习的机制,团队成长的速度就会更快一些,管理者也不必那么费劲了。我们的任务是创造条件,搭建平台,为大家服务。

这几天与若干重点岗位人员谈话,总结过去的成绩,提出新年的希望,也为今天的培训做了前期准备。

今天,陈馆长抽空与大家进行了面对面的交流,大家感到很振奋。

卜老师做过几个国家级科研课题,向大家介绍了做科研工作的经验。

刘老师认为,编目工作是良心活儿,这说明大家都很有责任心,但是也说明编目工作有一定伸缩性,需要用责任来约束我们自己。她还认为,责任重于能力,我们从事的工作不一定是自己喜爱的工作,但是要有责任心。每做完一本书,似乎是解完一道难题,是心理上的满足,实际上就已经爱上了现在的工作。

姚老师①认为,重点专业技术岗位人员应具备品质好、知识优、能力强、业绩显、眼界宽、思路广、胸襟阔等素质,要当"三手"——组长的帮手、岗位能手、科研的强手。

这两个月举行了三次不同对象和不同层次的培训。

这个会议策划了很久,费了很多精力进行组织工作,最后获得圆满的成功。

❋ 部门总结表彰会顺利举行(2010 年 1 月 29 日)❋

昨天下午,部门总结表彰会顺利举行。

每年在春节前夕,部门都要举办一次大型的活动,综合聚会、娱乐、表彰等各种功能。

有经费的时候我们就聚餐,但是我觉得聚餐效果有时不很好。部门人太多,找一个餐馆不容易。吃饭的时候,一个桌子上互相交流还可以,但是往往缺少更广泛的交流。有时虽然有文艺活动,但是音响效果不好,导致缺少人关注,

① 本文中,"陈馆长"指陈力副馆长,"卜老师"指卜书庆女士,"刘老师"指刘小玲女士,"姚老师"指姚蓉女士。

流于形式。所以今年考虑换一下形式,做一些新的尝试。

好在我们部门过去也采用过总结表彰会的形式,我今年考虑再用一下这个办法。

从几个星期前就开始策划,但是到上个星期就觉得"二乎"了。主要是场地问题和时间问题。这么大一个部门,找一个有音响、不打扰读者的场地本来就不容易,还要看场地负责部门是否能安排上。经过多方协调,后来还是如愿了。可是领导随时要组织开会,我们即使安排上了也不行。最后,领导安排的会议与我们不冲突,有惊无险。

活动开始是总结,然后是表彰,最后是娱乐活动。工会干部们设计得很好,调动了大家的积极性,最后获得了圆满成功。

活动只是一个形式,目的是让大家参与,通过营造部门文化,增强大家的凝聚力。

临近春节,算是阴历年终。阳历年初的事情也很多,需要做很多计划工作,活动中出现的大问题,还需要我来解决。这几天我晚上回家里以后脑子都是空白,更可以想象出筹备活动的同志们是多么的辛苦!

几个小时的活动,有谁能知道这背后的甘苦?

❋ 年初评奖忙(2010 年 2 月 24 日) ❋

每年这个时候,是最忙的。主要是年终评奖和全年的任务书布置。

一年一度的全馆员工大会就要召开,按惯例是要宣布各种奖励的,有先进工作者、服务标兵、科研奖励、先进集体等。

本人作为馆学术委员会委员和服务工作指导委员会委员,就不得不参加多次评奖会议。评奖不代表个人,也不代表本部门,但是涉及与本部门相关的事情,总会有郁闷和高兴的事情。不过也不必太在意,没有永远的失败,也没有永远的顺利。昨天下班前临时接到通知参加一个会,一直到 6 点。

为了这些奖项,各个科组和各个部门的干部们都花费了很大的精力。春节后上班第二天就要求交申报材料,我们第一天上班就开始忙于汇总本部门的材料。我在过节的时候就花时间准备部门申报材料,相信其他部门的领导也是这样做的。

作为部门的领导,只要在意自己部门,就必须为自己部门的荣誉考虑。评上或者评不上是领导和评委的事情,但是如果是因为自己工作不到位而没有评上，就是责任心的问题了。有时候有人说我是工作狂，我用这个例子也表示我们处境的无奈。即使我节日想休息，但是我能看着全部门因为我一个人工作不到位而丢失荣誉吗？当管理者有很多无奈之处。

然后就是年度任务书的制定和发布。每年都很累，要有 N 多个回合，希望今年能顺利一些。

✳ 参加组长竞聘和接待兄弟馆来访（2010 年 3 月 11 日） ✳

上午接待了河北省图书馆同事的来访，下午参加本部组长竞聘活动。

国家图书馆的干部竞聘工作已经成为惯例，大家都习以为常了。由于各种原因，部门管理岗位出现空缺，就需要有一个形式来补充干部。

无论是否有不足，目前看来这个办法还是比较有效的。

值得高兴的是，有不少青年同志敢于出来表现自己，而且不计较成败，我很钦佩他们的勇气。

青年同志是要有勇气的，但是也需要磨炼。职位就这几个，自然会有人失败。

成才有各种形式，不当干部可以当业务能手或者专家。如果有志做管理工作，即使现在不当干部，以后还会有很多机会。

从我自己的人生旅途来看，刚毕业的这几年的经历似乎很微不足道。机会不一定是在年轻的时候，大器晚成者也大有人在。大家都希望早一点得到机会，这也是人之常理。从我的经验来看，如果前期经受的磨炼更多一些，担任管理职务就会更游刃有余。

现在青年同志机会多，远超过我当年。他们的勇气，也远超过我当年。

今天竞争的不少青年同志都提到了业务和管理的关系问题。我认为，作为管理人员，集体的利益是第一位的。如果没有想好这一点，就不要做管理工作。

✳ 部门组长聘任完成（2010 年 3 月 19 日） ✳

上周四组长竞聘演讲，经过一个星期的酝酿，今天终于揭晓了。

这几天找了 9 个参加竞聘的员工谈话，也找了相关科组的组长和部分员工谈话，感觉很劳神，很费心。对于最后没有聘任的员工，要予以鼓励；对于竞争成功的组长,要提出更高的要求。当干部不意味着"提干"、"升官",而是要承担更重的责任。

下午走了5个科组,宣布聘任结果。有一些结果在意料之中,有一些结果出乎大家意料之外。不过,宣布聘任的会议,有时候也是一次感情交流的机会。风风雨雨走过那么多年,老组长百感交集。

小科组的员工有4—5人,大科组的员工有大约50人,比许多部门的人都要多。对于青年干部而言,要管理大科组是有难度的,对于他们来说是锻炼和考验。

从自己的经历来看,当管理干部犹如当一家之长,什么事情都要管,但是有时候自己没有能力解决问题,要受各个方面因素的制约,"受夹板气"。自己的苦衷,没有地方去诉说,甚至自己家里人也不理解。所以,大家所承受的压力是可想而知的。

❋ 周末的故事:青年工作和其他(2010 年 3 月 26 日) ❋

每到周末,就觉得浑身乏力,需要休息半天以上才能思考工作。虽然手头事情还是很多,但是复杂的事情要周末再思考。今天开了几个会,处理了一些重要的事情。

中午吃饭前,在办公室窗外的小花园里,听到一个妙龄女郎带哭腔的电话声音,似乎与谈恋爱的对象在争论什么事情。一边说话,一边在我的窗前来回走动。现代社会中人的个性都很张扬,大家都勇于直白地表现自己的感情。看到这个场景,只觉得人活得不容易,大家都有各自的难处。本想用相机记录这个镜头,但转念还是觉得让她一个人在那里更好一些。

下午参加团员活动,去谈了一些个人的感想。我部很重视青年工作,主任们经常全体参加青年的活动。当然,去之前也是有顾虑的。如果不去,似乎不支持他们的工作;如果去了,大家看领导在场,就不会放开表达自己的想法。不过,我们今天去了不少人,至少表达了我们对一些问题的看法。以后如果有时间,他们自己可以组织文体活动,或者学习活动。大家都是从青年过来的,但是有不少人似乎忘记了当时的情景,也有人刚到 30 岁就说自己老了。我是"奔五"的人,从来不觉得自己老了。正如一个同事说的那样,经常与青年同志在一起,可以永远保持年轻的心态。青年人最需要钱,但是没有钱;他们最需要房子,但是往往没有房子。所以,我们要给他们一些帮助,不管是精神上的还是物质上的帮助。回想自己刚来北京的时候，实在不容易，但是这段经历也锻炼了我的个性，人生最享受的是过程，而不是结果。

中午吃饭，听说了一个浪漫的故事。这几天门口一直看到有一朵鲜花，大家开始不知道是怎么回事情，以为是保安自己买的，后来才知道，是有一个帅哥每天送一朵鲜花过来，被姑娘放在那个地方。这么浪漫的故事，我一定要亲自见证一下。下午开会走过那个地方，看了两次，都没有看到，只好失望而归。

同事说，送一万朵鲜花太俗气了，送一朵正好，但是一定要持之以恒。我不知道帅哥能坚持多久，祝他好运吧。

✳ 参加文化部培训班第一天（2010 年 4 月 6 日）✳

虽然早就立春，但是一直感觉阴冷，晚上睡觉不踏实。直到本周，才开始有春天的感觉——春风送来了暖意，柳树泛绿，玉兰花盛开，桃花绽放。不过，我还是没有注意到图书馆院内有迎春花，是否图书馆内与外界有季节差别？

今天来到了中央文化干部管理学院，参加为期一个星期的培训①。

第一次到大兴的这个学院，感觉新鲜。但是最令人惊讶的事情，却是在开班仪式上，领导宣布班干部的时候，竟然说我是班委委员，是学习委员——怎么提前不告诉我啊？怎么也不与我商量一下啊？

幸好我横向联系比较多，认识其他一些班干部，也认识机关的领导，不感觉特别为难。到今天晚上，我还不知道学习委员要负责什么工作，明天再说吧。

中午吃饭，第一次吃牛头。我和另一位委员都属牛，觉得很有意思。据说牛头是学院的特色菜，一定要尝一下。

许多人似乎不太敢吃牛头，还有牛脑和牛舌。

晚上与大家一起联欢，班干部带头演出，凑合了几首歌曲。不过，大家最欣赏的还是中央民族乐团的专业歌唱家吴玫玫老师的歌声。吴老师欢迎各位参加 5 月 29 日她的个人独唱音乐会。

中国儿童艺术剧院的李建民老师是班长，他的京剧表演很显专业水平，一招一式都是真功夫。

一个星期的培训可以提高自己的理论水平，也是交朋友的好机会。兄弟单位多交流，可以取长补短，启发思路，开阔视野，提高自己的管理水平和组织

书山蠹语

① 指文化部基层党支部书记培训班。

能力。

这几个星期单位工作很多，但是也没有办法。磨刀不误砍柴工，为的是今后更好的工作。另一个副手去上党校，就是留守的一个副手要辛苦了。我抽空上网，尽量处理一些事情。

✳ 参加文化部培训班第二天（2010 年 4 月 7 日）✳

今天上午听了国防大学金一南教授的讲座。

久闻金教授大名，今天听了讲座，觉得实在是好。

金一南，1952 年出生，1972 年入伍，中国人民解放军国防大学战略教研部副主任（副军）、首届"杰出教授"。

曾赴美国国防大学和英国皇家军事科学院学习，2001 年代表国防大学赴美国国防大学讲学。现为解放军报特约撰稿人，中央电视台和中央人民广播电台特约军事评论员，中国军事统筹学会战略研究中心特邀研究员，《中国军事科学》特邀编委。

本人觉得金教授的如下话语值得深思：

"记住国歌中的歌词，记住国际歌中的歌词。"

"没有品尝过胜利的民族，精神永远萎靡。"

"中国有自己完善的工业体系，是工业大国。"

"伟人自觉，就是把握客观规律。"

"中国告别了长期沿袭的颓丧萎靡精神，实现了精神洗礼。"

下午，《紫光阁》杂志副主编曹博慧老师向我们介绍了工作程序中应该注意的一些问题，听了很受启发。

晚上是小组讨论，组长召集会议。培训进行到第二天，第一次有小组讨论的机会，本人认为这个安排有点晚。在培训中，小组讨论应该提前，这样来自不同单位组员们才能互相熟悉，使得培训更为有效。

一天过得很充实，感觉有点紧张。

见到了文化干部管理学院的几个朋友，更深入地了解了他们的网站，还有他们的论坛。欢迎大家访问啊！

❋ 参加文化部培训班第三天：情景教学
（2010 年 4 月 8 日）❋

今天是培训的第三天，最有感触的是上午的情景教学，模拟各种形式的会议。

前两个组"开会"的时候，我积极参加提问，澄清了几个困惑的问题。

我们是第三组。组长发言以后，大家让我第一个发言。我主要谈了我对这个临时集体的看法，提出了我的意见，对我们"今后的发展"提出了一些建议，还对组长的工作方式提出了"批评"。

我们组的会议进行了大概有 40 多分钟，完成了所有程序，没有任何纰漏，得到了班长的称赞。

昨天晚上开会的时候，组长与我们商量了多种方式，本以为他心里没有底，结果我们组的模拟非常成功。当然，主要功劳是组长思考问题的全面。

组长是文化部离退休人员服务中心的王炳义处长，他曾经从事多年的部队思想工作，说话条理清晰，考虑问题全面，滴水不漏。姜还是老的辣啊！值得我们学习。

会后，大家都说，组长也隐藏得太深了。早知道他那么有谱，我们昨天还讨论啥啊！

我们组老同志比较多，我大概还算比较年轻的。熟悉了以后，大家交流了各自单位的工作经验，感觉很有收获。

中午吃饭的时候，与几个演员朋友聊天，说起来有不少共同认识的人和事。

❋ 参加文化部培训班第四天：总结发言
（2010 年 4 月 9 日）❋

今天是培训最后一天，上午举行结业仪式。

第三组一致推选我代表小组发言，这给我出了一个难题。我是最不善于发言的，但是大家起哄一定要我发言，我想也只好硬着头皮上。谁让我是学习委员呢？我年龄比大多数组员都小，让我发言就发吧。

前天文化部保卫处的步处长①还开玩笑说："你一定要发言啊！班干部不发言，群众不答应！"

前两天晚上花时间整理了思路，已经很清晰了。今天看第一组和第二组的代表发言都很长，一个有理论高度，另一个体现了老干部的水平，我不能落后啊！临时再增加了一些发言内容，侧重我们的基层工作。发言大概用了20分钟，下来后同事说你怎么讲了那么多啊？

休息的时候，文化部机关的一个老同志说："你的发言听起来费劲，句句闪耀火花。"虽然觉得有点过奖，但也说明的我发言确实有一些内容，没有白费工夫。

组长王炳义会后与我握手，庆祝合作成功。

结业仪式以后，马上提交了2500字的培训总结，所有任务都完成了。

❋ 最近在忙些啥呢？（2010 年 5 月 20 日）❋

已经过了午夜，今天有重要任务，自然无法入睡。

最近在忙些啥呢？

1. 全国图书馆联合编目中心年度工作会议，下周在南京举行。会议最后的日程、会议报告、年度总结等，都要马上确定。我是联合编目中心的主任，当然义不容辞。前期工作十分顺利，就欠东风了。

2. 第二届全国文献编目工作研讨会，再下周在南京举行。我是总策划人，要确定会议日程，会议各种细节，也不轻松。会议的质量与会议主办方的投入密切相关，我不想砸自己的牌子，而且要越办越好。今天很高兴看到了论文集，本周要确定会议细节。

3. 全国联合编目中心新系统的开发工作即将完成，我是项目负责人。我们要进行系统测试，考虑业务流程，考虑几个系统之间的衔接，考虑业务规范，考虑数据迁移等多方面的问题。忙了几年，总算有结果，谁希望是一个坏的结果呢？如果开始没有做好工作，以后就没法改了，过去的经验要汲取。

4. 领导有新思路，我们就要做调研。负责了两个调研报告，每个报告都几万字，修改了若干次，有10多人参与，不轻松啊！昨天一个同事忙到凌晨3点给我发邮件，我无语了！

5. 图书呈缴问题，忙了几个月，同事们都身心疲惫，我也没有办法。既然做

---

① 即步士忠先生。

了,就要做好,做到底。希望大家都满意,有好的结果。

6. 财务预算问题,现在也要开始考虑,不然明年的工作无法开展。

一天下来,收发了几十个邮件,审批了 5 个报文。晚上与学会的朋友讨论今后的学术活动安排,还要阅读不少采访方面的文件,还要看调研报告……

中国人真累。我看外国人,大多数没有我们累,想休假就休假,到一个与工作无关的地方,不上网,不接手机。哪里像我们这样工作的啊?

身边的同事说,工作实在是太紧张了啊!是的,我自己习惯了这样的节奏,但不是所有人都能适应的。

不过,忙也有道理。过去欠账,总是要还的。上一代欠了那么多账,轮到我们这一代还,而且不能错过时机。但是,什么时候能还清呢?我们不仅要做现在的工作,还要做过去的工作和未来的工作,能不累吗?估计我们下一代不会像我们这么累,就像前几天看到的报道,去美国的第二代实在是享福啊!

5 月是红色的,5 月也是忙碌的,我更希望 5 月是收获的季节。

❈ 群众文体活动与部门文化的塑造(2010 年 7 月 6 日) ❈

上周的"红歌会"胜利结束,第二天大家一整天都对这个话题津津乐道。

吃早饭的时候,几个部门主任一起议论部领导和馆领导的感受、大家对各个部门方阵表现的评价、还有对主持人的评价。大家都很奇怪,中文采编部怎么一下子出了两个主持呢?我无法回答这个问题,也找不出原因。可以说这是有关部门领导反复考虑的结果,最后我们部的人上去,而且获得成功,我感到很高兴。

走在馆区的过道里,其他部门的同事与我的同事打招呼,说的是那天在大屏幕上看到了你们的表现很不错。

在办公室里,大家看着博客和论坛里贴的合唱照片,回味着当时的每一个细节。

在工作之余,我的副手情不自禁地不断哼唱我们演出的歌曲,看来大家还沉浸在那个气氛中。

群众文化活动与专业演出的不同之处,就是演员都是我们自己身边所熟悉的人。平时在工作中是一种形象,在演出时却是另一个面孔。演出是结果,排练是过程。通过排练的过程,大家互相了解、互相熟悉,认识了与平时工作中不同的个体。

书
山
蠹
语

国家图书馆所有工作都很正规,不仅体现在业务工作方面,而且还体现在党政工团各个方面,这在当前的社会环境下是很难得的。有其他单位的人说,国家图书馆好像是世外桃源,这话不假。每年年底总结的时候,馆领导罗列我们得到的各种荣誉,包括业务工作、科学研究、精神文明、爱国卫生、安全保卫、计划生育等等,这是当之无愧的。

我过去纯粹做业务工作,较少关心群众文体活动,有时候还觉得耽误工作。当了几年的部门主任,遇到管理上的困难,逐渐体会到部门文化的重要性,也体会到群众文体活动在营造部门文化过程中的作用。

一个部门如果没有凝聚力,搞什么活动都没有人参加,干部之间互相拆台,群众拉帮结派,结果是一事无成。

部门的员工如果想的都是集体荣誉,整个部门的精神面貌就会不同,做什么事情都能成功,最后作为部门成员的个人也会获得成功。

但是,一个部门良好风气的养成,不是一朝一夕的事情。

我很高兴看到我所在的部门能有这么一支高素质的队伍,有那么多人为部门的荣誉去努力。有大家的协作和配合,才会有良好部门文化的形成,才能获得多方面的成绩。

❋ 回顾和展望(2010 年 7 月 15 日) ❋

这几天一直抽空在做总结:

半年的工作自查

半年的工作总结

半年工作总结的简要版本

下半年的工作计划

过去三年的科研总结

……

总结虽然花费时间,但是通过总结,也回顾了自己做过的事情——有时候甚至都淡忘了。

我总是有意无意地忘记一些东西,不知道这是自己的优点还是缺点。

例如,花费很长时间做的事情,只要出了成果,马上就忘记了,似乎过去没有做过这件事似的。所以,我现在做过的事情,都随时记录下来,以免忘记。

善于忘记这种习惯,有好处也有坏处。好处就是不故步自封,总有前进的目标,好汉不提当年勇。

坏处当然也很明显,就是自己经常不知道摆成绩。明明是可以炫耀的东西,自己却在关键的时候不说出来。

不过,内存里的东西总是要清除的,不然计算机不会高效。

✳ 基层管理的困惑(2010 年 8 月 28 日) ✳

这几天我的新浪博客很热闹,都在谈论组长的问题。

这个问题在馆内似乎已经成了一个心病,我每次谈到组长的问题(大多数不是谈论;只是消息报道),就会有人议论。

不过,这次似乎异常激烈。四天下来,访问量达到 400,评论达到 32 个。

组长有自己的问题,主任也有主任的问题。我一直认为,其他部门这个问题比较严重,大家都是知道的。

没有想到,这次有一些是针对我们部的,而且不太客观。

回想自己走过的这些年,经历过很多。有时候明明是自己牺牲个人的利益甚至健康而为工作卖命,却被人莫须有地指责。好在自己已经过了这一关,对管理工作认识更深刻了一些,对别人的意见也能客观看待了。

可是,对于青年干部,如果是称职的,如何过这一关? 如果是不称职的,如何加强自律? 这是一个难题。

✳ 系统切换第一天:周日加班中的雷锋精神
(2010 年 8 月 29 日) ✳

昨天晚上值夜班,今天早晨起来,发现有一条数据需要修改,改完才想到今天要进行数据迁移,大概修改没有用。下午一问,系统部的同事们早在凌晨 1 点就开始倒数据了,我早晨做的数据肯定是没有用的。

上午是系统部转换数据,我就自己去八宝山品尝台湾小吃。听说了很久,老想去,今天终于去了,但是也有点失望。

系统部上午完成了批修改工作,下午轮到我们做人工修改。规范组的同事们都来了,在卜书庆老师的带领下,手工修改批转换错误的数据。卜老师是全国知名的分类法和主题法专家,也很敬业。国家图书馆很需要这样业务和科研完美结合的专家。

王洋副主任正好值班，也加入了人工修改的队伍。我看她们忙不过来，也加入这个队伍，做了几个小时，我改了大概有几百条数据，用文本编辑器修改Aleph顺序文件。数据修改完以后，交给系统部灌入系统。

到5点钟左右，数据基本上修改完毕，大家一脸倦容，也透出了成功的喜悦。明天还有一些扫尾工作，希望不要太多。

下午抽空到各个组走了一圈，看到有几个组还在加班。学位论文组的人特别多，两个组长都来了，姚蓉老师也来了。昨天到图书馆，也看到了姚老师，她以馆为家的精神值得我们所有人学习。在姚老师和组长们的带动下，论文组已经形成了爱岗敬业、钻研业务的良好风气，不少年轻同志都自愿周末加班，清理积压的文献。

特别值得一提的是业务管理处的延卫平老师，她下个月就要退休了，还主动请缨，做好这次重要的系统切换工作。我经常深夜收到她的邮件，探讨业务问题。如果新一代的业务骨干都像她那样，国家图书馆就有福了。

延老师很爱管闲事，经常打乱我们的计划。不过，如果没有这样一个爱管闲事的人，我们有些工作也许不会那么到位。热爱工作、精通业务、熟悉数据、刻苦敬业，这几个素质兼而有之的人已经很难找到了。记得十年前，老专家朱岩老师就对我说，延老师是"活雷锋"，此话不假，也没有夸大的成分。

我们要考虑的是，不仅要留住这样的"活雷锋"继续为国家图书馆工作，还要将这种"活雷锋"的精神永远流传下去。

❁ 欢度节日（2010 年 9 月 30 日） ❁

今天是节前最后一天上班，上午开了两个会议，一个是资源建设的会，另一个是科研的会议。

下午就是处理各种工作，牵涉到理论学习、新员工轮岗、国外数据提交、系统测试、节日期间工作安排等等，最后一批高度紧张的工作完成，然后就是宁静。

临近下班的时候，人事处通知了职称的结果，我马上转给所有组长，通知到个人，以免大家节日期间睡不着觉。

人事处的工作很细致，很人性化。虽然来不及公示，也赶在节日前通知到部门,这符合我们大家的愿望。青云处长①就是不一样,值得称道。

下班以后就是频繁的短信来往,评上的人都很高兴。我自己已经是二级研究员,这辈子也不可能到一级(院士的级别)了,在这个方面已经没有追求的目标。作为部门主任,看到部下获得成绩,比自己的进步更感到高兴。

中文采编面临人才断档的局面,我在一个任期内能多培养出一些人才,也能多积一份功德,也算我没有白干三年时间。

明天开始就是长假。我的计划是:第一要消除所有疲劳,第二要在可能的情况下消除手头的积压。

✳ 星期四的流水账:座谈会、运动会、系统开发、工资等 (2010 年 10 月 21 日) ✳

今天早晨上班前,就与副手商量今天最后一次消防培训的安排,需要有人组织和调动。难得一次培训,一定要有效果。

一上班,就跟车去友谊宾馆参加会议。见到了不少熟悉的业内同行,例如南京的全勤副馆长、宁夏的张欣毅副馆长、湖北的贺定安副馆长、陕西的谢林馆长、首都图书馆的邓菊英副馆长、黑龙江的刘继维副馆长、山东的王玉梅副馆长、河北的顾玉青副馆长、吉林的吴爱云副馆长,当然还有天津市少儿图书馆的李俊国馆长、湖南省的罗建国馆长和杨柳副馆长。吉林省图书馆的新馆长是新华社调来的,70 后,刚上任,我们就见了面,很荣幸。安康市的万行明馆长已经调到陕西省图书馆工作,这是我们第二次见面了。

听了周和平馆长的讲话,高屋建瓴,很受启发。我们下一步的资源建设和资源共享工作又有事情干了。觉得压力更大,就怕被压垮了。

中午会开到接近12:30,我也顾不得排队吃自助餐了,直接去要了一份陕西臊子面,加上两个小包子和一碗汤,就算凑合了一顿午饭,马上乘地铁回图书馆。

下午就直接参加最后一次运动会操练。星期日的运动会,我们部门不能落后。今天看到宋英杰的段子(寒流周末到北方,天要下雨又下霜;骂完老天喝口水,留点时间备冬装),觉得有意思,转给了同事们,但也为星期日的运动会而担忧。

---

① 即王青云女士。

然后就是计算经费。虽然我是学数学的，但是看到财务账目还是头疼。与大家讨论了财务情况，就决定工资发放的计划。到年底，大家都期盼有更多的收入，我们自然是尽自己的努力去做事情。能算清楚的自然更好，不能算清楚的也要估计。动态的账目，有时候要凭直觉。为了保险，几个人从各个侧面去考虑，搞清楚盈亏的因素，才敢做决定。

抽空讨论了系统数据迁移的后期工作，讨论了数据维护的模式。结束后与同事讨论了通过数据冗余的方式进行数据备份的技术问题，听了很有收获。谈到了云，还有私有云，有点意思。我过去是学理工科的，总想自己搞清楚技术的细节。虽然现在技术发展很快，不可能都懂，但是基本原理还是知道一些的。

还与联合编目中心的海外用户联系，讨论 Z39.50 的事情。

莫名其妙接到一个境外的电话。老外锲而不舍，不知道要做什么。

临下班前试图考虑业务规范问题，脑子已经渐入迟钝状态，回家再思考吧。

手头还有 3 份稿子要看，实在是分身无术。

今天与一个同事聊天，谈到作为一个干部，如果要认真做好管理工作，一定会付出数倍的劳动。劳动的成果总会得到承认，只是时间早晚而已。当然，难免会有人想走捷径，他们经不起时间的考验。

晚上看了几个稿子，与肖希明教授讨论了会议筹备的细节。

时间不早了，还是洗洗睡吧。

✺ 好消息：本人获得国家图书馆运动会男子跳绳比赛第一名 （2010 年 10 月 26 日）✺

今天上午听讲座，下午主持一个课题鉴定会。但是运动会跳绳比赛却临时安排在今天下午，只好开会中间出来参加比赛。

虽然有充分的准备，但是临场还是很紧张，具体表现就是口渴，想喝水。没有水杯，就用手抓了一把水解渴，几分钟内反复几次，明显心理素质不佳。

经过激烈的角逐，本人以一分钟 215 个的好成绩获得男子乙组第一名。

按我的年龄，应该是划入男子丙组。但是丙组没有多少人，只好并入乙组。今天我的成绩，比男子甲组第一名都好，很值得高兴。

之前做了不少准备，就是怕临场发挥不好。记得几年前的运动会，我连名次都没有得到，很是郁闷。

书
山
蠹
语

我比完以后就去开会了，没有看女子比赛。听说我们部门的美女以 250 个的成绩获得女子乙组第一名，另一个部门的美女以 260 个获得女子甲组第一名。我觉得很惊讶——260 个是什么概念啊！双摇也差不多这个速度啊！

跳绳是一项很好的运动，我断断续续跳了大概有 10 年左右。

记得拳王泰森能连续跳 1000 个，我实在是佩服。我们馆的同事在文化部运动会获得第一名，三分钟跳了 600 个，我也很佩服。跳一分钟就很累了，跳三分钟是什么感觉啊！

今天是运动会正式比赛的第一天，开了一个好头。希望我部门能在明天的田径比赛中继续获得好成绩。

❋ 热烈祝贺中文采编部获得国家图书馆运动会团体总分第二名（2010 年 10 月 29 日）❋

我们都在外面开会，上午 10:15 从馆里传来了大好消息，我部获得团体总分第二名的大好成绩。

中文采编部有优良的传统、有很好的部门文化、有很强的集体荣誉感。

在 N 多年前，原采编部曾经获得过运动会的第一名，后来有一次得过第二名。上一届运动会我负责的原图书采选编目部屈居第四，我们都感到很郁闷。

经过 2008 年的机构改革，采编部被拆为中文采编和外文采编，接纳了中文报刊等科组，实力应该比过去弱一些。为什么能获得进步？我想大概是大家的精神面貌有根本性的转变吧。

看到部门的进步，作为主任能不高兴吗？

当然要感谢负责工会工作的王洋副主任、分工会主席叶忆文老师、工会文体委员王来祥老师，当然还有许多幕后英雄的支持和所有员工的积极参与。

❋ 部门高级岗培训（2010 年 10 月 30 日）❋

昨天上午运动会闭幕式，是临时安排的，可我们早就计划要出来进行高级岗的培训。

难得举办这样的培训活动，一定要讲效果。

几个星期前就开始策划，开了几次会，最后确定发言人选。

大家准备得都很充分,参加培训的人员感觉收获很大。

今年的形式与去年不同,有新意,所以参加人员都觉得很有启发。

培训的同时,也梳理了今年的工作,乃至近三年的工作。

今年临时安排的工作多,压力大,当然收获也大。

有时间一盘点,觉得今年的工作亮点很多,不少是涉及全国范围的,例如《中国图书馆分类法》(第五版)出版、《中国分类主题词表》(第二版)启用、全国联合编目中心新系统开发完成、文献的集中催缴等。我们是全国最大的图书馆,大家都参考我们所做的工作,我们要对得起自己的地位。

一年过下来,大家都很不容易,其中的艰辛只有我们自己知道,一肚子"苦水"也没有地方去倒。

最值得我高兴的是,经过三年的经营,中文采编部的业务骨干队伍逐渐壮大,脚踏实地的工作作风得到了发扬,爱岗敬业、团结友爱、团队协作的部门文化逐渐形成。

培训实际上能达到多方面的效果:不仅接受培训的人有收获,对于发言人也是一种锻炼,培养他们语言表达能力和总结归纳能力,以后可以到全国乃至全世界更广阔的舞台上去展示自己。培训的同时,对部门科研工作和业务工作也是一次系统的梳理和总结;每天忙忙碌碌做具体的、微观的工作,甚至想不起来一年下来做过多少事情,总结一下可以更有成就感。培训的第三个作用,也是信息通报的机会;200人的部门,主任不可能做个性化的工作,开大会又没有场地,所以部门内部的沟通也成了一个问题;了解到各个科组都在做些什么事情,都有什么甘苦,大家也多了一份理解。先前设计的时候都考虑到了这些因素,我很高兴看到确实有了效果。

❋ 年终总结进行中:收获和思考(2010 年 11 月 9 日) ❋

今年年终总结提前进行,为的是及时安排明年的工作。

这几天的工作不是用简单的"超负荷"可以形容的。

前几天听了几个科组的总结,大家都有进步,也有收获。

平时的工作单调枯燥,忙碌中很少思考。但是花时间一总结,竟然发现大家都改变了自己,也改变了周围的人和事。

今天我即将述职,周末花时间完成了总结。

掰开手指头一算,今年部门计量的常规工作都超额完成,大多数超额在

15%左右,还有不少值得一提的"亮点":

- 推出 2 个公益性服务的新举措;
- 成立了 2 个分中心;
- 召开了 3 次全国性的会议;
- 举办了 3 次全国性培训;
- 举行了 3 次业务培训和一次业务知识竞赛;
- 完成了 2 次集中催缴;
- 1 次系统切换;
- 1 本书的出版(《中国图书馆分类法》(第五版));
- 完成 1 个系统的开发;
- 起草了 4 个调研策划;
- 对国外完成 3 部分数据提交;
- 参与 3 次全国性学术会议并取得好成绩;
- 完成少儿馆的准备工作;
- 清理硕士论文编目积压;
- ISSN 中国国家连任 ISSN 国际中心管理委员会委员。

部门获得了如下荣誉:

- 2010 年 10 月中文采编部分工会获得国家图书馆第九届员工运动会团体总分第二名;
- 2010 年 6 月中文采编部分工会被评为国家图书馆先进分工会;
- 2010 年 4 月中文采编部被评为国家图书馆 2009 年度安全保卫工作先进部处;
- 2010 年 4 月中文采编部分工会获得国家图书馆团体跳绳比赛三等奖;
- 2010 年 3 月中文采编部党支部获得中共国家图书馆委员会授予的"国家图书馆 2009 年度党建信息报送优秀党支部"称号;
- 2010 年 3 月中文采编部分工会荣获国家图书馆工会组织的"国家图书馆羽毛球团体赛"第二名;
- 2010 年 2 月中文采编部"《中国分类主题词表》Web 版"获得国家图书馆 2009 年度创新奖。

以上的成绩,主要是在全部员工的辛勤劳动下获得的,但是也少不了科组长的表率作用、支部一班人的工作、党员的模范带头作用,也少不了不领导班子的心血。

我在部里努力营造部门文化,党支部和部班子弘扬踏实敬业、甘做铺路石的优良传统,提倡踏踏实实做人、认认真真做事、兢兢业业为图书馆事业无私奉献的精神,逐渐形成了团结合作、积极向上的风气,业务、科研、党支部、工会、共青团、安全保卫等各方面全面发展,全面开花的良好局面。

在这里面,积极向上和团队合作是非常重要的因素。

我对部门建设的总体目标是:

保持部门优良传统,在全馆的各项工作中保持领先;

爱岗敬业,完成并超额完成业务工作;

积极创新,提高工作效率;

研究业务,在全国业内引领潮流;

开拓思路,跟踪国际最新进展。

今年的总结,是任期最后一年的总结,可以说是三年的回顾。当管理干部,当然要多自省,多吸收他人的意见。但是也不可能得到所有人的称赞,只要自己尽力,也就心安了。看到部门逐渐成长,看到三年的工作开花结果,就感到心满意足。至于这三年是逗号、分号还是句号,就不必多想了。

❈ 周末加班(2010 年 11 月 14 日) ❈

部门举办对外的培训,有关科组的同事们都加班,我也尽量抽时间过来看看。

不是不放心大家的工作,而是想亲自了解工作情况,发现问题,解决问题。

我也想趁这个机会与兄弟单位的同行多交流,以便安排今后的工作。

图书馆编目人员都很敬业。培训安排在周末,是为了不影响平时的业务工作。大家远道而来,不能让大家失望啊!

抽空完成了部门总结、部门自查报告,还有各种规划和意见。

同事们都很忘我,很敬业,但是也都有自己的事情:自己的学业、自己的家庭、自己的工作……

有些同事几个周末都不在家,快影响家庭和谐了。

有一个过去的同行,现在调学校其他部门工作了。聚会时她说:离开图书馆,才知道各行业里只有图书馆人在认真做事情。此话不假,图书馆人很认真,不会弄虚作假。在图书馆里,采编人员更认真,更敬业。这样的精神要发扬光大,但是我们希望能得到更多领导的认可。

黑色的 11 月啊,刚过了一半!

❋ 忙碌的一天:阶段性工作完成(2010 年 11 月 19 日) ❋

大概一周时间,睡眠都在 5 小时左右,已经出现疲劳的症状。

昨天晚上进入工作状态,已经是 21 点以后,不知觉就过了 0 点。终于完成了一个发言稿和一篇文章的框架。

今天早晨起来,再次核对全年任务完成情况,恐怕与经费拨付不匹配。

任期内最后一次发工资,一直是谨小慎微。考虑了 10 多天,反复计算多次,今天最后确定了。要调动各个方面的积极性,也不能有错误。过去曾经发生过的事情,不能再发生。如果稍有疏忽,虽然有好的设想,不能落实下去,也很遗憾。要从各个侧面反复核对,才放心发布。

上午参加了宣布人事变动的会议,我就不多说了。

然后再次讨论工资分配方案,修改了最后的稿子,中午就发出了通知,赶在下午开会前完成了任务。

下午参加了元数据标准的鉴定会,我把它当做是一次学习的机会。不过北京大学图书馆的朋友们的名字都很搞笑的——Y 爽爽、Y 乒乒、S 芸芸、P 微微……不知道北京大学图书馆的馆长是否有特殊的偏好,特意找这些奇怪的名字。

本人递上请假报告,得到了领导的批准。最近事情多,变故多,按理不应外出的。

下班前处理未尽事宜,看了部门考核汇总表,签字后按时回家了。饭后又是 N 多个电话,与副手商量工作。

晚上赶火车,一天的工作基本结束,一周的工作也基本结束,一个月的工作即将结束,甚至三年的工作也基本上结束了。

下周将发生什么事情?且听下回分解。听天由命了。

❋ 揭锅了:行走在中外之间(2010 年 12 月 3 日) ❋

昨天终于揭锅了——正处级干部的聘任发布了公示,从 2011 年 1 月 1 日开始上任。

承蒙领导信任,我被派往外文采编部工作。大家都很意外,但也都在情理中。

这次轮岗比例很高，大多数业务部门领导都换了岗位。我从中文到外文，应该算变动不大。感谢领导的信任，让我负责外文部这么一个重要的部门，一年要消耗掉全馆超过三分之二的资金。

我从外文采编开始做，从最基层一直到副主任。当正主任以后开始全面负责中外文的采编工作，做了三年多；然后专注于中文采编，做了三年。回到外文采编，也在情理中。

我在担任图书采选编目部副主任的七年期间，就是主管外文的 6 个科组，占当时采编部的一半科组。外文采编从卡片编目到光盘编目到联机编目的几次跳跃，都是我一手完成的。最早参与 Aleph500 系统选型的人员，我就是其中之一。系统启用后，我还解决了日文、俄文等文字的编目问题。2006 年馆领导要求在五年内完成几百万的外文回溯工作，最初策划的也是我。我还进行了几次大规模的名著和中国学文献补藏工作。可以说我对外文采编的流程十分清楚，需要熟悉的是新增加的数字资源采集和整合工作。

我后来负责采编部全面业务达三年时间。所以总计与外文部的人和事接触了十年的时间，应该十分了解。

在中文采编的这三年里，我和我的副手们白手起家，拼了命干。有那么大的付出，取得了那么多的成绩，获得了那么多的荣誉，我们能不留恋这个集体吗？

此时此刻的我，心情是十分复杂的。就像一个是自己的故乡，另一个是自己的居住地一样，哪个都不想舍弃。人是有感情的。

馆领导站得高，看得远，能从宏观角度把握国家图书馆的发展方向。我认为，轮岗对于图书馆的未来发展是有益的，可以打破部门之间的屏障，培养干部的宏观思维能力和部门协调能力，也能合理调配干部，让青年人才脱颖而出。

从另外一个角度来说，如果采编工作确实困难，却得不到外部的承认。那么，让更多其他部门的领导做一下采编工作，也有助于外界和领导更清楚地了解采编中的问题，给予更多的支持，这对采编的未来发展不无好处。

此外，我们长期在一个部门工作，可能会思想僵化。新领导可以用新的思维来解决过去的问题，或许比我们过去的方法更有效果。

在过去的三年内，我们培育了部门文化，树立了正气，发扬了优良传统，超额完成了任务，并做出了许多有亮点的工作。例如全国图书馆联合编目新系统的开发和新政策的出台、主题规范数据库的替换、ISSN 新系统的测试和免费政策的出台、硕士论文的编目外包、集中呈缴工作、台港澳文献的扩充、中文资料的采集、回溯编目的完成等，都取得了阶段性的成果。

这几天,经常听到群众的议论;一个不善言谈、从来不说话的员工,也主动说不想让我离开。我听了很感动,说明我这三年的付出没有白干,这就是对我最高的奖赏了。

国家图书馆的干部聘任,牵动了业内同行的心。不断有人问我到底去哪里,似乎有一些人比我馆员工消息还灵通。在此,我向多年来支持我工作的兄弟馆领导和员工表示感谢,感谢大家的关心和支持。

天下没有不散的宴席。动是绝对的,静是相对的。我们要在动中发展自己,锻炼自己,为国家图书馆做更大的贡献。我相信今后的中文采编工作将会进一步走向辉煌,也期待外文采编能有更大的发展。

❋ 最后一次支部大会(2010 年 12 月 9 日) ❋

什么事情如果有"最后一次"的字样就会显得很不一样。

如果没有意外,昨天召开的支部大会应该是机构调整和干部轮岗之前的最后一次了,看上去有一些感动、一些留恋、一些沉重。

50 个党员出席,议程安排得很满——一个预备党员转正,两个积极分子发展入党,还有"创先争优"活动阶段性总结。

最让我们感动的是,在这三年之内,党支部、党小组都很有凝聚力,大家发自内心喜欢这个集体,留恋这个集体。

"感谢上苍给我机会,在这个团结、严谨、务实的部门里,在这个充满热情和爱的好氛围里。"

"我们每个人都有缺点,但是在我们这个集体里我们却都展示着良好的人性。大家一起奋斗,工作,发挥自己的作用。"

"我们每个人如果都有美丽的标准,就会变得更美好。"

"让我们美丽地活着。"

文学博士富有文采的、热情洋溢的发言,打动了现场的所有党员。她最后朗诵了一篇随笔"人生的意义",与大家共勉。

大会最后的议程是表彰学习积极分子,同时也表彰了作为党支部助手的团支部,他们在营造部门文化、组织部门活动、组织党日活动、赢得部门荣誉等方面都做出了很大的贡献。有一个青年员工在调离的时候说道:"我很留恋这个团支部。"今天下班前,离任的团支部书记也告诉我,他也很留恋这个集体。

是啊!人在哪里付出,就会对哪里有感情。

与我共事三年的副手表态,也说了同样的想法:"我很喜欢这支队伍,我很为我们的队伍自豪。"短短的一句话,完全是出自内心的真情流露。

一个同事在会后写道:"部门调整前的最后一次党支部大会,竟是这样令人难忘。史老师的发言《让我们美丽地生活》引人思考和自省,小刘哽咽的真诚致谢让人动容,小郭的憔悴让人感受到敬业的力量。多么让人留恋的集体和人啊!"

最后一次会议,应该永远留在大家的心里。明年1月1日,我们将奔赴各自的岗位,要书写新的篇章。但是这最后一次会议,大家是不会忘记的。

前几天与临时团支部的负责人谈话,希望保持优点,继承传统,获得新的荣誉。这是对老部下的期望,但是似乎也与我自己的身份不符,因为我到新的岗位以后,现在的部门将成为竞争对手。不管如何,我不想看到自己曾经工作过的团队退步,这是不容怀疑的。

❀ 难以忘怀的集体(2010年12月24日) ❀

昨天晚上举行了部门迎新年暨总结表彰会,心情很复杂。最后一次聚会,将近200人参加,主要内容是表彰、吃饭、抽奖。

我意外地得到了大家给我精心准备的礼品——一本记录了我们三年历程的相册。

聚会最后,3位主任、党支部委员、工会委员们一起朗诵了相册扉页上这样一首感人的诗:

> 这是一本普通的影集
> 却记录了这样一个集体
> 她是图书馆事业的根基
>
> 她默默无闻　兢兢业业
> 她日复一日　无怨无悔
> 当汗水浸润了书香
> 满足的笑容也挂上了她的心房
>
> 她是一个快乐的集体

她从不以年龄作为青春的界限
她认为富有生气的心灵永远的年轻

当十渡的竹筏在湖面泛起浪花
当白洋淀的荷香扑过了她的面颊
当狼牙山的薄雾打湿了她的头发
那里便飘起了她快乐的歌声
她也在歌声里忘记工作的疲乏

她是一个光荣的集体
赛场上挥汗如雨
工作中脚踏实地
众人齐心如一的努力
成就了一个不可战胜的群体

她有党政工团的各种荣誉
她有文体活动的无数成绩
但她依然保持谨慎和谦虚
因为优秀已经成为她的品质

她是一个令人难忘的集体
她有敬业、民主的领导作风
她有和谐、宽容的群体文化

就是这样的一个有情有义的集体
请让我们把她装入美好回忆
请大家记住她的名字
——中文采编部（2008—2010）

✳ 2010 年的最后一天：交接、告别、任命、收获 （2010 年 12 月 31 日）✳

2010 年的最后一天，大家都想休息。但是对我们来说，这就是奢望，因为有一些不得不要做的事情。

第一件事情,是交接。这几天每天都是交接,前两天是其他部门给我交接工作,今天则是我向新领导交接工作。

新领导很认真,很仔细,问题很多,我们一起说了两个多小时,快耽误吃中午饭了。

幸好我们的交接说明准备了两个星期,写了 5000 字,打印出来 13 页。

中午见了几个老同志,都是专家,很热情,很真诚。

下午去科组转了一圈。11 个科组,20 多个办公室,分布在旧楼的东南西北四个方向,从 1 楼到 4 楼。还有新楼的地下 1 层。按惯例走一圈要一个半小时,今天时间紧,只用了 40 多分钟,3 个人走得很急。

节前一般都要走一圈,一是拜年,二是检查安全工作。今天无形中又多了一项内容,就是向大家告别。看着熟悉的人和物,大家都很留恋。从明天开始,我们脑子里就要思考其他事情,但是这里的事情,始终会占据大脑储存空间中的一个外存区域。

然后抽空把办公自动化系统(OA)里没有结果的报文都终止了,以免交接工作以后出现流程上的麻烦。如果需要,新领导可以重新报文。

接下来就是参加国家图书馆中层干部聘任大会。詹福瑞副馆长宣读了聘任决定,周和平馆长发表讲话,要点是责任重大、不辱使命,认清形势、明确任务。周馆长还向大家提出了新的要求。从 1 月 1 日起,大家都要忙几个月,不会轻松的。

接下来,就是办公室同事搬家,我们一起帮忙。这是第一个,4 日上班就要轮到我了,这几天一直在收拾家当,螺蛳壳里做道场——狭小的空间里穷折腾。

下班时候翻开上午送来的《数字图书馆论坛》,看到了我写的 1 篇文章《从 RDA 想开去》。这是一个专栏中的 1 篇,别人的文章都是"论文",就我的文章是"漫谈",只是想让大家从不同的角度来看这个问题。另外还有吴晓静老师的 2 篇文章以及胡小菁老师和李恺同学的文章各 1 篇。

晚上收到国际图联编目组主席的来信,要求大家投票表决是否同意 ISBD 统一版(正式版)出版。节日期间再看一下吧。

一年终于过去了。期待休息,迎接新的岗位,面对新的挑战。

❋ 整理办公室(2011 年 1 月 3 日)❋

事到临头,才觉得整理办公室有多么的困难。平时没有看到有多少东西,一整理竟然有 10 多个箱子！

仔细一分析，1 个书柜就可以装大概 8 个箱子，也难怪了。

不过，以后应该养成随时整理文件的习惯。过去总觉得历史文件有参考价值，没有想到如果不整理竟然是这个局面。先不仔细整理，到新办公室再甄别吧。

其实，最占地方的是自己的业务参考书、别人送我的书、平时发的学习材料、杂志社赠阅的期刊等，当然还有各种行政和业务文件。

此外，我还有"收破烂"的习惯。例如旧打字机不用，也不想扔掉；旧的号码机，也想留作纪念……东西太多了啊！

今天整理东西的时候，竟然发现了几个特殊的美元硬币和 80 年代的人民币硬币，发现不扔东西的好处了啊！

❋ 新年新部门新办公室新同事的第一天
（2011 年 1 月 4 日）❋

新年过后的第一天，开始是去新部门（外文采编部）7 个科组去走一圈。一是向大家拜年，二是熟悉新环境、认识新同事。

其实 90% 的同事都很熟悉，就是不认识这几年新来的同学们。

然后就是搬家，分两个小时，基本上完成。最费时间的就是最后清理一些文件，还有搬柜子，拆计算机。

下午 2 点，计算机可以使用了，上网、打印等都没有问题。

发现自己的手很疼。整理几天办公室，脏了洗手，洗手后又脏，皮肤表面的保护层都没有了。此外，自己打捆箱子，20 多个箱子下来，聚丙烯绳子把手都割破了。休息几天再整理新的办公室。

新办公室其实就是我三年前的办公室，还是那个位子，空间大了不少，可以放不少家当了。

一天下来，与我相关的几个部门的领导都完成了搬家任务，到了新的岗位。

总务部的师傅们马上修理了柜子锁，可以说是神速。

电话班的师傅马上帮我移机，没有耽误工作。

感谢中文采编部的同事们，帮我运送了不少东西。也感谢外文采编部的同事们，帮我整理了新办公室，并一起帮忙运家具。

接下来就要正式工作，整理办公室的时间可以拉得长一些。

今天开始用新的 Web 版办公自动化（OA）软件，大家不太习惯。晚上下班的时候，遇到系统部负责 OA 的工程师，交流了一些看法。那个女工程师很敬业，随时解答我的各种问题，我们的交流很具有互动性。

✳ 国家图书馆中层干部会议召开（2011 年 2 月 20 日）✳

今天出发参加中层干部会议，周末少了一天休息时间。

其实不仅是少了一天休息，整个周末都几乎泡汤了。

星期五晚上，本来就很疲惫，准备早点睡觉，10 点接到了有关部门领导的电话，要核对任务书。

于是，马上看 OA 里的邮件，并通知同事一起核对，到 11 点多才睡觉。

星期六早晨，马上去办公室与同事们商量细节，中午回家就觉得头晕。饭后刚要休息，又接到电话，需要进一步核对任务书，我勉强接完电话，就呕吐了。只好电话通知副手帮忙处理。傍晚醒来，才觉得舒服了一些。去办公室打印了发言稿，准备好有关资料，才回家吃晚饭。

可以说，一个周末都泡汤了。

按我的习惯，平时工作忙碌，周末要补觉，下周工作才能有精力。

今天一大早出发，还要穿上馆服，觉得很麻烦。

不过也没有办法，因为有发聘书仪式，还有全体合影，穿馆服是为了今后永远的回忆。我上个星期找出 12 年前的合影给他们看，于是大家都觉得还是穿馆服好。周馆长认为，制服也体现了管理的一个方面。

会议开得很充实，大家在休息时间还排练了晚上的节目。

本人被指定为晚间娱乐活动小组组长，不得不做一些组织活动。好在有不少年轻的"组长助理"协助工作，策划工作很快就完成了。

筹备工作总有一些临时变化，十分油菜①的图有其表妹②竟然在最紧急的关头，帮我解围。她改编了一首诗，起到了意料之外的效果。记得 2008 年 1 月 22 日，她也写了一首歪诗，把中层干部的名字都放了进去，大家可以看以下引用的相关博文（略）。

---

① "油菜"是网络语，表示"有才"。
② 顾晓光（图有其表）的夫人张洁女士，她写了一首诗"不能说是诗歌，是上任的感想"。

不能说是诗歌，是上任的感想

张　洁

这次竞聘，我终于来到业务部门——立法决策部。

有人说我一下子就步上**青云**，

因为，大家都认为这是衡量国图主流业务的一个集中反映。

我心里不由得**陈荔京**，无法让心绪**曹宁**。

工作要如何开展呢？我自己心里**顾犇犇**直跳。

主任看出我的忐忑，亲切地对我说：

要想达到事业**昌明**与**贵荣**，必须从做人开始。

做人要**厚明**、**守真**，千万不能对群众**魏大威**，更不可乱发**袁彪**。

工作目标开始可以不那么**鸿达**，但要**志清**。

条件成熟时，可以有鸿雁（**红彦**）之志。

不过，一定要走出坚实如**一钢**的脚印；

那样，终有一天，就可以攀登上**高岩**顶峰。

听了这番话，我暗下决心，**方自今**始，自力**更生**。

我要沉下心去，像愚公移山一样，

搬开业务上的**王磊**，辛勤耕耘自己工作的**世田**，

争取能站到一个**又陵**上，欣赏一片**春兰**。

我也要学习**海燕**，向着**晓明**的方向，掠过**黄洁河**，荡起**汪东波**，

沿着**向东**的大路，沐浴在**玉辉**里，欣赏那一道道**艳霞**。

晓梅不经寒彻骨，哪有**雅芳**扑鼻来？

如果我们大家都使出**陈力**，共建国图，

员工生活**富平**，事业**春明**，

就能以**福瑞**之景，迎来百年馆庆！

说明：

王青云为缩微文献部副主任

陈荔京为中文采编部副主任，兼 ISSN 中国国家中心副主任

曹宁为文化教育部主任，兼培训中心主任、首都联合大学国图分校副校长

顾犇为中文采编部主任，兼全国图书馆联合编目中心主任、ISSN 中国国家中心主任

李昌明为总务部主任

贾贵荣为北京图书馆出版社副总编辑

王厚明为原保卫处处长

郝守真为离退休干部处处长

魏大威为计算机与网络系统部主任,兼图书馆现代技术研究所所长

袁彪为人事处处长

景鸿达为党群工作与纪检监察办公室主任,兼工会委员会常务副主席

张志清为国家图书馆古籍馆(国家图书馆方志馆)副馆长(正处级)

陈红彦为国家古籍保护中心办公室主任

孙一钢为百年馆庆筹备办公室主任

高岩为总务部总工程师

方自今(金)为参考咨询部主任

汤更生为中国图书馆学会秘书处秘书长

王磊为业务管理处副处长

林世田为国家图书馆古籍馆(国家图书馆方志馆)副馆长

郭又陵为北京图书馆出版社社长

牛春兰为文化教育部副主任,兼培训中心副主任

卢海燕为立法决策服务部主任

李晓明为典藏阅览部主任

黄洁为典藏阅览部副主任

汪东波为业务管理处处长

严向东为国际交流处(台港澳交流处)处长

张玉辉为国家图书馆副馆长

张艳霞为外文采编部副主任

毛晓梅为党群工作与纪检监察办公室正处级纪检监察员

张雅芳为国家图书馆副馆长/党委副书记

陈力为国家图书馆副馆长

富平为原数字图书馆管理处处长

李春明为数字资源部副主任

詹福瑞为国家图书馆馆长/党委书记

❋ 在书库顶层穿越时空隧道(2011 年 2 月 23 日) ❋

　　我们到达了顶层,这是很少有机会能进去的地方。这里有斜向支撑钢梁,没有照明的灯光。

顶层的阁楼，根本上不去，令人想到巴黎圣母院顶层的钟楼。这里有卡西摩多（钟楼怪人）吗？

记得在 15 年前，在老业务处处长朱南先生和老主任蒋伟明先生的鼓励下，我每周定期上 18 层挑选图书，是想在无法处理那么多积压的情况下，尽量挑出一些有价值的图书（特别是中国学图书）进行编目。我断断续续在 18 层挑了几年书，没有想到因为库房调整，我做的事情前功尽弃——没有人与我商量，就把挑出来的书都归架了。

当时那一层都是积压的书，没有一个人，也不开窗户，与尘土和螨虫为伴。在那里工作几个小时，没有人说话，没有凳子坐，只是感受到历史的厚重，文化的积淀。这次进去，看到前几年处理完的大约 10 万册图书。

这是今年我们要做的书，无意中看到了德沃夏克的《斯拉夫舞曲》总谱（省略原文附图）。

值得高兴的是，我当年看到的那么多积压图书，有望在我手上全部清理干净。从 2007 年国家图书馆领导开始着手清理外文图书积压，到今年西文部门可以基本完成了。我开的头，也由我来结束，这确实是值得高兴的事情啊！

我的同事们这几年辛苦了！

从书库顶层看到的紫竹院公园，显得很小啊！

✳ 祝贺外文采编部获得国家图书馆艺术节团体总分第一名（2011 年 6 月 24 日）✳

今天最重要的事情就是艺术节比赛。几个节目，分布在全天的各个时段，我要经常在办公室和音乐厅之间奔波。部门的演出不能错过，工作也不能耽误。

张主任、罗主任和工会主席们要辛苦了，还有那些演员们。

正好赶上第一个诗剧表演，我们自己的大合唱是没有办法观看了，希望能找到人帮忙拍照片。

第一场比赛的是"其他舞台艺术形式"，外文采编部的诗剧《走向复兴》获得第一名。大家那个高兴啊！

第二场比赛是大合唱，外文采编部差不多 95% 员工演唱的《国家》和《走向复兴》又得了第一名，这下大家感觉有点意外了。虽然费了很大力气排练，但得第一名还是第一次，不敢奢望的。

第三场比赛是舞蹈，外文采编部的舞蹈《我家门前过大军》获得舞蹈类节目第一名。感谢吴凯同学和 16 名美女！！！！

第四场比赛是曲艺小品类节目，外文采编部的双簧《八路与汉奸》获得第一名。这个节目太令人捧腹了！

外文采编部在 5 场比赛中获得了 4 个第一名，而且还获得团体总分第一。大喜过望啊！

回想起来，却也在情理之中。这是大家团结协作的结果，用汗水换来的，有许多奖状背后的故事，听了很令人感动。通过协作获得了成绩，通过协作也更加深了大家的友谊，也增强了集体凝聚力。

这也是外文采编部和我们过去的图书采选编目部、中文采编部从来没有取得过的好成绩。我为这支队伍感到骄傲。

大家辛苦了！

❈ 搬家第二天：改变习惯性思维（2011 年 9 月 21 日）❈

部门搬家第二天，早晨没有去食堂吃饭，却享用了月饼加苏阿姨荠菜馄饨。

今天已经有 3 个科组完成搬家工作。

发现搬家前需要维修灯管。楼层太高，搬完后升降梯这么大的设备进来就不方便了！

就绪的科组要恢复工作，却发现电源制式出问题，习惯性思维告诉我们要换接线板，但是成本太高，那么多接线板都换，还不要小 1 万元钱啊！后来无意中发现换插头就行，就马上准备插头，问题迎刃而解了。什么叫"创新"，改变习惯性思维就是"创新"。

当年国家图书馆电源都用英制插头，实在匪夷所思。在那个年代，出国机会很少，大家都不知道那是英国人用的东东啊！

即使要换插头，也不是那么容易的事情，要报批，然后采购。那么着急的事情，都需要特事特办，没有主任亲自出面，也是不行的。

所以搬家的时候大家都不敢怠慢，两个副主任现场督战，我经常去各处看看，随时解决临时出现的问题。

还有就是要出席临时通知的会议，现在自己更身不由己了，会议经常是提前一个小时通知，甚至提前 10 分钟通知，无法安排自己的工作。

✼ 搬家第三天：收获（2011 年 9 月 22 日）✼

搬家第三天，比第二天更顺利。

大家有了经验，提高了效率，而且 1 部坏的电梯也修好了，我们提前完成了任务。高兴啊！

但还是有一些细节问题需要解决。

前几天向保卫处反映缺少灭火器，今天就送来了，效率真高！每个大房间都放了 4 组灭火器，要告诉临近的组长如何使用。灭火器还有一个作用，就是在火灾的时候砸破玻璃门逃生，可不能等着找消防通道的钥匙啊！

我自己还发现有几个可以考虑的逃生地方，就是可以在紧急情况下上房顶。只要能逃生，应该不限制具体方法的。多年前我在房顶走过，对地形都很熟悉。

保洁工作搞定，钥匙搞定，电话通了，网络通了……

今天觉得有成就感，不过大家都觉得很累。

今天下午前一直就只有一个电梯，搬家都不够用，我们上下都靠走楼梯了。一天下来不知道要走多少回 6 层，也觉得有点累。不过我觉得劳动光荣，也有利于健康。前几天与一个在我馆打工的下岗工人聊天，她说在这里干，不仅能多挣一些钱，脂肪肝和糖尿病都没有了。有那么神奇吗？

副手想得周到，还开了共用一个大空间的几个科组的会议，提出了管理、协作、安全等方面的要求。

老有兄弟部门的员工过来参观学习，以后要考虑收费了。我们搬家前后，可没有地方去学习。

✼ 2012 新年感言（2012 年 1 月 1 日）✼

又过去一年，终于进入了传说中的 2012，大家似乎也都很平静。

随着岁月的流逝，计算时间的单位也在变化：从小学时候的度日如年，一直到现在几乎用周和月为单位计算时间，变化巨大，从而一年一年过得越来越快。

2011 年，到了一个年龄的结点，开始对年龄的增长产生恐惧感，不愿意过生日了。

检查了一年来的读书笔记，自己在这一年里读了大概 30 本书，发表了 2 篇书评，写了若干篇读书笔记。

一年内，写博客494篇，除了记录自己的重点工作，分享生活趣事，也与全国同行交流了自己的工作心得。遗憾的是，原创的博文并不很多，这点一定受到了不少网友的批评。因为工作太忙，身份限制，不能再写更多的东西，也请大家谅解。不过能坚持一天写1篇以上，已经不容易了！

2011年发表文章4篇，加上各种杂文就更多一些，出版了1本译著和1部参编国际标准，完成了1本明年即将出版的译著。在这个方面，可以说今年也是几个收获的年头中的一个，多年的工作有了结果，也值得高兴。

2011到新部门工作，老的副手、老的部下、新的工作、熟悉的业务，但也忙碌了一年，没有闲着。如果到一个陌生的部门，熟悉业务需要时间；到一个熟悉的部门，提高层次也需要时间。好在我们的工作基本得到认可，值得欣慰。用我自己的话来说，当干部就是要把一潭死水"搅浑"，要利用各种现有的资源，达到效益最大化，这需要费不少脑筋。副手和组长们都很能干，大家一起商量要做的事情都能做成，也算没有白忙活。

本人率领外文采编部领导班子，团结协作，以科学发展观为指导，以夯实基础业务、提升质量为核心，以创新思路为突破口，以培养人才、建设团队为抓手，锐意进取、扎实工作，圆满完成2011年的各项工作，成绩卓著，硕果累累，同时也打造了一支和谐、奋进、拼搏、创新、奉献的团队。

2011年部门超额完成各项任务，组织了2次大型活动，2次部门培训，获得艺术节总分第一名和4个单项的第一名，团体踢毽子第一名，4人次获得部级表彰，出版了《外采之声》，创作了"外采之歌"；20余名员工参加2011年中国图书馆学会年会征文活动，最终2篇论文获得一等奖，8篇论文获得二等奖，10篇论文获得三等奖；今年我部员工出版编、写、译著作6种，发表学术论文30多篇，在研馆级课题4项。

今年在外部压力推动下，我还做了一些所谓的"跨界"工作，涉足音乐、翻译等领域，从专家那里学到不少东西。这两个领域都是我早就有的爱好，至今也没有时间充分发挥。上了图书馆的"贼船"，下不来了。

一年过去，收获颇多。作为一个团队的管理者，个人的进步不应该作为衡量成功的标准，而应该更多地考虑团队以及其中个体的成长。

一年下来觉得很疲惫，需要时间去恢复。有时候，总觉得需要长期休息下去，但是每当体力恢复以后，就忘记了那段疲惫的痛苦的时间，周而复始，人的本性无法改变。

有人说我想做的事情太多了。其实有时候自己并不想做那么多的事情，事到临头，为了一份责任，就"被迫"做下去了。

不过,我已经不是那种可以拼命的年龄了,晚上熬夜的后果就是需要很多时间去恢复,中午不睡觉就容易头晕。

希望新年会给我们大家带来好运,也希望我能找到自己的平衡点。

最后,借用部门同事写的对联来迎接新年的到来:

辛卯玉兔"解开"求创新,采访拓宽渠道谋增长,编目深化揭示推整合,外包攻坚克难结硕果,党团工会和谐创辉煌;

壬辰飞龙"双基"聚人才,夯实资源建设保优势,引领信息组织开局面,开放数字资源促利用,发挥团队精神展宏图。

❊ 春节前夕慰问老干部(2012 年 1 月 11 日) ❊

春节前,除了谈任务书,最重要的一项工作就是慰问老干部。

部门有 70 多位离退休老干部,大家分头去看望,送上组织的温暖,也重叙往日的友情。

我重点看望几位年岁较大或者身体不太好的老同志,也看望了 3 位老主任。

不管过去在工作中有过什么恩怨,退休后都是朋友。谈起过去的经历、过去的人、过去的事,就觉得时间不够用。

老主任谈起了过去的管理经验,也很值得我们学习。

老主任说,当管理干部很不容易,锻炼人,让人心胸开阔。特别是当中层干部,需要面对上级领导、同级行政部门、下级科组长、群众等许多层面,别人不理解你的工作,你又不能解释很多,自然会对你产生误解。

例如每年谈任务,上面领导压任务,行政部门设限制,上下左右"围追堵截",日子不好过,群众还以为你没有能力,不愿意为大家谋利益。

例如评职称的事情,评上的因素很多,有自身努力,有单位政策,有评委的判断,大家投票决定,很复杂。但是没有评上的人,有的认为是领导不帮忙,或者领导故意为难,挨骂的事情自然难免。甚至主任尽力争取,没有成功,有人还是认为主任故意不让上。

老领导十多年前都经历过的事情,我们还在经历。需要学习他们好的工作方法,也需要继续修炼自己,心胸开阔,身体好比什么都重要。

老同事熊道光老先生 91 岁高龄,身体很健康,不知道有什么秘诀,下次再问了。

❋ 外文采编部视频《多彩记忆》横空出世
(2012 年 12 月 21 日) ❋

经过两个月来的精心策划和制作,部门的宣传片《多彩记忆》(Colorful memories)终于发布了。

制作视频是青年同事们的偶然创意,经过大家的共同努力,多次修改才得以成型。

这样的视频短片在图书馆内各个部门中大概是第一次,更是我们的第一次,我们倍加珍爱。

外文采编部的部门文化已经形成体系。去年 4 月青年人创作了部歌《爱我外采》,11 月创刊部门通讯《外采之声》,还设计了部徽(今年 11 月修改了设计),最后到 2012 年岁末发行了视频短片《多彩记忆》,都是大家齐心协力为集体凝聚力而做出的成果。

在 2012 年 8 月的党日活动晚会"夏花绚烂,外采情浓"上,大家已经创作了"外采颜色"系列:

外采是具有宽广、融合与包容等特性的紫色。古语云"紫气东来",意味着祥瑞,外采是怀揣希望和梦想的部门。

外采就像绿色清新的空气,蕴含着勃勃生机,健康、发展、活力之源。

采编工作就像一块朴实的白色画布,外采人用多元符号在上面画着自己美丽的梦想。

外采融合了热情的红与明媚的黄,橙色如跃动的阳光,处处舞动着青春与生命的旋律。

外采是红色的,性格活泼、热情奔放、积极乐观,是生命崇高的象征。

蓝色是天空和大海的颜色,外采人宽广、深邃、包容、和谐,海纳百川是一种胸襟,更是一种高贵的品格。

外采于我,就是浓浓的粉红色,散发着温馨的气息,家的味道,心灵的归宿。

这个颜色系列也就成为《多彩记忆》短片的主线,用蓝色、橙色和绿色 3 种颜色,把部门生活的各个方面贯穿了起来。

部门的青年人都很有热情和才华。在这样的一个集体里,我似乎不完全是为了完成上级的任务充当管理者,更是在大家的热情推动下与大家一起去畅想、努力、奋斗的积极参与者。我不想辜负大家的热情和期望,只要有能力就给予支持。到年底,才发现果实累累。

《多彩记忆》就是用3种颜色作为主线,表现了外文采编部员工工作和生活的各个方面:

顾犇:我是一个喜欢记录生活的人,与身边的朋友们分享生活的点滴记忆是很幸福的一件事。我心目中的外文采编部是蓝色的。蓝色是天空和大海的颜色,象征宽广、深邃和包容,海纳百川是一种胸襟,更是一种高贵的品格。

罗翀:橙色是我最喜爱的颜色,它是红色和黄色的天作之合。热情、向上、积极、开放是橙色的特质,也是外采人团队精神的象征。2011年,外文采编部在国家图书馆第九届艺术节历史性夺冠的一幕已成为人们心中永恒的经典。大合唱的气势磅礴、诗剧的别具匠心、舞蹈的精湛技艺、双簧的清新幽默展现的是外采人灵动的创作力,更展现的是一个优秀集体庞大的凝聚力。橙色,象征着和谐,工作中互帮互助,生活中坦诚相待,危难中施以援手,这就是家的真实写照。橙色,象征着庄严,一代代外采人秉承着高尚的职业操守,一丝不苟,精益求精,在外文文献资源建设领域留下了我们奋斗的足迹,更留下了令人引以为豪的丰硕成果。

王小红:在我心里,外采是绿色的。因为他是一个青春而充满活力的集体,绿色是森林的颜色,充满了清新的氧气,象征着蓬勃的生命力,就像外采员工手中回转的篮球,飞舞的羽毛球,还有带给我们无限欢乐的毽子,这些丰富的文体活动如同三月的春天,阳光明媚,草长莺飞,处处舞动着青春与生命的旋律。更如同一缕缕阳光将快乐洒向每个人的心田,愿我们在外采的日子,笑容永远向阳光一样灿烂!

❋ 图书馆里的磅秤(2009 年 6 月 3 日) ❋

昨天隔壁整理办公室,我去看了一下,发现一些"古董",觉得很有意思。其中之一就是磅秤。

磅秤是菜场里用的,图书馆要磅秤做什么用?

80 年代末期和 90 年代初期,也就是刚改革开放的时候,许多单位除了工资以外,很少有灵活的福利或者奖金。于是,大家都想办法发东西,其中主要的就是发鸡蛋、带鱼、水果等。

发鸡蛋是一件很麻烦的事情。如果按个数发,大家会不满意,因为鸡蛋有大有小。开始我们组没有磅秤,就到处问别人借。后来,我们下定决心,凑了120 元钱(当时是一个比较大的数字,差不多是一个月的工资),我利用周末时间去了一趟王府井,买了一台磅秤,和照片上的那台一样。这样,分鸡蛋就不用求人了,但是有时候还是分不太准。首先,全组收到的鸡蛋总重量不能确定,而且鸡蛋有很多是破碎的,不可能事先确定每人分多少;其次,鸡蛋不可能完全按重量分,总有人多一点或者少一点。计较的人很在意这些分量,不计较的人无所谓。不过,有磅秤总比没有磅秤好。

社会发展到一定的阶段,实物分配显得越来越没有意义了,我们的磅秤就成为办公室角落里被人遗忘的东西。现在,我们很少发实物了,所以许多人也不知道磅秤是做什么用的。

记得当时分带鱼,似乎更麻烦。除了称重量以外,还要用剪刀剪开,以便平均分配,弄得办公室里腥味很重。

❋ 我所熟悉的各种打字机(2009 年 6 月 4 日) ❋

整理办公室的时候,又发现一些老式打字机,都是我过去用过的。久违了,实在不想处理掉,但是却没有地方收藏。这些打字机都是进口的名牌:Underwood, Remington, Rheinmetall。先拍几张照片留念。

当时办公室的 MM 们都挑新的国产飞鱼打字机,我当然要谦让,而且我也不喜欢飞鱼,打字感觉很涩,所以我一直用的是这些老古董。有一台比较老的,连数字 1 都没有,一般用字母 l 代替。

最后这台是邵文杰老师使用过的,他当副馆长以后我就拿来用了——长滚筒,可以通过键盘组合打法语和德语重音(或变音)字符,最早是波兰语的键盘,改装的;还可以打@和#等符号,有自定义表格键等功能,这在早期的打字机里是不多见的。

❋ 国家图书馆文津街分馆:单身的回忆、世外桃源 (2009年10月6日) ❋

百年馆庆展览中,有一个文津街分馆的建筑模型,听老同事佟博说,那是他的杰作。国家图书馆的各种模型的图片,我都有收藏,但是文津街分馆的模型,我还是第一次看到。

1987年毕业前到图书馆谈工作的时候,领导说我们硕士毕业生可以一个人住一间房间。毕业后刚到图书馆报到以后,领导说单身宿舍还是白石桥新馆建设总指挥部,我们要克服困难,过渡一段时间。

领导有困难,我们当然要支持。但是没有想到,宿舍都已经满员,我们被安排居住到文津街分馆一个新腾空的平房仓库——从来没有住过人的地方,没有卫生和取暖设备,甚至下雨要漏水,刮大风要"乘凉"的地方,而且还是一个房间住了6个人。当时的6个人中,许多已经离开了图书馆,只有老程和全老夫子①还在坚守岗位。

半年过去了,领导关心我们,要我们几个硕士去腾空的办公室里居住。总算是楼房了,供暖条件要好很多,而且能两个人一间房间,条件有了很大的改善。晚上想写东西,基本上能有安静的时间。但是,每天上班还需要骑自行车,冬天披着军大衣,到白石桥新馆的时候脚都冻麻木了。不过,我们经常穿胡同走小巷,对西四那片的交通十分熟悉。

又过了半年,领导说我们可以搬到白石桥住,但还是不能进新宿舍楼,而是到当时招待所的平房里居住,那里现在是单身宿舍东侧二期车库入口的地方。那个地方基本上是一个大杂院,中间的庭院里每天发生许多故事,"房客"们互相串门,甚为热闹。平房是不隔音的,记得当时隔壁住的是拓先生②,经常有忠实听众听他的高谈阔论,我们当然也无法安静写作或者休息。二十多年以后,拓先生成为古籍拍卖行业内的名人了。那个时期还有一个特点,就是经常能听

---

① 即程鹏先生和全根先生。

② 即拓晓堂先生。

到一对青年夫妇的打骂声。我喜欢管闲事，就劝他们几下。其他人都不敢管，劝架的人反而是要挨骂的。这对小夫妻最后是劳燕分飞，也都离开了图书馆。

到了 1989 年，我们终于进入了盼望已久的新宿舍。但是，领导还是不能履行当时的诺言，给我们一人一间房间。不过我们硕士"享受"的待遇稍好一些，两人一间。从此以后，我们可以有一个比较安定的生活环境了。我的宏伟译著《简明牛津音乐史》就是在这个时期翻译出来的。记得当时晚上经常工作到半夜 2 点，与我一个房间的室友大概不能休息得很好，我感到十分歉疚。这次给我们百年馆庆设计展览的佟博先生，也住我们隔壁。当时经常喝酒的老魏成了出版人，老董当了某机构的领导，老寇当了小老板；还有南京图书馆的研究员沈老先生，人老心不老①。

住宿条件虽然好，但是伙食条件却不好。于是，大家就想办法自己做饭。个别人条件好的，就拿来煤气炉做饭。条件差一些的就用电炉或者煤油炉。我开始用电炉，后来也用了打气式的煤油炉。当时冰箱还是奢侈品，大多数人都没有，常温下能储存的东西最多就是面条、西红柿、鸡蛋和香肠了。

在单身宿舍里居住，印象最深的有几件事情。第一是我们经常聚会，周末一起吃饭、喝酒。有一次高兴了，啤酒瓶子往楼下扔，别人都觉得很诧异。第二是厕所里经常看见长流水，大家似乎对公家的水很不在意，甚至用水冲的方式来制作冰镇西瓜——当时北京的水都是地下水，很凉的，足以制造出冰镇的效果，但是不知道要浪费多少水！第三是房间里放的油盐酱醋经常不翼而飞。隔壁的朋友开始偶尔没有油盐酱醋，借一下也没有什么不可以的。后来发现，"偶尔"变成"经常"，"借"变成"拿"了。其实这些东西也没有多少钱，问题在于自己要用的时候没有了，要抽时间出去买，这是难以容忍的！第四是水槽经常堵塞，大家不习惯把剩饭菜倒掉以后洗碗，而是直接就把剩饭菜往水槽里倒，我经常充当义务清洁工。第五是用电炉的人很多，电路经常跳闸，大多数是学文科的，没有人敢动总闸，我也在紧急的时候充当电工的角色。第六是门锁质量不高，经常损坏，我也用过各种方式开锁，最严重的就是用脚踢直接破门了。

过了若干年，领导照顾我的特殊情况，给我分配一套一居室，我总算告别了单身的生活。单身的生活很艰苦，但也很磨炼人。

2005 年国庆节，我一个人骑自行车去文津街分馆，拍摄了建筑的各个角落，觉得那里的建筑实在是美，环境实在是幽雅，简直有世外桃源的感觉！当时住

---

① "老魏"指魏文峰先生，"老董"指董耀鹏先生，"老寇"指寇中直先生，"沈老先生"指沈燮元先生。

那里的时候怎么没有好好欣赏呢？如果能安排我去那里工作，那会多么惬意啊！

✻ 纪念出版家、翻译家、研究馆员郑效洵先生（2010年5月14日）✻

前天正在外组织部门活动，突然接到领导的通知，要我参加在福建省图书馆举行的郑效洵同志赠书仪式。

安排我去参加这样的活动，领导算是找对人了，因为目前在职的员工中，除了我大概已经没有与郑老共事过的人了。

1987年，我刚到国家图书馆工作的时候，郑老是书刊资料采访委员会的顾问，在我办公室旁边，一个人一间小房间。作为青年同志，我经常帮忙给他打扫卫生，整理办公室等。

1989年，采访委员会实体建制撤销，我担任外文选书组组长。那时候，郑老的办公室还由我负责管理，不过他为馆里做的事情，主要是策划大型的展览和其他学术活动。我们平时工作没有什么关系，但是我要负责给他做工资。他还与我同属于一个党小组，我当党小组组长，经常要联系他。

在过组织生活的时候，我们有机会接触他，了解他对人和事的看法。当时我不到30岁，他却已经80多岁，而且担任政协委员等职务，我觉得距离很大，要仰头看他。

在“文化大革命”时期，图书馆藏书没有专人负责，采访人员轮流选书，导致馆藏图书质量不高，缺藏文献很多。成立采访委员会以后，图书馆集中了一批高素质的人员专门从事选书工作。虽然因为缺少良好的机制保证这种模式的运行，导致后来采访委员会撤销，但是专业人员从事选书工作的做法一直保留了下来。

郑老的儿女们在《回忆我们的父亲——郑效洵》中，讲到了郑老看到《弗洛伊德全集》等名著收藏不全很着急，呼吁国务院给国家图书馆特批自备外汇，补充馆藏。我可以高兴地告诉郑老的儿女们，我已经在十多年前花费精力补充了一大批世界学术和文学名著，其中就包括《弗洛伊德全集》，实现了郑老的遗愿。

由于他早年积极参与新文化运动，认识巴金、冰心、楚图南、郑易里等文人，所以图书馆要请名人都得通过他。在当时图书馆的培训和展览功能很不发达的情况下，他策划了几次大型的展览，很不容易，令人称道。

后来，他不经常来图书馆了，但是我们还给他保留了一个办公室，也少不了联络的事情。人不来，办公室总有一些尘土，我们要抽空打扫。

1999 年他去世的时候，我们一起参加了追悼会。从我认识他，到他去世，一晃十年。现在，一晃又过了十年，人生如梦。他说的有一些话，总在我耳边回响。

今天的活动的参加者有郑老的儿子郑明少将和郑老的两个女儿，还有福建省文化厅陈朱副厅长和福建省图书馆郑智明馆长。

郑老捐赠的图书有 2 万多册，这个数字就十分令人惊讶。我在展览中看到有中文图书、俄文图书（例如列宁选集、高尔基《母亲》、托尔斯泰《战争与和平》）和英文图书（安徒生的童话故事和毛姆的小说等），看到信札中熟悉的笔迹。

郑老的一生都与书打交道——读书、教书、译书、编书、出书、理书、选书、购书。我觉得自己与他很相似，也读书、译书、编书、出书、理书、选书、购书，但是我与他相比还有很大的差距，他是我们的学习榜样。

郑效洵先生是福建闽侯人，出生于 1907 年 12 月 14 日。20 世纪 30 年代在吉林中学教书，因宣传与三民主义不相容的共产主义思想而被反动政府拘捕关押达二年。1938 年在上海读书生活出版社参与组织编印中国第一部《资本论》全译本。1946 年在上海由中共地下组织和许广平同志安排下，基本上一个人主持编校、印刷、出版第一部《鲁迅书简》。新中国成立前在上海南屏中学等处任教。1950 年起在北京参与创建人民文学出版社，历任该社总编室、四编室主任及副总编辑，组织翻译出版外国文学作品逾千种。1966 年起受"文革"冲击进干校劳动。1973 年进北京国家图书馆工作，任图书资料采选委员会主任及研究员。1977 年起担任第五、六届全国政协委员。他创意为补齐和选购有缺和有用外文书刊，由国家给国家图书馆每年直拨一笔外汇的建议，获国务院批准。1987 年，国家新闻出版总署给他颁发为社会主义出版事业做出积极贡献的"荣誉证书"，1992 年获国务院政府特殊津贴。他在 1951 年 3 月正式加入中国民主促进会，1956 年 6 月加入中国共产党。担任过民进中央常委、副秘书长、宣传部副部长等职务。1999 年 11 月 30 日去世，享年 92 岁。

❉ 纪念金凤吉老师(2012 年 6 月 18 日) ❉

　　国家图书馆退休干部,中共党员、原图书采选部主任、研究馆员金凤吉同志,于 2012 年 6 月 17 日因病不幸去世,享年 73 岁。

　　惊悉我的老同事金凤吉先生昨天晚上去世,觉得很突然。金老师是我馆著名的日语专家,日本通,曾任书刊资料采选委员会副主任和图书采选部主任,是我的老领导。

　　1987 年,我到图书馆上班之前,有行政部门的领导告诉我,你们部门藏龙卧虎,有国际知名的专家。我当时还不知道是谁。

　　到图书馆第一天,就看见一位老师穿着西服在过道里搬箱子,觉得好奇,就上去帮他忙,他也不让。回头一问同事,才知道是部门的副主任金老师,是国际知名的日语专家。

　　在后来的日子里,我做西文选书,他做日文选书,似乎关系不太密切。

　　我于 1989 当外文选书组组长以后,还一直埋头工作。当时我喜欢做翻译,也喜欢看人文学科的图书,根本没有想到要做图书馆的研究。有一天,金老师与我谈话说:"你以后在图书馆工作,总得做一些图书馆的研究吧。"在他的督促和指示下,我尝试着写了几篇文章,分析图书采访中存在的问题,于是我逐渐走上图书馆研究道路。当然,我还一直在学习他爱岗敬业的精神。

　　金老师为人处世有一定的原则。例如,他说做翻译是为人服务,不能有自己的感情色彩。不管别人说什么,都要翻译出来,不能敷衍了事,不能"贪污"。他说,一次有一个小翻译听到日本客人在说酒话,不太礼貌,也不敢翻译,就在一旁微笑,而是我方领导却丈二和尚摸不着头脑,不知道别人在笑什么,他对这样的翻译很有看法。他还认为,在宴会上做翻译,不能考虑自己吃多少东西,而要随时关注主人和客人在说什么话,及时翻译出来。所以,每次宴会,他都吃不饱,回家还要吃点心。这种对翻译工作的认真态度,很值得现在青年翻译们学习。

　　我住双榆树青年公寓的时候,父母来北京探亲,住了一阵。金老师是我的上级领导,他知道这事情以后,去大钟寺买了一箱水果送到我家里来,一点没有领导干部的架子,我在这样的环境里工作很觉得温暖。

　　我 1998 年起当部门副主任,负责外文采编工作;也是在同时,金老师退居二线。过了一年多,他就退休了。不过作为老同事、老邻居,我们还经常能见面,谈工作,谈时事,谈家常。

金老师一家继承了朝鲜族的传统,擅长做朝鲜辣白菜,还经常送给我吃。我有一阵很想学着做辣白菜,可惜没有坚持下来。听他讲解了做辣白菜的详细程序,不那么简单,要靠自己琢磨是学不会的。

金老师上次住院,我于 5 月 28 日去海淀医院看他,这是我第一次去医院看他,也是最后一次去医院看他,因为过去他住院,都不让我们知道,所以我们也没有机会看望。看到我去医院,他很感到高兴,也觉得他有一丝激动。

金老师那次出院后,还到我们办公室来,与我们聊天。没有想到不久后又住院,可是我们却不知道。今天听说他去世,确实感到十分突然。

金老师走好!

天堂应该比人间更美好。

❊ 入职的历史记忆(2012 年 9 月 18 日) ❊

馆内社会教育部与我商量馆史录像的问题,谈到我刚到图书馆时候的事情,勾起了对往事的回忆。

我到北京图书馆工作的决定其实很偶然。我在临近毕业的时候遇到了馆长助理艾青春先生,他觉得需要我这样一个人,说是从事外文采访工作的老专家邵文杰先生文理兼通,也会多种外语,要有一个接班人。我对图书馆工作没有任何概念,只是很喜欢图书,喜欢图书馆,喜欢北京这个城市,于是我就过来了。

到了图书馆以后,领导一直让我在宿舍里等待,说是最近工作比较乱,安排不开。我看宿舍里其他人都去上班了,觉得有点不自在了,不知道是什么缘故,就自己读书。过了大概两个星期,终于让我上班了,当时的书刊资料采访委员会主任邵文杰先生负责带我工作,算是我的师傅和上司。过了十多年以后,我的老领导(当年是书刊资料采访委员会副主任)金凤吉先生告诉我,当时部门领导以为我是找不到工作,走关系,领导硬塞进来的人,不打算要我;可是其他部门却争着要我,例如原参考部主任曹鹤龙先生说几次向馆领导提出要我过去工作,都没有得到批准。我最后还是到书刊资料采访委员会上班了,可哪知道背后还有那么多的故事啊!后来曹鹤龙先生经常说我看不上参考部,不愿意去那里工作,我可实在冤枉,我哪知道还有这样的安排呢?不过在当时,参考部是全图书馆层次最高的部门,员工之间有"一参、二编、三阅览"的说法。

我在部门里工作了几年,马上也就得到了领导的认可,邵文杰老师经常带我参加各种外事活动,金凤吉老师也成为我很好的朋友。两年以后,书刊资料采访委员会的建制撤销,原班人马成立了选书组,我当组长。工作两年就当组长,这在当年也很少见,当然也是破格的。不料我在组长的岗位上一当就差不多十个年头。邵老师和我父亲同年,学过英语、俄语、波兰语等语言,喜欢音乐,热爱图书,一直是我学习的榜样。邵老师过去用过的长滚筒波兰语打字机一直跟随着我,现在还在我办公室里放着。

在那个年代,图书馆里本科生都没有几个,硕士毕业生过来,很令大家惊讶。有人责怪领导不会用人,耽误人才;有人说我是学习成绩差,找不到工作才到图书馆来的。其实我学习如何不用他们说,查一下我的档案就很能说明问题。不过对于当时还很年轻的我,在这样的环境下能挺过来就是一件很不容易的事情。现在的年轻人,大概难以想象当时的情况。

回想起来,觉得这段经历也很有意思。

心　得

- 人事工作
- 采访工作
- 编目工作
- 国际交流
- 业界合作
- 技术工作

❋ 会当官、能当官、当好官（2007 年 8 月 11 日）❋

尽管我不是什么大官，但还算是一个官，也听了不少当官的秘诀。在许多人的眼睛里，当官是有秘诀的。会当官的人，要能把责任都推给别人，但是又不得罪人，而且荣誉都归自己。我不是不懂当官的诀窍，但我始终认为，会当官的人未必能当官，也未必能当好官。世界是多元化的，当官的方式也应该多元化一些，领导也未必都喜欢"会当官"的人。

有一个好友同事给我发短信，说"是好是坏老百姓心中有一杆秤"。这话有一定的道理，但是老百姓心中的秤是长期的，一个人是好是坏，短期内是看不出的。我的一个老领导说，人有时候要用一生的代价才能澄清一些事情。

不管怎样，我不愿意投机取巧。有时候，我给了一个下属出国机会，或者我极力争取某个下属评上职称，但是我都会说：这是领导决定的，这是大家评议的。但是有一些人，明明当时百般阻挠，回过头去却会马上去找当事人，说是他帮了忙的。其实，这种无原则的人根本不具备当官的基本素质，但是很多人却认为很"会当官"。大千世界，无奇不有，我不能阻止别人的行动，也不能限制别人的思想，日久必见人心，不过就是代价比较大而已。

人心是收买不到的。我所希望的是，要培养一种正直的风气。

❋ 国家图书馆新员工招聘工作正在进行中
（2009 年 3 月 24 日）❋

一年一度的新员工招聘工作正在进行中。本来就很烦琐的招聘工作，今年又新增加了一项内容，就是专家面试。在提交简历、集中考试、人事处面试这三道程序以后，今天进行了专家面试，这是过去所没有的，我昨天才得到通知。

今天的面试分了若干个组，我和汪先生、索先生①一起负责面试图书情报类的学生，整整一个上午，中午饭吃的是盒饭，下午上班的时候才结束。

面试的主要内容是自我介绍、趣味测验题、专业问答题三个部分。只有一个学生的自我介绍正好用了一分钟，不过一秒，也不少一秒，大多数的学生为了推销自己，说得过于详细，也反映了他们语言组织能力存在一定的问题，不知道

---

① 即汪东波先生和索传军先生。

重点。趣味测验题是随机抽取的,诸如"如果你工作一段时间以后发现专业不对口,你会怎么办?"这种问题需要的不是答案,而是看应聘者的应变反应能力。对于专业问题,都是我们几个人根据他们的简历即兴出的题目,可以看出应聘者的学习功底。看得出来,文科学生比较善于表现自己,讲的很多,但是经常没有实质性内容;理科学生不善于表达,但是不少人很实在。图书馆工作不需要夸夸其谈的人,而是需要扎实工作的人。有不少应聘者明确表达了希望继续从事研究工作的愿望,但是国家图书馆的工作大多数是实践工作,研究的岗位并不很多。

我们普遍感觉是,现在的学生自我推销的能力比我们当时要强,但是学习的扎实程度似乎不如我们。

面试时间应该控制在 5 分钟以内,但是面试官有时候高兴了,就会对一些学术细节问题刨根问底,结果费了不少时间。我算了平均时间为 10 分钟,所以到吃饭时间还没有结束,很是郁闷!

有一个学生求职心切,我们没有通知她来面试,她却两次硬闯面试地点,最后被人事工作人员劝走了。

下一个程序是几天以后的部门面试,大概还是像招聘会那样,各个部门摆摊位,学生自己去洽谈。

❋ 人事工作的一周(2009 年 4 月 11 日) ❋

上周的工作大概主要就是人事工作。

第一个是专业技术人员入轨岗位分级聘用的问题,我们各个部门要进行初审。这涉及大家的切身利益,马虎不得。开了几次会议,几个同志从多个角度考虑问题,避免出现差错。第一次做这样的事情,各种议论自然难免,我们要在有关规定的框架之内考虑问题,不能不负责任。

毛主席说过,有人群的地方就有左中右。不同部门的领导想法不同,思考问题的角度不同,管理水平也不同,自然会有偏差,希望馆领导和人事部门能有统一的尺度。

第二个问题就是毕业生的接收问题。今年要求外调,任务落在接收部门的身上。我们开了几次会,安排下去了。一些干部牺牲周末的时间,奔赴外地。

❄ 国家图书馆召开2009年度新入馆毕业生座谈会 (2009年11月13日) ❄

今天上午,国家图书馆召开了2009年度新入馆毕业生座谈会暨新员工培训结业式,馆领导和部门主任都出席了会议,60多名新员工(10名博士和55名硕士)参加了会议。

国图领导十分重视新员工的培训工作,连续几年都举办这样的活动,一把手亲自出席并讲话。

我每年都出席这样的座谈会,感觉今年与往年的风格略有不同。不过大家的共同感受是,对国家图书馆的感谢,对今后工作的期待和对未来的憧憬。在入馆后的115天中,大家都感受到了家的温暖,也体会到馆领导和同事们在人力和财力上的巨大投入。

詹福瑞馆长用新员工的话总结了他的三点感受。

第一是归属感。有一个新员工发言,提到"我已经属于这个集体",这是最重要的。图书馆员工的三个特殊品质,就是奉献精神、平凡工作和圣洁性。有了集体的荣誉感和自豪感,才会有责任感,接过老一辈的接力棒和火炬,实现几代人的奋斗目标。我们要守望人类的精神家园,在社会逐渐成为精神沙漠的时候,我们这里仍然是一片绿洲。作为文化使者,我们不仅成就了他人,也成就了自己。

第二是用心。有一个新员工提到了"用心去工作"。热爱职业是工作的动力。许多科研项目就在身边,只有在工作中用心,才会钻研业务,才会在若干年以后有所成就。

第三是精神不朽。一个新员工说:"如果我们肉体不再存在,但是我们会留下精神。"要"耐住寂寞,守住清贫"。任继愈先生、张秀民先生等前辈,都给我们留下了丰厚的精神遗产。

我没有看见詹馆长记录别人的发言,但是总结的时候却一一点评,还叫得出发言人的名字,我不得不佩服他的记忆力。大概是当大学老师必须有的能力吧。

有员工问起詹馆长是如何读书的。他说自己经常在旅途中读书,一个飞机来回,就读完一本书了。确实,我从南宁回北京的那一天,馆里的司机告诉我碰巧与詹馆长是一个航班,我在机场一直没有看到他。后来他说自己找了一个地方读书,终于读完了。看来,他也是一个书痴,不管走到哪里都带着一个本书。

前几个月他问我："你出的书怎么也不送我一本啊？"我说我还以为领导太忙，没有时间看书，就不送了。他说他喜欢书，会读的。我马上拿了两本书送了过去，算是弥补了自己的疏忽。

❋ 图书馆里的故事：人、事、机器（2009 年 11 月 16 日）❋

每天从食堂门口走，总也不记得看告示栏。今天看到上周的一个告示，才得知国家图书馆老员工梁思睿先生故世了。

梁思睿先生是梁启超的侄子，广东新会人，副研究馆员，曾在社会文化事业管理局、国家图书馆工作。查了目录，知道他编写有 5 种图书。梁启超的女儿梁思庄也曾经在国家图书馆西编组工作过，后来去了北京大学图书馆。

这几天有两个老同志退休，按惯例要谈话。老连①同志聊起在国家图书馆工作的经历，透出对人和事的感情。他所提到的一些人都是我所熟悉的，大多数人退休了。老连在图书馆工作了近 30 年，喜欢剪报、写诗、朗诵、唱歌、下棋，许多文体活动中都有他的身影。在去年的诗歌朗诵比赛中，他的节目深深地感染了大家。退休以后可以找自己喜欢的事情干，更悠闲一些。科组准备明天举办诗歌朗诵会，作为纪念。

所谓"故事"，应该就是"过去的事情"。人员变动太多，知道故事的人就不多了。有些人喜欢听故事，有些人喜欢向前看。但是我总觉得这两者并不矛盾，听故事也可以为向前看创造条件。

中午去系统办公室测试，发现了一些小问题，据说下午就可以解决。有人说我不必亲历亲为，但是每次我自己去测试，总能发现一些别人没有注意到的问题。早发现问题，以后就可以避免折腾——这也是和谐社会的要求啊！今天系统商告诉我，Aleph500 的 20 版有一些新的功能，我也看到了。例如记录的非物理删除标志在 20 版可以生效，我们应考虑在工作中做相应调整，使得今后的流程更通畅一些。

❋ 如何当好科组长？（2009 年 11 月 18 日）❋

今天上午组织科组长培训，让老同志与大家交流做好科组长的工作经验。

---

① 即连晓峰先生。

现在许多组长年纪轻,也有不少是纯粹业务干部,缺少管理经验和管理方法。为了减少工作的失误,进行管理能力培训是很有必要的。

陈荔京副主任归纳了组长管理工作中经常出现的问题,提醒大家注意。

老组长交流了自己的管理经验,要点是:

- 当好科组长应具备的素质
- 科组长应具备的管理能力
- 如何当好组长

其中包括:专业能力、管理能力、沟通能力、工作判断能力、决策能力、组织能力、敬业精神、职业道德、责任心、团队精神、创新思维,还有服从上级、以身作则、一视同仁等,要学一点心理学。

本人认为,责任心和敬业心是当好组长的基础,以身作则、以人为本、调动大家的积极性是当好组长的关键。此外,气度、胸怀、上下沟通能力等,也是很重要的方面。

大家还对一些案例进行分析,讨论了管理中容易出现的问题。

开一次这样的会议,不仅交流了经验,也加强了管理干部的凝聚力,为今后的工作创造了条件。

❋ 面试感想(2010 年 3 月 30 日) ❋

今天参加专家面试,有如下感想:

1. 我这个组抓得紧,按预定时间计划完成了任务,其他组大概要到 8 点以后了。

2. 一些面试的学生,甚至不知道想去哪个部门,不知道怎么想的。起码也要查一下图书馆的网站啊!

3. 有一个学生查了图书馆网站,点名要到中文采编部,要去数据组或者加工组。他大概不知道加工组是做什么的,我崩溃了!

4. 感觉学生也很不容易,读那么多年书找工作那么难。

5. 简历上似乎个个都是文体人才。一个说自己参加长跑的学生,竟然不知道 1500 米跑多长时间,显然是有问题的。我说我得过 1500 米第三名,他无语了。

6. 许多人都说喜欢读书,还有人带了自己看的书过来。一看,是通俗版的《道德经》。我的感觉就像是凤姐喜欢读书的那样啊!

7. 一个学理论物理的学生,课程上有广义相对论,我问了一部爱因斯坦的名著,竟然不知道。我很不喜欢不读课外书的人。他自己专业的名著都不读,我倒很了解,这不是颠倒了吗?

8. 有一个学数学的很有才,记得似乎给我写过信。不过,才子和疯子很难界定,只有高人才能识别。一般大家都不喜欢要与众不同的人。

9. 如果我当年这样面试,也许不会找到现在的工作,全靠当时见的那位领导有慧眼。图书馆人接受我,也是在三至四年以后的事情了。我觉得似乎没有当时领导那样的慧眼和勇气。

好在我过去读了不少书,大多数领域内的名著我都了解。只要他说喜欢读书,喜欢听音乐,我就一定要问个明白。答案是次要的,关键是要知道他们是否诚实。

❋ 反对小聪明(2010 年 4 月 2 日) ❋

在当管理干部这个层面上,许多事情都是公开的,没有秘密可言。

在这种情况下,大家如何竞争呢?

过去我曾经想过这个问题,没有答案,现在似乎越来越清楚了。

做管理工作全靠每个人自己的悟性,即使有现成答案,别人也是学不来的。

有些人自己觉得什么都明白,但是管出来的小团体就是不行,领导和群众都不满意。

我觉得,做人不要小聪明,不要搞裙带关系,不要试图讨好所有人,因为这些做法被证明是行不通的。

管理工作中的每一个小的想法,小的思路,有时候别人认为没有必要,或者是多余的,或者被认为是形式,过了一段时间就会出效果。

❋ 国家图书馆举行 2010 年度毕业生开放式双向选择会(2010 年 4 月 12 日) ❋

今天国家图书馆举行 2010 年度毕业生开放式双向选择会,通俗地说就是面试求职学生。

我去文化部开会,临近中午才到图书馆,面试已经接近尾声。

经过那么多次的见面,参加面试的组长都很有经验,知道如何高效率地互相协作了。

上周我参加前一轮的面试,感受颇多。

我面试的习惯,是不事先准备固定的问题,而是根据学生的情况即兴发挥。

我们觉得现在的学生很能推销自己,履历表写的内容,把自己说得各方面全能,很多都是班干部,不少都有文体特长。有时候学校为了提高就业率,也会违背良心替学生证明。我看到这样的情况,总要多问几句,看是否属实。有时候,一问就知道是否是真话,我很不喜欢不诚实的人。

到图书馆来求职,许多人以为这里清静,可以读书,可以做研究。于是,不少学生自己说喜欢读书。好在我读的书不少,听到学生自称喜欢读书,都要多问几句:你到底读了什么书? 有的同学真的喜欢读书,甚至读了艰深的哲学著作;有的则不知道什么是读书,竟然会提到《读者》之类的通俗杂志,感觉有如凤姐读书的样子。

今天有一位学生,谈到美学和诗歌问题,我就提到黑格尔《美学》中关于诗歌是艺术的最高形式的观点,看来学生还真是读过。其实,有时候问题的答案不很重要,主要是看学生的性格、诚实和反应能力。

有一个学生的电子邮件名称是格瓦拉,我就问为什么叫格瓦拉呢? 读过他的书? 还是喜欢他的形象?

经过那么多轮的面试,录用的学生应该是很不错的了。

回想我 20 多年前求职的时候,如果也有这样的面试,我大概不会被录用的。时代变了,人的综合素质提高了,自然用人单位的要求也提高了。大家都喜欢用综合素质高的人,不喜欢有偏才的人。我个人认为,在一个文明的社会里,人们应该对与众不同的人有高度的宽容,他们往往具有创造性的思维。

话说回来,几次面试不能完全说明问题。就像结婚一样,谈了那么多年恋爱,也总是有离婚的。但是我们不能因为会离婚就不谈恋爱,也不能因为面试不可靠就不面试。

❈ 又到一年迎新时(2010 年 7 月 29 日) ❈

今天迎接了新到馆的毕业生,都是各个学科的硕士。我们几个主任和有关组长都感到很高兴。

只要有时间,我总要多花一些时间了解他们,多与他们交流思想。

今年招聘的时候，我在文化部开会，没有亲自参加面试，所以与大家不很熟悉。经过多轮考试和面试，进来的新员工素质都很高。第一天，我花了一个小时的时间，向他们介绍了部门的情况，也向他们提出了要求：要热爱本职工作，融入新的集体；要从最基础做起，不要眼高手低；要善于学习，钻研业务。采编部是图书馆最基础的业务部门，是出人才的地方，但是前提是要耐得住寂寞，要甘于吃苦。

到我们部门工作，是双向选择的结果，也是大家的缘分，希望大家珍惜这段缘分。

在交流的同时，也了解了他们的生活情况和个人爱好。

❋ 应届生招聘面试的感想（2011 年 4 月 14 日）❋

今天参加了专业面试工作，可以说是明天见面会前的最后一轮。

今天感觉还可以，没有遇到"雷人"。

记得过去面试的时候，有学图书馆专业的不知道编目的一些具体问题，有说喜欢读书的却看的是《读者》等通俗杂志，有说喜欢看哲学书的读的却是于丹的书……让人啼笑皆非。

今天总的体会是现在的学生都厉害，年纪轻轻的，学了不少东西，还出国周游世界。我们那时，谁会外语都是不得了的事情啊！到中午吃饭的时候，我的脑子都快发木了！面试的过程其实也是学习的过程，了解了各种语言的特点和各国风土人情。

看到大多数应聘人员都穿着正装。不知道为什么我不太想看到正装，喜欢看他们的本来面目。

后来一想，穿正装是容易表现出自己美好的一面，还是有用的。

今天大概是我见到阵容最大的一次，有各种语言的学生——除了英语和日语以外，还有法语、俄语、德语、西班牙语、越南语、乌尔都语、希伯来语、阿拉伯语、泰语、印地语、匈牙利语等。如果都进来，我们外文采编部的阵容会壮大不少，可以开联合国会议了。

我部门负责全馆 130 多种语言里的 80 多种，过去可没有那么多种语言的人才啊！

根据我的习惯，不想问一些格式化的问题，一般根据学生自己说的来提问。你说喜欢读书，我就问你读谁的书。你说专业成绩好，就问你写什么论文，有什么心得等。好在我读的书多，大多数问题都能知道答案。

今天有一个同学说自己会几种语言，我就问她这几种语言的差别。其实问题答案并不重要，主要看他们的思维能力、诚实度等方面。

记得几年前，一个美女说她学过哲学，也学过拉丁语，我就问她笛卡尔"我思故我在"的格言，她竟然答对了：

Ego cogito ergo sum

令我大为惊讶！不过最后她还是没有来。

❋ 关于职称问题的随想（2012 年 9 月 14 日）❋

一年一度评职称，甜酸苦辣，各种味道都涌了出来。

好在我在十四年前就已经历了所有的过程，这辈子基本不需要再考试，也不需要再参加评审。看大家的各种表现，比较超脱。

职称本是衡量学术水平的尺度，但到实际操作就会有不少具体问题。

什么是学术？大家有不少争论。

什么是论文？也有不少看法。

什么是图书馆相关学术？更是讲不清楚。

为了职称，大家拼命写文章。有真才实学的写，没有真才实学的可以拼凑，实在不能写的就抄，或者由别人写了挂名。

职称考试其实很容易，但是任何人面对考试，总有恐惧感，于是就想办法利用免试的规定，不过有一定的年龄要求。

当了十多年的评委，见得不少。职称答辩的时候，我一般不喜欢提事先出好的程式化问题，而是随机抽取申请人写的文章提问。不少人答不出来，那肯定就是抄的。

如果有长远打算，就要提前准备，甚至提前三至五年时间准备文章和专著。

在这个过程中，当然也有各种手段。有人认真钻研，进行研究。有人就想方设法找可以挂名的项目，占上位置以后，成果自然是自己的，不管最后工作是自己做的还是别人做的。

还有一个问题，就是未上职称的人抢着做各种项目、写各种专著，而有些上了职称且有能力的人却缺少动力，于是很多出成果的不是最优人选，这其实也影响了行业的整体水平。

一大半人评上职称以后就不再写文章，功利心很明显，但现有的制度下也

心得·人事工作

没有任何解决办法。

看到一些认真做事的人还在为职称犯愁，觉得很不是滋味。

工作了一辈子，总要有一个说法，这是大家的真实想法。

职称啊，职称！你还能走多远？

❋ 年终完美落幕(2012 年 12 月 20 日) ❋

又到一年总结时。平时忙忙碌碌，顾不上盘点，总结时才发现收获不少。

今年部门超额数量很多，圆满完成了各种任务，"规定动作"和"自选动作"都得高分。

外文采编部是一支有战斗力的队伍，是一支团结的队伍，是一支不断追求完美、追求卓越的队伍。

每次遇到大事情，不管是业务工作、科学研究还是党工团的活动，大家都为集体的荣誉奋斗，并总能获得第一。

回想两年以来，这个部门获得过多少次过去从来没得到过的荣誉啊！

同事说，有一种完美落幕的感觉，我很同意。

其实，图书馆的工作也是一个舞台，我们在一年里精益求精，攀登每一个高峰。

管理是一门艺术，说的是管理的技巧。但从管理的过程来说，也像是一门艺术。要充分利用有限的资源，调动各方面的积极性，取得最佳的效果，没有一点艺术是不行的。此外，当然还需要刻苦和奉献。

两年下来，我体会到与员工之间的互动关系，是一种互相激励、互相启发、互相学习的关系。首先我要做的是调动大家的积极性，在大家有创新思路时不打击大家的积极性。积极性一旦被调动起来以后，我不想干都不行，有时候甚至被员工推着往前走。我要做的，就是调动各种资源，去实现大家的想法，不让大家失望。

一年下来，大家都在台上演戏，演了 N 多幕，而且是各种不同剧种的戏，难度颇高。每一幕都想追求完美，用汗水和泪水换来了成功，自己觉得完美，也不管台下是否有掌声和鲜花了。

明天部门总结大会，可以说是"闭幕式"。大家为了准备这个"闭幕式"，也颇费了一些心思，有不少新的点子，很期待明天的成功。

❋ 2013 年组长聘任完成（2013 年 1 月 5 日）❋

上班头两天，就忙了组长聘任工作，今天下午圆满完成。

每年的开始几天，就要考虑干部聘任，主要是为了凑整数。如果不在年头完成聘任工作，受聘干部的年限不好计算，今后进步也有问题。

从去年年底的最后两天，就开始走程序，一直到今天。

完整的流程一个都不能少：报名、竞聘演讲、测评、主任会议讨论、征求意见、人事处批准、主管馆长批准、与聘任者谈话、到科组宣布结果、部门发布聘任名单。

领导工作效率很高，几分钟之内就给我答复，所以我们的工作效率也就随之提高。

程序走完，工作也就完成了。

管理岗位与业务岗位不同，机遇的因素很重要。年轻人有一定的能力，正好遇到空缺，也就有了提拔的机会。希望他们能一步一个脚印，不要被机遇冲昏头脑。

部门第一次有如此齐全的干部队伍。

希望在新的一年，能有新的气象。

❋ 外刊订购代理服务评估指标的设计
（2009 年 3 月 18 日）❋

今天是中国教育图书进出口公司和国家图书馆合作举办的"第四届国际学术期刊展"的开幕式，我没有时间去参加，但是下午 3：00 去听了馆长论坛中的国家图书馆索传军先生的报告"从期刊引文看电子期刊生命周期的变化"和上海图书馆采编中心傅俊主任的报告"外刊订购代理服务评估指标的设计"。

索主任报告的基本思想我已经知道，这里就不介绍了。

傅主任的报告很有特点，他不仅考虑了常规的一些指标，还提到了出版社规模（出版期刊的种数）、期刊价格和代理商利润率对期刊采全率的影响。

这几年实施招标采购，负责招标的部门很重视书刊的价格和折扣率，往往忽视服务质量。由于负责招标的是财务部门，而且缺少对采访部门足够的信任，采访部门也就自然没有对采购工作足够的责任意识，对书商服务质量监控的责任也很不明晰。如果采访部门要提出某书商质量的问题，有关部门就会对采访部门提出质疑，甚至怀疑采访部门是否与其他书商串通一气。长此以往，采访工作的质量就可想而知了。就如许多部门协调问题一样，如果领导要追究，各个部门都没有责任，但是图书馆的利益却逐渐受到了侵蚀。

我觉得大家没有必要回避这个问题，但是关于如何解决，也希望大家能提供更多的思路。本人不反对招标采购，这也是政府的要求；但是如何避免招标采购中的诸多弊病，是我们需要考虑的问题。招标采购不应该是价格第一，更不应该是折扣第一。没有一个良好的市场机制，书商会提供良好的服务吗？中国图书销售业如何走出价格竞争的怪圈？有什么机制能让书商们把精力放在服务上而不是公关上？

我也因此联想到一些关于出版社销售中的问题，以后再谈吧。

今天是 3 月 18 日，有朋友给我发了短信"咱要发"，我转给了 N 多的朋友，也希望大家都能发起来。

✳ 向陈远焕老师学习（2010 年 11 月 17 日）✳

这几天每天睡眠都在 5 小时左右，但是还是要打起精神来工作。

年终考核最后几天的工作，一定要做好。

今天还有一件重要的事情，就是请南京大学图书馆陈远焕老师过来交流。

我认识陈老师有五年时间了，见过几回。多次请他到国家图书馆来交流，都没有成功，他来北京都是匆匆过客。

今天交流过程中，陈老师的话语中不断迸发出思想火花，这是我们青年馆员所缺少的。我很希望多一些这样的交流，不仅让我们的采访馆员学习一些具体工作经验，也让他们学习陈老师那种书痴的精神，而这正是做好图书馆采访工作不可缺少的要素之一。

我特摘录陈老师的语录如下：

"图书馆采访人员犹如在美食街上匆匆行走的客人，闻到各种味道，但是却没有机会品尝。我们忙于看各种书目，却没有机会认真读书。"

"现在图书馆的模式大多数是守株待兔的模式。书商送什么书就买什么书，图书馆买什么书读者就看什么书。但是我们要变守株为出猎，变勤猎为善猎。"

"另一种充电的方式，就是与饱读、善读、饱学、善学者的交往。"

"图书馆是食堂，大家不喜欢吃的东西就说不好。公共图书馆是饭店，读者爱吃什么就吃什么。读者说没有的书我们就尽量去补,要努力为读者着想。"

高校图书馆对图书采购的各种分析做得很细致,我们听了都很赞叹。看到那么多眼花缭乱的图表,我们可以想象出采访人员要付出多么多的心血。

上次我在陈老师办公室照了一张杂乱的照片,没有发布。陈老师看了我的办公室,很高兴,说要拿回去给他的领导看,终于也有共同语言了。

❀ 关于 FRBR 的中文翻译版(2008 年 2 月 8 日) ❀

大年初一,我终于把王绍平老师发过来的 FRBR(《书目记录的功能需求》)的中文翻译版看了一遍,并根据 IFLA 网站上的修订信息、更正信息等修改了一些段落。林明老师发现了一个小错误,我给加拿大的现任 FRBR 主席 Pat Riva 写信,她也确认了我们的观点是正确的,不久将把新的更正信息发布到网上去。我把中文翻译稿转成 PDF 格式,给王老师发了过去,让他最后确认,然后就交给 IFLA 发布。我本以为要等到过年以后才能有答复,没有想到王老师今天就回信,并指出了一些排版上的问题。我再转一个 PDF,马上就发给有关人员了。希望下周能上网发布。

FRBR 出版于 1998 年,至今已经有十年时间了。

在 FRBR 出版后不久的 2002 年,我们就知道了这个文件的重要性。当时 Barbara Tillett 来北京访问,向孙蓓欣副馆长介绍了这本书,并希望能翻译成中文版。我当时在日本访问,没有见到 Barbara。后来,孙馆长和我谈起了这本书,我觉得很有兴趣翻译,但是当时忙于《西文文献著录条例》,一时脱不开身。我馆有一个课题组需要翻译稿,等不及,就另外请人翻译了。但是那个翻译稿属内部使用稿,一直没有正式发表(出版)。

后来,我主持了一个有关 FRBR 的研究课题,同时打算将 FRBR 翻译成中文。当时听说有一个老先生已经翻译完成 FRBR,并且已经交了出版社,我就暂时搁置了翻译。经过几年,那个翻译版还是没有出版,听说是取消了出版计划。

与此同时,国内其他机构也考虑要翻译 FRBR,但是听说已经有人翻译了,就一直在等。FRBR 中文版迟迟不出来,影响了中国图书馆界对其的深入研究,也在业内造成了不好的影响。

2007 年,我在南非德班参加国际图联的编目组常设委员会会议,会上有人提出,FRBR 已经有了很多翻译版,但是中文版一直没有出来。我听了以后,没有马上答复(其实也不好答复),但是觉得应该马上解决这个问题了。回国以后,我就联系了当时最早向国内介绍 FRBR 的王绍平老师(上海交通大学图书馆),建议他组织人员翻译,我可以尽力提供帮助。这不是个人成果的问题,而是中国图书馆编目界的一件大事情。王老师很爽快,马上答应负责这个工作,组织了业内 6 人(包括我在内)一起参与。经过 3 个月,终于完成了任务。我建议王老师采用我翻译 ISBD 所用的一些术语,王老师表示同意。

FRBR 英文版出版以后,在国际编目界带来了深远的影响。《国际编目原则声明》、ISBD 等重要的文件都采用了它的概念和术语,《英美编目条例》(AACR2)的修订版 RDA 在很大程度上以其为模型。

中文翻译者／Chinese Translators

王绍平(上海交通大学图书馆):第 1、3、4 章,汇总

王静(CALIS 联机编目中心):第 2 章

林明(北京大学图书馆):第 5 章

刘素清(北京大学图书馆):第 6 章

纪陆恩(上海图书馆):第 7 章

顾犇(中国国家图书馆):附录、修订、更正

❇ 国际编目界的一些新闻:RDA,MARC,WG,国际化等 (2008 年 4 月 27 日) ❇

在法国的时候,在茶歇、晚餐、招待会等场合,与其他图书馆的朋友聊了有关编目的事情。

关于 MARC 格式的问题:

法国教育部的联合编目系统(ABES)用 UNIMARC,但是法国国家图书馆(BnF)用 MARC21。芬兰用 MARC21,德国过去用自己定义的格式 MAB,现在为了国际化,马上要改用 MARC21。过去的 MAB 层次结构很好,适合 FRBR 的应用,但是为了与国际合流,大家还是决定采用 RDA 和 MARC21,不过也对 MARC21 和 RDA 提出了一些建议。

关于 RDA 的问题:

在招待会上,与美国国会图书馆的同事谈起了 RDA 和《书目控制的未来》报告等问题。她说,报告是副馆长 Deana 推动的,目前尚无定论是否采纳。Deana 很强势,她前几年顶住了各个方面的压力,取消了丛书的规范控制。关于 RDA 的问题,大家认为培训需要很多时间,现在推迟到 2010 年启用。开始,国

心
得
·
编
目
工
作

家教育图书馆和国家医学图书馆不同意启用 RDA,在 Barbara 的工作下,大家可能会妥协。

关于编目的问题,他们认为应该更多地让出版社来做,要推动这个工作,以后编目人员做主题和分类就可以了。

法国国家图书馆的中文编目:

法国国家图书馆采用 MARC21 格式,不用 ISBD 标识符(在显示的时候由机器自动生成,这在用 MARC21 的图书馆中很少见),规范控制用并列标目,但是汉字不做索引(只供显示用),书目数据的标目用拼音,用了 $3 和 $w 子字段。他们不套录美国或英国的规范记录,自己创建规范记录,而且规范记录由各个部门的编目人员合作进行。例如,有关中国人名称的规范记录,一定要中文部的编目人员过手,确认后才能完成。

❊ RDA 及其对 ISSN 工作的影响(2009 年 9 月 21 日)❊

在国际会议上,美国人一般都有比较多的话语权。这不仅是因为其语言优势,还因为他们往往能把握学科发展的最前沿。不好意思地说,美国国会图书馆出来的每一个员工几乎都能独当一面,比其他图书馆的领导都能说,这不得不令人反思。

在上周的 ISSN 国家中心主任会议上,美国国会图书馆的代表 Regina Romano Reynolds 作了一个题为"RDA 及其对 ISSN 工作的影响"的发言,这里摘录几个比较有意思的要点与大家分享。

可能受到影响的 ISSN 著录单元:

- 出版地
- 出版社名称
- 并列题名信息源(任何地方)
- 版本说明(可能影响识别题名限定词)
- 取代 GMD 的新的内容、媒介、载体类型著录单元
- "首选题名"(preferred title)可能会对"识别题名"产生影响

好消息:

- 出版日期和版权日期是独立的著录单元(但是在 MARC21 中还没有分开)
- 在著录多个出版地的时候,出版国不再是一个元素
- ……

- 创建新记录的标准与 ISBD 和《ISSN 手册》一致

不太好的消息：

- "连续性资源"不是一个概念或术语，但是"集成性资源"却被归入一种发行的方式
- ISSN-L 被忽略，因为有关 FRBR 第一组实体的讨论不能解决这个问题

其他问题：

- 版本说明要照录
- 不用阿拉伯数字代替罗马数字或其他拼写出的数字

对 MARC21 的影响：

- GMD 对应的 336（内容类型）、337（媒介类型）、338（载体类型）
- 新的 007 和 008 代码
- 336、337、338 的结构是：
- $a - Term（R）
- $b - Code（R）
- $2 - Source（NR）

✳ 编目员如何成为图书馆的大厨？（2009 年 11 月 4 日）✳

赶回北京，第一件事情就是与台湾的严鼎忠主任和香港的何以业主任一起吃饭。他们远道而来参加明天的会议，我当然要尽地主之谊，算是洗尘。

席间自然而然会谈起编目工作的特点和编目员的待遇问题。

记得顾敏馆长说过，编目是他的初恋情人，他的第一份工作就是编目，由此可见他对编目工作的认识。据说，他在其图书馆里多次重申了编目工作的重要性，要强化编目员的责任感和提高编目员的荣誉感。

如果用餐馆来比喻图书馆，那么编目员就好比是大厨，是第一道工作，最辛苦，但是风光的事情都在前台服务员的身上。我们想，如果图书馆的编目员能享受大厨在餐馆里的待遇，那就是我们的幸事了。

确实，编目工作是图书馆不可或缺的环节，但是图书馆领导往往视而不见。特别在外包之风盛行的今天，编目工作越来越被边缘化，很少有人认真思考外包工作的背后会出现什么样的潜在问题，应该如何解决这些问题，我们会给我们的后辈留下什么东西。外包不是不能的，但也不是万能的。我们不能等出问题以后，再寻找解决问题的办法，这样就晚了。

与兄弟图书馆交流,最大的感触就是,天下的图书馆编目员都是一个"德行":认真,仔细,刻苦,耐劳,但同时经常又很死板,太较真。在采编部经过锻炼的图书馆员,都是好材料,工作严谨,不弄虚作假,许多都成为图书馆各个部门的领导,那么采编部如何在输送人才的同时,培养出自己的专家呢?这是我们采编部主任需要考虑的问题,当然更是馆领导需要考虑的问题。

第二次与严主任见面,第一次交谈,感觉他很有想法。在服务部门和研究部门工作多年,能如此快地进入编目业务,实在是不容易。听说顾力仁主任又换新的职务,明天晚上大概能见到他。很遗憾顾敏馆长不能来了,临时有会。

✳ 周日加班:ISSN 标准(2010 年 3 月 21 日) ✳

周六半夜看稿子,一直到周日凌晨。平时没有时间,只好周末精力充沛的时候做。

临时通知开会,早晨匆匆赶到图书馆,参加领导召集的会议,一直到中午。下午要补觉,一个星期日基本上泡汤了。不过听说领导们两天都在加班,为的是国家图书馆的快速发展。

最近看了 2007 年颁布的 ISSN 国际标准,向大家简单介绍一下:
信息与文献——国际标准连续出版物号(ISSN)(2007 年 9 月 1 日,第 4 版)
Information and documentation — International standard serial number (ISSN)(ISO 3297:2007(E))(Fourth edition, 2007-09-01)

标准内容如下:

目录
前言
简介
1　范围
2　术语和定义
3　ISSN 的结构
4　ISSN 的分配
5　识别题名的建立

　　比较有意思的是,该标准在附录中介绍了 ISSN 和 ISSN-L 在其他识别系统
和连接系统的应用。特别提到的有 DOI, OpenURL, URN, EAN 等。

　　DOI 的例子:

　　Doi: 10.1087/0953151054636219

　　Learned publishing = ISSN 0953-1513

　　还有后缀的方式:

　　Doi: 10.1038/issn.0028-0836

　　实际的例子:

　　Doi: 10.1002(ISSN)1098-2280

　　http://dx.doi.org/10.1002(ISSN)1098-2280.

　　我在考虑,中国国家标准是否也要作相应的修订呢? 希望我的努力能有
结果。

❋ 去北京大学图书馆听 RDA 讲座（2011 年 3 月 3 日）❋

今天上午去北京大学图书馆听了美国哥伦比亚大学图书馆周小玲女士关于 RDA 的讲座，很有收获，也见了北京的大多数编目专家。

本来计划与采编部主任陈体仁先生一起聊他的译作《书店的灯光》，讲座到 12 点才结束，只好匆匆回图书馆上班了。

听下来总体感受是，在某种意义上，RDA 对图书馆编目人员的要求降低了，但是也让人有找不到规则的感觉。所以，大家希望美国国会图书馆能出一些样例，指导大家使用。

我个人认为，现在 RDA 和 ISBD 都不用 S.l. 和 s.n. 等拉丁缩略语，虽然能使得用户更容易理解，但是也削弱了 RDA 的国际性，导致非英语国家无法直接使用美国的数据。如果只适用于英语国家，那 RDA 能成为"国际性的"规则吗？

我看了即将定稿的 ISBD 文本，这些缩略词还在里面。

我个人也支持图书馆多做一些责任者说明和检索点，但是编目人员的工作量如何解决呢？

看到有关规范记录的变化比较多。但是在中国，规范控制问题也是最容易引起争论的地方。公说公有理，婆说婆有理，问题都在于理论与实践的脱节，大多数人都不知道后果将会怎样，只知道按过去的方式去做。

很高兴看到一些测试的例子是在中国国家图书馆上传 OCLC 的记录基础上修改形成的，说明我们的工作还有意义。不过看似简单的事情，谁知道达到目前的结果有多么不容易？就像现在编目人员都在用 Z39.50，在使用 Aleph500 之前国家图书馆内有多少人知道它呢？

RDA 即将成为国内编目界研究的热点，但是我不希望它成为诸如"知识经济"或 FRBR 之类产生大量学术垃圾的伪热点，而是能多出一些实在的研究成果，推动全国图书馆编目事业的发展。

❋ 编目员的歧路（2011 年 7 月 25 日）❋

今天收到最新一期《国家图书馆学刊》（2011 年第 3 期），读到广东省中山图书馆美女副馆长毛凌文写的文章"编目员的歧路"，觉得眼睛一亮，感觉不错，甚有同感。

编目员的问题是,该遵循的规则不遵循,而该自己分析的事情也不想分析,就是"唯规范是从"、"唯传统是从"、"权威决定一切"、"寻求编目领域绝对的真理"……

其实我也想写写这些问题的,但是没有毛美女的文笔那么好,而且总也下不了决心写。

中国编目工作领域内存在的问题还有不少,不是用几句话能讲清楚的。

其实,编目是一门艺术,但是有多少编目员以艺术的态度来对待编目呢?

话说回来,大学教授应该是知识分子,但是当今中国的大学教授又有多少是真正的知识分子呢?

图书馆编目好比是一个阶梯,不少人通过这个阶梯登上了图书馆业务(或学术?)的上层。但是走上去的人,却很少去精心维护这个阶梯,让更多的人走上去,而且还只顾自己去攀登其他的阶梯。大多数编目人员,却站在底下,看不到上面的风景,也逐渐被边缘化。

这个问题有点敏感,暂且就写这些吧。

❋ 讲座"《资源描述与检索》(RDA):从设想到实施" (2012 年 3 月 28 日) ❋

今天下午,盼望已久的讲座终于开始了。

这是华东师范大学图书馆系统数字媒体中心主任、研究馆员胡小菁的讲座"《资源描述与检索》(RDA):从设想到实施"。

我负责主持,前期策划半个月。

讲座分 6 个方面:编制、基础、内容、使用、面向未来、国际化。

为了有更多的听众受益,我选择了最大的一个教室举行讲座,大概有 200 人听讲。

主讲人胡小菁(网名"编目精灵"),曾经的编目员,近年来活跃于图书馆编目和数字图书馆资源整合领域,2010 年由国家图书馆出版社出版了专著《编目的未来》,其科研项目"《资源描述与检索》的中文化及其应用研究"于 2011 年获得国家社会科学基金资助。

作为国际性的编目规则,RDA 自从策划起,就成为国际图书馆编目领域的热点。出版后,各国图书馆纷纷研究对策。2012 年 3 月,美国国会图书馆将正式启用 RDA,这是我们外文编目人员不得不面对的问题。当然,中文编目工作者也需要考虑如何面对。

讲座前面是铺垫,关于《国际编目原则》(ICP)、FRBR、FRAD 等,OCLC 的例子,各种唯一标识符。然后言归正传,讲 RDA。

培训中间休息,与兄弟图书馆的专家们聊天,获得不少新消息。今天北京地区不少兄弟单位编目人员也来了,其中有许多编目专家。因为保安的要求,我没有公开发布讲座信息,而是有针对性的向可能有兴趣的图书馆编目部发了通知。

其实,如果 RDA 与唯一标识符结合起来,功能将会很强大。但是唯一标识符的使用,也有一段路要走。中国已经着手制订相关标准,例如 ISWC 等。

回去后听大家说今天下午的讲座很不错,我感觉没有白费心思,也就心满意足了。感谢胡老师!最后的问答阶段互动很好,兄弟图书馆的专家和我馆不同部门的员工都提了问题,我也顺便做了一些说明。图书馆编目事业的发展,需要大家齐心协力,共同努力。

❇ RDA 会议总结(2012 年 7 月 14 日) ❇

RDA 培训和研讨会①结束,星期五下午召集大家开会,进行了会议总结。

总结内容包括回顾大会筹备经历并对亮点进行点评;向大家通报参会代表的反馈;对大家付出的辛苦逐一进行表扬。

这次会议时间紧,任务重,筹备到最后又遇到副手出差。好在大家很团结,没有任何怨言地主动工作,副手在出差前也做了精心安排,分担了不少工作。会务组同事星期日自觉过来加班,负责印刷会议手册的同事精益求精,负责财务的同事多方协调沟通,负责用餐的同事精打细算,负责证书的同事解决了各种打印问题,负责接待客人的同事随机应变、超常发挥,负责口译的同事也能临场发挥自如,负责会场的同事逐一落实,还有复印培训临时需要的资料的文书,还有幕后翻译讲义的编目员们,还有临时帮忙的小伙子们……

高强度的工作、团结协作的精神、精湛的业务和英语能力、认真负责的态度……这些都是会议成功的基础。

其实在 3 月底请胡小菁老师过来讲课的时候,我们对会议的整体设想还没

---

① 指"RDA 理论与实践"培训班暨"RDA 在中国的实施和挑战"研讨会(2012 年 7 月 9—11 日)。

有出来,更没有考虑到请 Barbara Tillett 博士来讲课。那几天编目专家们都在北京,大家建议我尝试邀请 Barbara,正好她 7 月初有时间,于是我开始了"冒险"的行动。因为按惯例,三个月内要搞定国际交流的相关问题是比较难的。

国家图书馆的会议安排于 4 月初才正式下发,只有看到红头文件,我们才能进一步操作下去。

涉及国际交流的问题,难度尤其大。需要报批馆领导、文化部,需要填写各种表格解决对方请假问题、机票问题和其他相关费用问题。美国公务人员不能接受其他国家政府部门的旅行机票,不能接收任何现金,需要有主办协办单位的邀请和说明,需要在最合适的时候预订机票……这些问题看似简单,其实都给我们的筹备工作带来麻烦,需要思考新的解决办法。有关涉外的问题,都是我亲自联系解决的。不可能完全依靠行政部门处理那么具体而非常规的事情,当然他们也给予我不少支持和帮助。

办会一般要找政府采购点会议中心,收取学员会务费,羊毛出在羊身上,这样对于我们更容易一些。但是我们的会主要是公益活动,为大家创造学习的机会,特别是让更多的馆内员工有培训的机会。如果出去办会,这个矛盾就无法解决。于是,我们成立了会务组,自己的员工想办法解决问题,只是遗憾不能帮大家安排用餐。

我们的工作,就是给大家提供一个交流和研究的平台,联合大家共同推动事业的发展。从会议效果来看,我们的目的基本达到了。

会议的筹备时间短,中间意外多,能举行就不容易,能成功举行更不容易,能获得多方的好评实在是不容易。

会后,学员和专家们纷纷对会议进行了点评:

• "想来从筹备到成功举办一定付出了大量的时间和精力,辛苦辛苦! 顺便说,短短几天时间,也让我感受到了国图外文采编部是一个充满朝气的团队!"

• "这周一到周三参加国图的 RDA 培训,不得不感叹这是偶迄今为止参加的那么多专业会议中听到的最最最名副其实的培训,既有理论又有实践。国内的会议都这样该多好啊。"

• "我觉得这次讲座好的原因是请到了一位名副其实的世界级专家。Barbara 是 RDA 委员会一员(总共十多位),理论级的概念很清晰,实践层次拿出好多编目实例讲特定字段遵循 RDA 和 AACR2 的区别在哪里。像我是编目门外汉都听懂了,还感动她的敬业精神,整整讲了两天半,精力不是一般好。"

• "国图请来顶级专家、RDA 编辑指导委员会现任主席 Barbara Tillett 女士做为期两天半的 RDA 理论与实践培训,并全文翻译了培训的 PPT,作为会议资料提供。培训班费用之低,也是多年来罕见的,还给每人发了一个中图学会的证书,有 Barbara 签名——二百多张证书,也真够她签的。”

- “愿在您推动下,RDA 的研究在中国再掀高潮。”
- “这次 Babara 的培训,显示出国图各方面的优势啊,组织能力、专业水准、翻译能力、待客之道……无一不精。”

今年 4 月底在西安举办了采访工作研讨会,7 月初又在北京主办 RDA 研讨会。三个月内连续举办两次会议,我自己都有点惊奇。不是好大喜功,这个时候开这样的会议,很有必要,早开和晚开都没有这么好的效果。

这些年图书馆编目领域的老专家相继退休,感觉后继乏人。看到有不少青年同志参加会议,我们当然也期待本领域内的新星能在不久的将来涌现出来。

看到成功很高兴,但也确实觉得很疲惫。

关于 CNMARC 的一些联想(2012 年 7 月 26 日)

CNMARC 是中国图书馆界通行的计算机编目格式,主要用于数据交换,当然也成为编目员必须熟悉的格式。

月初 Barbara 问起了 CNMARC 的由来,今天 OCLC 客人又谈到这个问题,看来这个话题受到很多外国同行关心。

香港在 1997 年回归前后放弃 UKMARC,采用了 USMARC/MARC21,为的是更好地利用美国的数据源,节约人力。

在 UNIMARC 家族中,日本国立国会图书馆前年决定放弃 JapanMARC 而使用 MARC21,台湾的图书馆去年决定使用 MARC21,德国国家图书馆也改 MARC21 了。看上去 USMARC 系列的 MARC21 越来越受欢迎,而国际图联开发的 UNIMARC 及其派生格式的用户越来越少。

大家不禁要问,为什么中国选择了 UNIMARC 系列的 CNMARC,而不是 USMARC及其最新更新格式 MARC21 呢?

谈到 CNMARC 格式的起源问题,有两种解释。一种是在刚开始图书馆自动化的时候,大家都不了解 MARC,有人说 UNIMARC 是国际图联的标准,USMARC是美国国会图书馆的标准,大家觉得还是跟国际图联统一更好,于是就出现了基于 UNIMARC 的 CNMARC,没有想到后来 MARC21 更流行一些,而且不同的格式给数据交换带来很大的麻烦。

还有一种解释是，美国国会图书馆开发的 USMARC/MARC21 是有版权的，中国人和他们谈版权很费劲，其中类似的案例有《西文文献著录条例》的出现。UNIMARC 是国际图联开发的，让大家免费使用，这是我们决定基于 UNIMARC 开发 CNMARC 的原因之一。据说学术界都比较倾向后一种解释。

这段历史似乎没有在图书馆的历史中记载，也算是"野史"。如果不去研究一下，过 N 多年以后，更没有人知道了。

那么，中国图书馆是否可以放弃 CNMARC 改用 MARC21 呢？这个问题提起来容易，回答起来很难。那么多图书馆都用 CNMARC 多年，一下子改，涉及面太大，牵一发而动全身，成本太高，而且似乎没有人敢拍这个板。

✳ 国际图联与编目相关的发言文章翻译完毕 (2008 年 6 月 27 日) ✳

经过一个月的工作，国家图书馆的志愿者 MM 们完成了 2008 年国际图联（IFLA）大会与编目相关的发言文章 8 篇，已经在 IFLA 的网站上发布。

自从 2006 年中文成为国际图联的工作语言以后，《国际图联快报》（IFLA Express）、同声传译、论文翻译等已经成为中文工作语言的一道道风景线。前年的中文翻译论文有 4 篇，去年有 5 篇，今年仅仅与编目相关的文章就有 8 篇，估计最后将会有 15 篇左右。

本人组织了与编目相关的 3 个专业组（编目组、分类和标引组、书目组）的论文翻译工作，国家图书馆的 8 个 MM 参加了此项工作。本人看了所有 8 篇论文，并对翻译的术语和措辞提出了修改建议。工作了一个月，看了那么多东西，昏天黑地的！由于时间仓促，而且有一些翻译志愿者没有从事过编目工作，或者刚进入编目领域，所以肯定有翻译不贴切的地方。只要能使大家及时了解国际编目领域的新动向，就算达到目的了。

MM 们放弃了业余休息时间，甚至在假期也做翻译。有一个 MM 一个晚上都没有睡觉，凌晨 4 点给我发来了翻译稿，令我十分感动！

对她们的工作，本人特此表示感谢。她们的名字是：

陈　宁（国际交流处）

韩　玲（中文采编部）

刘华梅（中文采编部）

王　璐（中文采编部）

吴晓静（外文采编部）

许　旭（中文采编部）

喻　菲（中文采编部）

张蕾累（中文采编部）

❋ 图书馆的国际化问题（2009 年 2 月 11 日）❋

图书馆国际化的问题是一个老问题，曾经有过一些争论，现在国际化大概已经成为大势所趋了。

图书馆该不该国际化？这个问题如果问老外，他们大概会觉得很奇怪。但是对于中国来说，确实是一个问题。这是"文化大革命"期间闭关锁国所造成的影响，要解决这个问题还需要一段时间。

问这个问题，就好像当时可口可乐是否要进中国市场一样，曾经是一个全国性的焦点问题，但是现在大家都已经习以为常了。谁还记得为了这瓶可口可乐会有如此激烈的争论呢？

国际化的另一面是闭关锁国，其表现形式是夜郎自大。刚开放的时候，我们出去看到了外面新的天地，觉得自己什么都不如人家，有很严重的自卑感。现在出去多了，似乎觉得自己不那么差了，有些人认为我们在许多地方可以超过别人了。我觉得，我们的硬件在许多方面确实是超过了别人，但是软件还差别人十多年，或者几十年。打一个比方来说，我们的新建筑可能比别人还要漂亮，但是过了五年或十年，建筑的损坏速度大概要比别人快许多倍，这就是人的素质问题在里面起作用。我们还是要举着国际化的大旗，与国际社会融合。

记得 1987 年国家图书馆新馆一期开放的时候，国家图书馆的宣传小册子发行了英文、俄文、日文等外文版本，作为《中国一瞥》的系列。国际交流处人员变动，他们认为没有用处了，我就拿来收藏了一套。去年年底，国际交流处的 MM 给我送来了一套新的外语翻译版，我看了吃了一惊，大概有 8 种语言——中文、英语、法语、德语、西班牙语、意大利语、阿拉伯语等，还计划做俄语的版本。我自然很高兴收藏一套，也觉得我们在国际化的道路上又前进了一步。

中国的度量衡早就已经国际化了，事实说明国际化对我们是有好处的。在技术方面，我们更会感受到国际化的好处，它使得外国产品能为我们所用，使得我们的产品能出口到国外。

我是做采编工作的，我很希望能推动编目工作的国际化进程。目录就是让人看的,为什么要和别人不一样呢? 为什么要让外国人看不懂呢?

今天又看到西海先生①在谈国际化的问题,有感而发。

✳ 第二天的流水账(2009 年 4 月 28 日) ✳

回来上班第二天,各种事务繁多——组长竞聘、学术委员会、检查卫生、党员会议……还有许多临时的工作,没有计划性。晚上终于有时间完成了 ISBD 第 0 项(过去的一般资料标识(GMD))的征求意见工作,发给主持人。Dorothy 老太太马上回复了。老太太看上去有 70 岁,但是工作效率很高,每次写信都在第一时间回复我,很令人感动。我有什么理由不配合工作呢? 工作组里就我一个人不能上那个 Wiki,所有意见都拜托她转达。不过 ISBD 的问题与 RDA 和 ONIX 的一些东西纠缠在一起,比较复杂。希望能有顺利的解决办法。在国际合作中,需要有奉献精神,也需要妥协和忍让。

✳ 国家图书馆赴意大利代表团即将出发
(2009 年 8 月 19 日) ✳

昨天接到外事处的通知,知道了赴意大利的人员组成和工作内容。

因为馆庆等原因,詹福瑞馆长和其他几个委员取消了行程。我们代表团成员主要是 4 个同传翻译、3 个快报翻译、1 个展览人员,还有我、国家交流处严向东处长和中国图书馆学会汤更生秘书长。包括我在内,中文采编部去 3 个人,也是她们在全馆选拔中努力的结果。

严处长提前去几天,我就成了代理团长,第一次承担这么重要的任务。

时间太紧张,我没有仔细看日程。我给自己安排的日程,主要是要参加编目组常设委员会的两个会议,参加 ISBD 修订组的 3 个工作会议,要听编目组、书目组、UNIMARC 核心活动、书目控制部、分类与标引组的分会场发言,还要参加一些有关图联内部改革和刊物出版问题的讨论会。最后,在全体大会(原理事会)上,还要担任计票员——图联为了体现公正性,从全世界各个民族的代表中选出了 5 个人担任这个工作,我有幸成为其中一员,大会前还要参加预备会

书
山
蠹
语

---

① 严向东先生的网名是"西海冰热"。

议。此外,我还要负责同传的组织工作。我们同传第一次在南非德班亮相时,取得了成功,当时我也是负责人。经过几次以后,大家已经有经验了,我大概也不需要太多地操心,不过有两个新翻译,要关心一下。

已经开了很多次图联大会了——北京、哥本哈根、奥斯陆、首尔、德班。每一次开会都觉得时间不够用,那是因为工作会议太多,而且与编目相关的组和核心活动也太多,这与其他专业都不太一样。

ISSN 国家中心主任会议即将在 9 月中旬召开,我是东道主,筹备工作井然有序。国际中心主任约我在大会期间见面,商量一下细节问题。

✳ 米兰之行第二天:专业委员会会议 (2009 年 8 月 23 日) ✳

第一天开会,见到了意大利图书馆协会主席、我的好朋友 Mauro Guerrini。他是大会组委会主席,自然很忙。在编目专业委员会开会的时候,他在开始的时候露面讲了几句话,就走了。不过,他还是帮我解决了座位问题。意大利人的会议组织有点问题,各个会场门口没有志愿者,我们会议室里的椅子不够都没人管,我在开会前 5 分钟发现这个问题,只好麻烦主席大人给我解决问题了。会场不提供饮用水,感觉自然差了一些。

ISBD 修订组主席 Elena 看到我,就用西方的礼节对我母亲的去世表示慰问,使我很感温暖。

编目组的会议,自然是最受重视的了。新老委员大概接近 30 人参加,还有列席的 40 多人,所以座椅不够用。由于空调设备的原因,会场散音效果明显,结果大家的发言很难听清楚。会议的内容过几天再整理一下。那么多列席代表,要搞清楚名字也不是容易的事情。

下午抽空与 ISSN 国际中心主任 Françoise Pellé 一起喝茶,聊了差不多一个小时,讨论半个月后在国家图书馆召开 ISSN 国家中心主任工作会议的筹备细节,晚上就给同事发邮件,告诉他们讨论结果。

晚上是中文语言预备会议,有大约 100 名中国代表参加了会议,严向东主持,吴建中、张晓林、朱强等大腕先后介绍情况,国际图联主席 Claudia Lux 也来捧场。关于这个会议,大概有不少人会写博客报道,我就不赘述了。

然后是 IFLA 官员的招待会。本人以后不再担任秘书,这是最后一次,不想错过特殊的待遇。没有想到坐上大巴,开了将近一个小时,到了湖边的一个古典建筑,手机收到了中国电信有关瑞士的注意事项。我还以为到了瑞士,问了当地人,才知道瑞士就在隔壁,信号飘过来了。我觉得意大利人很奇怪,办一个招待会要到那么远的地方,在中国开会可不会这样安排的啊!

招待会上再次遇到了意大利图书馆协会主席 Mauro Guerrini,他高兴地向我介绍了他的妻子和女儿,并与他们合影。回到旅馆已经 11 点钟了。

明天是开幕式,一定是要参加的。

✳ 米兰之行第三天:开幕式、展览和音乐会 (2009 年 8 月 24 日) ✳

开幕式应该是大会最有意思的文化活动,我们一般都要早到会场。一方面是占一个好位置,另一方面要提前借到同传翻译设备,看我们的翻译表现如何。

今天开幕式安排的会场比较小,大概只能坐 2000 人左右,我们觉得搞不出什么文艺活动。

开幕式前照例是大家争先恐后地在台前合影留念,我们见到了许多老朋友,例如南非国家图书馆馆长 John、组委会主席 Mauro、新加坡国家图书馆馆长、韩国国家图书馆的许多朋友、中国代表团的许多领导……

开幕式以普契尼歌剧《图兰朵》中的"今夜无人入睡"(Nessun dorma)开始,也以这首曲子结束。我觉得十分亲切,其一是因为这首曲子是我最喜爱的曲子之一,其二是因为这首曲子含有中国的元素。

主持人是一对 50 岁以上的男女,其中女主持竟然是我认识多年的卡萨里尼书店(Casalini libri)的老板 Barbara Casalini。昨天我在排队办理手续的时候,她在旁边打量了我几次,我开始没有在意,后来看了她的名牌,才突然想起来竟然是她,马上打了招呼。几年不见,有点生疏了,真没有想到今天是她当主持。西方人的空姐不用年轻美女,竟然主持也不用年轻美女。主持人有一定的文化积淀,能压得住阵脚,大家似乎很能接受。

开幕式第一个讲话的是意大利组委会主席 Mauro Guerrini,我的好朋友。他的英语很流利,废话不多。不过大胖子的表情很丰富,眼睛上下跳动,我在下面看着觉得很有意思。他告诉我,在大会快结束的时候,他会给我看他上个月介绍中国图书馆发展时的照片。当时,我帮他提供了不少素材,没有想到他对中国图书馆那么有兴趣。

开幕式中穿插了 5 个喜剧片段,表现意大利文化与图书之间的关系。不过,有几个片段用意大利语表现,许多人看不懂。涉及文学、科学、历史中的一些人物和作品,没有文化知识的人是不会理解的。

开幕式以后是免费的午餐。参加过那么多次图联大会,第一次享受免费午餐。虽然不好吃,但也已经不错了。米兰的米饭也是一个特色,不过我们吃起来有点像夹生的味道。

下午是展览开幕式,国家图书馆展台人气很旺,超过旁边的其他展台。多亏严向东处长和孙一钢主任策划得不错,才能获得如此的成功。几个小时下来,带的资料发了三分之二。

晚上在斯卡拉歌剧院(Teatro alla Scala)听音乐会,是大会组织的,但还是花了 20 欧元。曲目是罗西尼(Gioacchino Rossini)的《塞维利亚的理发师》(Il barbiere di Siviglia)序曲、贝利尼(Vincenzo Bellini)的《清教徒》(I Puritani)、威尔第(Giuseppe Verdi)的《唐·卡洛斯》(Don Carlos)和《西蒙·波卡内格拉》(Simon Boccanegra)、威尔第的《丑角》(Rigoletto)、奇莱阿(Francesco Cilea)的《阿德里安娜》(Adriana Lecouvreur)、莫扎特(Wolfgang Amadeus Mozart)的《唐璜》(Don Giovanni)的选段,还有门德尔松(Felix Mendelssohn-Bartholdy)的第四交响曲(Symphony n. 4 op. 90 in la maggiore "Italiana")。主要演员和指挥都是80后的新人,其中女中音和男低音都是韩国人,女高音是格鲁吉亚人。听音乐不是主要的目的,我们是想感受一下这个世界著名歌剧院的效果。我一个人坐在 5 楼的中间位置,座位号看不太懂(Settore 3 Galleria 1 n. 165),只能在工作人员的帮助下才能找到座位。在交响乐的乐章之间,总有不少人在鼓掌,显得很外行。在第三乐章以后,还有零星的掌声,但是马上被一阵"嘘"声制止。在西方社会中欣赏西方音乐,怎么也会这样呢?我的一个同事解释为,这是因为图书馆员听音乐的太少了;另一个同事解释为,这是因为听众中有不少人不是西方人。听说个别在 6 楼的中国代表,一面听音乐一面吃零食,还讲话,显得素质很低。

时差没有倒过来,好几天没有睡好。今天开始出现反应,有点扛不住了。要注意休息。

❋ 米兰之行第四天:三个会议(2009 年 8 月 25 日)❋

今天有三个会议,早晨 8 点就到会场,参加 UNIMARC 永久委员会(PUC)的工作会议。这是非正式的工作会议,比较松散,开了 3 个半小时。有 7 个委员参加,2个旁听,我是主席邀请去的。听到中午,感觉脑子已经十分迟钝了。他们7个人在台上讨论,我不好意思上去,2个旁听的在台下听,觉得还是有一点别扭的。

接下来是ISBD修订组的工作会议,比较紧凑,10个委员,还有大概20多个旁听。随着图联的机构改革(取消书目控制部,把我们纳入图书馆服务部),我们要重新考虑书目控制标准的定位问题,要更多地与IT等专业组协调,做更多书目控制标准与元数据标准之间的协调工作。原来书目控制部的刊物ICBC出现了财务问题,也是我们讨论的话题。我个人认为要改为电子版比较好一些,现在使用和订阅都不方便。

中午休息了一会儿,然后下午去参加编目组的公开分会场。在会议前要确认PPT是否都拷贝到了机器上,发言人是否都按时到达,座位是否够用。按惯例,编目组分会场的听众是最多的,一般有300人左右。今天的会场很小,我临时让志愿者增加椅子,最后听众大概有200人。在今天的发言中,除了我们自己人介绍ISBD的进展以外,我觉得效果最好的是一个意大利人介绍音乐作品编目问题的发言,很生动。有兴趣的读者可以看一下他的发言演示稿:

http://www.urfm.braidense.it/ifla2009/

晚上我们代表团的同事们聚餐,难得比较早休息,再这样下去要不行了。不过,快报组的MM们还要赶任务,她们晚上经常工作到2点钟。我前几年也有过这样的经历,不容易啊!我看了几篇她们翻译的文章,觉得还是经过思考的,比较地道。

明天有一个工作会议和一个UNIMARC分会场,都比较重要。ISBD工作会议是必须参加的,今年UNIMARC分会场的发言比较有意思,都是一些重要的人物,也一定是要去听的。下午还要与法国人讨论Anonymous Classics(无名氏经典著作)的问题,拖了几年了,必须要在今年完成。

会议期间抽空去看了4个同传MM,她们都在有序工作中。虽然累一些,但是有前几年的经验,大概能适应一些了。今年的休息室很小,20多平方米的一个小房间,要给6种语言的30个翻译休息,不太够用。不过,她们的点心和饮料是有保证的。

✿ 米兰之行第五天:ISBD会议、UNIMARC分会场、音乐会(2009年8月26日)✿

早晨8点到达会场,主要讨论ISBD样例和GMD的问题。样例工作组的主席李在善辞职，大家提名了新的主席。关于样例和 GMD 的出版问题大家进行投票，计划在 2009 年底先出版样例，不要等统一版的修订版了。其他细节问题过几天再讨论。

下午听了 UNIMARC 分会场。前两个报告很重要，一个是 UNIMARC/A（规范格式）的修订工作，另一个是 VMF（词表映射框架）的介绍。内容虽然重要，但是似乎演讲没有提供更多的信息。VMF 似乎很能引起大家的注意，前几天在 ISBD 的工作会议和 UNIMARC 的工作会议上，Gordon Dunsire 都去作了介绍。后几个报告似乎不太有意思，我就利用间隙时间去看了同传翻译和快报翻译，还安排了晚上的活动。

下午会议结束后，与法国同事一起讨论了 Anonymous Classics 项目的问题。这个项目拖了几年，去年就可以结束的，我联系了多次，法国人就是不答复。见面了，沟通就会顺畅一些。

今年的晚间文化活动很特别，没有一个集中用餐的地点。大会发了饭票，大家可以在米兰大教堂周边的许多餐馆吃饭，然后去大教堂听音乐会。餐馆是要预订的，我们去晚了，只订上了 9 点以后的位子，而且餐馆的位置比较偏，在但丁大街（Via Dante）。不过我和老严 7 点就到那里，厚着脸皮与服务生周旋，还是吃上了（觉得实在不好吃，一盘米饭色拉，一盘生牛肉片加青菜，还有一杯啤酒和一杯双球冰淇淋，据说要 25 欧元），然后正好赶上 8 点在大教堂里的音乐会。

在大教堂里举行的音乐会，就半个多小时，但是主教和官员的讲话就占了半个小时。教堂里没有空调，看大家都在摇扇子。曲目不错，是竖琴（Federica Sainaghi）和小提琴（Fulvio Liviabella）演奏的曲子，用的是斯特拉迪瓦里名琴（Antonio Stradivari 'Maréchal Berthier', Cremona 1716（ex Ferec von Vecsey））。曲目中包括巴赫（Johann Sebastian Bach）的咏叹调（Aria in Fa）、贝多芬（Ludwig van Beethoven）的浪漫曲（Romance n. 2 in Fa）、马斯内（Jules Massenet）的《沉思》（Meditation from " Thais "）、佩尔特（Arvo Pärt）的《镜中镜》（Spiegel in der Spiegel）、圣-桑（Charles Camille Saint-Saëns）的《天鹅》（The Cygne）、塔蒂尼（Giuseppe Tartini）的《被抛弃的迪多》（Didone abbandonata）。在教堂里听官员讲话不太清楚，感觉有回音，但是音乐的效果还是不错的。总的感觉是，这场音乐会的质量比前天在斯卡拉剧院里的演出要高一些。

在活动区域里，有很多穿着各种制服的警察，我们搞不清楚他们之间的区别。大概我们这个活动很特别，市政府临时安排的警备力量。在中心区域，还展览了达·芬奇的手稿，旁边有两个图书馆员和两个警察守卫。在公共场合展览善本,这在中国是不可想象的。

明天要参加编目组的常设委员会第二次会议,参加 IFLA 新出版物发布仪式,听汤秘①的发言,还要为全体大会(理事会)做会务工作。

❋ 米兰之行第六天:新书发布、委员会会议、理事会 (2009 年 8 月 27 日) ❋

早晨我去参加了 IFLA 新书发布会,发布的新书有 8 种,其中书目控制类的有 4 种:

1.《国际图联编目原则》(IFLA Cataloguing Principles)。用 20 种语言出版,由 Barbara Tillett 主编。其中包括了王绍平、林明、刘素清老师翻译的中文版,还有我翻译的 IME ICC 会议决议。看到几年来工作的成就,很感到欣慰。

2.《数字时代的国家书目指南和新方向》(National Bibliographies in the Digital Age:Guidance and New Directions)。去年我对草稿提出了一些修改意见,书稿中还引用了我过去的文章。我回去以后要组织有关同事对这个问题进行研究,因为国家图书馆有编制国家书目的职责。

3.《规范数据的功能需求》(Functional Requirements for Authority Data)。我们已经看到过这本书,我部已经有同事开始对其进行研究,并准备中文翻译稿。听编者 Glenn Patton 说,开始翻译的已经有 6 种语言了。

4.《UNIMARC 规范格式手册》(UNIMARC Manual:Authorities Format)。这是第 3 版了,我们中国用的还是第 1 版,有必要马上进行修订。这次认识了编者 Mirna Willer,她在昨天的 UNIMARC 分会场对新修订的问题作了详细的介绍,我已经把她的发言翻译成中文,在 IFLA 网上可以下载。她也是一个活跃人物,许多工作组里都有她的名字。

这些书都是德国出版社 K. G. Saur 出版的,今天下午的全体会议上,主席 Claudia Lux 还授予出版社老板 Klaus Saur 一个荣誉奖(Honorary Fellow),以表彰他三十多年为 IFLA 出版所做出的贡献。Klaus Saur 的发言很有意思,还特别提到了 1996 年在北京召开图联大会的时候,在王府里吃饭,感觉饭菜十分丰盛的情景。这个老头几年前来过我的办公室,只是我现在不再做外文采访工作了。

---

① 指汤更生秘书长。

下午抽空听了汤更生秘书长的发言，图文并茂。主持人觉得汤秘的英文不错，完全可以用英文发言。今年一些分会场提出，如果工作语言是母语，建议用工作语言发言，这也许是汤秘用中文发言的原因吧。

中午召开了第二次编目专业委员会的会议，讨论了以后几次大会中发言的内容。今天信息技术组也派人参加，表示要在语义网的领域内做一些合作。不当秘书了，第一次感觉比较轻松。主席给离任的委员发了证明，也给我发了感谢状。

国际图联总部事先请我当全体会议（General Assembly）（原理事会）的计票员（teller），今天下午事先去秘书长 Jennefer Nicholson 的办公室开了半个小时的会，交代有关注意事项。共有 7 个计票员，来自不同的国家，基本上代表了五大洲。每人发了一个计数器（附图省略），我负责红色的选票。开会的时候，第一个议程就是通过计票员的任命。此外，大概有几个提案，可能要涉及计票的问题，大家都很紧张，结果只需要举手就可以，没有很多反对意见，就不需要详细计票了。这个任务圆满完成，也是一种新的经历。会后，离任主席 Claudia Lux 给每人发了一份小礼品，表示感谢。

晚上参加了南非图书馆协会为新任主席 Ellen Tise 举办的庆祝酒会。我们与南非国家图书馆有过多次交流，馆长江泽培①（John Tsebe）与我们关系相当不错，所以我们也去捧场。参加的人中间，只有我们两个是亚洲人，显得很扎眼。非洲人的英语讲得都不错，也是他们参与国际活动的优势。Ellen Tise 今天还是当选主席（President-Elect），明天就是主席了。

✳ 米兰之行第七天：最后的“斗争”（2009 年 8 月 28 日）✳

最后一天日程。上午难得晚一些起来，第一次打开房间的电视，体会了意大利的电视节目。上午第一件事情是在 9:45 听了 UNIMARC 工作会议，听到一半就去分类与标引分会场，听曾蕾（Marcia Lei Zeng）的讲演。曾博士的讲演很难懂，即使是专业的图书馆编目员，都觉得 FRSAR 很抽象，更不要说没有做过编目的翻译们。好在曾博士很细心，事先与翻译做了多次沟通。曾博士重点介绍了那些拉丁语的名称，例如“诺门”（Nomen）和“泰马”（“希马”，Thema）。所有词汇都用尽了，不能表达确切的意思，只好用拉丁语了。其实就是名称和主

---

① 这个中文名字是我们自己私下给他起的雅号，不是正式译名。

题的意思。

分类与标引组的主持人是我认识的法国国家图书馆的 Françoise Bourdon。不过法国人不知道有什么毛病，明明英语说得不错，非要用法语说，而且当主持人也要用法语，实在令人感觉不方便。我听会的时候经常借一个耳机，主要是监听同传翻译的水平和责任心，一般不太用。法语的主持我听了似懂非懂，就算练听力了。法语也是工作语言，她坚持用法语也没有错啊！不过如果我以后用中文主持，大家肯定都会崩溃的啊！——大多数讲英语的人不会愿意去借耳机听同传翻译的。

这个分会场只有 2 个发言——本来有 4 个发言的，临时出问题。不过那 2 个人可以利用这个机会多说话。意大利人讲他们的主题标引系统，讲了一个多小时，我实在坐不住了。好在我们翻译过她的文章，基本思路都了解。

第三件事情是中午的书目控制部分会场，有许多重要的发言。国际图联机构改革，这是书目控制部的最后一次活动，书目控制部主席瑞士人 Patrice Landry 也当专业委员会（PC）的主席了。本来大会期间都要安排社交活动（Social hour），喝咖啡或葡萄酒什么的。今年因为安排不过来，就在公开分会场的讲演之后，安排了香槟酒，庆祝一些标准的完成。发言题目包括：

- "完成使命：国际编目原则"（Mission accomplished : the new IFLA International Cataloguing Principles）

- "数字时代的国家书目指南和新方向"（National bibliographies in the digital age : guidance and new directions）

- "从 FRBR 到 FRAD：模型的扩展"（From FRBR to FRAD : Extending the model）

- "多语种词表指南：多语种访问和检索标准指南的新贡献"（Guidelines for Multilingual Thesauri : a new contribution to multilingual access and retrieval standards）

经过七年的工作，Barbara Tillett 确实完成了一件很不容易的事情，就是出版了《国际编目原则》。我们都很佩服 Barbara 的敬业精神，她也表示这件事情很不容易，感谢大家的积极参与。她让所有参加这件事情的人都站起来让大家认识，我也是其中之一。

第四件事情是下午在圣心天主教大学（Università Cattolica del Sacro Cuore）召开的第三次 ISBD 工作会议，第一个题目就是讨论"0. 2. 4. 1 连续出版物题名的主要变化"的问题。这个问题在 2006 年的韩国会议上就提出来了，一直被 ISBD、ISSN、JSC（RDA）转来转去。这次 ISBD 重视这个问题，希望能马上解决。

ISSN 国际中心的编目专家 Alain 表示要在北京的 ISSN 国家中心主任工作会议上再讨论一下这个问题,我要负责主持一下。西方人不理解中文的特点,而且许多问题说过很多次,久了就不记得了。所以说,国际合作是很难的事情,我理解 Barbara 在做 ICP 的时候是多么的艰难。

我们实在不明白为什么要在那么远的地方开会,我们不仅不能参加闭幕式,还要坐一次巴士和转两次地铁,不过我们倒有机会看了大学旁边的圣安布罗西教堂(Basilica di Sant' Ambrogio),感受了非旅游景点的建筑。教堂里面的精华部分要收费的,我付了两个欧元,看到了最古老的一些东西。

到此为止,IFLA 的所有日程都结束了。这几天不仅白天忙碌,晚上还有不少应酬。出来开会,就是要多交朋友,不然出来有什么意思呢? 老严说我整天七搭八搭的,谁都认识,连"九搭十搭"都有了。不过他自己也觉得这样很好。来开了几次会议,许多人都认识了,进一步开展工作就很方便。只有多投入,才会有今后的收获。一个香港朋友说,在自己的图书馆里感觉很好,出来以后,在国际大环境下,自己很渺小,就是一个小土豆,要摆正自己的位置是很重要的。

7 个小翻译很辛苦。同传一直精神高度紧张,晚上都要休息。笔译经常工作到凌晨,根本没有时间休息。我们还能利用晚上文化活动或者社交活动的时候走一下,她们只能利用最后一天走马观花了。不过,我也是这样过来的——年轻的时候玩命,现在不行了。世界是我们的,更是他们的。

北川县图书馆馆长李春与我们住一个旅馆,早晨吃饭的时候经常见到。她的伤还没有完全好,走路的样子有一点艰难。本来张晓林馆长想让她与我们一起走的,可是签证问题解决不了,只好让他们自己走了。听说李春在大会期间频繁上镜,快报(IFLA Express)上登了 3 次,但是我没有机会听她发言。

这几天平均日睡眠 6 小时,经常犯困。我明天(当地时间)就要乘飞机回家,时差 6 个小时,到北京是星期六的上午。

❋ ISSN 国家中心主任会议第一天(2009 年 9 月 14 日) ❋

今天是 ISSN 国家中心主任会议第一天,参会代表陆续到来。

国家图书馆二期的环境和设施是第一流的,国际中心的 Pierre Godefroy 说,这是他们这几次年会会场最好的一次,而且温度也很舒适。

Pierre 是国际中心的技术人员,他会英语、法语、俄语、波兰语,还会简单的中文。昨天就到会场看了一下,准备工作没有任何问题,防火墙也打开了,唯一担心的就是巴黎的服务器是否会出问题。他前几天自己在北京走了几个地方，竟然都是坐公交。他说在白石桥坐 360 去了香山，觉得那里最好了。他发现，中国的地铁很有意思，竟然把什么能做和什么不能做的事情都写得十分清楚。

今天来的客人主要来自亚洲、非洲、东欧和南美，一天的培训进展顺利。

外国人开会，最大特点就是随意——开始没有时间，休息没有时间，吃午饭也没有时间。迟到的人进来，还与培训人员打招呼，甚至拥抱。不过前两天的培训本来就比后面的会议随意一些，可以理解。

✳ ISSN 国家中心主任会议第二天：国际化的道路 （2009 年 9 月 15 日）✳

会议进展到第二天，明天正式会议的代表也陆续到来。今天见到的主要是东欧国家的，有匈牙利、摩尔多瓦、拉脱维亚、捷克、斯洛伐克等国家，还有印度尼西亚、越南等亚洲国家的代表。要协调不同习惯、不同语言、不同饮食，要花一些心思。

用茶点的时候，与一个"资深美女"谈起外语的问题，大家都觉得与十年前相比，国家图书馆员工的整体外语水平提高了一大截。过去如果有会议，我这样的三脚猫是主力，从会议资料、会议筹备到会务都要帮忙，现在大家都可以做，而且都能在用茶点的时候与代表们自由交流。

会议上临时安排了 ISBD 的有关规则讨论，涉及中文期刊题名变化的问题。昨天晚上收到了来自西班牙、美国、韩国、日本、中国同行的来信，我今天要汇总一下意见，任务艰巨。

傍晚见到了国际中心主任，看了会场，讨论了明天会议的细节。

说实在的，尽管国家图书馆办过不少国际性的学术会议，但是还是第一次办这样纯粹的国际性工作会议。大家来自不同的国家，没有统一的住宿，甚至同一个单位的人都住在不同的宾馆，当然也没有国内的听众，只允许少量的旁听。这对我和我的同事来说，都是一次不同寻常的经历。

晚餐是工作餐，法国人与我的同事认识一下，作为热身，也谈了会议的安排。大家谈到了刚去意大利的感受，觉得意大利人在组织和计划上有一些问题，法国人甚至认为米兰的国际化程度没有北京高，这令我们在场的同事都感觉很吃惊。不过法国人和我的中国同事各自讲了自己在意大利的经历，似乎都证明了这个观点。

今天 N 多个老外问我为什么中国不能上 Facebook，我也只好无语了。我很怀念有它的日子，还有 Picasaweb 和 Twitter。我在意大利的时候传到 Picasaweb 上不少照片，回来就看不到了。

过几天又该做工资了，我们几个商量了下个月的工资方案。

✳ ISSN 国家中心主任会议第三天：正式会议开始 (2009 年 9 月 16 日) ✳

今天大多数代表都到达了。上午是两个工作组的会议，下午是开幕式，陈力副馆长到会，并致欢迎辞。

国际中心主任 Françoise Pellé 对我们的筹备工作十分满意。

下午的会议谈到了最近的进展，包括 ISSN-L、连续出版物的 FRBR 化、ISTC 等问题。

印度尼西亚代表报告了自己的工作。她作为第二届 ISSN 奖（ISSN Award）的获得者，得到国际中心的资助，第一次参加我们的工作会议，实在很不容易。我很想多给她一些帮助，使得她能利用这个难得的机会，收获更大一些。回想我们当时第一次出国的时候，也很想多看一些东西的。难得在亚洲开会，要多给亚洲的穷姐妹一些帮助。

晚宴期间，大家谈了各地的风情。英国人很会开玩笑。他说中国人和意大利人很像，我问像在哪里？他说过马路像，中国人开车实在是太猛了啊！我觉得说中国人像意大利人，大概不是褒义词，大家都对刚在意大利举行的国际图联大会很不满意。不过我在意大利的时候也没有那么挑剔，中国人的性格，能忍就忍了。

英国人去了不少地方，他刚从成都来，觉得成都的美女实在是多啊！流连忘返了。

德国人告诉我的同事，现在德国女性学中文的很多，什么原因呢？是因为她们都喜欢中国男人——我实在是没有感觉到啊！！！

美国人也很有意思。她过来问我，为什么我们在美国吃中餐的时候，饭和菜是一起上的，你们这里饭却是最后上呢？我说我们家里也是一起吃饭和菜，只是在宴会上才先吃菜后吃饭的。她说终于吃到正宗的中国饭啊！

长城——中国的脊梁，也是所有外国客人向往的地方啊！只是时间安排太紧，许多人只能遗憾了。

❋ ISSN 国家中心主任会议第四天：中日韩问题 （2009 年 9 月 17 日）❋

今天是会议的第四天，我第一个发言，归纳了 ISBD 和《ISSN 手册》中有关中日韩(CJK)三国文字特殊性在期刊编目规则中的问题。其实是很多人的意见，我归纳一下而已。谢琴芳老师临时不来，我只好代表。

这个问题提出有三年了，在 ISBD, ISSN, JSC（RDA）之间转了一圈，终于有人注意了。我们在米兰的会上，正式讨论了这个问题。

这几天缺觉，下午开会的时候打瞌睡，硬撑着。晚上想睡觉，但是日本、韩国、西班牙、美国人的意见刚发过来，CALIS 谢琴芳老师的 PPT 也刚发过来，我只好开夜车了。昨天晚上又到 11：30，今天早晨发言前还抱佛脚，总算完成了。大家提了一些意见，申晓娟主任帮忙解释了一下，大家基本理解。但是还要经过烦琐的手续，要几个月征求意见的时间。当然，我也自告奋勇，作为下一步工作组的成员。

接下来是一些问题的讨论，貌似很激烈的样子，比在法国开理事会和全会的时候感觉更有学术性和业务性。可惜我们出国有限制，在其他国家召开的工作会议不让我去啊！这次会议在北京召开，我才有机会第一次参加这样的会议。

❋ ISSN 国家中心主任会议第五天：功德圆满 （2009 年 9 月 18 日）❋

今天是会议的最后一天，没有出现任何纰漏，全部议程圆满结束。

会议到最后，国际中心主任逐个念了我们会务人员的名字，表示感谢，并赠送了礼品。

前几天有点严肃的会议，到最后都有点动感情了，大家依依不舍地互相道别。每年一次的会议，在世界各国召开，从来没有这样组织严密、招待热情。

国际中心主任认为，会议的组织非常周到，技术方面也很完美，新馆的隔音效果很好。在中国，大家都像小孩，看不懂这里的文字，但是却受到了很多的关照。

斯洛伐克人说："我组织过很多会议，你们的会议组织工作是最好的！"

英国人说:"你们的会议如此成功,我们明年的压力就大了!"

波兰老太一直不太说话,与她搭话也不理。今天她求我联系她的朋友,还要我解决了明天退房的问题,她竟然主动在我脸上亲了一口!

最后一天会议的议程中,亮点是 PEPRS 实验项目和 RDA 对期刊编目的影响等我问题,明天抽空整理以后再向各位看官报告。

国际中心主任在会议总结的时候,再次说了参观故宫的感想。说我们应该在那么和谐的一个地方再开一次会,不仅要有"太和殿"、"中和殿"、"保和殿",还要有"虚和殿"(虚拟和谐)和"编和殿"(编目和谐)! 看来中国文化对他们的影响也很大啊!

会议圆满结束,我们自己的会务人员都感到很惊讶,怎么一个部门自己就组织了一次国际会议了呢? 看来人的潜能是很大的啊! 我们部门员工的素质高,是不容否定的。当然,其他部门(国际交流处、业务处、馆庆办公室、文化教育部、保卫处等)也给予了大力支持,但是从筹备到举行的所有过程,都是我们自己独立完成的,这在若干年前是无法想象的,也表明国家图书馆的国际化程度更进了一步,人力资源也达到了一个新的水平。

一个同事说,工作了那么多年,第一次见了那么多国际中心来的法国人,觉得很亲切,过去一直都是通信交流的。国际中心多年前就想到中国来开会,因各种问题没有如愿,今天终于经过我们的手实现了。

一个部门办会,责任分明,不会出现扯皮现象。如果有能力,我不建议几个部门或几个单位合作办会议。

晚上大家出去吃饭,我也答应加盟,按惯例是自己付钱,长条西餐桌摆了一溜,很是壮观。那个西餐馆服务一般,但是环境还可以,大家都很高兴。欧洲人在一起,就是互相揭短,与中国人之间谈上海人、河南人、东北人是一样的。

看到菜单里都是中式英语(Chinglish),英国人说法国也有法式英语(Franglais)。英国人和法国人抢着说英语中法语词汇的由来,英国人说是因为当时英国人是仆人,法国人是东家,所以餐桌上的词汇都是法语(猪 pig,猪肉就成了 porc - pork;牛 cow,牛肉就成了 bœuf - beef)。不过我过去听的是另外一个版本,就是英国人是主人,法国人是厨子,所以餐桌上的东西就成了法语词汇。

他们还说了欧洲各国人的笑话,有"地狱的欧洲"和"天堂的欧洲"之说法,例如"天堂的欧洲"就是让德国人做组织工作,让意大利搞艺术,让法国人烹饪……"地狱的欧洲"就是让意大利人做组织工作,让德国人搞艺术……其结果是可想而知的了。

他们说了希腊人的很多笑话,最好的例子就是雅典奥运会了。当时,一个体育馆造好以后，竟然都忘记编号，所有的座位都是没有号码的，这在中国是无法想象的事情啊！

老外们对中国文化都很了解，他们都对三星堆遗址很有兴趣，对成都人的悠闲生活感到羡慕，当然对成都的美女也倍加欣赏。英国人说，成都女郎穿的裙子那么短，分明是"中国特色的社会主义"啊！——我听了目瞪口呆。

英国人说，马克思当时如果不是意外，不会在大英博物馆看书，从而世界历史就会改写了。法国人说，托洛茨基曾经在她家乡的一个村庄里避难。丹麦人说，哥本哈根有一个列宁的故居。他们都知道周恩来和邓小平都在法国留学过。似乎他们对共产主义阵营的事情都十分了解啊！

今天在我们旁边的咖啡馆里，本山大叔①坐了很长时间。我一直忙于会议，也没有时间去瞻仰。据说这几天老来，咖啡馆的服务小姐戏称是她们的店好招来的。

❋ 国庆前夕：IFLA 来信、地铁四号线 （2009 年 9 月 30 日）❋

今天是长假前的最后一天，中午吃饭的人也不太多，许多人都休假出去旅游了。我们还是按惯例去各个科组走了一圈，一方面是检查安全，另一方面也是向大家表示节日的问候。

今年十一很特殊，60 年大庆，一定要好好看阅兵的电视转播，也许还能看到飞机编队。

今天收到来自荷兰国际图联（IFLA）总部的来信，里面附了一张"官员证书"（Officer's Certificate），由上任主席 Claudia Lux 和现任秘书长 Jennefer Nicholson的亲笔签字，正文如下：

International Federation of

Library Associations and Institutions

In grateful recognition to

Ben Gu

for service as an

Officer

书
山
蠹
语

---

① 即赵本山先生。

of the

International Federation of Library Associations and Institutions

IFLA

（Signature）（Signature）

President Secretary General

译文如下：

"国际图书馆协会和机构联合会衷心感谢顾犇担任本联合会官员"

另外附上一封专业计划主任 Sjoerd Koopman 的信：

I have great please in sending you a Certificate in grateful recognition of your service as an Officer during two consecutive terms.

Thank you very much for your contribution to IFLA's activities during your term of office.

译文如下：

"我很荣幸地寄上一份证书，以表彰您连续两个任期内担任官员的工作。感谢您在任期内对国际图联活动的贡献。"

我知道，这样的证书只有连续担任两任"官员"（主席或秘书）以后才能获得，本人在 2005—2009 年期间担任两任编目组的秘书。

右图是我今年 9 月参加米兰国际图联大会时的代表证，下面有"官员"的特殊标志，这是我最后一次过"官瘾"了。（附图省略）

说是"官员"，其实就是组织和服务工作，需要花费太多的业余时间，需要有奉献精神的。

地铁四号线开通两天了，国家图书馆的员工都很兴奋。住在院子里的员工以后出行方便多了，我以后也可以经常去王府井逛大街。住在外面的员工，每天上班可以节省很多时间。

今天晚饭后去坐四号线玩，从国家图书馆到北京南站只要 25 分钟。过去这段路坐特 5 路公共汽车要 1 个小时，坐出租车大概也要半个小时。

✳ 60 周年：喜庆的日子、李白、英国（2009 年 10 月 1 日）✳

今天是建国 60 周年，喜庆的日子。

十年前，我们中央国家机关青年联合会委员参加了天安门广场的联欢晚会。今天，我们都在家里看电视，欣赏阅兵仪式和游行队伍。

最令人激动的是空军飞行编队中的"彩虹飞机",从天安门广场出来以后,沿长安街飞行,我们从家里的窗口就可以看到。

英国爱丁堡大学的 Peter Burnhil 来信祝贺我们国庆,还附上了他根据李白的诗改写的小诗,表达了他上个月在中国的感受。我查了半天,也没有查到李白的原作是哪一篇:

Were you the peach tree

was I the moon

passing all too quickly from Cheng Du

Silver opportunity

to share what I judge to be insight

to observe and to question what I can of you

I thank you for the charm of your company

a memory among impressions

to be re-visited.

Peter 开玩笑说,如果他再写一首诗,就会成为连续出版物,还要申请 ISSN 号了。苏格兰国家图书馆关于"年度报告"的规则里就有这样的说明:"出版一次是单行出版物,出版两次是巧合,出版三次就是丛书了。"

晚上在家里看电视,有烟火场景的时候就看窗外,远处可以看到天安门广场上空的焰火。

❋ 本人关于国家书目的论文用立陶宛语发表 (2009 年 10 月 29 日) ❋

今天收到立陶宛国家图书馆(Lietuvos nacionaline Martyno Mažvydo biblioteka)寄给我的《书目》杂志特辑(Bibliografija 2007),其中刊登了我在 2006 年韩国首尔国际图联(IFLA)大会上的发言"National Bibliographies:the Chinese experience"的立陶宛语翻译版(Valstybine bibliografija:Kinijos patirtis),我感到十分高兴,这是该文章用第六种语言发表。

编制国家书目是所有国家的国家图书馆的职责,在中国如何编制国家书目还有待进一步的研究。

2005 年 7 月,我在桂林参加中国图书馆学会年会的时候,突然收到韩国国家图书馆李在善(Jaesun Lee)女士的来信,希望我能去她们馆介绍中国国家书

目。我不认识她,不知道为什么请我去发言。后来我们成了朋友,她告诉我,她是通过网上各种信息了解到我,觉得我去最合适。于是,我在 10 月去韩国,在韩国国家图书馆 60 周年馆庆纪念会上发言——"十字路口的中国国家书目"(China National Bibliography at the Crossroad / 기로에 선 중국의 국가서지),引起了国际图联同行的注意,日本国立国会图书馆的朋友横山幸雄(Yukio Yokoyama)推荐我去图联大会发言。书目组(Bibliography Section)主席 Unni Knutsen 仔细阅读了我的文章,并提出了修改意见,于是我在 2006 年再次前往首尔,在图联大会的书目组的分会场发言——"国家书目:中国的经验"。

在大会的文集中,我的文章被翻译成法语(Bibliographies nationales : l'expérience chinoise)、俄语(Национальные библиографии : китайский опыт)和西班牙语(Bibliografías Nacionales : la Experiencia China)。因为当时中文第一次成为工作语言,我不知道还可以发布中文,所以没有将这篇用英文写的文章翻译成中文,这始终是一个缺憾。

2006 年 9 月,意大利图书馆学会主席 Mauro Guerrini 将我的文章翻译成意大利语(Le bibliografie nazionali : il caso della Cina),发表在《意大利图书馆协会会刊》(Bollettino AIB : Rivista italiana di biblioteconomia e scienze dell'informazione)中。

2007 年,我的这篇文章被发表在英国国家图书馆主办的专门讨论国家图书馆问题的期刊《亚历山大》(Alexandria : The Journal of National and International Library and Information Issues published with the British Library)上。

2009 年,我的文章被引用于最新出版的《数字时代的国家书目指南》(National bibliographies in the digital age : Guidance and new directions)中。

经过那么多年,这篇文章竟然用立陶宛语再次发表,很是令人意外。同时,我也觉得国际图书馆学界很希望了解中国图书馆事业的发展,讨论实际问题解决办法,而不是很关心纯学术性的论文。

中国国家书目——我们该好好考虑这个问题了。

✳《无名氏经典著作:中文文献》完成
(2009 年 12 月 25 日)✳

《无名氏经典著作》(Anonymous Classics)是国际图联编目组的一个项目,做了几十年,出版过欧洲部分和非洲部分,但是一直没有中国部分,更没有亚洲部分。我担任图联编目组委员以后，就开始考虑这个问题，几年前就做完初稿，但是中间的修改问题总是得不到解决，沟通存在障碍。去年我去巴黎开会的时候，特意提前去法国国家图书馆，与有关人员讨论这个问题，初步达成一致意见。一年来，对方一直很忙，人员有变动，而且计算机文件丢失，又费了一些周折。

前几天很高兴地看到，这个文本终于定稿，征求所有常设委员会委员意见，估计一个月以后就可以在网上发布（出版）了。

发布的正式题名为《无名氏经典著作：中文文献》（Anonymous Classics：Chinese Literature）。

说简单一些，这个项目其实就是题名规范的问题，要收集无名氏经典著作的各种语言的版本，供今后建立题名规范使用。我做过西文题名规范控制，而且整合过许多西文中国学图书，也熟悉不少语言和文字，所以做起来不很困难，关键是细心，不能遗漏，不能出错。

工作做了半年多，但是沟通协调却用了两年多，可见国际协调工作有多么的难！好在已经出成果了，我感到很欣慰。

✳ ISBD 修订审稿会：第一天（2010 年 2 月 5 日）✳

昨天是 ISBD 修订审稿会的第一天，上午会议开始后，John Hostage 介绍了 RDA 的情况，然后就是我发言。

我介绍了中文期刊题名变化的来龙去脉，也介绍了北京 ISSN 会议上讨论的情况，大家表示理解，准备等今天韩国代表李在善到会以后再讨论。

接下来就是逐个章节过一遍，有一些问题讨论得很细，例如整个 ISBD 中经常出现的"applicable"和"available"这两个词的斟酌。

今天一天讨论完了 A 部分，这就是前一个版本中的 0 部分（概述）。因为现在增加了第 0 项，过去的 0 只好改为 A 了。

会议很枯燥，到下午（北京时间是晚上），我就犯困了。出国第二天经常是这样的，时差还没有倒过来呢。

中午与大家一起在图书馆的餐厅吃饭，猪肉配米饭，4.6 欧元。猪肉太多了，吃不完，肚子感觉撑得很。

晚上一起出去吃饭，本以为是德国人请客，结果还是 AA 制。不过这个 AA 制有点不同，是所有 16 人的账单合在一起，算出来平均数——如果多点一些，就占便宜了,不过大家都不会这么去想。

我吃了一份什锦面条(我不知道名称,我自己取了这样一个名字)——里面有四种意大利面,还点了一份冰激凌(也有特别的名字,我记不住,好像是一种蘑菇的名字),总共18.2欧元,加上小费给了20欧元。

会议间隙有不少插曲。

意大利老朋友 Mauro Guerrini 也来了。他是意大利图书馆学会主席,是2009年米兰国际图联大会的筹备委员会主席。他见我就说:"你现在在意大利可有名了!"我知道他是什么意思,就是他介绍一个意大利记者报道了中国图书馆的情况,里面3次引用了我的名字,大家可以看一下:

"La Cina fotocopia il mondo" : http://archiviostorico.corriere.it/2009/agosto/28/Cina_fotocopia_mondo_co_9_090828042.shtml

还有一个意大利人叫 Massimo,是最近加入我们的讨论的。他虽然没有来,却给我们的讨论增加了一些佐料。我们讨论的不少问题都是他提出的。这个人很细致,也很执着,为了一个问题可以到处发邮件,我可尝过了他的厉害。有一次我对他的问题提出异议,他就反复来邮件讨论,最后我也同意了他的看法,他然后又把我的邮件转给所有人,说我支持他了!

今天会议到一半,他来了一个邮件,说:"我知道你们很累,我就想让你们放松一下,给你们一个'出版'手稿的例子。"还附了一张手稿的题名页。我把他的信念出来,大家都乐了。

Dorothy McGarry 老太太住我宿舍隔壁,开会的时候也正好坐我旁边。我不知道她的年龄,估计她有75岁以上了。她是 ISBD 修订的主力,许多英语措辞都由她把关。年纪那么大,还随身带一个拉杆箱,我主动帮她拿也不让。

晚上吃饭的时候,她也正好坐我对面,谈起了她在中国的见闻。1996年在北京参加图联大会的时候,去人民大会堂吃饭,浩浩荡荡的车队,警车开道。她说:"中国也许是世界上唯一能阻止别人开车的国家了!"

她知道中文编目不用主要款目标目,但是她觉得很诧异:"那你们在做引文的时候是怎么做的呢?"她的意思是,引文目录一般是要靠图书馆目录来生成的,而西方的引文一般是以著者开始的。

她还提到《中文文献编目规则》的修订机制问题,这个问题太敏感了!

晚饭时候遇到了 ISSN 管理委员会的主席 Susann Solberg,我们可以说是老熟人了,在巴黎见了多次。

坐我旁边的是德国图书馆的技术人员,对 MARC 很感兴趣。德国人用MARC21 替代了 MAB,现在又要考虑取消 MARC21 里的子字段中的 ISBD 标识符。他说的也有道理，MARC21 里的子字段之间的 ISBD 标识符绝大多数是多余的，可以通过系统自动生成。问题在于 MARC21 的定义不够细致，有个别字段会出问题。例如 245 字段的 $b 可以是并列题名、其他题名信息、交替题名等，如果取消 ISBD 标识符，系统可能会判断错误。不过，德国人似乎已经下定决心了。

德国国家图书馆有专门负责标准的部门，他们有足够的时间考虑这些问题。

✳ ISBD 修订审稿会第二天：不同文化的碰撞 （2010 年 2 月 6 日）✳

昨天是 ISBD 修订审稿会的第二天。

开始是德国国家图书馆的技术人员介绍他们考虑不在 MARC21 格式里使用 ISBD 标识符的计划，具体情况以后再向大家介绍。

然后，全天讨论的是第 0—2 项的细节。

今天韩国人李在善到会，我们再次讨论了中日韩期刊题名变化的问题，大家达成了一致的意见，修改了有关措辞，基本上适用于我们的情况，我觉得这个方案是我们几年来的一大进步。国际标准终于采纳了我们东亚的意见，这看来是一小步，实际上很不容易。

在讨论规定信息源的时候，我又提出了中国编目专家争论的问题，就是题名页上的版本信息和版权页上的版本信息问题。大家坚决反对从版权页上取信息，理由很充分：第一，图书馆员喜欢版权页，但是有多少读者会关心版权页呢？大多数读者看的是题名页和封面。第二，如果坚持要从版权页取信息，ISBD 就不能称其为 ISBD 了。我们做的是国际标准，要让全世界的人遵守统一的规则，这样才能便于数据交换。

东亚的国家都重视版权页，俄罗斯出版物的版权页信息也很详细，但是我们要考虑读者的需求，应该首选题名页和封面的信息。如果信息不充足，可以再从版权页里找。

在讨论中，我强烈地感受到不同文化的碰撞。ISBD 是一个国际标准，过去没有亚洲人参加，所以较少体现亚洲（特别是东亚）的特点。即使有，也是通过海外华人征求意见，比较间接。这次委员中有两个亚洲人，我们有共性的问题一下子就讲清楚了，提交给大家作为靶子讨论。我们的特点有一些在 ISBD 里得到了体现,有一些则是我们的编目员对规则的理解有偏差,需要我们去适应。不同文化的碰撞,对我们来说是很有意义的,从中可以看到国际合作的重要性。

在闲聊中,大家觉得虽然有国际标准,但是总是有各个地方自己的规定。Lynne Howarth 在加拿大教书,她经常对学生说:"我们缺少编目警察,也缺少杜威监狱,才导致现在编目领域的混乱。"这个比喻很有意思,不过也只是笑话而已。

晚饭期间,Glenn Patton 坐我旁边。谈起 FRAD 的潜在影响,他说可能会要求在 MARC21 里定义一些新的字段,以表示 FRAD 中的一些属性,例如家族关系等。

中午大家一起吃饭,还是在食堂,鱼肉、素菜和米饭,5.2 欧元,味道没有那么鲜美。不过大家一起吃饭,增加了交流的机会。

我觉得老外很喜欢聊天。每天在一起开会,晚上还总是要约着一起吃饭,当然主要是聊天。第二天晚上还是约了一起出去吃饭,去伊朗饭馆。

我看见图书馆楼下的餐厅从早到晚一直有人在那里坐着聊,中国的餐厅里很少见这样的情况。中国人获得知识的途径主要是读书,而对于他们大概聊天也是一个很重要的方面吧。没有在国外读过书,不太有体会。

昨天工人罢工,地铁停运。我问德国同事星期天我离开的时候是否还会罢工?他们告诉我,应该是没有罢工了。如有万一,可以联系他们的工作人员帮忙叫出租车,这里不像我们在北京可以到处挥手叫出租车的。出门在外,许多细节都要考虑到啊!

他们还告诉我,欧洲人严格遵守劳动法,星期日商场不开门。我们听了觉得很奇怪,韩国人说他们商场 24 小时营业。周末生意好,有钱不赚才是傻瓜呢!在这样的情况下,甚至有人要求图书馆考虑 24 小时开放!

❋ ISBD 修订审稿会第三天:讨论人员管理和完成修订工作 (2010 年 2 月 7 日) ❋

昨天是最后一天。星期六图书馆不开门,碰巧有公司租用旁边的大会议室,德国同行让餐厅厨师特意为我们 3 人准备的早餐,当然也是要收费的。我点了一个三明治和一碗麦片牛奶粥,花了 2.2 欧元。

这几天,天天与隔壁的两个老太 Dorothy McGarry 和 Lynne Howarth 一起吃早饭,8 点约好一起出去,一边吃饭一边聊天。

Lynne 在多伦多教书,很关心图书馆学教育的问题。提到图书馆员的待遇时,她告诉我加拿大的图书馆员工资水平属于中等。起点还可以,两年硕士刚毕业得到的工资和福利应该是很划算的,但是到一定的年龄以后,工资晋升没有那么快,与其他行业比不那么理想了。

国家图书馆的员工是公务员,在各类图书馆中待遇最高,其次是大学图书馆员,最次是公共图书馆员。

谈到图书馆学教育的职业归属感时,她觉得这个问题全球都存在,不过中国学图书馆学的学生不做图书馆职业的比例似乎高了一些。

她还记得她 1996 年到北京参加国际图联大会的时候,北京大学的同行告诉她:"文化大革命"以后,新毕业的学生有学历没有经验,但是将近退休的老员工没有学历却有经验。那么多年前的事情,她怎么还记得那么清楚啊?

我在 LC 的规范记录里查到,Dorothy 已经 81 岁了,能看出老态,但是怎么精神那么好啊?

谈到图书馆员工考核问题,她告诉我,每年上级是要考核下级的,但是主要考核工作,对研究没有特别的要求,但是大家都不得不做研究。研究分很多方面,包括写论文,参加学术会议,参加学术组织等。论文的长短和质量不一样,当然结果也不一样。如果参加学会,当主席或者秘书之类的,也算成绩的。她问我当 IFLA 秘书是否在我们图书馆算成绩,我说大概不算吧。她说不算可不对,当秘书多累啊?其实,算不算领导心里有数,起码年度考核里不体现那么具体的。

他们年度考核的测评人员是每年都要变的,测评结果供管理人员参考,不是唯一的依据。对于中国国家图书馆这样的大型图书馆来说,做那么多人的测评,似乎难度更大一些。

关于修订问题,昨天讨论的要点主要有如下一些:

修订工作考虑把多卷集的 ISBN 也加到丛编项里,和过去的 ISSN 一样对待,这个问题引起了大家的长时间讨论。

西班牙人和法国人建议把呈缴登记日期也放到出版项,与版权日期一样对待。不过,这样的问题只有欧洲(特别是法国和西班牙)有,其他国家的出版物上如果没有印刷这样的日期,不必特意去呈缴机构的数据库里查。

最后一天讨论的效率很高,没有像前两天那样车轱辘话来回说,经常回到原地。

大家还讨论了是否要把手稿纳入 ISBD 的问题,结果大家都反对,主要是考虑 ISBD 是为了统一全世界的编目标准,只有出版物才有这样的需求,手稿不是出版物,各个图书馆收藏的手稿不可能相同,所有不做规定。但是大家都知道,许多国家的编目规则里也包括的手稿的编目,基本上与普通图书类似。

最后,大家讨论是否要去掉"统一版"(Consolidated edition)的字样,结果大家都反对,不然会引起版本上的混乱——这个版本算是第一版还是第二版呢?

但是这个决定却给以后的中文版带来了问题。2008 年我翻译出版统一版初版(Preliminary consolidated edition)的时候,编辑一定要把"初版"的字样删除,当然是为了好看和便于理解,但是以后去除了"Preliminary",我们中文版叫什么呢? 不过这大概是明年的事情了,再说吧。也请大家帮我出主意。

如果顺利,正式的统一版将于 8 月国际图联大会上通过,年底出版。

大家还讨论了翻译版如何出版的问题,包括是用联机电子版还是印刷版,是否要支付版权费等细节。当然,大家都希望新版出版以后能尽快与读者见面,当然电子版是最好的一种方式。

在会议正式结束后,OCLC 的 Glenn Patton 介绍了他作为工作组主席调研编目标准角色的想法。这个问题之所以提出,是因为去年的图联机构改革后取消了专门考虑书目控制问题的书目控制部,还取消了 ICABS 这样提供资助的组织。以后书目控制如何进行下去? 大家都应该关心这个问题,提出好的建议,希望能回到 UBC 的时代。这个问题要等会后大家再通讯讨论。

Glenn 在 OCLC 负责 WorldCat 的维护,我问起他中文数据是否采用并列字段的问题,他的解释是根本没有并列字段的做法,并列只是显示出来的样子,内部的格式还是 880 连接字段。看来我的一些同事(特别是善本部的同事)都理解错了。过几天如果有机会,再与美国来的访问学者老艾切磋一下。

好不容易等到会议结束,法国人约我讨论《中文无名氏经典著作》的问题,我们商量了如何处理全球评估带来的一些意见。好在讨论顺利,一个多小时就完成了,但是出门一看夜幕已经笼罩了四周。

三天的会议就结束了,除了到周边的饭馆吃饭,还没有机会去城里,对这个城市一点印象都没有。

❋ 抱歉了,哥德堡!(2010 年 7 月 9 日)❋

今年的国际图联(IFLA)大会将在瑞典哥德堡召开。因为各方面的原因,本人不能参加今年的会议。

还有一个月开会,我只好抱歉了。

前几天给编目组主席、瑞典国家图书馆的 Anders Cato 去信请假,他很理解我的处境。我们合作几年,感到很愉快。

同时也给 ISBD 修订组主席西班牙女士 Elena Escolano Rodríguez 去信请假,说明不能参加大会期间的工作组会议了。

今天收到图联总部的来信,希望我在新手培训会(Newcomers Session)(面向第一次参加大会的代表)上介绍自己参加国际图联的经验。总部知道我参加过多次图联大会,担任过秘书,每次会议期间照相,并写博客介绍大会情况。他们认为,我有很多的交流经验(Communication experience),而且中国如果有人发言会很有代表性。我马上回信,当然也是抱歉。

总部告诉我,国际图联大会今年第一次有两种交流的渠道:第一种是过去的印刷版《国际图联快报》(IFLA Express),但是今年的篇幅减少,并且仅限于文字内容;第二种的专门的大会网站(通过国际图联的网站),其中有《国际图联快报》的扩充内容,还有采访、视频、照片、微博、博客等栏目。

虽然不能参加会议,但我还是尽量履行我的职责。今年组织翻译了编目组的 4 篇文章,并且帮书目组和 UNIMARC 核心计划组织翻译 5 篇文章。目前已经在大会网上发布了 5 篇译文。

今天在谷歌上查了一下,看到中文翻译文章已经有 9 篇了,广东省中山图书馆也翻译了若干篇。我觉得很高兴——我个人的力量很有限,众人拾柴火焰高,中国图书馆界的事情要靠大家一起来做。

❋ 本人的论文用匈牙利语发表(2010 年 8 月 4 日)❋

前几天凑巧查到我的论文用匈牙利语发表了。发表时间是 2008 年,我自己也不知道。

现在统计来看,我的这篇论文总共有 7 种文字的版本,应该是创纪录了!——起码是我自己的纪录。

遗憾的是,该论文还没有中文版。我当时是用英文写的,没有想到要提供中文版。时过境迁,现在没有翻译的想法了。

英语版:National Bibliographies : the Chinese experience

法语版:Bibliographies nationales : l'expérience chinoise

俄语版:Национальные библиографии : китайский опыт

西班牙语版:Bibliografías Nacionales : la Experiencia China

意大利语版：Le bibliografie nazionali : il caso della Cina

立陶宛语版：Valstybine bibliografija : Kinijos patirtis

匈牙利语版：A kínai nemzeti bibliográfia

前四个版本都可以在国际图联的网站上找到，后三个版本分别发表在如下期刊中：

"Le bibliografie nazionali : il caso della Cina", Bollettino AIB : Rivista italiana di biblioteconomia e scienze dell'informazione, ISSN 1121-1490, Settembre 2006 （Vol.46, n.3），p.255-261.

" Valstybine bibliografija : Kinijos patirtis ", Bibliografija 2007. Vilnius : Lietuvos nacionaline Martyno Mažvydo biblioteka, Bibliografijos ir knygotyros centras, 2009. ISSN 1392-1991. ISBN 978-609-405-006-0. P.119-122.

"A kínai nemzeti bibliográfia", Konyvtari Figyelo（Library Review），2008, Vol. 18 Issue 2, pp. 297-301.

英文版本也发表在如下期刊中：

"National Bibliographies : the Chinese experience", Alexandria, ISSN 0955-7490, Vol. 18, No.3, 2006（Published in March 2007），pp.173-178.

当然，在国外发表论文是没有稿费的。出乎我意料的是，还是有不少期刊不经过我同意就擅自翻译发表的。

感谢原国际图联书目组的委员横山幸雄（Yukio Yokoyama）先生的推荐，也感谢原书目组主席 Unni Knutsen 的帮助，她给我提出了许多修改意见，使得我有机会在韩国首尔的图联大会上发言。

❋ 赫尔辛基国际图联大会编目类论文中文译文陆续发布（2012 年 7 月 19 日）❋

经过大家的努力，今年国际图联大会编目类论文中文译文陆续发布。

感谢具有奉献精神的志愿者们！

大家利用业余时间做翻译工作，牺牲了大量休息时间。

翻译志愿者有的熟悉编目工作，有的不完全熟悉，但是他们的认真态度值得我们学习。

虽然个别术语或句子翻译得不够准确，我们没有时间精心修改。但是只要能帮助大家了解文章的内容，我们的目的也就达到了。如果大家有不理解的地方,可以阅读原文,了解精确的意义。

国际会议的发言文章,有不少都是母语非英语国家的代表写的,自然其本身英语表达也有一些问题,这对我们翻译来说更具有挑战性,有的地方需要猜测其意思。

需要说明的是,国际图联没有安排大家做翻译工作,国家图书馆也没有安排我们做这个翻译工作。我们都是为了让国内的编目工作者尽快了解国际动态,自发组织的。

国际图联编目组有良好的传统,几乎每年会议的发言论文都会被翻译成7种工作语言,这是其他专业组不能做到的。作为编目组常设委员会的委员,我也尽力协调把论文都翻译成中文。此外,我还组织翻译了书目组、UNIMARC核心活动等分会场的发言,它们都与编目工作密切相关。

因为个别论文的英文稿没有及时获得,我们也没有提供翻译,特此表示抱歉。

我担任了两任为期八年的编目组常设委员会委员,协调了七次大会发言文章的翻译工作。虽然自己牺牲了不少休息时间,但是能为中国同行做一些事情,也很感到高兴。

今年,在其他有关单位的积极参与下,还有另外一些专业组的发言论文被翻译成了中文。截止到今天,中文译文已经有20篇,大概会超过以往任何一次的中文译文数。

我至今还清楚地记得,2007年我第一次出国参加国际图联大会,以杜克先生为代表的中国代表团提出动议,希望国际图联能将中文作为工作语言。因为是临时动议,要在闭幕式前的理事会上提出,时间很紧,我打字速度快,就帮大家输入了打印稿,可惜那个文件没有保存下来。

经过了九年,2006年中文终于成为工作语言,我在韩国帮快报编辑们校对稿子;2007年我们正式派出了图书馆员组成的同传口译队伍,我当时是领队。我亲自经历了中文工作语言的这几件大事,觉得很不容易,也很有自豪感。

从2006年中文成为国际图联工作语言以来,我们又经历了六个春秋。中文同声传译的质量越来越高,大会发言的中文译文也越来越多。我觉得我们的工作对得起前辈为争取中文工作语言而做出的努力,也为全中国图书馆专业人员提供了更多了解国际专业进展的机会。

大家可以看看如下有中文翻译的专业组分会场发言文章:

- 编目:http://conference.ifla.org/ifla78/session-80
- UNIMARC:http://conference.ifla.org/ifla78/session-92

- 报纸、家谱和方志：http://conference.ifla.org/ifla78/session-119
- 采访和藏书建设：http://conference.ifla.org/ifla78/session-139
- 音像、多媒体和法律图书馆：http://conference.ifla.org/ifla78/session-148
- 书目：http://conference.ifla.org/ifla78/session-215

❋ 国际图联编目组任期届满（2013 年 1 月 12 日）❋

我在国际图联编目组常设委员会工作了将近八年，还有半年就任期届满。最近回顾了一下，还是做了不少事情，主要涉及大会组织、编目规则讨论、大会论文评审、大会论文翻译、会议纪要的起草、撰写《编目组通讯》稿件等等，还客串了几次发言。有空整理了一个总结，给大家一个交代。

一、担任兼职：

- 国际图联编目专业常设委员会秘书兼第四专业部（书目控制）协调委员（2005—2009）
- 《国际标准书目著录》（ISBD）修订组成员（2007—）
- 《国际图联杂志》编委（2012—）

二、组织翻译了几个重要文件，包括：

- 《国际编目原则声明》（ICP）
- 《书目记录的功能需求》（FRBR）
- 《规范数据的功能需求》（FRAD）
- 《数字时代的国家书目：指南和新方向》（National bibliographies in the digital age：guidance and new directions）
- 《IFLA 编目原则：迈向国际编目规则，4：第四次国际图联国际编目规则专家会议报告书》（IFLA cataloguing principles：steps towards an international cataloguing code, 4：report from the 4th IFLA Meeting of experts on an international cataloguing code, Seoul, Korea, 2006）（德国绍尔出版社（K. G. Saur, 2007）出版，2007 年）

三、自己翻译了 ISBD 统一版的两个版本并提供中文样例：

- 国际标准书目著录（ISBD）（2011 年统一版）/国际图书馆协会与机构联合会编；顾犇翻译. — 北京：国家图书馆出版社，2012. 4. — 240 页；29 cm. — ISBN 978-7-5013-4740-7. 35 万字.
- 国际标准书目著录（统一版）/国际图书馆协会和机构联合会编；顾犇翻

译 . — 北京 : 北京图书馆出版社 , 2008. 3. — 281 页 ; 29 cm. — ISBN 978-7-5013-
3565-7. 26 万字 .

- 中文样例包括在各种语言的样例（Full ISBD Examples）中。

四、完成了《无名氏经典著作 : 中文文献》的起草 :

- Anonymous classics : a list of uniform titles for Chinese works/International
Federation of Library Associations and Institutions, Cataloguing Section; Ben Gu,
Nadine Boddaert. — [The Hague] : International Federation of Library Associations
and Institutions, 2011 [Released on May 31，2012]. — 53 p. —Available in PDF
format online : http://www.ifla.org/files/cataloguing/pubs/anonymous-classics-chinese-
works_2011.pdf.

五、参与了如下图联大会编目组分会场论文评审工作 :

- 2006 年 (韩国首尔)
- 2007 年 (南非德班)
- 2008 年 (加拿大魁北克)
- 2009 年 (意大利米兰)
- 2012 年 (芬兰赫尔辛基)

六、每年组织志愿者翻译编目组、书目组、UNIMARC 核心活动等分会场的
发言 , 特别是几乎翻译了所有编目组的大会发言。

七、撰写通讯稿 :

撰写《编目组通讯》（SCATNews）通讯稿（6 篇）, 介绍中国图书馆界工作
进展 :

- Number 37 （June 2012）
- Number 36 （December 2011）
- Number 30 （December 2008）
- Number 26 （January 2007）
- Number 25 （July 2006）
- Number 23 （June 2005）

八、各种发言 :

- 在 2011 年波多黎各圣胡安召开的国际图联大会上，在迎新会
（Newcomers′ Session）上发言（Experience of a Chinese Librarian at WLIC）。
- 在 2006 年韩国首尔的国际图联大会上，在书目组分会场发言 " 中国国家
书目的进展 "（National Bibliographies : the Chinese experience）。
- 在 2006 年韩国首尔韩国国家图书馆召开的国际编目专家大会（IME

ICC4)上发言"《中国文献编目规则》和《国际编目原则》之间的异同"（Chinese Cataloging Rules and International Cataloguing Principles：a Report of Similarities and Differences），担任筹备委员会委员并作为第一工作组（个人名称）组长主持第一分会场的讨论（详见前面提到的论文集《IFLA 编目原则：迈向国际编目规则，4：第四次国际图联国际编目规则专家会议报告书》）。

九、其他工作：

参加国际图联工作，除了编目专业工作以外，最值得骄傲的就是中文工作语言的工作。1997 年在哥本哈根本人见证的提案没有成功，到 2006 年中文语言工作组成立，走过了艰难的路。2006 年我在快报组帮助校对稿子，2007 年作为同声传译组的带队，获得圆满成功。"长江后浪推前浪，前浪死在沙滩上"，现在他们的工作做得更好。

做图联的工作有几个特点：第一是"义务"，没有任何报酬；第二是"分享"，及时把自己所知道的信息分享给中国同行，不独占资源。我也希望我的工作能对中国同行有用，推动本领域的事业发展。

今后的几年，还要继续参加图联的其他工作，不过似乎没有精力像过去八年那么拼命了。

❋《信息与文献 术语》国家标准进入最后攻坚阶段
（2008 年 12 月 4 日）❋

今天，《信息与文献——术语》国家标准的工作小组又开了一天的会议。本来计划半天结束的会议，结果到晚上下班的时候才结束，大家都很疲惫，但都觉得心情十分愉快，因为几次讨论都是在民主与和谐的气氛下进行的。

本来，我还想下午去听一下全国图书馆科研工作研讨会的几个报告，但是实在不能脱身，在会议中间开小差去隔壁的大会场与南京图书馆的许建业副馆长、苏州图书馆的邱冠华馆长、厦门大学图书馆的萧德洪馆长、福建省图书馆的谢水顺副馆长等打了招呼。

术语标准开始于年初，我把上半年的一大部分精力花在前期工作上，总算没有白费心思。前期工作比预料要难，大家也对我的严谨工作风格表示了认可。草稿已经发给专家征求意见，反馈的意见有 200 条左右，我们都逐个进行了讨论。多亏有那么多热心而认真的专家给我们把关，使得原有的草稿更加完备。过几个星期，我们就要正式提交了。

在这个团队里，除了秘书小刘以外，孙蓓欣、沈玉兰、徐引篪、孙平等老师都是老太太级的老专家，我是小弟弟了。除了小刘以外，我们也都是上海人，这真是很凑巧，不过我们没有刻意组成“上海帮”的意思。

在这个团队里，我学习到了老一辈专家对工作的认真态度，也对她们的学识和功底深感佩服。制定标准还需要负责有力的团队组织者、有效的团队协作精神、民主的讨论气氛以及必要的宽容和妥协。

中国图书馆学会第八届学术研究委员会成立（2009年9月23日）

中国图书馆学会第八届学术研究委员会成立大会/2009年全国图书馆（苏州河）论坛——图书馆服务案例分析研讨会今天上午在上海普陀区图书馆举行。

昨天晚上坐火车，今天早晨到达会议场所。

会务工作有点问题，搞得我和清华大学图书馆的姜老师①都不太愉快。我们都早就注册了的，怎么会没有房间呢？即使有房间，如果有空床位，也不应该由我们支付空床的费用啊！会议参加多了，从来没有遇到过这样的情况。好在中午会务人员帮我解决了问题，就不多说了。

早饭没有吃，啃了几块饼干，就去普陀区图书馆开会了。

普陀区图书馆新馆刚落成，花了2亿银子，面积3万多平方米，很现代化的样子。区级图书馆有这么好的建筑，这么好的设备，还有一个大礼堂，实在是少见。据上海的同行说，图书馆的所在地真的要成为上海的一个副中心，就像五角场、徐家汇、浦东等地一样的。不过我一路过来，还没有看到什么样子，都是很破旧的建筑。

中国图书馆学会第八届学术研究委员会成立大会是例行公事，领导排排坐，依次上场。但是与众不同的是没有主席台，而且会议安排了一个比较专业的司仪来主持，怪不得开始大家都猜他是哪个领导呢！

“2009年全国图书馆（苏州河）论坛——图书馆服务案例分析研讨会”其实就是以多媒体的方式演示了普陀区图书馆的一些新的服务，即图书漂流自助亭和信息超市。这些新的服务就是用一些最新的技术手段提供的图书借阅服务，

① 即姜爱蓉女士。

通过网络的方式提供信息,看上去似乎概念的因素更多一些,实质内容少了一些。"漂流"不就是借阅吗?如果我们自己拿一本书去送进去,机器能自动给我编目吗?

不过,"论坛"的形式却很有新意,不仅有音频、视频的演示,还有专业演员表演的情景剧,告诉大家什么是"信息超市"。最后超市正式开通后,还有肥皂泡和烟火出来,感觉十分不错。这样的仪式比几个领导上台宣布"……开通了!"或者几个领导剪彩更有意思。

参加这样的会议,能见到不少朋友,这是最令人高兴的事情。经常参加有关活动,全国的图书馆界朋友越来越多了。特别值得一提的是,我认识的黑龙江省伊春市图书馆馆长戚建林先生也是专业委员会的委员,我很高兴能看到有基层图书馆的同行参加这样的会议。

早晨到宾馆,行李放会务的房间里,相机也忘记带了。先进行文字报道,明天再拍照片。

不过,直觉感受是这个新馆的外景没有什么特点,拍出来也许没有什么意思。旁边的一个上海朋友说,来的时候车子走过了图书馆,但是不知道这是图书馆,然后再回头过来才找到的。从宣传册上看,图书馆的航拍效果很像几本书,但是从下面看,怎么也看不出来。

❈ 中国图书馆学会第八届学术研究委员会印象
(2009 年 9 月 24 日) ❈

昨天会上,吴慰慈、吴建中、黄长著等大家作了主旨报告,其中吴、黄二位教授多次提到了学风建设和学术道德的问题,主张不要热衷于虚假的繁荣。

我个人认为光靠道德约束没有太大的作用,关键是制度建设的问题。评职称都要求文章和书,而且评职称的时候数量要求起了一定的作用,大家都为了自己的利益,走捷径有什么过错呢?大家都知道看眼前利益不好,但是对于研究者个体来说,眼前利益却是十分重要的——评职称、涨工资、(过去还有)分房子,能不考虑眼前利益的人大概不会很多。一个单位或者部门,也希望自己的人能多上几个,当然在某种程度上会忽视质量。道德的约束不如机制的约束,如果有机制约束,那效果就更好了。

吴建中馆长谈的还是世博会,不过是从图书馆员的视角来谈的,甚至把分类法与世博会联系了起来,很有意思。

在主旨报告后，华东师大的范并思老师、南开大学的于良芝老师、国家图书馆的吴斌博士都提了一些问题，他们在理论方面有很好的素养，我们就不凑热闹了。

昨天开幕式以后，有一群人在上面合影，旁边有人问我他们是什么关系，我说是同学吧（武大7901）。旁边人觉得有点诧异：同学的年龄怎么相差那么多啊！我不知道她说的是谁年龄相差大（过去听说过有人评价某些人老相），其中最大的肖希明和最小的萧德洪都是我的朋友，也都在我们新的资源建设委员会里。不过我对7901这种垄断中国图书馆学界的做法有点不满，WTO反垄断，我们LSC不反垄断啊？不过华东师范大学图书馆学系也垄断了上海图书馆界，这个问题也是需要解决的。

晚宴设在普陀区政府里面，大多数是上海家乡菜，很亲切，其中还包括我自己喜欢吃而且经常做的风鸭——这好像在许多饭店里没有的。

饭后是4个学术沙龙，我记得好像是第一次举办这样的沙龙。我想去听国际合作的沙龙，被主持人汤秘书长赶了出来，她意思大概是我都知道她讲的内容，不必参加了吧。我只好去听公共图书馆图书馆的内部绩效与社会评价沙龙，大概有30来个人，似乎人气很旺。我的老朋友高波教授主持沙龙，海南的张红霞介绍了一些国际标准，然后大家谈各自的感想。我想说一些感想，但是实在插不上话，就提前开溜了。

最后还是去国际合作的沙龙听了一会儿，萧德洪、李超平、金武刚等在讨论支援贫困地区献爱心的事情，觉得很多时候好心未必能办成好事，特别是很难协调外国机构与中国地方政府之间的关系。

晚宴上见了上海图书馆的馆长吴建中、副书记王世伟、副馆长周德明，感受到了老乡的亲切。世伟书记说经常看我的博客，我说您当领导这么忙还看我的东西啊？他还说我很有亲和力，实在是对我的鼓励，我没有这么强啊！周德明馆长吃饭时候说，以后有困难就找他，我一个人在医院看老妈很累，上海图书馆那么多人完全是可以帮忙的啊！不过我当时确实不想打扰他们，他们能如此关心，我就感到十分温暖了。据说他第二天还去看我母亲。

晚上10点多，还参加了肖希明组织的关于图书馆法问题的讨论，事情似乎不少。实在太疲倦，只好告辞了。

早晨起来，看到关于会议的博客已经有不少，作者是上海的精灵和西安的老汉，都是朋友了：

西望图腾：上海参会记（四）：报告与夜会

西望图腾：上海参会记（三）：开幕式

编目精灵II——On the Fly：中图学会第八届学术研究委员会成立大会·第

❋ 中国图书馆学会第八届学术研究委员会第二天：分组讨论 （2009 年 9 月 24 日）❋

　　今天是会议第二天，上午分组讨论，资源建设委员会来了大约 10 个委员。还有一些新面孔，我过去只知道名字，没有见过。大家总结了上一届委员会的工作，老主任中就是我一个人在场，还从隔壁请来了代根兴老师。我们觉得上一届的一些工作可以继续下去。

　　大家商量了 11 月初年会的分会场组织安排，还考虑了一些本届委员会需要解决的具体问题。

　　肖希明最后总结了今后若干年的工作计划，由萧德洪下午代表我们委员会上台报告。

　　《图书馆报》的执行主编也在我们的分会场，我觉得他对采访工作有比较浓厚的兴趣。昨天与他聊了一些报业的趣事，很有意思的。

　　这次会议期间，用户研究与服务专业委员会比较活跃。昨天的"信息超市"开通仪式，是由副主任卢海燕点击完成的。今天他们委员会还有 3 个分会场，是分别由卢海燕和刘慧娟主持的"图书馆服务案例展示研讨"和张奇主持的"图书馆服务案例交流"。我没有时间去参加，但是感觉他们确实花了不少时间啊！今天早晨收到了上海图书馆世伟书记的签名本《国际大都市图书馆指标体系研究》，中英文双语版，实在不容易。

❋ 2009 年中国图书馆学会年会开幕式 （2009 年 11 月 3 日）❋

　　今天上午，是 2009 年中国图书馆学会年会暨 30 周年会庆大会。上午的第一个议程是领导排排坐，按顺序发言。

　　会场是宴会厅形式的，似乎不太适合开会。

　　我提前到会场，想找一个好位置。我的笔记本电池不太好，为了随时上网

心
得
·
业
界
合
作

与同事交流工作,需要用电源。前排有电源,不过是预留给记者的,我就坐在预留位子后一排,正考虑如何插电源,没有想到一个北方女强人带了一班人马直接过来占了记者的位置和我这一排的位置,其手下提醒她这里是预留的位子,她索性把预留的标志撕掉了,看上去很不屑的样子,旁边的工作人员似乎很无奈。我实在不想在他们中间坐,就走到最后一排找了一个有电源的地方坐。

大概是因为座位不够,后面很多人站着,而且不断地说话,自己不听发言,还影响了其他人听会。

开会有规则,要大家一起遵守,才会获得成效。不尊重他人,也不会得到别人的尊重。

开幕式以后是北京大学资深教授吴慰慈的主旨报告"中国图书馆学的发展与新一代图书馆学人的使命"。

❋ 南宁中国图书馆学会年会最后的报道
(2009 年 11 月 4 日) ❋

上午是信息组织专业委员会、资源建设与共享专业委员会联合分会场,主题为"书目信息资源的共建共享"。主持人是宋文(中科院国家科学图书馆研究馆员、信息组织专业委员会副主任)。

本人作了一个小时的主旨报告"国际编目界的热点问题介绍"。很高兴在会场看到北京大学的马张华教授和上海图书馆的纪陆恩主任,他们都是我的朋友。我没有听完大家的发言,觉得很遗憾。不过到我们这里听会的人不少,大家捧场啊。

前半讲得有点拖沓,到后来时间不够用了,加快速度,最后用时间是 50 分钟,9:30 准时结束。看了几个邮件,与同事商量工作以后,马上奔赴机场。

到机场,才知道与领导一个飞机,还遇到了文化部共享中心的崔建飞副主任。这样,我可以搭领导的便车,很快就回到办公室了。

这次年会感觉组织得很有条理,大家参与度都很高。个人觉得遗憾的是主会场不太适合开会,缺少学术气氛。不过中国图书馆学会能组织到这样的程度已经很不错了,我是鸡蛋里挑骨头,没有恶意。

本来没有打算参加这次会议,是上个月临时决定的。因为我是资源建设与共享专业委员会的副主任,其他主任们都不能参加,我是义不容辞了,要对得起专业委员会委员这个头衔,不然就让给别人当好了。

从我个人体会而言,本次大会所选地点还是不错的。第一,它位于南宁的母亲河邕江江畔,风光无限,不过今天早晨我第一到会议室"江景阁",看窗外没有美景,也许角度不对,我在这两天内也没有空去会场外的江边走动。第二,会议场所旁边的中山路小吃街,确实为会议增色不少,到南宁几天,没有去任何景点,但是去小吃街品尝当地风味,也算满足了。第三是会议场所离市中心很近,我们晚上散步的时候看到了主要的政府建筑和公益建筑,基本了解了这个城市。

从飞机上俯视,觉得这个城市地质结构很特别,平地上突然起来一些小山,没有过渡。

南宁的出租车服务态度不错,基本没有遇到宰客的现象,一般的路程只要10元就够了。但是第一天飞机到达的时候,司机开价100,我要求打表,从机场到宾馆,大概用了90多元(加高速公路费),也接近100了;可我回来的时候,从宾馆到机场只用了84元。

❋《信息与文献 术语》国家标准工作组会议
(2010 年 3 月 31 日) ❋

今天是《信息与文献 术语》国家标准工作组的最后一次会议,主要是总结工作。

大家得到了刚出版的印刷标准,心中感到无比喜悦。

孙平老师在激动之余,赋诗一首,表达了对这个集体的留恋:

竹林春好

合作敬业大功告,
聚会竹林兴致高。
同事忘年朋友交,
共架常青友谊桥。

酒香茗味漫漫飘,
笑语欢声撑撑饱。
相邀你我鸟回巢,
朋友与我永不老。

工作组由六人组成，其中三人是 40 后，一人是 50 后，我是 60 后，还有一个 70 后。我可以说是小弟弟了，主要是帮大家打杂，没有想到最后却排名第一。

工作组几乎全部都是正研究员，可以说是标准工作组中级别最高的，"老太太们"都是德高望重的专家，我是晚辈。

这个集体还有三个"六五"特点：六人中五个是上海人（当然不是刻意组成的"上海帮"）；六人中五个是"娘子军"，只有我一个"党代表"；六人中五个是正研究员。

✳ 锦上添花容易，雪中送炭很难（2010 年 5 月 29 日）✳

在昨天的全国图书馆联合编目中心分中心主任工作会议上，大家介绍了各自的工作经验。

我不仅了解了各个分中心一年来的工作，也学到了各个图书馆的采编业务管理经验，很受启发。

当四川省的李璞主任谈到如何帮助西部地区图书馆员白手起家的事情，大家一起鼓掌表示敬意，李老师自己也很感动，一度哽咽。

广东省的毛凌文副馆长进行点评：锦上添花容易，雪中送炭很难。

在江苏省，我们看到了中国最发达的经济和最美丽的图书馆。据说，江苏省的许多县图书馆都很值得一看。但是，这代表了全中国多少比例呢？我想百分比大概只是一位数字。在许多省份的农村地区，好几年都不买书，编目工作还是手工操作的。我们估计，要改变这种状况，大概还要 20—30 年时间。

我们在享受着最优厚资源的同时，千万不要忘记他们。

晚饭期间继续交流，饭后喝茶再次交流。碰撞发生火花，交流产生思路。

✳ CNONIX 国家标准工作启动（2010 年 7 月 14 日）✳

在全国出版物发行标准化委员会秘书处工作人员的推动下，《中国出版物在线信息交换（CNONIX）图书产品信息格式》国家标准制定工作今天启动。

新闻出版总署科技与数字出版司领导谢俊旗和中国出版集团领导宋晓红出席了启动会并讲话。

CNONIX 国家标准工作组分为 4 个工作组，包括领导小组、专家工作组、起草工作组、秘书工作组，本人是专家工作组成员。

参加工作组的人员包括新闻出版总署、出版社、图书发行商、信息公司、图书馆的代表。

ONIX 是国际书业的数据标准，美国和意大利图书馆已经有成功应用 ONIX 的案例。CNONIX 是对应 ONIX 的国家标准，主要工作是将 ONIX 本地化。

大家知道，图书的生命周期里包括编辑、出版、发行、图书馆采访、图书馆编目、图书馆服务等各个环节，其中许多环节的书目信息都是重复建设的。我们是否可以打通信息流的各个环节，提高产业链的效率，节省全行业的成本？这是我们需要考虑的问题。

本人最后代表图书馆界发言，谈了自己对出版发行业信息化的设想。

中国图书出版和发行业信息化程度不统一，而且水平也参差不齐。如果出版发行业的信息流畅通，我们就可以实现过去很多人为之努力却无法如愿的在版书目（或称可供书目）的理想，也可以方便图书馆采访和编目人员使用信息，最后也能节省图书馆编目人员的劳动力。

中国图书发行业的信息化在某种程度上是在图书馆的推动下完成的，大型书店都有自己的数据制作队伍，采用图书馆的 MARC 格式，逐渐形成了发行数据的市场。采用 CNONIX 以后，图书发行业有自己的数据格式，可以进一步推动行业信息的交换，但是也要考虑到与图书馆界的接口。

本人在十年前引进国家图书馆新系统的时候，就探讨过与书业的接口，特别是 EDI 协议的问题。很多年以来，中国书业没有一个公司是支持 EDI 的，我们系统的功能不能发挥作用。现在形势有了很大的变化，我们可以有更多的作为。

联合编目解放了编目员，与书业的合作大概能进一步减轻编目员的工作量。

"前途是光明的，道路是曲折的。"我们拭目以待！

✳ 中国图书馆学会年会在长春召开（2010 年 7 月 26 日）✳

今天上午，中国图书馆学会年会开幕式在长春胜利举行。

这次年会在会议中心举行，环境不错，比较正式，与去年相比氛围更具有学术性。就是地处郊区，出门就是公路，周围想吃饭的地方也没有，打车也不方便。

参加会议的领导不少，有国家图书馆的周和平馆长、文化部社会文化司于群司长、国家图书馆詹福瑞常务副馆长、中国科协国际部张建生部长、文化部全国文化信息资源建设管理中心刘惠平副主任等大领导，可见他们对会议的重视程度。当地的领导有吉林省副省长、吉林省文化厅厅长、长春市副市长、长春市文化局局长等领导出席。

我经常在外出差，周末都很少在家。我本来不计划来，但是肖希明教授一定要我发言，于是我就过来捧场。参加会议也是交朋友的好机会，听报告也是学习的好方式。好在长春不远，动车6个小时就到了。

会上见了不少业内的大腕，抓紧机会交流。

刚才听说参会人数达到900多，是否创纪录了呢？

第二次来长春，竟然一点印象都没有。在外走了那么多地方，没有时间体验和品味。有的城市去过几次，也讲不出什么体会。对于我来说，去另一个城市的意义就是去另一个会议地点开会，没有其他意义，这也许是人生的缺憾，但是有得必有失，要想清楚究竟想得到什么，那就必须舍得放弃其他东西。

中国图书馆学会年会第二天：分会场见闻（2010年7月27日）

今天是会议的第二天，我上午去第一分会场“图书馆的社会责任”听了一会儿。

这个分会场由图书馆学基础理论专业委员会主办，刘兹恒教授主持。

之所以去那个分会场，不仅因为主题有意思，还因为那里大腕云集——范并思、于良芝、蒋永福等学界大牌都作了15分钟的发言。

有一个人问起存在主义、女性主义、后现代主义等对图书馆的社会责任有什么影响，于教授的回答很睿智：范并思教授说的“什么叫读好书？好书和坏书是没有严格区分的”这个观点就是典型的后现代主义观点。第一次听于教授讲演，体会到了她的文采和条理。

那个分会场很热门，收到了200多篇征文，听众有120多人，可以看到许多图书馆的馆长在座，有几个提问也颇有个性。

在李超平老师主持的第十五分会场“图书馆宣传推广、读者活动和社会合作案例研讨”，我听了湖南图书馆陈瑛主任的发言，很受启发。

下午是我们自己委员会的第五分会场“信息资源建设：新环境、新策略”。

我第一个发言,介绍近年来的热点问题和国家图书馆的实践。今天早晨想到几个新问题,又修改了稿子。发言时状态还可以,超过了预定的时间,用了40分钟。

我没有当过老师,在发言中缺少技巧。参加过那么多次会议,积累经验,虽然与别人差距还是很大,但自己感觉已经进步不少了。

中山大学图书馆的周纯副馆长的发言,系统地介绍了招标采购中出现的各种问题,很有借鉴意义。

✳ 与台湾的顾敏先生谈他的"初恋情人"
(2011 年 7 月 29 日) ✳

今天很高兴见到了台湾来的顾敏先生,我是他的忠实粉丝啊!

下午在会客室见了他几分钟,让他在《广域书目系统学》上签了大名。

见到同行,他的话匣子又打开了,滔滔不绝地说他40年前组建台湾"清华大学"图书馆中文部的情景,当时还穿着大裤衩。过去"清华大学"主要研究原子能,都是"海归派",几乎没有中文书。在我们搞"三面红旗"的时代,海峡对岸搞了"三面蓝旗"(这个细节没有记载到正史中),其实就是一场中华文化复兴运动。

我上班太忙,见他一面就离开了,很高兴晚上还有机会聊天。

他刚进入图书馆的时候,带着几个工读生完成了台湾"清华大学"几万册中文书的编目,还修改了5000个美国国会图书馆标题(LCSH)。他刚入行就做编目,所以说编目是他的"初恋情人",既爱又恨。我想,恨得越深,其实就是爱得越深啊!

他建议我仔细阅读第269页以后的"研讨纪要",那里有很多思想火花,没有写入正文。在14个月里,组织了21次学习讨论,才成这本书。我认为,作为一个馆长,能投入那么多精力在编目工作的细节上,实在是难能可贵!

我与顾敏先生的缘分不浅。第一,我们是本家,同姓顾;第二,我们是同乡,他出生于上海川沙;第三,从事编目工作多年,与我同行。

他有三次机会当馆长,直到三年前才如愿。在任期内,他把90天当做100天来安排工作,充分利用时间。他不要求部下业余时间加班,但是自己却把一天当两天用,充分用好任期800天的每一天。

在工作中,他是一个懂学术、会管理、有远见、有思想的人。在生活中,他很平易近人,令人感觉亲切。那次在澳门听他作总结发言,他的发言滔滔不绝,切中要点,妙趣横生。

❋ 学习计算机的经历:从 DOS 到 Windows (2008 年 7 月 18 日) ❋

今天看了吴斌博士的博客"巨人'窗口'",很有感触,自己也是这样经历过来的。

在大学里,微机(个人计算机 PC)还是新鲜事物,我们只是用穿孔带打了自己编制的程序,编了半天,计算机一下子就过去了,没有找到感觉。

到了工作单位,开始使用计算机,最早是 286 的,显示器从 CGA, EGA, VGA 到 SVGA。

操作系统的经验:

PC-DOS

MS-DOS

Windows 3.1

Windows 95

Windows 97

Windows 98

Windows 2000

Windows XP

还搭建过局域网:

Nowell

Windows NT

文字处理软件用过 Edlin、WordStar、WordPerfect、WPS 等等,最后到Microsoft Word。

我现在还喜欢用 DOS 命令找文件,不喜欢用 File Manager。

当时的 GUI 很新鲜,大多数是 CLI 界面①。即使有 GUI,也没有多任务的分时功能。做一个进程的时候,只好干等着它完成,不能做其他事情。

――――――――

① GUI(Graphical User Interface)即图形用户界面;CLI(Command-Line Interface)即命令行界面。

鼠标器是奢侈品啊！开始用串口接的,没有专用的鼠标口,更没有 USB 口。

计算机之间的文件传递,如果用软盘(360 KB)太慢,就用并口或者串口对接,要搬动机器,很麻烦的。

光盘也是新鲜事物,全国没有几个人用光盘,更没有人知道光盘。我们用日立 Hitachi 1500 和 1700 的驱动器,比现在的笔记本电脑还大。如果要用 4 个光盘驱动器串联,就需要对启动参数进行配置。当时为了在不同的计算机上实现最佳的配置,一般要琢磨和试验很多次,来协调 autoexec.bat 和 config.sys 两个文件,主要是针对 buffers 和 files 等参数,克服计算机本身内存的限制,非常麻烦。而且,不同型号的计算机(Compaq,AST,Acer),其实际可用的内存各不同,在一种计算机上可以用的东西,在另一种计算机上就不能用了。后来,有了光盘优化软件,最后有了 Windows95,一切问题就得以解决,光盘也不再是一个什么陌生的东西了。硬件中物理内存的增加和 Windows 的虚拟内存功能,使得我们不必再为内存空间而烦恼。

✳ 魔石煲汤的故事——Web 2.0 中的创造与合作精神 (2008 年 8 月 7 日) ✳

昨天读了 OCLC 寄过来的通讯 Nextspace,No. 9,其中有一个故事比较有意思:

> 从前,在饥荒的年月,旅行者来到贫穷的小镇。一个当地的村妇看见他把水灌入壶中,用小火煮了起来。他把一颗拳头大小的鹅卵石放入水中,坐下来等着。过了一会儿,几个村民好奇地围拢过来。一个小伙子忍不住问道:"你煮石头干吗?"外乡人答道:"我在用魔石煲汤! 它能滋阴补阳……但是没有什么味道,你们不会喝的。"一个村民说应该加一些白菜,就有味道了。另一个人建议放一些胡萝卜。那个人摇摇头说:"我可没有这些东西,我不放了。"那两个村民就自己放了一些东西进去,马上其他人也放了一些自己喜欢的东西进去——土豆、盐、胡椒、洋葱、鸡……一会儿,全村人都来享用丰盛的晚餐,载歌载舞,直到深夜。第二天,外乡人把那块魔石送给了那个村庄,继续前进。到了下一个村庄,他如法炮制,又在路边找了一块魔石……

魔石煲汤是一个古老的故事，但是它却有着现代的意义，这就是 Web 2.0——大杂烩的世界：个人资源被共享以后，就有了新的用途，可以达到大家共同的目的。

"魔石汤"就是创造与合作的"汤"。

❈ 有多少人还知道摩尔斯电码？（2009 年 4 月 27 日）❈

今天是摩尔斯（Samuel Finley Breese Morse）的诞辰，我从谷歌的图标中得到了提醒。

但是，现在还有多少人知道摩尔斯呢？

我们的现代通讯设备，已经远远超出了摩尔斯当时的想象，但是他的发明却是我们现在日常使用最频繁的手机信号的鼻祖。

在我们的手机里，还有采用摩尔斯电码表示求救信号（SOS）的铃声，但是我问了一些人，几乎没有人知道这个铃声是什么意思。有一次，一个朋友的手机里发出了三短三长三短的电码声，我问他是什么意思，他摇摇头。这种只有求救的时候才能发出的声音、在泰坦尼克号沉没之前发出的信号，怎么能出现在手机铃声里呢？你不知道是什么意思，为什么要用它呢？

❈ 国家图书馆即将升级计算机集成管理系统
（2009 年 10 月 28 日）❈

国家图书馆使用的以色列艾利贝斯公司的产品 Aleph 500 系统又要升级了。期待了很久，终于要成为现实。

前期工作已经完成，设备采购、兼容性问题、设备调试、操作系统、数据库等问题都已经解决，国有资产管理处、业务管理处、系统部的同事们工作很出色。现在的工作就是测试，各个部门都要参加，下个月就要升级了。

测试工作不那么简单。由于系统切换，过去有的功能可能会没有，过去配好的参数表可能会出错，这些问题都需要我们去关注。时间太紧，大家都很辛苦。

测试过程中的沟通也是一个问题。有时候反映问题没有得到反馈，有时候反映问题的人不对，这些都需要我们注意细节。这次开始测试的时候没有通知到主任，具体工作人员测试具体问题，我们几年积累下来的一些问题都没有反馈，我赶紧弥补，及时报上去了。我着重要考虑的是目录检索中的排序问题，它总是不尽如人意。还有希望新版《中国分类主题词表》的问题能得到解决。

升级的最后环节需要停止服务一周左右，此期间主要是利用计算机重新做索引（主要是词索引和标目索引）。我们要在升级完成之前解决与索引相关的问题，不然以后一段时间内不可能停止服务重新做索引的。

升级期间我们还要安排好自己的工作，进行员工培训等，还要避免升级以后的工作积压。

总是希望工作能按常规走，但是总是有非常规的事情要进入日程中。今年的非常规工作太多，我有点身心疲惫了。

系统升级的烦恼（2009年11月9日）

系统即将升级，今天似乎是征求意见的最后一天。

发现问题，却找不到解决办法，只能干着急。

业务处工作人员、系统部工作人员、采编部工作人员、系统商工作人员一起商量，说明情况。

难以解决的主要是索引的问题，还有过去的功能现在一定要保留。至于锦上添花的事情，可以放到以后考虑。但是，面子的事情绝对不能疏忽。

正常的工作安排都被打乱，晚上还要加班。系统部的同事们很苦恼，我们当然也苦恼。

周末到图书馆来了一趟，与系统人员解释清楚我们的问题，然后就是等待索引。今天下午又到系统组看新设置的效果，耽误了许多工作，但是这个事情还是当务之急。升级最费时间的就是索引，但是索引配置的前期工作似乎也是十分困难的事情。

今天晚上值夜班，正好与系统商的技术人员随时沟通。对于他们来说，除了参数设置问题以外，还有系统优化的问题。如果是我，遇到那么多事情也会疯的。

最后似乎有一线希望，看明天的运气了。

❋ 周末：画家、系统测试、编目新闻、同学聚会 （2009 年 11 月 14 日）❋

难得周末，有几件高兴的事情，也有郁闷的事情。

上午去画家金士焯的画室，遇到几个熟悉的人，感到很亲切。

下午睡梦中被手机短信惊醒，急忙去图书馆测试系统。索引没有完全做完，标目索引基本没有问题，我感到很高兴，星期一系统基本上就可以工作。明天还要去做一下存盘操作的测试，如果能通过就万事大吉了。这当然是高兴的事情。

郁闷的事情是新版主题规范数据库不能启用，事先没有通知，但是我也只能无奈了。花了那么多的心血，不用实在觉得遗憾，但火气再大也没有用。我马上通知大家改变下周一的工作安排，上周的准备工作付诸东流，但愿不要让同志们周末再做无用功。

看到德国国家图书馆新开设了一个关于 MARC 格式的网站，觉得很有意思，欢迎大家访问：

DNB, Moving to MARC 21

晚上有上海交通大学附属中学的同学聚会，我没有时间特意过去，看了通过彩信发过来的照片，倍感亲切。只在一起两年时间的同学中后来出国的很多，我一个人在北京，与他们就很少交往了。大多数同学毕业以后都没有见过。不过还记得当时同学教我英语（因为我开始学的是俄语）的情景，也记得当时 12 个人一个宿舍晚上说"黑话"的情景，还记得周末与家住北京西路的同学一起坐公交车上学的情景。我的眼睛就是在那个时候熬夜读书变近视的，所幸的是后来近视没有进一步发展，倒是老花眼提前发生了。一晃竟然都已经是将近 30 年以前的事情了。

❋ OCLC 和云计算的问题（2010 年 4 月 26 日）❋

书
山
蠹
语

今天有机会见到了 OCLC 的副总裁王行仁先生，谈的基本上都是最近的业内热点问题。

王先生认为，OCLC 的服务是最早的云计算，在 20 多年前拨号上网的时代就有了云计算的概念，节省了大量的编目人力。当时，OCLC 的竞争对手是卡片,最后卡片目录基本上消失,进入博物馆和地下仓库。现在,图书馆的竞争对手变成了谷歌(Google)等网络公司;他们实现了万维网的检索,而我们则一直在用OPAC,限制了自己的发展。我们的出路就是云计算的概念。

云计算可以是设备、系统甚至数据,这样可以节省系统维护人力、设备、系统成本和数据的成本。

前年云计算刚开始热门的时候,我就一直很关注。我曾经与同事讨论过:云计算到底是共享存储空间,还是共享系统,抑或是数据和服务?关于云计算的问题,似乎概念上谈得比较多一些,实际应用中谈得少一些。王先生的解释使我得以从另外一个角度来考虑问题。

我们谈到了当时拨号上网查Dialog数据库的情况,为了节省联机费,需要反复思考,考虑最优的检索语句,用最短的时间进行检索。现在,Dialog已经被OCLC打败了,OCLC面临的是新的敌人。

OCLC成立那么多年来,中文的馆藏数据第一次超过日本,这完全是中国国家图书馆的功劳。2008年初,国家图书馆与OCLC签约,开始上传所有中文图书的书目数据,这样中文图书的馆藏也就自然而然地进入了OCLC的WorldCat数据库。这是中文编目国际化的重要一步,对业界产生了巨大的影响。当然,这个事情我们尝试了十年,经历了数任领导,前后过程我都清楚。最后在我的手中成功,我自然很高兴,成功有我在其中推动的因素,也有领导重视的因素。做这样一件事情,要等候多方面时机的成熟,成功的概率其实很低。

谈到我们对于使用云计算后出现的数据备份战略问题,王先生举了一个电力的例子,解释了他的观点:我们现在每天都在使用电力,用于电灯、洗衣机、电冰箱、电视机。也许开始我们会考虑停电的问题,就在家里准备一个小型发电机,准备手电筒或者蜡烛。后来,我发现从来没有用过发电机和手电筒,于是家里根本想不起来还要准备这些东西。那么多年都过来了,不都很好吗?

王先生的例子十分生动。但是在云计算开始之初,我们难免会对其前景产生一些担忧,正如电灯刚被发明的时候,人们不可能不在家里准备蜡烛的。甚至在电力高度发达的北京,我们也不得不准备手电筒,在每年两次的电力检修期间,打着手电筒,在黑暗的楼梯里上下摸索。

第一次正式与王先生接触,应该是在1996年北京举办国际图联的前夕,我们筹办中美合作会议的时候,我负责会务。当时我是无名小辈,不会引起别人注意的。与王先生长谈,今天还是第一次。

王先生明天将在中国科学院国家科学图书馆作题为"OCLC WorldCat Local 云计算服务"的演讲。

❋ 技术进步随想(2010 年 5 月 9 日) ❋

今天读到《新民晚报》上的一则消息,说是 3 吋软盘正式退出市场。这说明技术进步到了一定的程度,就不再需要 3 吋软盘了。

想当年,要复制软件,都要靠 3 吋软盘。一套 Word6.0 软件,要用一盒(10个)3 吋软盘来保存。软盘可靠性差,一套软件里如果有一张软盘损坏,软件就不能使用。当时的硬盘也很小,最多也就几百 MB,不可能把什么东西都放在硬盘里面。

前年办公室搬家的时候,我收藏了一些 3 吋软盘,还有不少 5 吋软盘,甚至还有几张 8 吋软盘,以后它们都可以作为文物,卖大价钱啊! 现在的 USB 盘,可以储存 N 多 GB 的东西,远远超过过去的硬盘,软盘更没有用武之地了。

不过,报纸上的解释明显错误。记者说,为什么计算机上没有 B 盘? 是因为 A 盘是 3 吋软盘,B 盘是 5 吋软盘,而 5 吋不再使用,所以就没有 B 盘了。这个解释很牵强,明显是不懂技术或者是不懂技术发展史的人写的。其实,计算机上有两个软盘驱动器的接口,随便你装 3 吋或 5 吋软盘都是可以的。最早的时候,硬盘很小,大家就用两个软盘驱动器进行软盘的复制。于是,A 盘和 B 盘可以都是 3 吋,也可以都是 5 吋,或者是一个 3 吋一个 5 吋。到 5 吋软盘基本淘汰的时候,就剩下一个或者两个 3 吋驱动器了。即使要两个软盘之间复制数据,也可以通过硬盘作为中介进行,因为那个时候硬盘已经足够大,而且有不少可以复制软盘的软件,于是计算机上装 B 盘的越来越少了。

过去系统出现故障,就必须用含有系统的 A 盘(3 吋或 5 吋)来启动,并诊断故障。后来,光盘和 USB 盘也可以作为引导盘,A 盘的作用逐渐淡化,直到现在基本消亡。

至于 8 吋软盘,我自己没有用过,但是我的一个哥儿们用过,大概是在 1993年左右。当时我的计算机是康柏(Compaq)386,是当时最好的品牌,有一个串口可以接那种驱动器,他周末到我办公室来做数据传输。那个时候,其他计算机只有并口,没有串口。有时候我也用这两个口做数据传输,速度是很慢的。几 MB 的数据要传半天,不过也比软盘之间的传递快很多。

本周末去了一次中关村,感想颇多。记得当时买一个康柏电脑用了 3 万,而我们的工资都不到 4 位数。现在,我们的工资已经达 5 位数,一个普通家用电脑主机只要 2000 元,觉得实在是太便宜了!

技术进步给我们带来的好处真多!

❋ 系统切换、数据转换和系统开发问题
（2010 年 5 月 12 日）❋

最近的脑子里都是系统切换、数据转换和系统开发的问题。

几个问题都是互相关联的，有时间要求。考虑了一个问题，另一个问题又出来了。

牵涉一些自己不能确定的问题，需要召开会议协调。参加人员 N 多：本部门专业人员、系统部专业人员、业务管理处的专业人员、开发商的技术人员、系统集成商、监理公司。这样的协调会经常要召开，大家凑时间、找会议室都很不容易。

临近数据输出，发现编目数据里有不少问题，需要加班修改。如果不及时修改诸如 GMD 的问题，数据输出就会出问题。五一节日后的 10 天，大家都很辛苦。今天检查了一下数据，大部分数据都手工处理好了。

还有正式机和测试机的问题、数据批转换的问题、历史数据优化的问题、前期批量测试的问题、系统工作流程的制订、业务规范的制订……

昨天下午，工作已经忙到极点。除了系统开发，还有两个会议的筹备工作和常规的业务工作，有时候一边在开会或者谈话，一边还要接电话、回短信、回电子邮件、回 MSN 的问题。有时候一天下来，机器同时开了 10 个 MSN 窗口，随时处理相关问题。不过我也习惯了这种工作方式，就是晚上回家以后，感觉极度疲乏。

编目工作很具体，需要关注细节，数据是一条条出来的，书是一本本采购的，来不得半点虚假。所以，采编部出来的干部都很严谨、朴实、扎实，不会耍嘴皮子，而且还经常自己与自己较劲。领导说，希望采编部成为干部培养基地，这话有道理。全馆不少业务骨干和行政领导，都是采编出身。但是，采编如何发展自己？这是一个问题。皮之不存，毛将焉附？

下午接到通知，又有新的任务。

❋ 从周末整笔记本电脑想开去（2010 年 7 月 18 日）❋

回到 20 年前，我算是 PC"高手"，图书馆里机器出现问题，都找我帮忙。凭着自己的经验和数十盒软盘的软件，其他人解决不了的问题我都能解决。

到了 586 奔腾的时代，操作系统变成了 Windows2000，图书馆里的计算机专业人才也越来越多，我们业余的"人才"就显得没有用了。自己的工作很忙，看到计算机出问题就不愿意自己整。但是，有时候系统维修的人来了以后，就直接建议格式化，还要备份我的数据，我就不愿意了。格式化会删除我已安装的程序和设置，有些程序我自己也找不到了。而且，我自己的数据可不愿意被别人备份去。于是，有时候我还是自己琢磨修理。自己的计算机自己最了解，就像久病成良医一样。

今天早晨起来，笔记本启动失败，桌面都找不到了，显示是 wininet.dll 动态连接文件的问题。想到过几天要出差，想到明天找系统人员要花费多少时间，我就害怕了，还是自己琢磨吧。花了几个小时，比预料要顺利，终于再次启动系统。

越是工作忙的时候，似乎事情越是多；越是不想浪费时间，可事实上越是要浪费时间。不过时间也不那么简单地就浪费掉，时间换来经验，经验积累得更多了。

周末不仅动手解决了笔记本的系统问题，还修理了家里的东西。

我曾经在堪培拉居住过半年，很羡慕那里的环境，房东乔治自己家车库里有各种工具，他自己动手做木匠，这似乎才是真正的生活。

我自己很喜欢动手，家里有各种小工具，只是苦于没有时间。记得过去经常动手的时候，皮肉受伤是经常的事情，还曾经被 220V 交流电烧了手指，过一个月才痊愈。回想这些事情，感觉很有意思。

在北方居住那么久，感觉北方人似乎比南方人更崇尚"劳心"，不屑于"劳力"做手工活儿，反对"奇技淫巧"。这其实也是阻碍古代中国科技发展的原因之一。

❋ 我的 iPhone4（2010 年 12 月 20 日） ❋

一晃，我的 iPhone4 已经伴随我一个月了。

我很恋旧，也不想浪费，所以原来的 Nokia 6670 手机一直用了六年。在这个"日新月异"的年代，六年很"长寿"。因为其中储存了不少电话号码和短信，舍不得删除，而且储存卡不太好，已经不能输出里面的信息了，所以一直不想换新手机。

上个月在外面开会，手机突然不灵，修了一次还是不太好，于是就马上决定换手机。

为了不耽误工作，匆忙让人送了一个 Nokia N97 过来。

用了半天，觉得不方便，而且遭到同事和家人的嘲笑。于是第二天下午让人送一个 iPhone4 过来换货。大家说，iPhone 就是为我这样的人做的，我怎么能不用呢？想想也有道理。不过为了两个手机，折腾了很长时间，耽误工夫啊！没有时间亲自去挑选，让别人送货，我直接网上付款了。

第一次见到 iPhone，有点老外，还问送货的是否有备用电池。

拿到 iPhone，以为马上就可以用，一看说明书那么简单，不告诉我如何打电话，我就不懂了。根据说明胡乱装上了 iTunes，吃完饭一个多小时回来后，竟然可以用了。

工作太忙，没有时间请教别人，只听别人说不要用 3G 上网，费用很高的，但是不知道在哪里设置，就放了几天，后来才搞明白。

第二个月一看，电话费账单多了大概 130 元钱，都是在没有启用套餐前没有关闭 3G 功能，不知道什么时候用了 13MB 的流量，算起来单位价格很贵的啊！

用了半个月以后，就觉得离不开 iPhone 了，如我的朋友说的那样，"iPhone 什么事情都可以干"。

幸亏我有 Google 的账号，使得我的 iPhone 如虎添翼。我所有的会议都可以在 Google Calendar 里安排。

和前几部手机一样，我还是习惯用英语的界面。为了继续群发短信，特意下载的有关的软件。

麻烦的是我经常要切换或开关 WiFi 和 3G 上网功能，一方面节省流量，另一方面也是要节约用电，以达到最佳效果。

开始充电后用两天就没有电了。现在看来如果节约用电，4—5 天也是可能的了。

用了 iPhone，才发现我周围的几个搞 IT 的经理朋友都用 iPhone，也才发现国家图书馆用 iPhone 的青年人不在少数。青年人很时尚，以他们的工资就买 iPhone 来玩，我当然也要对得起自己的收入啊！做人不要太想不开。奔五的我也要像青年人那样时髦一下子。

上周抽空把自己喜欢的音乐剧视频都转到了 iPhone 里，主要包括《猫》、《约瑟和他的神奇彩衣》、《万世巨星》、《歌剧幽灵》、《贝隆夫人》、《悲惨世界》等，还有国家图书馆团员活动和大合唱的视频，16GB 的空间差不多满了。

iPhone 也有缺点，就是触摸屏输入很不准确，而且需要用两只手一起操作。

心
得
·
技
术
工
作

优点当然更多，可以在任何时间上网、查地图、定位等，还可以处理办公自动化（OA）里的文件。以后，如果有紧急公务需要处理，不用带笔记本，随时用 iPhone 就可以了。

不过，当时需要太急，没有通过正规渠道，没有排队，当然价格也不便宜，所以再次被"表弟"①耻笑。好在我及时用上了 iPhone，在表弟妹手持 iPad 闪亮登场时留下了珍贵的记录。"表弟"多次向我推荐苹果产品，我想他一定是股东。我花的钱里面，有多少是他的红利呢？

① "表弟"指网名为"图有其表"的顾晓光先生。

读书、出版、
青联和音乐

- 读书
- 出版
- 青联
- 音乐

❋ 沈昌文先生出版新作《知道》(2008 年 6 月 22 日) ❋

今天看到"豆瓣"里介绍了沈昌文先生的新作《知道》,马上给沈公去了电话,难得他在家里。他说,手头还没有拿到批量的样书,过一阵再给我寄签名本。我很高兴他能给我寄签名本,过去他一直给我寄书的,我也很喜欢读他的书。不过,我还是说"不要太客气"了。

我很敬重沈公,2007 年 10 月 10 日参加书业观察论坛(第 20 期)沙龙的时候,我见到了他。当时我想发言,可是有一些粉丝抢着发言,程三国先生几次暗示我,我都没有抢到发言,只好让那些记者、编辑们先提问题了。

后来,我多次给沈公打电话,想问关于陈原的一些事情,却总是找不到他。他是闲不住的人,如果不是腿脚不灵,恐怕到今天我还是找不到他的。他说他经常来国家图书馆,对馆内的三个旧书店印象很深。我请他下次来的时候一定要找我,不要太客气了。

由三联书店前总经理、《读书》杂志前主编沈昌文口述,张冠生整理/记录的《知道——沈昌文口述自传》一书以第一人称的视角真实记录了沈昌文先生的人生经历。在这本不到 200 页的书中,从上世纪 40 年代上海银楼的童年学徒生涯起,到 50 年代初考取人民出版社校对员进京工作,直至当上三联书店的总经理,主编《读书》杂志,退休后又发起创办《万象》杂志,著名出版人沈昌文先生首次回顾了自己的一生。

书中主角沈昌文先生,著名出版人,1931 年 9 月生于上海,前《读书》杂志主编,拥有 50 年出版经历的出版家和社会活动家。该书讲述了这位和蔼可亲的老人的处世之道,从头到尾都透露出积极的生活态度。沈先生的一生都在遵循"常识",这一为人准则时时在敦促沈先生书写不平凡的人生路程。书名中的"知道",不是寻常意义的知道某事的知道,而是知"道"。这个"道"就是沈先生处事的原则,交友的准则,生活的规则。倾听沈先生的人生经历,会暂时忘却世界,回到过去,回到心底深处的净土。

❋ 读沈昌文的《知道》(2008 年 7 月 5 日) ❋

沈昌文,1931 年 9 月生于上海,1945 年 3 月起在上海金银首饰店学徒。

学徒期间,工余曾在上海一些学校学习,最后学历是上海民治新闻专科学校采访系二年级肄业。

1951 年考入人民出版社(北京),任校对员、秘书、编辑等,1986 年 1 月任生活·读书·新知三联书店总经理,十年后退休。

1980 年 3 月起兼管《读书》杂志编务,任副主编、主编,迄 1995 年 12 月。

自称并非知识分子,但因在文化出版界执役多年,知道一些事情,因号称"知道分子"。

上周,我收到了沈昌文先生寄给我的签名本《知道——沈昌文口述自传》。一翻开就觉得有阅读的欲望,周末花时间一口气读完了。

说起沈公,我很觉得亲切感。他和我父亲同龄,这更使我增加了对他的敬意。

《知道》是沈公的自传,其中提到的老上海的事情我比较熟悉,它们把我的思绪拉回到父亲生活过的那个年代。从沈公的身上,我似乎看到了父亲的影子。在那个战乱的年代,父亲没有机会上大学,但是他热爱读书,爱好研究,爱好外语,爱好艺术。他的精神深深地感染着我,在我幼小的心灵中埋下了种子,使我得以在若干年以后在这些领域有所发展。

沈公小的时候,母亲不让他与"野蛮小鬼"接触,这与我的经历是很相似的。这样的经历使我从小培养了独自读书的习惯,但是也缺少人际交流能力的培养,直到上大学以后才开始慢慢弥补先天的不足。

《知道》的后半部分主要描述了《读书》杂志社的一些事情和沈公对人和事的看法。

沈公学过很多种语言,好像与我有很多共同的语言爱好。

我和沈公认识大概有十年了。第一次见面,只是吃饭,在紫竹桥附近的一个小餐馆,没有任何事情,只是闲聊。第二次他约我与台湾客人一起吃饭,我正好很忙,就没有去。他每次出书都给我寄,我每月还能收到他创办的《万象》

书山蠹语

杂志。

他说过一阵来找我聊天,我想顺便请他帮忙把陈原的著作搞清楚一下。

> 沈昌文是那个年代文化界、知识界的一个角色。——王蒙

> 由此,我们可以略窥他那"外圆内方"的门径,更重要的是实际为当代中国的"文化生态"作了具体生动的历史记录。——雷颐

> 沈最恰切的身份其实是一个"思想经纪人"。……貌似嬉皮笑脸,但内藏诚恳;确乎玩世不恭,可其实行端坐正谨严不苟。——黄集伟

❋ 元旦读书:语言学(2009 年 1 月 2 日) ❋

元旦期间,除了做一些平时积压下来的事情以外,就是读了一些书。总结下来,基本上是语言学类的。

1. 读了《中国翻译》2008 年第 6 期中的文章《英文中"副"职的表达方式探析》,本来一直觉得这个东西不好翻译,想得到一些解决办法。看了论文,觉得这个问题实在复杂,没有统一的解决办法,只有自己在实践中琢磨了。

2. 读了支顺福的《世界语言博览》,觉得资料性很强,很有参考价值。作者还在书后附了光盘,包含正文大多数内容的 PDF 文件,以后可以在出差的时候慢慢细读。

3. 浏览了《世界上的语言——全球语言系统》,但是觉得谈西方语言的多一些,没有涉及东亚语言。

4. 看到《中国翻译协会会员通讯》中大翻译家方平先生去世的消息,在我馆的数据库里修改了规范记录,并修改了相关的书目数据。

前几天在《新民晚报》上看到支顺福的《世界语言博览》的消息,觉得很有意思,就从当当网买了两本书,12 月 31 日送到了。这样的书以后可以放在案头经常查阅。

我从小喜欢学外语。小学开始学俄语,初中遇到了恩师尤石湖老师(一位下放的大学教师,以后再写文纪念一下),从而俄语能力大幅度进步,到高中俄语水平已经达到大学程度了。高考俄语 100 分,进大学以后通过了免修考试,

开始学习英语,后来又选修德语、法语,并自学了意大利语,从而对外语的兴趣一发而不可收。到国家图书馆工作以后,一直从事外文图书的采编工作。本来还可能有机会从事其他工作的,也许进步更快一些,但是为了不放弃自己对外语的爱好,在外文采编领域工作了20年,没有挪窝。2008年开始把全部精力投入中文采编工作,但是对外语的热爱似乎一直不会减退,而且外语能力也帮助我推进中文采编工作的国际化。

小学读俄语的时候,就知道马克思的名言:

"外国语是人生斗争的一种武器。"(中文译文)

"Die Fremdsprache ist eine Waffe im Kampf des Lebens."(德文原文)

"Знание иностранного языка - оружие в жизненной борьбе."(俄文译文)

"A foreign language is a weapon in the struggle of life."(英文译文)

现在它不仅是励志的名言,而且已经渗透在我生活和工作之中了。

❋ 错失 4.23(2009 年 4 月 22 日) ❋

1995 年,联合国教科文组织宣布 4 月 23 日为"世界读书日",致力于向全世界推广阅读和知识产权保护,今年是第 14 个"世界读书日"。

国家图书馆将于 4 月 23 日"世界读书日"上午 9:30—11:00 在总馆南区文津广场举办主题为"让我们在阅读中一起成长"的大型公益活动。本次活动旨在整合图书馆阅读活动资源,形成规模效应,通过读者的亲身体验,在全社会倡导多读书、读好书的文明风尚,保障公民平等、免费获取各种知识信息,进一步促进全民族素质的提高。

中文采编部与活动的筹备工作没有太多的关系,但是要派许多人参加当天活动。本人因公出远门,不能参加这个活动,只好委托副手组织一下。

走了很多国家,本人感到我们的民族并不是一个很喜欢阅读的民族,许多人阅读是为了功利的目的(学历、考试、职称等),很少有人为了求知或者享受的目的来阅读。领导们书房里都摆放了大套的经典图书,但是不知道他们读过多少本;学生看了很多书,大多数是为了应付学业。政府倡导读书,但是政府官员从骨子里还是看不起读书人。相比之下,走在欧洲的大街上,到处可以看到读书人,许多人在公交车、地铁里、公园里读书。

本人在世界各地随手拍摄的照片里,有一个主要部分就是读书的镜头。抽空整理以后在本博上发表一些。

回想当年,《时间简史》可以位居英文畅销书榜首,销售量以百万计算,但是在中国至多也就是十万的数量级了。

在中国推广阅读,任重道远啊!

✳ 在火车上读《万象》(2009 年 8 月 9 日) ✳

10 年前,沈昌文老先生请我在紫竹院西面的一家餐馆吃饭,海阔天空,那算是我们第一次认识。此后,我每月都能收到沈公寄来的《万象》杂志,从创刊到现在已经过了 10 年。

《万象》很合我的口味,我手头经常放这份杂志。没有整块的时间看,就放在包里,坐火车或者飞机的时候看,或者放在卫生间里如厕的时候看。

最近一阵的《万象》似乎没有很吸引人的文章,经常是重点看几篇。这次在火车上,读了 2009 年的 7 月和 8 月两期,却发现有很多有意思的文章,第 8 期特别有意思。

余斌的"纯真年代"描述了我们小时候那个年代关于两性问题的看法。第 7 期中他的"内部片",使我想起了大学时代热衷于看西方原版片的情景。

胡志伟的"蝶老轶事",讲述了陈蝶衣老先生的一些故事,著名指挥陈燮阳竟然是蝶老的长子——过去我没有听说过,是我自己孤陋了!

周志文的"小镇书店"中的故事表现出读书人的爱书之情,也反映了现代社会阅读文化的衰落。除了无奈和怀旧,我们还能做什么呢?大陆和台湾,都是这个样子。包括大学生在内,有几个人愿意读艰深的学术原著?书店的衰败是必然的了。

龚鹏程的"闲话西餐",竟然讲出了那么多关于西餐的故事,原来西方人过去的饮食也不是这么单调的啊!

王敦煌的"酸梅汤"介绍了酸梅汤的很多做法,我都闻所未闻。我喜欢喝酸梅汤,经常自己买乌梅熬制,可是从来没有时间琢磨得更精细一些。原来甚至可以放桂花、陈皮、甘草、山楂片等配料的,连盐也可以放点增加味道的啊!

第 8 期第一篇文章是汤一介的"汤用彤先生的治学态度"。20 年前我读过一些汤用彤和汤一介的著述,现在不太了解了,只是浏览一下而已。

新井一二三的文章还是那么有意思。第 7 期上她的"越南三轮车夫"引诱我想马上看一下《三轮车夫》这部浪漫的爱情电影。我看过类似的片子有杜拉斯的《情人》，梁家辉主演。一个定居加拿大，经常用中文写作的日本女人，多次被人们认为是间谍，我也很想认识一下这样的人。

我最近与沈公通过一次电话，听上去他精力没有过去那么充沛了。他与我父亲同龄，与我父亲有类似的生活经历，字里行间使我想起了那个年代的一些事情。

❋ 我与《汉译世界学术名著丛书》(2009 年 8 月 16 日) ❋

昨天与商务印书馆的编辑联系，得知他们忙了大半年的《汉译世界学术名著丛书》现在差不多已经完成，真不容易。去年小文主任还托过我找书，不过想找到是很困难的。

接下来他们就要做我去年交稿的《欧洲的觉醒》修订版的编辑工作。编辑还向我表示歉意，说耽误了我的事情。其实我倒不觉得有什么不好的，给学术名著让路，是应该的事情。修订版主要是修正了错误，加了索引和地图。去年年底用了几个月的时间，每天早晨上班前做一个小时，比预料要麻烦一些。

记得读大学的时候，我最喜欢读商务印书馆的书，学术名著中读得最多的是红皮书（哲学类）。虽然当时不完全懂，但是这些书为我打下了扎实的基础，为我今后的工作创造了条件。如果不是到国家图书馆工作，或者如果国家图书馆没有让我觉得有事情可做，也许我现在就在研究哲学，或者做学术图书的翻译工作。从商务印书馆的读者成为商务印书馆的译者，我走了十多年的路，现在已经有两部译著了，第一部正在重印中。以后如果有时间，我一定要翻译一本名著啊！

今年 4 月 23 日温总理同一天分别去了商务印书馆和国家图书馆，说明这两个单位的重要性，也说明两个单位之间的缘分。

名著丛书共计 400 种。在大学期间，我省吃俭用，买了 10 多本，后来编辑老吴①又送我不少，现在藏有几十本了。我读过如下一些：

哲学类
- 形而上学/［古希腊］亚里士多德著　吴寿彭译
- 忏悔录/［古罗马］奥古斯丁著　周士良译
- 逻辑学/［德］黑格尔著　杨一之译

书山蠹语

---

① 即吴儔深先生。

164

- 哲学史讲演录/[德]黑格尔著　贺麟　王太庆译
- 美学/[德]黑格尔著　朱光潜译
- 科学中华而不实的作风/[俄]赫尔岑著　李原译　吉洪校
- 物种起源/[英]达尔文著　周建人　叶笃庄　方宗熙译
- 西方哲学史(上卷)/[英]罗素著　何兆武　李约瑟译
- 西方哲学史(下卷)/[英]罗素著　马元德译
- 物理学/[古希腊]亚里士多德著　张竹明译
- 作为意志和表象的世界/[德]叔本华著　石冲白译
- 我的哲学的发展/[英]罗素著　温锡增译
- 原始思维/[法]列维—布留尔著　丁由译
- 发生认识论原理/[瑞士]皮亚杰著　王宪钿等译
- 艺术的起源/[德]格罗塞著　蔡慕晖译
- 逻辑哲学论/[奥]维特根斯坦著　贺绍甲译
- 理想国/[古希腊]柏拉图著　郭斌和　张竹明译
- 新工具/[英]培根著　许宝骙译
- 思想录/[法]帕斯卡尔著　何兆武译
- 小逻辑/[德]黑格尔著　贺麟译
- 感觉的分析/[奥]马赫著　洪谦　唐钺　梁志学译
- 美学史/[英]鲍桑葵著　张今译
- 精神分析引论/[奥]弗洛伊德著　高觉敷译
- 科学与近代世界/[英]怀特海著　何钦译
- 人类的知识/[英]罗素著　张金言译
- 科学与假设/[法]彭加勒著　李醒民译
- 科学史/[英]丹皮尔著　李珩译　张今校
- 科学哲学的兴起/[德]赖欣巴哈著　伯尼译
- 释梦/[奥]弗洛伊德著　孙名之译
- 性心理学/[英]霭理士著　潘光旦译
- 数理哲学导论/[英]罗素著　晏成书译

政治·法律·社会学类
- 爱弥儿/[法]卢梭著　李平沤译
- 乌托邦/[英]托马斯·莫尔著　戴镏龄译
- 社会契约论/[法]卢梭著　何兆武译
- 论人与人之间不平等的起因和基础/[法]卢梭著　李平沤译

- 忏悔录(第一部)/[法]卢梭著　黎星译
- 忏悔录(第二部)/[法]卢梭著　范希衡译　徐继曾校
- 论宗教宽容/[英]洛克著　吴云贵译

历史·地理类

- 法国革命史/[法]米涅著　北京编译社译　郑福熙校
- 意大利文艺复兴时期的文化/[瑞士]布克哈特著　何新译　马香雪校
- 路易十四时代/[法]伏尔泰著　吴模信　沈怀洁　梁守锵译

❋ 科学的美感和社会的宽容：读吴忠超"霍金的剑桥"有感 (2009年11月28日) ❋

读《万象》2009年11月中吴忠超的文章"霍金的剑桥"，仿佛回到了近30年前的学生时代，那种感觉像是享受科学中的美感。当时证明出一个几何定理，或者推导出一个公式，内心的愉悦是旁人所无法体会的。特别是在理论物理中，用数学公式推导出的相对论，解释了自然的现象，引起了划时代的变革，让人不得不赞叹大自然的神秘和美丽。爱因斯坦、霍金等响亮的名字，深深地铭刻在我的大脑中。

从上高中开始，本人就一直喜欢纯理科，最喜欢的是数学、天文学、理论物理学，还有化学、力学等相关学科。虽然当时也很喜欢学习外语，而且名列前茅，但是一直没有想要从事这方面的工作。于是，读大学的时候最终选择了数学，而且是最艰深的纯粹数学（基础数学）。

为了学好数学，我开始关注科学方法论和科学史。当时最早读的书是库恩的《科学革命的结构》。我记得在听方先生"宇宙结构"讲座（1982年4月2日）的时候，手中就拿着这本书。虽然读的时候不完全理解，但是它为我打开了一扇门，让我看到了一个新的世界。于是，我的兴趣从数学和物理，转向了科学史和科学哲学，然后再转向了更一般的哲学和更广泛的人文学科。

我虽然已经跳出了数理的圈子，但是一直很留恋那个地方，特别是留恋当时的那种独特的感觉。回头看自己走过的道路，从纯粹的理论到偏重于实践，从数理科学的象牙塔顶端到人文学科——这是多么不同的两个极端啊！人的一生中能经历这些完全不同的领域，也算没有白活了。有过这些经历，我能更深刻地理解不同人群的思维方式，也能理解各种思想产生的原因。一个宽容的社会，一个能够容忍不同思想的社会，才能出现大师。如果一个社会不能容忍具有特殊思想和性格的人们的存在,能出现爱因斯坦、牛顿这样的大师吗?科学能发展吗?不过,与二十多年前相比,我们的社会已经宽容多了。

在学生时代,我一直想成为大师。现在,我仍然敬仰大师,但是这个时代也不可能出现大师。要造就大师,第一要有时间的积累,第二要有经济保障,第三要有宽容的社会环境。我认为,我们的工作是高级匠人,为今后的大师创造好条件,这是功德无量的事情。我与朋友一起翻译过《欧洲的觉醒》,明年即将出版修订版。这本书中所描述的时代,就为此后的文艺复兴奠定了基础。

现在回头看来,也许自己很适合学习工科,因为擅长动手,喜欢使用各种工具,也喜欢收藏各种工具。不过,我对语言的热爱始终没有减弱过,从小学到现在,一直如此。

理科、工科、人文、语言——我到底最适合哪门学科?也许自己一辈子也搞不明白,只有回顾历史才会更清楚一些。

❊ 读刘世锋的《洛利香水》(2010 年 2 月 2 日) ❊

上周得到美女作家刘世锋的新作《洛利香水》,一口气读完了。

当时我问刘美女:"女主人公夏子雨是你吗?"

她回答到:"你说呢?"

这是一部关于香水与爱情的新英雄主义小说,讲述一个在优越环境中成长起来的"兵姐"的爱情经历。

几个月前,刚听到"洛利"这个名字的时候,我马上联想到弗拉基米尔·纳博科夫的小说《洛丽塔》。我没有读过那部小说,却看过根据小说改编的同名电影,知道那个畸形的恋爱故事。

不过《洛利香水》讲的不是畸形的爱情,却是另一种类型的感情经历。对于我们这样缺少军旅生活经历的人来说,显得十分奇特。

老黄①说:"刘美女要卖香水了!"

我觉得,她卖的不是真实的香水,而是一种虚幻的香水,我们可以从虚幻的洛利中,想象出美女作家的感情经历。

刘美女外表很豪放,但是其内心却很丰富、细腻,有时候让人觉得表里不很一致。

书山蠹语

---

① 即黄胜友先生。

也许这种矛盾的冲突才是她创作的源泉。

受过艺术的熏陶,有过当兵的经历,接受过正规的军队艺术院校训练,走遍时尚之都,体验过顶级品牌,这就是刘美女的与众不同之处。

预祝她的《洛利香水》发行成功,也预祝她的新作《琥珀》和《马头明王传》出版成功。

❋ 今天你读书了吗?(2010 年 4 月 20 日) ❋

昨天下午,国家图书馆团委举办"今天你读书了吗?"主题演讲比赛。

中文采编部员工崔玥获得二等奖,王磊获得三等奖。

在不少人的演讲中,都提到了读书可以改变人生,人可以改变世界。

作为演讲比赛的评委,我在聆听演讲的同时,思绪被演讲者带回了遥远的过去。

我从小就喜欢读书,在童年时代读连环画,少年时代读科普图书,初中读科学小实验和天文学,高中读数理化和外语,大学期间读数学和物理,研究生期间读哲学和音乐,工作早期读文学和四书五经,涉猎面不窄。读书确实改变了我自己,而且读书有很多乐趣,可以说是享受。但是我觉得读书更重要的不是自我的乐趣和陶醉,而是正心、修身、齐家、治国、平天下。在改造主观世界的同时,改造客观世界,这才是读书的目的,也是最难的事情。

现在,读书的时间不多,仍然很怀念当年读书的岁月。

演讲结束以后,周和平馆长发表讲话,向青年同志提出了要求。

周馆长说,年轻人第一要读能确定人生方向的图书,特别是中华民族的经典著作;第二要读急用之术,要做到对图书馆学这门学问的融会贯通;第三要读无字之书,向社会学习。

谈到如何学习的问题,周馆长认为,第一不要读死书,不要读书死,理论要联系实际。第二要学习与思考结合,有思考才能创新。第三要"急用先学",学习目前迫切需要的知识。

我们要弘扬国图人的精神,就是甘为人梯的精神。也要学习启功先生、梁漱溟、赵元任、李四光、袁隆平等博览群书、触类旁通的大师们。

参加这次演讲比赛,第一是感受了青年人读书的气氛,第二是回顾了自己读书的经历,第三是接受了进一步的教育。犹如罗曼·罗兰所说的那样,在崇山峻岭上呼吸了一下新鲜空气,接受了一次精神上的洗礼。

❊ 读顾敏的新著《广域图书馆》(2010 年 6 月 24 日) ❊

昨天台湾同行来访,带来了顾敏馆长的签名新书《广域图书馆——数位图书馆时代的知识文明》(The Metalibrary:New Library Civilization in the Digital Age),我很喜欢,一鼓作气读完了全书。

广域图书馆:数位图书馆时代的知识文明 / 顾敏. — 台北 :文华图书馆管理咨讯股份有限公司,2009. — 296 页. — ISBN 978-957-8708-97-6:新台币 450

乍一看,还以为"广域图书馆"的"广域"从 WAN(广域网)而来。仔细阅读,才知道这是顾馆长自己对图书馆今后发展方向和图书馆员工作的一个新的思路,书中有系统的阐述。

全书共八章,每章配有英文摘要,最后的附录是他们图书馆 2009 至 2012 中程发展策略计划,很有参考价值。

顾敏馆长是一个学者,也是一个身体力行的实践者。作为图书馆领导,两者结合起来是难能可贵的。

顾馆长是一个理想主义者,但不是空想家,他通过自己的努力,去实现自己的理想。

书的勒口上印的一张图片,其中顾馆长戴着耳机,似乎是在录音室里拍摄的,大概他正在做直播吧。这样的照片用于作者的介绍显得很时髦,不小心还以为他是歌星呢。

我没有听过顾馆长讲课,听说很风趣。有一次听他做会议总结,觉得他的总结不是刻板的官样文章,听了很亲切。

与顾馆长见过三次。第一次是在台北,他还没有当馆长,只是作为晚宴的嘉宾。作为前辈,他主动上前敬酒并自我介绍,令我受宠若惊。第二次是在香港我与香港同事吃饭时,寒暄了几句。第三次是在澳门,他的总结发言给我留下了深刻的印象。

听他同事介绍了他的事迹,觉得他是一个有血有肉的人。

他已经到了退休的年龄,还为了自己的理想去奔波,精神实在可嘉。

❊《小猫杜威》和翻译随想(2010 年 9 月 12 日) ❊

两个月前我写了一篇博文"图书馆里的猫",人气颇高。

前天在友谊宾馆参加中美图书馆合作会议,遇到中国社会科学院的蒋颖老师,她提到了我的博文,说觉得很有意思。

出乎意料的是,她当天半夜就给我发了一份电子版的《小猫杜威》,我就抽时间读完了这本书。

该书以猫为主线,不仅描绘了人与动物之间的关系,也描绘了作为单身母亲的主人公在图书馆工作的一些经历,视角很独特。

感谢蒋馆长,使我有机会读到这本书。

我个人认为,对于这样的书,如果译文能按中国人的阅读习惯来做,大概效果会更好。

我自己也经常做翻译工作,对于学术著作和通俗读物,经常采用不同的翻译策略。对于通俗读物,我一般要在初稿基础上修改很多遍,按中国人的习惯措辞,有可能还有一些演绎——不过也只能尽力,未必都能达到完美。

十年前我翻译了两篇通俗小文"采访上帝"和"'爱'和'时间'的故事",都发表在《读者》上。这两篇小文非常受欢迎,每篇在正式期刊上的转载都超过20次,更不用说网上转载了。

不过,中国人不讲究版权,转载了也不给我稿费,有不少甚至还不用我的名字,换上自己的名字。不过对于这样的小东西,我也不很在乎,只要能起到启迪和教育的作用就可以。

马上要评职称了,今天核对一些同事的著作,顺便也查了自己的文章,又在CNKI 里查到今年还有期刊转载这两篇东西。

这些小文章,虽然不到一千字,但我一般前后要花好几天的时间,反复修改、润色,而且特别注意要用中国人的语言表达习惯。

最近工作太忙,没有时间搞这些小东西了。

❋ 没有偏见的人生才是健全的人生——读闾丘露薇《不分东西》有感(2011 年 2 月 8 日) ❋

关注闾丘露薇多年,有很多原因。因为她是我的老乡(上海人),因为她是我的校友(复旦大学毕业),因为她学过哲学(我有一定的哲学情结),还因为我和属于一个年代。此外,我钦佩她的事业、她的责任感、她的为人。

虽然没与她有过接触,但是从朋友那里了解了不少她的事情。

人在一生中,总要考虑很多得失,因而活得很累,很不真实。

但是，在我们的社会中，如要要活得真实，有时候会受到不少限制，反而也会觉得很累。

知道闾丘的过去的人，当然很能理解她目前的为人。她从最底层开始打拼，到现在还是忘不了那些最底层的人们。但是我们可以看到，有多少人从底层上来的人们，不仅忘记了自己的过去，还成为他们原来所憎恶的那种人。

在《不分东西》里，闾丘多次谈到了民族主义情绪、地域偏见等问题，这都是在人们日常生活和工作中无法避免的，自己察觉不到却经常会遇到的问题。

闾丘露薇的文章对人的地域观念有很多论述。特别是在"我是香港人"里，闾丘更多地谈了自己的看法。

确实，中国人的地域观念很强。地域观念的存在，带来各种文化并存的多样性，使得这个世界如此绚丽多姿。但是地域观念过强，有时候却制约一个地方的发展。

这个地域观念，大可以到一个国家，小可以到一个城市或村庄。在全球化日益发展的今天，我们在生活环境上的地域差别已经越来越小了，可是我们的文化差异不可能消除，偏见似乎仍然存在。

作者因自己的身份，得以沟通中国和外国、大陆和台港澳、东方和西方，这个特殊的身份，使她能摆脱偏见，更客观地看待所遇到的新闻事件。

然而，光有身份是不够的，我们遇到过很多有这样身份的人，但是能像闾丘那样没有偏见（或者努力做到没有偏见）地去思考问题的人到底有多少呢？

我认为，除了身份以外，还要有特殊的品格。在作为后记的最后一篇文章"媒体人的品格"里，闾丘再次谈论了自己对品格的看法。

我记得过去读过有关新闻职业的书，看到过有关新闻记者道德准则的内容，但是现实生活中有多少记者在恪守这些准则呢？我看得出来，闾丘不仅在文章里论述它们，而且自己还身体力行，所以我们才能看到她的那么多打动人心的报道。

不分东西，实质上就是没有偏见，我认为从人的生活上来说，这样应该是达到最高的境界了。

❋ 读齐邦媛的《巨流河》(2011 年 2 月 17 日) ❋

记得在读大学的时候，读书是最大的乐趣。音乐虽然是爱好，但是买机器和带子需要钱，这不是我这样不依靠父母的穷学生所能承受的。现在，传递信息的媒介多了，时间更多地被网络、视频等分享，工作的事情也需要占用业余时间，读书的时间少了。

今年换新办公室，好处就是比较宽敞，也比较安静。早晨可以做一个小时的研究工作，中午可以读15分钟的书。看到齐邦媛的《巨流河》，就有想读的冲动。书刚到图书馆里，还没有上架，先编完的一本也已经被借出了。我马上从当当网订购了一本，第二天就到了，而且是面包车送的。司机说外地送货的还没有上班呢。

最近几天安静读书，仍然觉得乐趣无穷，有天堂里的感觉。在享受读书过程的同时，也被书的内容深深地感染着。

几天下来，基本读完了《巨流河》。特别喜欢的是前半部分，也就是作者去台湾之前，她的青少年时代。书中讲述的是自己在那个动荡的年代的经历，不像CIP（在版编目）上所说的是小说。

作者很感性，多才多艺，描写得很细腻。这是一个纯粹的文艺青年所走过的道路，看得出来她对自己的专业（英语和文学）十分热爱，自得其乐。

作者80多岁了，记性怎么那么好呢？关于小时候的事情写了那么多的细节。如果不写日记，很多事情应该记不清楚的。那个战争的年代，写日记可能吗？如果写日记，能保存下来吗？她与飞行员张大飞之间的书信，不是都丢失了吗？

作者独特的家庭背景、独特的身份，使得她能写出这本独特的书。

我了解过一些关于1949年前后大迁移的历史，作者却不是随迁移潮过去的，而是因为一次很偶然的机会，买了往返机票过去的，就没能再回来。

虽然写的是个人的经历，却折射出中华民族的那段苦难的岁月。她在青少年时代就从东北到南京再到重庆和武汉等地，走过了大半个中国。她在读书的时候居然能有幸得到名家朱光潜的指导！这些经历，都使得她今后能成为"台湾文学的守护天使"。

书的后半，讲得比较多的是台湾的事情，而且对作者后来的工作情况描述比较多，似乎与我们关系不太大，所以共鸣就较少。

❊ 佩服《无人读过的书》作者的执著精神
（2011年4月22日）❊

在善本部史博士①推荐下，借了《无人读过的书：哥白尼〈天体运行论〉追寻

---

① 即史睿先生。

记》。工作太忙，没有全部读完，但是印象很深刻。

一个天文学家，为了一本书，走遍了世界各个图书馆，看了几百本哥白尼《天体运行论》，对比异同，研究历史背景，实在难得，需要毅力和执著的精神。想到自己高中爱好天文学的日子，还有大学理科的经历，觉得很感慨。

根据我的经验，在中国似乎很难有这样的书问世，因为做科学史的研究人员似乎对专业不那么精通，而做专业的人则不那么关心科学史。作者还熟悉拉丁语和其他古代语言，这也是很难得的。

我不禁想到，作者依靠什么样的科研机制，才能完成这样的著作？他需要定期写论文吗？靠什么经费支撑他走遍全世界那么多的图书馆去看几百本不同的拷贝呢？

读到书序言时我有一个设想：如果当时传教士真的把带来的几千册书都翻译成中文，中国的历史会改写吗？几千册书的翻译，需要多少人？多少年？一个大工程啊！翻阅了《无人读过的书》，读了李国庆为《北堂图书馆藏西文善本目录》写的序，那么多静静趟在书库里的西文善本，似乎都活了过来。

哥白尼的学说在现在看来是众所周知的常识，但是在当时却是冒天下之大不韪的邪说。我们需要科学家有这样的精神，社会才能不断进步。可惜的是现实社会往往事与愿违。

这本书在我桌子上放了一个月了，我有空的时候经常翻阅。

但是这一个月来实在太忙，明天要还书了，暂时读不完，先还走吧。

❋ 从毛姆的《书与你》想到买书、读书和其他 (2012 年 6 月 6 日) ❋

我在大学里读过英国作家毛姆（William Somerset Maugham）的《书与你》，印象之深，至今一直难以忘怀。

最近想买一本永久收藏。在淘宝里找了两家店，一家几天不回应，我就取消了订单；另一家过了几天给我寄书，我收到后却发现错给了我同一丛书中佛斯特的《小说面面观》，要价 22 元（含运费）。为了纠正错误，反复联系，实在是耗费时间。

最后，我还是选择了孔夫子旧书网，1981 年版原价 0.29 元，现在价格 7 元，加上挂号邮寄费，只要 12 元。

河南安阳的那家旧书店，服务实在是地道。一本 84 页的小书，包装了 4

层,还用塑料薄膜防潮。看来,买书还是要去孔夫子网啊!

不过令我惊讶的是,这本书上盖着北京一所中学图书馆的馆藏章,还有书标、借书记录单、采访登记单等。书的品相很好,似乎从来没有被翻阅过,书末的借书记录单上也没有任何记录。这书怎么会流出来的? 如果是剔除的话,这么好的书为什么要剔除呢? 实在是令人费解。估计旧书店获得这本书几乎不需要成本,最多也就1元,卖7元钱也算赢利了,淘宝的几家店却要卖到20元。我本以为选择贵一些的店家服务会好一些,没有想到淘宝的店家都那么不负责任。

我喜欢毛姆的书,读过他的大多数著作,印象最深的是《人性的枷锁》、《月亮和六便士》等。

我喜欢毛姆的书,不仅是因为他的文字,还因为我和他有过类似的心路历程,大家可以从《人性的枷锁》里了解到他的经历,那差不多是他自传。确实,每个人都有自己与生俱来的弱点。认识弱点和克服弱点,都需要极大的勇气和毅力。

《书与你》(广州:花城出版社,1981年,84页,内部发行,书号10261.35,定价0.29元)

这本书主要介绍英国文学、欧陆文学、美国文学,中间穿插着读书方法。但是我实在没有找到其英文原版是哪一本书。经过分析,也许是他的《论现代阅读:现代英美文学导论》(Great modern reading; W.Somerset Maugham's introduction to modern English and American literature)的节译。

《书与你》中有一些关于读书方法的段落:为乐趣而读书、读书的乐趣、读书的方法、跳读、论畅销书。

这么好一本书,1981年9月第一版,1983年10月第二次印刷就达53450册,为什么不再版呢? 不过当时翻译的文字有点粗糙,人名的译名也不是惯用的名称。

摘录一段"读书的方法",与大家分享:

读书的方法

按着编年次序看我下文介绍的书,当然比较方便,但如果你已下定决心去读,我看不出有什么理由非按这次序不可。最好,你还是随自己的兴趣来读;我也不劝你一定要读完一本再换另一本。就我自己而言,我发觉同时读五六本书反而更合理。因为,我们无法每一天都保有不变的心情,而且，即使在一天之内也不见得会对一本书具有同样的热情。在这种情况下，我们不能不为自己打算。至于我，当然选取最适合我自己的计划。清晨，在开始工作之前，我总要读一会儿书，书的内容不是科学就是哲学，因为这类书需要清新而且注意力集中的头脑，这样我的一天开始了。当一天的工作完毕，心情轻松，又不想再从事激烈的心智活动时，我就读历史、散文、评论与传记；晚间我看小说。此外，我手边总有一本诗集，预备在有读诗的心情时读之，在床头，我放一本可以随时取看，也能在任何段落停止，心情一点不受影响的书，可惜的是，这种书实在不多。

❋ 2008 中国书业年度评选颁奖晚会（2009 年 1 月 7 日）❋

今天晚上，本人代表馆领导去昆仑饭店参加了"2008 中国书业年度评选颁奖晚会"，并接受了"年度图书馆"奖杯和荣誉证书。

我在台上谈了自己的感想：有名言"天堂是图书馆的模样"，国家图书馆的新馆的设施和服务赢得了大家的好评，我的朋友在新浪博客里也认为国家图书馆是天堂。希望大家能更多地关心国家图书馆，多去国家图书馆走走、看看。

我本来还想说说图书馆工作人员工作多么不容易，我们为新馆做出了多少努力。但是一走上台，就忘了准备好的话。不过也好，话说得太多，是会让人讨厌的。

本人对书业有很深的感情，自己写书、编书、译书、出版书，并采购图书和编目图书，与书业流程上的许多人物都有交往。今天在颁奖仪式上，看到了不少朋友，很是高兴。特别值得一提的是，我又见到了出版业的教父沈昌文先生。他说他经常来国家图书馆看书，我叫他以后来找我。过去我给他打电话，很少能找到他的，几个电话号码都找不到。今天他告诉我一个手机号码，说是刚买的，但看上去手机也不是很新的样子。大概怕忘记，他用纸条写了手机号码贴在手机背面，很有意思的。不过他老人家将近 80 岁，还是很赶时髦的，在发言中，他多次提到了"山寨"精神，博得了大家的笑声，我也使劲为他鼓掌。

时间太晚，我听完沈先生、海岩、马未都、曲黎敏等人的访谈以后，就告辞了。

很不容易见到了我的兄弟顾晓光先生，与他结伴回家了。

新浪读书录了视频，也拍了许多照片，估计明天会发布。

《出版人》杂志的美女主编陈晓梅很有风度，我认识她有很多年了，也通过几次电话。记者张振胜与我有经常性的交流，合作得很好。今天是美女记者雷茜主持仪式，她出道多年，经验比较丰富了，那年初次见面的时候她还是实习生呢！今天还有一个收获，就是认识了《出版人》执行主编杨贵山先生，我久闻其大名。我过去经常读他关于国外出版业的文章，就是不见其人。

CALIS 的副主任陈凌先生坐我旁边，我们聊了一些业内的事情。

没有带相机，略感遗憾。

❈ 风雨飘摇中的国际书业（2009 年 12 月 14 日）❈

上周听说美国布莱克韦尔图书公司（Blackwell US，过去叫 Blackwell North America）被其他公司并购，而布莱克韦尔英国公司（Blackwell UK，过去叫 B. H. Blackwell's）却并购了别人。不知道这两件事情对于这个公司来说是祸还是福。

当 1879 年 1 月 1 日本杰明·亨利·布莱克韦尔在牛津布罗德大街开设书店时，店铺只有 12 平方英尺，他本人是唯一的员工，其经营内容是向牛津大学的师生们推销二手旧书。20 世纪末，它已成为拥有 20 多万种库存图书的大型书店，为全世界各国学术界供应图书、期刊以及相关的产品（如声像资料、计算机数据等等），并为各国的研究性和学术性图书馆提供书目服务。作为补充，它在美国的合伙公司北美布莱克韦尔图书公司（Blackwell North America, Inc.）也提供了类似的优质服务。

1987 年我到国家图书馆工作以后，就开始从事采访工作，与布莱克韦尔图书公司打了 20 年的交道。80 年代初在中国图书进出口公司一统天下的时代，国家图书馆的领导和采访工作人员多方呼吁，终于争取到了利用自备外汇采购外文书的权利，从而开始了与布莱克韦尔图书公司合作的历史。说是开始，更确切地说是恢复，因为布莱克韦尔图书公司的老板说，他们公司的档案里还有 30 年代与北京图书馆合作的记载，当时的采访部负责人是顾子刚，与我同姓。由于国内的进出口公司做的是转手买卖，有新书报道的书他们通过代理购买，没有报道的书他们则不负责寻找，更不会去找出版社没有库存的书。而布莱克韦尔公司则凭借其深厚的书业功底和良好的信誉，弥补了这个缺憾，为我们找到了不少好书。国内书商吃肥肉剩下的硬骨头，都让布莱克韦尔公司给啃了。虽然利润很微薄，但是我们的合作一直在进行中。

记得每年春天，老布莱克韦尔先生（Miles Blackwell）都要到国家图书馆来访问，我当时职位很低，只是列席。看到他经营自己的家族产业很尽心，待客户也很和善。到 90 年代中期，听说 Miles 退休在家里没有事情做，养了一群羊。后来没有多久，就听说 Miles 夫妇双双离开了人世。我现在还记得他们来图书馆的时候，看着天空飞舞的杨花，布莱克韦尔夫人跳起来抓的样子，那是一个很优雅的女人啊！

布莱克韦尔最有特点的就是认可计划（Approval Plans）和新书报道服务（New Title Services）。采用认可计划，图书馆设定自己的纲目（Profile），就可以实现某种程度的自动选书。另外，该公司的图书查找服务（Book Search Service）也很有特点，可以帮我们搜寻出版社没有库存的图书，他们在自己的仓库里、到各个书店的库存里，甚至到地摊上去寻找。不过，图书查找服务的成本一般比较高，要在一定的时间段内及时确认是否需要，是否可以支付比较高的价钱。从事采访工作的时候，我要定期确认一大堆订单。如果你不及时确认，公司就不给你找了，你发出订单的到货率自然也就很低。

不过，在现在这样的体制下，采访人员的积极性受到打击。如果价格超出定额较多，就有财务或审计人员问你为什么要订购价格贵的书，怀疑你是否有"猫腻"。久而久之，采访人员也乐得轻松一些，不做这些吃力不讨好的事情了。

我经历了几任领导，每一任领导都要问我们为什么非要直接从国外买书，为什么不能全部通过国内书商代理。回答多了，就觉得没有解释的意思了。图书采访有其自身的规律，不去琢磨，是无法理解的。

布莱克韦尔有不少老员工与我有多年的交往，美国的 Julie Babcock 每天早晨 5 点多就上班了，英国的 Peter May 为公司效劳了 30 多年，美国的黄瑞仙（Frances Lau）则是我多年的老朋友。2007 年在南非开 IFLA 大会的时候，公司为 Peter 举行告别宴会（一个公司能为员工举行告别宴会，也是一件不容易的事情），因为有其他应酬，我没有参加宴会，不过我去向他打了招呼，表示歉意，也祝他退休后的生活快乐。

在信息技术高速发展的时代，传统出版业受到很大的冲击。我见到的出版社业务人员，大多数都不懂自己的品牌图书，却都热衷于数据库的销售。一些同时从事传统出版和数字出版的出版集团，也纷纷舍弃印刷出版部分，重视电子出版，我很能理解他们的选择。而像布莱克韦尔这样的百年老店似乎不堪重负。我认为，图书馆界仍然需要这样的传统服务商，但是它能在残酷的竞争环境下继续生存下去吗？我们拭目以待。

❋ 参加商务印书馆的会议(2010 年 1 月 25 日) ❋

昨天晚上赶到郊区,参加商务印书馆的"《汉译世界学术名著丛书》第十二辑专家论证会"。

我在商务出版过两本译著,今年还有一本要重印。

商务的老编辑我认识不少,有陈森、杨枕旦、吴俦深、徐式谷等,现在的中年编辑中我认识陈小文、郭继贤、王明毅、郑殿华等。昨天遇到副总经理于殿利,他说过去经常来我们宿舍,记得我。可是我一下子没有反应过来,有失礼貌。

于总是中国第一个在出版社做销售的博士,对出版业内的一些问题看得很清楚,也同意我对出版业不正当竞争的一些看法。

我昨天早晨在涵芬楼书店看到了《汉译世界学术名著丛书(珍藏本)》,觉得开本略小,设计没有老版好看。于总说他第一次听说有人认为珍藏版的设计不如老版好看,也许是我的怀旧心理在作怪吧。他说珍藏版的开本实际上比老版要大,之前大概是我的错觉吧。

晚上闲聊,中山大学人类学教授麻国庆向大家介绍了中国人类学的历史渊源,当然也少不了提他的导师费孝通先生。我几年前见过麻教授,一起喝过酒,昨天他还提到了日本岩波书店赠书的事情,当然也提到了他酒后的话。

在我们这一代人的心目中,商务印书馆是一个象征,是一个品牌。没有商务的书,也就没有中国学术界的今天。但是,在以后的那么多年中,商务似乎没有做得那么好。所以,大家才有心中的爱和恨。

作为中国出版业的老大,商务的品牌主要体现在字典和名著。大家甚至不理解,有一些领导为什么会考虑一些世俗的选题。如果商务出版了通俗版的经典名著,那才是笑话呢。

我在大学里就读商务的名著,很希望今后能有机会自己翻译名著。现在图书馆的工作太忙,只能等到退休以后了。

翻译《社会契约论》和《西方哲学史》的何兆武先生曾经在北京图书馆的西编组工作过,我一直很景仰他。何老没有来,他的弟子来了。

中国近代出版业起源于上海,商务充当了主角。商务的老编辑里,有很多都是上海人。

书山蠹语

❊ "第三极"关张了！（2010 年 1 月 31 日）❊

"第三极"开张的那一阵子，我去过很多次，感觉很好，还办了一张卡。

最近工作太忙，较少逛书店，但是对书业的近况还十分关注。

几个星期前我谈论了《图书公平交易规则》，大多数人不很理解，还以为我在替挣钱的人说话，不为老百姓着想。事实上，如果价格竞争继续下去，整个产业不能实现良性循环，读者就买不到自己想要的书了。

市场经济给中国出版业带来了生机，也带来了挑战。

所谓价格竞争，一方面是书商刻意在价格上做文章，到最后自己没有必要的运营经费，只能凑合提供容易搞到的价格低廉的图书。最后虽然某些读者受益，可以买到便宜的书，但是却无法找到高层次、高品位的书，导致了整个社会文化消费质量的下降。另一方面，为了在价格战中获胜，出版社可以定高价，再打折销售，换汤不换药，读者买到"便宜"书的实惠只是一种虚幻的感觉，出版社并没有损失。

以上只是我个人的看法，把理论分析留给专家们吧。

❊ 了解国际出版业（2011 年 1 月 7 日）❊

上任三天了，主要是了解部门的业务，起草 2011 年的工作计划，然后就是接触国际出版业的同行们。

曾经做过十多年的外文采访工作，在外文图书采访领域内涉足 20 年，对国外的出版社了如指掌，也认识了不少人。

国际出版社的首代，数数现在应该是第四五代了。第一代以培格曼（Pergamon）出版社的刘先生为代表，是改革开放后的第一批，得的工资是外汇券，可以买到特殊商品，被大家羡慕。他在政府部门工作过，了解出版管理，能帮助大老板策划大项目，甚至出版英文版《邓小平文选》，很不简单。随着培格曼老板的神秘去世这个传遍全球的新闻的发布，培格曼公司也就逐渐不那么引人注目了。

第二代以西蒙和舒斯特（Simon & Schuster）出版社的首代姜峰为代表，他不仅销售做得好，而且涉足版权代理，在合作出版方面开拓了新的领域。他任职期间首代的年薪首次超过六位数，这在十年前是天文数字了。不少其他出版社的首代都称他为大哥。据说他又离开清华大学出版社去卓越了，还是做出版。出版社北京代表处做销售的多，能同时做好出版的很少。我很佩服他的策划能力。

前几年，似乎国际出版公司对中国大陆人缺少信任，许多公司都是亚洲总部的人遥控，于是出现新加坡人和港台地区的人来回跑的现象，我也知道一些恩怨。现在大概情况好一些了。

现在的首代们，应该是第四五代，都是这三年内新上来的，我不太熟悉，需要认识。但是他们的老板，许多还都是我认识的。

国际出版界要进入中国市场，有不少需要解决的问题。

本地化（包括系统的汉化、内容的本地化等）问题、价格问题、版权问题，都是难点。

中国出版社以赢利为中心，缺少长远打算。外国大出版社资金雄厚，有能力做大事情，但是成本效益问题也不好解决。

昨天有人说我是国内外文图书采访的元老，这话不恰当。早在上世纪30年代，北京图书馆的顾子刚先生就是采访专家，我的前辈郑效洵老先生和邵文杰老师也是专家。不过，我是从改革开放开始从事外文采访工作的人中比较老的，还有北京大学图书馆的陈体仁老师，始终没有离开过这个岗位。

做外文采访，人气很重要。不熟悉业内的人，也就很难知道业内的事。

❋ 祝贺 Helen 又出新书（2011 年 1 月 12 日）❋

今天从间丘露薇的微博了解到，她出版了新书《不分东西》，出版人孙海玉（Helen）给她做的书。今天卓越做了名人访谈。

Helen 过去是首代，与我有多次交往。前年她通知我去参加了复旦校友会，我在那里见了她和间丘，听她朗诵了校园诗歌"黄梅雨季"，她看上去动了感情。

知道 Helen 最近几年在京港之间奔波，几次约见都错过了。从 MSN 上了解到她又做了新书，没有想到是间丘写的。

当时她告诉我，她们是系友，住隔壁，很熟悉的。

记得 N 多年前，还是在图书馆北侧科贸中心的全聚德烤鸭店里，Helen 托人介绍见我。我当时根本没有心情见那些烦人的出版社代表，只是应付，没有想到见了校友，还是学哲学的。值得一提的是，我是有哲学情结的人。

知道她曾经在出版社里当处级干部，给 Wiley 做了几年，出国几年，又给

Springer做了一年多，后来就自己闯江湖了。

因为她不是纯粹的商人，要做自己喜欢的书，带有理想主义的色彩，所以在这个商业气味很浓的社会里是不容易的。

能做到现在，不知道Helen自己认为是否成功了呢？

刚才又通了MSN，她答应给我快递一本书。8点她还在打电话，还没有吃饭。呵呵！

✳ 重新认识爱思唯尔出版社(2011年6月13日) ✳

维基百科的信息：爱思唯尔(Elsevier)是世界上最大的医学与其他科学文献出版社之一，属于里德·爱思唯尔集团旗下，总部位于阿姆斯特丹。其前身可追溯自16世纪，而形成现代公司则始于1880年，该社出版品包括学术期刊《柳叶刀》《细胞》，以及教科书《格雷氏解剖学》等。每年共有250 000篇论文发表在爱思唯尔公司出版的期刊中。

爱思唯尔家族的第一个成员是路易(Louis，1546?—1617)，他定居荷兰的莱顿市，从事印刷和图书销售行业。他用拉丁语、法语和荷兰语出版了100多种图书，开始了该家族出版学术图书的历史，并使莱顿成为出版的中心。在其儿子博纳文图尔(Bonaventure)和孙子亚伯拉罕(Abraham)于1622至1652年担任大学印刷承包人期间，他们的业务获得了极大的成功。该家族的成员在海牙(约1590—1665)、乌得勒支(约1603—1675)和阿姆斯特丹(1638—1681)等地设立了分支机构。1712年，爱思唯尔家族的最后一位成员去世了，但是由于他们对16世纪和17世纪信息的自由交流作出的重要贡献，他们在荷兰印刷和出版事业历史上的突出地位得到了人们的承认，1880年，人们将一个新成立的出版社命名为爱思唯尔出版公司(Elsevier Publishing Company)。

爱思唯尔出版社的社标很别致，其中画着一棵榆树，上面爬着结满果实的葡萄藤，右边是一个老人独自站着，左边是一句格言"永不孤独"(Non solus)。

本人从1987年从事外文图书采访工作起，就很熟悉爱思唯尔出版社，它与施普林格等全球最著名的科技出版公司齐名。我当时写了一篇文章介绍该出版社，把它的中文名称翻译成"埃尔塞维尔"，发表在《中国出版》杂志，1993年第12期，第55—56页，差不多20年了。现在看来，"爱思唯尔"这个后来起的中文名字很好，有点"我思故我在"的味道。

1969—2009年期间，爱思唯尔下属的北荷兰(North-Holland)出版社出版了

31 卷的荷兰中世纪人文学者伊拉斯谟的全集（Desiderii Erasmi Roterodami Opera omnia），国家图书馆已经收藏。

前几个月该出版社的朋友送我的一本影印书，是伽利略的《关于两门新学科的谈话及数学证明》（Discorsi e dimostrazioni matematiche, intorno à due nuoue scienze），荷兰爱思唯尔公司 1638 年出版。我看到我们图书馆没有，想将其纳入馆藏，但是该书没有任何影印信息，大概不适合图书馆收藏，是一般的礼品而已。

据说这本伽利略的书在最近一部电影《天使与魔鬼》里被当做道具，说是里面含有密码。

我仔细一查，电影中的那本书是伽利略写的《真理图解》（拉丁语题名：Diagramma veritatis；意大利语题名：Diagramma della Verità）。书封面上的图标与爱思唯尔出版公司现在用的差不多。根据电影截图，伽利略（1564—1642）的这本书是当时的爱思唯尔出版的。虽然与现代的爱思唯尔没有直接关系，但也有一定的渊源，是最早的爱思唯尔（Elzevir/Elsevir）出版的。听出版社的人介绍，拍电影用的本子是从爱思唯尔公司的档案室里借出来的。

经过本人考证，伽利略没出过《真理图解》这样一本书。至于爱思唯尔出版社，也许是借给摄制组一本《关于两门新学科的谈话及数学证明》，摄制组根据那本书的样子做了一本道具书《真理图解》。这件事情在网友中被传为"穿帮"事件。

值得一提的是，爱思唯尔旗下的培格曼（Pergamon）出版社早在 1987 年就出版了邓小平文选（Fundamental issues in present-day China），这在当时引起了轰动。当时做培格曼中国办事处首代的刘杰是中国第一个吃螃蟹的人，大概是国外出版社中国首代的鼻祖。

2010 年，爱思唯尔出版社出版了江泽民同志的著作《论中国信息技术产业发展》（On the development of China's information technology industry）和《中国能源问题研究》（Research on energy issues in China）。

爱思唯尔的科技期刊有名，其数据库也很出名，特别是 ScienceDirect 平台，为科研人员所熟知。其研究工具平台 SciVerse 也很有意思。这两个平台都有移动阅读的 iPhone 手机应用软件，可以去 App Store 里免费下载。

爱思唯尔旗下的 Reaxys 数据库包括的经典而著名的《贝尔斯登有机化学手册》（Beilstein）和《盖墨林无机化学手册》（Gmelin）的内容，还有强大的检索功能。

看了爱思唯尔中国区总裁张玉国的博客，可以更多地了解爱思唯尔和张玉国其人。

至于爱思唯尔与中国图书馆界的恩怨,我就不多说了。

❋《欧洲的觉醒》(修订版)出版(2011年9月27日)❋

今天下午收到快递来的书,是《欧洲的觉醒》(修订版)的样书。大批的书还没有入库,我只是想先睹为快。

虽然是修订,但我也花了不少精力,主要是三年前连续几个月用早晨的时间完成的。出国时在机场转机时,还坐地板上做索引。与商务印书馆合作三次,比较愉快。

虽然我是第二译者,但我承担了三分之二的篇幅,而且这次修订工作主要是我做的,也不计较了。合作者在香港,联系不方便。

修订工作的主要部分第一是修改译文,二十年前的文字比较稚嫩,还有错误,现在应该要好很多。

第二是统一译名。当时虽然做过统稿,但靠的是卡片排序,难免会有遗漏和错误。

第三是做边码(原著的页码),当时没有做,这是书后索引必须用到的。

第四是做索引,不是简单的翻译,还要重新排序,增加中国读者习惯用的检索点。在制作索引的同时,也进一步统一了译名,一举两得。

第五是做地图翻译,这是我第一次做这样的事情,独特的经历。做地图翻译的同时,也对地名进行了核对,印出来感觉不错。

— —

书目信息如下:

原版:

The awakening of Europe / Philippe Wolff ; translated from the French by Anne Carter.— Harmondsworth ; Baltimore : Penguin, 1968.— 314 p. : 3 maps; 19 cm.— (Pelican history of European thought ; vol.1) (Pelican books ; A1001)

第一版:

欧洲的觉醒/(英)菲利普·沃尔夫著;郑宇建,顾犇译. — 北京:商务印书馆,1990.8. — 254 页;20 厘米 . — ISBN 7-100-00690-2:CNY 2.95

修订版:

欧洲的觉醒/(法)菲利普·沃尔夫著;郑宇健,顾犇译 . — 北京:商务印书

馆,2011.9. — 280 页;23 厘米. — ISBN 978-7-100-07659-3;CNY 38.00

- -

内容简介:

欧洲的中世纪,并不如很多人认为的那么黑暗。查理曼于公元 800 年加冕,标志着西方基督教世界一个密集创造活动和政治活动时期的开始。

作者菲利普·沃尔夫综述了早期中世纪思想及其文化的发展,集中论述了那个时代有重大影响的三个人物——阿尔克温、热尔贝和阿培拉德。阿尔克温在公元 781 年第一次遇到查理曼,从而成为加洛林帝国理想背后的精神领袖;热尔贝是公元 10 世纪最大统治者们的谋士,在面临拜占庭和阿拉伯世界威胁的时候,见证了基督教欧洲的千年幻想;作为教师的阿培拉德,目睹了最早的农业繁荣、早期十字军的征战以及教皇和帝国之间的冲突。本书此为主线,勾勒出公元 9 世纪到 12 世纪欧洲思想、文化、文学的历史脉络。

关于欧洲中世纪的文化史,国内译著不多,本书填补了一个领域的空白,可供世界史专业的师生和研究人员参考。

- -

目录:

译后记：

关于欧洲的中世纪，人们谈论甚多而了解甚少。在中国，由于介绍这个时代历史的著作或译著寥寥无几，大多数人对它的印象是十分模糊的。

在一次偶然的机会中，我们接触到了沃尔夫的《欧洲的觉醒》一书。我们深深地为它所吸引，并立刻萌生了翻译这部著作的念头。感谢商务印书馆编辑们的帮助，使我们的译著得以早日问世。

从本书中，我们可以看到欧洲的黑暗时代是如何向文艺复兴过渡的，我们也可以看到要实现这一转变需要多少人的献身。可以说，没有当时那些默默无闻的修士们为保留、发现、传播濒临埋没的古代文明所做出的极其艰苦的、不懈的努力，文艺复兴时代以至于当今的欧洲就不可能达到如此辉煌的成就。

本书的第一部分由郑宇建译出，第二、三部分由顾犇译出。由于两位译者都没有深入研究过欧洲的中世纪历史，错误在所难免，敬乞读者不吝赐教。只要读者能从本书中得到哪怕是一点一滴的启发，我们的目的也就算是达到了。

译者

1989 年国庆节

修订说明：

欣闻《欧洲的觉醒》即将修订重印，这说明我们 20 年前的这个选题是很有意义的。当时我们的目的一方面是想填补国内该领域的空白，另一方面也是考虑到它对中国文化发展的借鉴意义。

在本次修订中，郑宇健通读了全文，并提出了修订意见。顾犇补充制作了索引，并在此过程中逐一核对了原文中的专有名词，尽量采用权威工具书中所

读书、出版、青联和音乐·出版

用的译名。对于没有惯用译法的专有名词，我们一般根据有关语言的发音习惯音译；但是有些人物先后在很多地方（国家）活动过，我们只好根据经验选择其主要活动的地方，并且根据相应语言的发音习惯翻译。在信息技术飞速发展的今天，我们有可能通过科技的手段对过去的译名进行更详细的核对，得以纠正不正确的或者不确切的译名。文中的地名译名主要依据中国大百科全书出版社出版的《世界地名录》，本次修订还补充了书后所附地图的中文翻译。

原文的索引按拉丁字母顺序排序，中文索引重新按中译名的汉语拼音顺序排序。对于一些古代人名，由于其本来就没有姓，只有区别其他同名人物用的地名或绰号，所以其姓和名之间的前后顺序关系很复杂，在西方国家的学术界都有争议，中国读者辨别起来更有困难，我们基本按原文索引中的顺序翻译，并且提供用于其他检索可能的参见条目，以方便中国读者使用。

重读当时的译文，思绪万千。如果中国有更多人如同书中的人物那样为了保护、保存、翻译、介绍世界各国的文化遗产而努力，中华民族的复兴将会早日到来。书中所提到的"没有图书馆任何知识工作都不可能推进"，使我更深刻地感受到了作为一个图书馆工作人员的责任。

顾犇

2011 年 3 月

✳ 意大利嘉素理（卡萨里尼）书店（2012 年 3 月 27 日）✳

昨天上午见了意大利嘉素理（卡萨里尼）书店（Casalini libri）的代表，了解了其最近的业务情况。"嘉素理"是书店请当地华人起的中文名字，"卡萨里尼"则是我们按标准译名规则翻译的名字。

书店老板 Barbara Casalini 是很有文化气的女强人，继承父业多年，书店不断发展，包括南欧诸国。国家图书馆从他们那里订购了意大利、西班牙、希腊、葡萄牙等国的图书，丰富了馆藏。

Barbara 在图书馆界也很有影响。2009 年米兰的国际图联大会上，她主持了开幕式，很少有书商能扮演这样的角色。

Barbara 继承父业，是第二代，其女儿也将继承她的事业，这也是很难得的。其实可以算出来她在中国挣不了多少钱，要是按其他出版社或书商的做法就不出差了。但是她还是坚持自己或者派公司人员每年到中国来，甚至还在中国国家图书馆举办了一个意大利图书展览。

我与这个书店交往有 20 年,认识 Barbara 大概有 10 年,很佩服她。国际上有不少家族性图书产业,因为后代不喜欢或者觉得挣不到钱,就转卖了。能坚持下来,颇能说明一些问题。

嘉素理(卡萨里尼)书店的全文数据库平台 Torrossa 很有意思,里面有一部分是 Biblioteca Italiana Zanichelli(意大利语电子书文库)。它引起了我的注意,里面都是经典著作,包括但丁、薄伽丘、彼得拉克等名家的著作,是研究古典文学的一手资料。

嘉素理(卡萨里尼)书店为出版社做数字化工作。南欧的出版社都很传统,自己不做数字化,也没有现成的数字产品。书店就帮出版社做数字化,收取少量的费用。不过,这些小语种图书未必能在世界上畅销,不知道是否能收回数字化成本。

南欧国家的居民都讲究安逸的生活,工作效率不高。南欧的图书采购起来很不方便,嘉素理(卡萨里尼)书店的服务正好填补了空白。

嘉素理(卡萨里尼)书店还为美国国会图书馆提供书目外包服务;嘉素理(卡萨里尼)书店与以色列艾利贝斯公司合作,将后者的产品 Primo Central 应用于意大利在线出版(Editoria Italiana Online)的全文检索。

❋ 爱书者、旧书店、图书采访工作(2012 年 7 月 2 日) ❋

下午见了英国旧书店的老头①。我们认识 10 多年了,看到我回到原来的部门他很高兴,我们主要是谈业务,彼此都很熟悉,讲得清楚。

书店是夕阳产业,旧书店更是夕阳中最美的瞬间,转瞬即逝的美景,可遇而不可求。做旧书的人也都是夕阳的余晖,走了不会再来,年轻人也很少会继承父业从事这个行业。

买旧书和买新书不太一样,能提供目录的就不多,能热心为你服务的就更少了。当然要让别人有利可图,不然别人凭什么白给你做目录啊?

老头很健谈,说他祖母是伦敦最长寿的人,活到 106 岁。

这个老头倒很有意思,什么都保存着,我五年前的名片他还带着,还拿出来和我的新名片比较。谈到具体问题,他竟然还翻出四年前到我部门谈话的记录,那时候我不在这个部门,所以我现在无法回答他的问题。好在问题都解决

---

① 即 Noel M. Bolingbroke-Kent。

了，我们需要什么他也明白了。老头大概有 70 岁，精力充沛，很健谈，全然不顾我的忙碌！

记得老头在四年前送我一本书《绝版和赢利：20 世纪英国善本和二手书业史》（Out of print & into profit：a history of the rare and secondhand book trade in Britain in the twentieth century），介绍了旧书业如何获取旧书、如何销售旧书、如何创造时尚和改变品位，并介绍了历史上的一些有特点的人物。该书受英国古旧书店协会委托编辑出版，以纪念其成立 100 周年。在这百年间，英国古旧书店达到了辉煌，但也似乎出现了衰落的迹象。当然，这本书里也提到了他所经营的书店（Simon Finch Norfolk Ltd）。

其实做采访工作的图书馆员首先要喜欢读书，要爱书，博览群书。做理论研究的人，往往会按自己的学术观点来决定取舍，而未必能达到好的效果。我们要做的就是要抓住夕阳的瞬间，把印刷版的图书采访齐全。

❋ 周维的二胡沙龙（2008 年 12 月 27 日） ❋

今天下午，我们参加了著名二胡演奏家周维的"古典也时尚——二胡之古今中外"的交流活动。该活动由文化部青年联合会举办，大概有 30 个青联委员参加了活动。

周维认为，目前的民乐舞台被美女霸占了，她们穿着越来越少，像他那样的男性要生存下去，就必须从里到外都是时尚的，"情感的时尚比音乐的时尚更难"。营造环境让大家自觉自愿地接受，就需要创新。正如文化部老部长孙家正所说的那样："传统是祖辈不断创新的积累。"

周维在传统的曲目《二泉映月》中引入了现代的音乐手法，表现了对命运的抗争。《二泉映月》是中国版的短小的、单乐章的《命运交响曲》，目前在世界交响乐中演奏次数排名第六，可见其受欢迎程度是多么的高。关于曲目的由来，他解释说，这部作品是盲人站立行进演奏的产物，不是作曲家凭空想出来的；他现身说法表演了自己的解释，赢得了大家的掌声。

在活动中，周维介绍了他的一些经典曲子，例如《葡萄熟了》是他的毕业作品，也是他的成名作，当时是二胡考级 10 级曲目，现在是 8 级曲目，我们中许多人都收藏了他的 CD。又如《锦绣江山》，是从 640 首朝鲜音乐作品中提炼出来的，曾让朝鲜领导人听得热泪盈眶，胡主席称赞他"艺术家的工作卓有成效"。《印巴随想曲》采用了印度的一些作曲手法，不用十二平均律，而用二十四微分音,现在已经是二胡考级 10 级的曲目了。

活动中有演奏,有解说,有感想,也有笑话,气氛十分轻松,有一些委员提出了自己的问题,周老师都作了解答。文化部团委书记诸葛燕喃主持了活动,文化部机关党委常务副书记王吉和副书记安令裕也参加了活动。我还看到了几个名歌手,还有 CCTV 的两个名嘴。

周维的讲解让大家享受了一次奢侈的文化大餐。中国图书馆学会的汤更生代表大家向周老师赠送了纪念品。我本来也要给周老师送一个礼物的,那是国家图书馆 99 周年馆庆时候印制的宣传册,其中"艺术家论坛"的栏目用的就是周老师讲座的照片。我向周老师要了地址,日后把宣传册寄过去。霍 MM①代我表达了一份心意。

❋ 抓住青春的尾巴/与省市图书馆馆长交流/老翻译家来电 (2010 年 1 月 22 日) ❋

今天上午座谈会基本结束,下午抽空去参加了文化部青年联合会的常委会。

虽然工作很忙,但我还是尽量参加这样的会议,主要是想抓住青春的尾巴。

今年是第二届文化部青年联合会的最后一年,也许我们的日子就剩一年了,大家都很留恋。如果明年改选,在座的常委没有几个能保留下来的。青联被称为"小政协",领导给大家搭建了一个平台,我们不充分利用就辜负了领导的期望,也辜负了文化部青联秘书处的辛苦工作。青联委员的称号不仅是荣誉,而且还是一份沉甸甸的责任。

我迟到了几分钟,会议已经开始,只有领导的座位空在那里,我硬着头皮坐了上去,左右都是著名女高音(三大女高音中的两位②),心里想如果我是帕瓦罗蒂就可以把她们都镇住了——可惜我永远不可能是。女歌唱家们怎么如此关心房价啊?她们的讨论最后被周老师③以一句"莫谈房事"岔开了。

在大家讨论下周活动的时候,竟然有人提出要我与幺红搭档主持,我觉得是玩笑开大了。有一些人不了解我,但是领导是知道我的。

过去我曾经在文化部青联的聚会上唱歌,我朴实的歌喉在专业演员面前献

---

① 即霍瑞娟女士。
② 即幺红女士和马梅女士。
③ 即周维先生。

丑了。不过我们界别组没有人自告奋勇,所以我只好又唱了一次。在大家面前亮相了几次,也交了一些演员朋友。不过,当主持是绝对不行的,当主持需要有特殊的语言表达能力和特殊的幽默感。

文化部有关领导变动,今天正式认识了新的主管领导。作家王勇也参加了会议,他竟然到文化部机关工作了!有一次王勇生病,我还去医院看了他——好久不见。景师长从新疆回来,大家都很高兴。周维老师还是那么忙于演出,我很想看到他有新专辑问世。

今天是腊八节,领导留我们吃饭,大家觉得还是回家吃饭更好,下次再聚会了。

这两天的座谈会期间,与省市馆长进行了交流,颇有收获:
- 与黑龙江省图书馆领导讨论了《图书馆建设》的编辑工作;
- 与吉林省图书馆领导交流了联合编目工作;
- 与辽宁省图书馆领导交流了联合编目工作;
- 与湖北省图书馆领导交流了对系统的看法;
- 与武汉市图书馆领导交流了采购招标和编目速度的问题;
- 与安徽省图书馆领导交流了联合编目工作,也交流了徽菜的特点——"轻度腐败,严重好色";
- 与广东省图书馆领导李昭淳交流采编工作,并了解到他的笔名"李昭醇",马上修改了名称规范记录;
- 向宁夏图书馆领导介绍了我们的联合编目工作;
- 与南京图书馆领导商谈了业务细节;
- 与大连图书馆领导叙旧,钦佩该馆的人文环境;
- 与湖南省图书馆领导远距离握手,但是没有机会细谈;
- 向桂林图书馆的领导介绍了我们的外包服务;
- 天津图书馆领导的建议对我们的工作很有启发;
- ……

座谈会的效果很好,讨论的问题不仅仅是国家图书馆的事业,而还包括全国公共图书馆事业的发展问题。

晚上到家,先到办公室处理信件,审核了工资单。刚吃完饭,就接到了老翻译家姚以恩的电话。80多岁的人了,还是关心他的事业,唠叨了很久,一定要我到上海的时候去看他。他说他认识上海图书馆的周德明副馆长和黄显功主任——两位我很熟悉的同行。

❋ 一天两进文化部：部青联二届五次全委会
（2010 年 1 月 30 日）❋

昨天上午去文化部，参加党的工作会议。蔡、李两位部长①言简意赅，在短短的一个多小时内把该讲的都讲清楚了。参加会议的人很多，会议室爆满，我们参会的人也有很多收获。

中午返回图书馆继续处理手头的工作。将近年终，主要是安全保卫工作和慰问老干部工作，还有临时的一些业务，总觉得时间不够用。

下午又去文化部，参加文化部青联二届五次全委会。

会议主要包括工作报告、委员论坛、才艺比赛、联谊联欢。

工作报告和委员论坛一直持续到 7 点，我们已经饥肠辘辘了。

晚上一面吃饭，一面联欢，各个界别组出一个节目，还有大家参与的游戏节目。

这大概是我参加青联的最后一次全会，明年就该卸任，昨天晚餐几乎就是告别宴了。

在会议之余，最大的收获就是见老朋友。

黄胜友照例拿着相机拍照，美女作家刘世锋送给我一本新作《洛利香水》，美女舞蹈家王文莉与画家金世焯一起表演了绝配的节目，张雅芳书记和张申康书记第一次在大家面前亮相，我第一次见到了通过几次电话的校友——中央国家机关团工委副书记张璐先生。

当然，论坛中景小勇、黄乔生、朱虹子等朋友的演讲，也让我们大开眼界。我们很熟悉景书记，但是昨天报告的题目还是很新颖。黄老师的讲演比过去丰富多了，看得出他这几年内有不少新的积累。朱老师是大才子，涉及的领域很多，我们基本听不懂，不过许多人名和术语都是很熟悉的。从普通记者到总编，他走过一条不同寻常的道路。

❋ 观看京剧《曙色紫禁城》（2010 年 4 月 29 日）❋

今天晚上青联的朋友请我去梅兰芳大剧院看京剧《曙色紫禁城》，我觉得很

---

① 即蔡武部长和李洪峰副部长。

不错。

这个剧本里描写的慈禧太后有血有肉，有恨有爱，有母子感情，甚至也有儿女情长。

主演的两位旦角是青联委员袁慧琴和王润菁。我不太熟悉袁慧琴，大概是新委员，她扮演慈禧太后；王润菁扮演皇后，我曾经见过她多次，有一次聚会她坐我旁边，聊了几句话。王润菁曾经多次在青联的聚会上演唱革命样板戏，给我留下了很深的印象。

其实我很小就开始接触京剧，小学开始就在中国福利会上海市少年宫里打鼓，一直到初中。当时能背出《智取威虎山》的所有台词，为《杜鹃山》等演出伴奏。记得少年宫里唱男一号的是童祥苓的儿子，唱的也是老爸的拿手好戏——《智取威虎山》。今天乐池里传出的阵阵鼓声和小号声听起来都是那么的亲切。

改革开放以后，我的"艺术梦"也就结束了，我转而走上了科学的道路。

后来，几乎很少听京剧。即使想听，也没有时间。不过，周围的京剧演员朋友倒不少。

期待等我老了以后，有时间能多去听听京剧啊！工作太多，有时候甚至不知道什么叫消遣了！

我经常经过梅兰芳大剧院，今天第一次进去，感觉很漂亮的。

观众里有不少熟悉的面孔，有老领导王晓翔同志等，还遇到了舞蹈专家欧建平老师。

❋ 介绍两个博客——宋英杰和简平（2010 年 9 月 5 日）❋

上周，偶然看到气象先生宋英杰的微博和博客，觉得很亲切，互相加了关注。

宋英杰是中央电视台天气预报最早开始创办时就在该栏目，并坚持到现在的仅有的一个主持人，也是气象局里仅有的气象专业出身的主持人，目前还兼职业务管理，很不容易。

大概是在十多年前，我们还都比较年轻，一起在白云观参加袁志鸿道长召集的活动。

照片上的大多数朋友到现在还有联系，例如王晓翔同志、出版署的吴尚之司长、工委的王平、中铝的敖弘和赵钊、计生委的陈立和于学军、出版人林阳和张本才、宗教人士长顺和袁志鸿、科学界的李艳华、企业界的张译、民间艺人张伟明等。

去年在健身的时候还遇到宋英杰夫妇,他们都记得当年的活动。我不敢认他身边的女士,他说还是那个,没有换。这话很风趣,有点意思。

同样是在上周,上海交通大学附中的胡建平(简平)给我短信,谈到母校,谈到各自的作品。以文会友,是一种很好的方式。我们之间的短信交流一直持续到 11 点以后,他说读过我的译著,还准备订购其他译著来读。

他是专业作家,写了不少东西,大家有兴趣可以上他的网站看看。

国家图书馆藏有他的大多数作品,但是有一本关于赵薇的评传《赵薇对我说/我说赵薇》还没有入藏,他说马上寄来。

✳ 告别文化部青年联合会(2011 年 1 月 6 日) ✳

昨天是文化部青年联合会的新春联谊会,100 多位朋友出席了活动,李洪峰副部长也出席了会议。

这次活动,大概可以说是我在文化部青联里的最后一次活动了。不久要换届,我肯定不能继续当了。

从十年前成立开始我就是委员,一下子当了两届,很喜欢这个集体。最大的收获就是友谊。

参加青联的人不少,但是也许还有人不能充分享受这个集体。

主持人周维先生点了几个即将卸任委员的名字,其中就有我。我们喝酒的时候周维说,以后虽然不当委员,我们还要继续见面,继续聚会,继续喝酒。

周维新组建的东方民乐团的元旦晚会活动圆满成功,参见他的博文。他送了视频光盘给我们每一个人回家慢慢欣赏。

人总是要老的,我们也不可能一直赖在青联里面不走。

祝青联永葆青春,祝友谊长存。

✳ 错过的"鸟屎运"(2012 年 12 月 10 日) ✳

青联朋友聚会,又说起若干年前提到过的"鸟屎运"。

话说某歌手,90 年代刚到北京的时候,正春风得意。

一天在公共汽车站等车,头上飘过一个东西,以为是树叶,也没有在意。

失 乐 园
SHI LE YUAN

352 劲松—旧宫
JINSONG JIUGONG
北京失乐园
首车5:10 末车23:00

第一受作1元

684 惠新东桥南—地铁宋家庄站
HUIXINDONGQIAONAN DITIESONGJIAZHUANGZHAN
北京失乐园
首车5:30 末车22:00

12公里以内要的1元 每增加5公里以内加收0.5元

750 东坝建材城—南小街西里
DONGBAJIANCAICHENG NANXIAOJIEXILI
北京失乐园
首车5:30 末车22:00

书山蠹语

上车以后，旁边一个出众的美女，不时回头看他。他以为是该美女喜欢他，得意忘形。

过一会儿，美女憋不住了，说你头上有鸟屎，自己不知道吗？

更令人感动的是，该美女还掏出纸巾，帮他擦去了头上的鸟屎。

帅哥当时没有反应过来，下车后见了老师，老师说这是缘分啊，不能错过啊！

第二天，帅哥去车站，等了几个小时，没有见到美女，遗憾终身。

这个故事我听了几次，很难忘。

帅哥的故事勾起了不少人的回忆，青春是多么的美好啊！

少男少女们，要抓住所有的机会，不要遗憾终生啊！

❊ 上海音乐学院(2008 年 10 月 28 日) ❊

汾阳路上海音乐学院离我家和医院都不远。以前回上海，都要去走一下，其门口有许多乐器店的门面，它们还卖 CD 和 DVD。最近几年回家的时候还是经常去走一下，但是总也找不到卖 CD 的地方。今天只是习惯性地又去了一下，看见门口的店铺都拆除了，建起了高楼。但是出乎意料的是，新式的大门口摆着一个摊位，就是卖 CD/DVD 的。我重点看了音乐剧，过去想买的都买到了，包括《西贡小姐》(Miss Saigon)、《Mamma mia!》等。我问是否还有《万世巨星》(Jesus Christ，SuperStar)，他说对面的店铺可能有——我真惊讶他的"职业道德"，竟然还会介绍我到其他店铺去。我到对面的店铺一看，店面确实很大。看店的是一位抱着小猫的妙龄女郎，她告诉我《万世巨星》正好断货。我只好作罢。但是知道了这个去处，以后可以再去了。我看过一半的《万世巨星》，另一半好像碟子有问题，放出来画面与音乐对不上。不过从后半段看，它用现代方式表现耶稣受难，够震撼的了！

去过无数次上海音乐学院，但是好像从来没有进过大门。上音的钱仁康教授和杨燕迪教授与我有很多交往，但是我确实没有去过他们上班的地方。小时候很向往那个地方，却只能下辈子再做上音的学生了。

❊ 再访上海音乐学院(2009 年 3 月 30 日) ❊

回上海一定要做的事情之一，就是要去上海音乐学院。

前天午饭以后,步行10分钟到汾阳路,看到音乐学院门口又恢复了几年前的热闹,过去的两家乐器店在院墙改造后建成的新楼半地下重新开张,门口有三个CD摊,门南侧的书店里也有卖图书和CD(但是没有看到我的书,大概又卖完了,要考虑重印了)。门对面的CD/DVD商店生意依然十分兴隆,还是那个抱着小猫咪的丫头在看摊,门外还是那个不分春夏秋冬都坐在那里的卖廉价CD的长发男子。我还是问了《万世巨星》(Jesus Christ, SuperStar),又被告知刚卖完——我总是赶不上趟。不过,我在学校门口买到了两张CD,暂时解渴。我在几年前买了一张DVD,看了感觉不错,就是前半的音频与视频错位,到后半才能互相对应。

门口有一个俊男和两个靓女在砍价买DVD,实在是看不得——想买,又不舍得花钱,连DVD/CD按张买的规矩也不懂,非要按种(包)来买,弄得老板直摇头,我要买东西也等了很长的时间。两个靓女打扮讲究,带有苏北口音,看上去有点造作,大概是新入行搞文艺的,几元钱的东西也要讲价钱,还说是有人介绍来的。

❊ 从钱仁平先生的博客想起多文种翻译的问题 (2009年4月3日)❊

前几天钱仁平先生在其博客里谈到了音乐作品名称的翻译问题,引起了众多的评论,我禁不住要插几句话。当年,我在翻译《简明牛津音乐史》(The Concise Oxford History of Music)的时候,就感到音乐史的教材或者译著里很少有把各种语言的译名真正搞清楚的。本人学过若干种语言,也爱好音乐,所以当时觉得一定要在这个问题上下工夫,让读者了解这些音乐作品之间的关系。例如,大多数译者把莫扎特的《唐璜》(Don Giovanni)翻译成《唐·乔瓦尼》。从音译的角度来看,当然没有错,但是读者却无法了解唐·乔瓦尼究竟是何许人也。事实上,在西方各国的语言中,同一个名字在各个国家的拼写和发音是不一样的,如下的名称是等同的:

- Juan(西班牙语)
- John(英语)
- Jean(法语)
- Johann(德语)
- Johan(挪威语)
- Giovanni(意大利语)
- ……

所以，唐·乔瓦尼（Don Giovanni）实际上就是唐璜（Don Juan），译成后者，读者（听众）就更容易理解剧情了。同时，大家大概可以理解为什么英语把 John 翻译成"约翰"了，这个读音应该是从德语形式 Johann 来的。类似地，意大利语中的《圣经》人物 Giuseppe 不是朱塞佩，而是约瑟；Isacco 不是伊萨科，而是以撒；意大利语中的 Ercole 是神话人物海格立斯，Il Giasone 是荷马史诗中的伊阿宋……

从这个例子也可以看出，学习第二外语或者更多的外语，对于做好翻译工作来说是必不可少的。如果不了解一个词的来源，即使从字面上看是翻译出来了，但是读者还是不理解其内在的含义，这样的翻译自然不是高水平的翻译。

❋ 节日的最后心得：文学写作、音乐、军事和其他 （2009 年 10 月 9 日）❋

昨天是节日最后一天，图书馆停电，家里什么事情都做不了，只有出去了。

听说胡总书记坐地铁四线去颐和园了，领导体察民情，大家都很高兴。我正好前两天也走了同样的路线，有踩点的嫌疑。

两顿正餐，都是与文学写作相关。一次的话题主要是东北民俗，几个哥儿们一起闲聊，加深了友谊，也启发了出版思路。另一次话题是女作家刘世锋（和风、荷风）的新作《洛丽香水》等，兼谈了文学界的一些逸事。有歌唱家和画家的加盟，聚会变得更丰富了。

写作是一件很辛苦的事情，用心写作的人尤其如此。刘作家很与众不同，其照片的各个不同的侧面显示出不同的个性，很有特点的。不过最有意思的还是十年前她在报纸上穿军装的特写。当时刘作家在解放军艺术学院的宿舍住，现在这里是刘家香的包间了。饭馆味道不错，不过里面"养"的"小宠物"（"直升飞机"和"战斗机"①）确实给大家带来了不少烦恼。

得知文化发展论坛是个好去处，向大家推荐一下。

我在大学期间，虽然读的是数学，但是对文学爱好很深，读了大量的小说，特别是西方文学。所以，我平时喜欢写作，是与这个爱好密切相关的。我曾经梦想写小说，大概这辈子没有机会了——需要时间啊！

一直想看韦伯的音乐剧《万世巨星》（Jesus Christ Superstar），过去买的碟子

---

① 即蚊子和苍蝇。

前半部分视频和音频错位,等了几年,上个月在上海音乐学院对面买到了。这几天欣赏了过去缺失的部分,完整地了解了这部作品。

西方与《圣经》相关的作品还真不少,其中最出名的就是歌曲《巴比伦河》(By the River of Babylon),其歌词完全取自《圣经·诗篇》第137首:"我们曾在巴比伦的河边坐下,一追想锡安就哭了……"我现在还很喜欢唱这首歌曲,就是有个别音太高,唱得有点费劲。

电影《基督受难记》(The Passion of the Christ)里的描写是写实性的,很令人震撼。但是《万世巨星》却用摇滚音乐剧的形式,表现了同样的内容。尽管采用了现代的服装、道具、作曲方式、表现手法,但是我们还是能完整地理解基督受难的整个过程。该剧不乏思想内容,折射出人性中的许多方面。

分段读完了钱仁平先生所赐的大作《谭盾有什么好?:钱仁平海上听乐记》,更深入地了解了中国音乐人的精神世界。

中午与几位领导一起吃节后上班的第一顿饭。男生们在一起最有意思的话题就是军事了,从小到老都是这样。国庆阅兵作为引子,谈起了中国的军事实力,谈起飞机、导弹、潜艇、航母、卫星、坦克……扯到天边去了。幸好有几个行伍出身的,为我们的话题增加了许多权威的解释。

❋ 又一部《圣经》题材的音乐剧:《约瑟和他的神奇彩衣》 (2009年10月16日) ❋

最近看了新买的韦伯(Andrew Lloyd Webber)写的音乐剧《约瑟和他的神奇彩衣》(Joseph and the Amazing Technicolor Dreamcoat)的光盘,这也是一部《圣经》题材的作品。

这部舞台作品的布景和服装色彩十分鲜艳,对比强烈,灯光技术运用较多,用现代的方式讲述一个古老的故事,有卡通的成分,有许多儿童作为观众,也有儿童参与演出,但该剧似乎不仅仅以儿童作为受众。整部作品节奏明快,只有很少的几个抒情的片段,缺少像《猫》中"回忆"那样的经典曲子。

作品题材取自《圣经·旧约·创世纪》中有关约瑟及其父亲雅各的段落(见第37章以后),又是一部《圣经》作品!看来韦伯从《圣经》中汲取了不少营养啊!

作品译名大多数为《约瑟夫和他的神奇彩衣》,按《圣经》人名的习惯译法应该翻译成《约瑟和他的神奇彩衣》,这是音乐作品翻译中经常出现的一个问题。

今天同事谈起有人在火车上读英文《圣经》遭到旁人的非议。我认为,没有读过《圣经》的人很难理解西方文化,甚至也很难做好翻译工作。

✳ 关于作曲家谭小麟的一则往事（2009 年 11 月 5 日） ✳

今天晚上与张志清副馆长一起吃饭,谈起谭小麟的手稿。志清馆长说,大翻译家傅雷的儿子傅敏来图书馆看到谭小麟的手稿,倍加赞赏。

傅雷生前推崇的艺术家不多,一个是画家刘海粟,另一个就是作曲家谭小麟;后来,刘海粟的风格改变,傅雷不再喜欢他的风格,转而推崇黄宾虹,甚至自己出钱给黄办展览,原来不知名的黄宾虹也出了名。

傅敏知道谭小麟的手稿在国家图书馆,而且是傅雷生前亲自赠送给国家图书馆的,更觉得这些手稿珍贵。

上海音乐学院图书馆馆长钱仁平教授在其攻读博士学位期间专门研究谭小麟的作品,对谭小麟先生推崇备至。他说,到北京无论如何要看一下谭小麟的手稿,不然对不起前辈。

可惜的是一场大雪使得已经安排好的计划成为泡影。

✳ 阿根廷,不要为我哭泣！（2010 年 3 月 6 日） ✳

这几个星期有一首歌总是在我耳边回响,闭上眼睛脑海里就出现了女歌手的形象和南美洲的舞蹈。

早就听过"阿根廷,不要为我哭泣！"（Don't cry for me Argentina）,但一直不是很注意这首歌。第一次正式听"阿根廷,不要为我哭泣！",是看韦伯生日音乐会的 DVD（Royal Albert Hall Celebration ∕ Andrew Lloyd Webber）。前面伦巴节奏的"好一个马戏团"（Oh What a Circus）中,西班牙演员安东尼奥·班德拉斯（Antonio Banderas）的歌喉粗犷、奔放。然后是忆莲·佩姬（Elaine Paige）演唱的"阿根廷,不要为我哭泣！",细腻而抒情。忆莲·佩姬曾因演唱音乐剧《猫》（Cats）里面的"回忆"（Memory）而出名。

在德国期间,看见音像店里有卖电影《贝隆夫人》（Evita）的 CD,是电影原声带,麦当娜（Madonna）和班德拉斯主唱,我花了五个欧洲大洋买了碟子,听了对这部电影的音乐有了一个完整的了解。

有意思的是，"好一个马戏团"和"阿根廷，不要为我哭泣！"基于同一个旋律，但是不同的节奏，却产生出完全不同的效果。

我实在抑制不住要看电影的欲望。本来想通过亚马逊购买，无奈他们不往中国送货。通过豆瓣网联系了几个想转让的人，都没有成功。其实，去年我在上海音乐学院对面的小铺里，看到过这张 DVD，女主人还向我推荐了它，我没有注意。

前些天终于有机会得到一张碟子，看了感觉很不一样，对 CD 里的音乐有了更全面的了解。

电影以音乐为线条，讲述了贝隆夫人从一个平民成为名人的经历，其中也表现了南美洲的风土人情——浪漫的生活方式和动荡的政治局势。贝隆夫人的传奇经历，是文艺作品的好素材。她是农场主的私生女，在年轻时候为生活而打拼，当过陪舞女郎，表现出放荡不羁的性格；成为总统夫人以后，虽然国外有人骂她是"婊子"，还冲她扔鸡蛋，但是她的魅力始终不减，受到了国人的喜爱，甚至还要竞选副总统。参加影片拍摄的许多群众演员，表现出了对她的真挚感情，热烈的场面似乎是真实场景的再现。她的生命太短暂，给人们留下了无尽的回忆。有多少人能在 30 多岁就达到如此辉煌的地步呢？

班德拉斯虽然是作为解说出现，但在影片中扮演了不同的角色，作为主线贯穿全剧，我很喜欢他那种粗犷的嗓音。在韦伯生日音乐会上，他演唱的《歌剧魅影》也很有特色。

第一次听麦当娜的音乐，觉得她很有表现力，没有我原来想象中的那么狂野。

麦当娜的形象也与贝隆夫人很相似，这大概也是选她当女主角的原因之一吧。

我最喜欢电影中如下唱段：

Oh What A Circus / by Antonio Banderas

Don't Cry For Me Argentina / by Madonna

High Flying, Adored / by Antonio Banderas

同事去过阿根廷，说南美国家很有特点，特别是那里的舞蹈和音乐。我看了《贝隆夫人》，很向往去南美。

记得 1999 年去美国的时候，美国新闻署（USIA）安排我们在百老汇看了一部音乐剧《不得了》（Big Deal），我只记得其中一首歌的名字是"生活只是一碗樱桃"（Life is just a bowl of cherries），据说这是美国某个时期很有名的一首歌曲。

我很喜欢音乐剧,这几年看了不少,最喜欢的有如下几部:

- 贝隆夫人(Evita)
- 悲惨世界(Les Misérables)
- 歌剧魅影(The Phantom of the Opera)
- 妈妈咪呀(Mamma Mia!)
- 猫(Cats)
- 万世巨星(Jesus Christ Superstar)
- 西区故事(West Side Story)
- 音乐之声(The Sound of Music)
- 约瑟和他的神奇彩衣(Joseph and the Amazing Technicolor Dreamcoat)

我不禁会想,什么时候中国能有自己脍炙人口的音乐剧呢?什么时候国际上能再出现一部与歌剧《图兰朵》类似的中国题材著名音乐剧呢?我在期待中。

✲ 欣赏谭盾的《地图》(2010 年 7 月 25 日)✲

在外旅行,在车上就抽空看转成 MP4 格式的谭盾的多媒体作品《地图》(The Map)。

看了几遍,越来越觉得有味道。

这部演出于 2003 年的本子基于 1999 年谭盾去湘西采风的收获,是中国音乐走出国门的一步。

在谭盾看来,对于音乐来说没有什么是不可能的:乐器可以是石头、水、树叶等;歌唱的方式也有各种可能——老年村妇的哭唱、舌头摆动造成的"舌歌"效果;传统乐器的演奏更有"创新"的方式——只用管乐器号嘴发声、用手敲打号嘴产生独特的小号声音、用钹的侧面敲击……

我很喜欢"吹木叶""飞歌"和"舌歌"。

听说过凤凰古城,没有去过。看了这部作品,我很向往那个地方。

所谓多媒体音乐,就是用大屏幕投影显示事先录制好的视频,用交响乐配乐。根据我的理解,因为节奏和音高等问题,诸如"哭唱"之类的民间演唱不可能放到舞台上与乐队一起合作,所以必须事先录制,然后乐队配伴奏,产生特殊的效果。

音乐起源于民间,经过艺术加工和提炼,应该回到民间。从《地图》的创作和演出,我看到了整个的过程。

读书、出版、青联和音乐·音乐

✳ 再读钱仁平《谭盾有什么好?》(2010 年 7 月 28 日) ✳

前几天发了博文"欣赏谭盾的《地图》",得到了钱仁平教授的"共鸣和对位"。于是,我重新阅读了他去年送给我的专著《谭盾有什么好?:钱仁平海上听乐记》,其中有一篇文章就是"谭盾有什么好? ——《谭盾多媒体交响音乐会》听后记"。

当时读过这篇文章,后来就不记得了。亲自听了《地图》,没有想到再重温一下钱教授的文章,就写了自己的感想。经过提醒,再次阅读这篇文章,体会到钱先生所说的"连接部",那是从专业角度进行的评论,见解很独到。

我是音乐的发烧友。而钱教授则说他是图书馆的票友。

音乐和图书馆,这就是我们两个人的共同之处。

前几天,钱教授的博文"音乐图书馆:及其博物馆、信息馆、咖啡馆式变奏"在《图书馆报》上发表,我很高兴看到音乐界的教授能对图书馆工作如此投入。

钱教授对我的博文进行了评论,不过因为他的评论中有网络地址,我阅读完没有过多久,就被管理员删除了。根据我的经验,新浪不允许博客评论中有网络地址出现,我一直不明白其中的奥秘。不管他了,我不会随便删除博客评论,钱教授应该理解。

最近欣赏了不少谭盾的作品,还有《秦始皇》、《水乐》、《马可·波罗》等。但是,我真正喜欢的作品,也只有《地图》了。

✳ 欣赏《西贡小姐》:"太阳和月亮"(2010 年 10 月 3 日) ✳

朋友终于为我搞到一张我期待已久的加州福勒顿公民轻歌剧院(Fullerton Civic Light Opera)2005 年 9 月 16 日的舞台版碟子。

没有时间,只好分 N 段欣赏。

总体感觉不如之前看过的伦敦 1989 年的片花版好(参见相关报道)。

记得片花版里的女一号是菲律宾歌手 Lea Salonga,听了觉得很不错。记得她在音乐会版的《悲惨世界》里扮演爱潘妮,其中的内心独白"我一厢情愿"(On my own)演唱得十分完美,我甚至觉得比芳汀和珂赛特的角色演得还好,有点抢戏。其亚洲人的脸型和独特的个性,给我留下很深刻的印象。

在这个福勒顿歌剧院的版本里,男一号有点奶气,作为美军大兵不太合适;女一号的形象略欠,身材矮小,而且不成比例。不过,这样的剧本要挑选合适的演员也不很容易。要找欧美演员还比较容易,要找符合亚洲口味的女一号,还有许多亚洲面孔的配角,却不是容易的事情。

全剧的精华是第一幕的二重唱"太阳和月亮"(Sun and moon),第二幕里好听的歌更多一些,音乐剧的味道也更浓一些。

从剧情来看,《西贡小姐》基本上是普契尼歌剧《图兰朵》的翻版,只是把背景从日本移到了越南,最后也是以女主人公自杀作为结局。我不理解的是,美国大兵怎么会与越南风尘女子堕入爱河呢? 而且结婚多年以后,怎么还会回去寻找那段恋爱呢? 女主角虽然很纯洁,但是她怎么会去青楼寻找爱情呢? 这些都是冲突的元素,大概也是戏剧的灵魂。

这个版本是目前能得到的仅有的剧情完整的版本了。如果有时间,我还是愿意再看几遍这张碟子的。

我想继续寻找 Lea Salonga 主演的完整版,就是上面插图(插图略)的那一个版本,当时 Lea 只有 19 岁。

✳《歌剧魅影》25 周年纪念演出中的女主角 Sierra Boggess (2012 年 2 月 11 日) ✳

看了《歌剧魅影》(The Phantom of the Opera)25 周年纪念演出,一下子喜欢上了这部作品。我把它放在 iPhone 里,反复观看。

最早演 Christine 的是莎拉·布莱曼（Sarah Brightman），我看过视频片段，听过全剧录音，没有看过全剧视频。

后来看的是 2004 年的电影版，Emmy Rossum 扮演 Chrisine。

但是 2011 年歌剧魅影 25 周年纪念演出中扮演 Christine 的 Sierra Boggess，则是全方位地重新诠释了这个人物，注意细节，感情投入，有血有肉，表演十分到位。

希埃拉·波格斯（Sierra Boggess）1982 年出生于美国，也是《歌剧魅影》续集《真爱不死》（Love never dies）的女主角扮演者。

《歌剧魅影》25 周年纪念演出，对剧本的一些细节作了处理。

例如，全剧开始的时候，Christine 试唱"Think of me"（想念我），不是一蹴而就的，而是经过几次失败才获得成功。在接近结束时的"The Point of No Return"（踏上不归路）中，Sierra Boggess 所扮演的 Christine 的表情极其丰富，有浪漫、活泼、迷茫、恐惧等各种表情，真实地展现了 Christine 的内心世界。

以上只是几个例子，大家还是看全剧才能进一步理解这部作品和 Sierra Boggess 的表演。我能说的只是：太棒了！

各 地 见 闻

- 世界各地
- 祖国各地
- 各地图书馆

❋ 奥斯陆散记（2005 年 8 月 19 日）❋

物价太高

挪威克郎与美元比为 6∶1，与人民币差不多。一般在中餐馆吃一碗面要110 克朗，吃汉堡包要 50 克朗左右，一天伙食费大概在 300 克朗左右。物价之高，连老美都咋舌。不过，居家过日子也许便宜一些。

小费

走之前看介绍，说挪威的许多服务行业收费包含小费，但是没有收小费的习惯。我每天在床头放一些"碎银子"，但是打扫房间的服务员从来不拿，我后来也不给了。不过，餐馆还是要收 10% 的小费。

在收小费的国家（例如美国），小费就是放在枕头上或者放在床头柜上的。服务员在整理房间的时候，就取走自己应得的小费。在这些国家里，服务员是没有工资的，就靠小费生活，我们不能不给。如果有人不给，服务员索性就不给打扫，或者不换用品。在澳大利亚，小费在各个城市是不一样的，堪培拉的出租车不收小费，悉尼收一些，布里斯班必须要收。所以，出门在外多问一下为好。

活动都不宣布结束

在开幕式的时候，主持人要求大家起立欢迎国王，但是我们一直也没有看见国王坐在哪里，是否已经坐下了。所以，大家一直站着。不知道什么时候，大家才陆续坐下了。其他还有很多活动，也是不宣布结束的。

老外精神好

老外精神很好，一气开几个会，中午也不休息，搞得我们平时吃稀饭长大的人一到中午就犯困，最后一天已经十分疲劳，脑子发木了。在国内，一气开五个小时的会也受不了，更何况是在国外听别人的英文呢？

饮食习惯

老外的早餐很丰富。如果多吃一些，下午 4 点还不太饿。所以我们可以理解老外为什么都不吃或很少吃中午饭了。

各地见闻·世界各地

亚洲人少

图联大会是欧美人的天下，大多数干部都是欧美人，亚洲人参会的很少，有发言权的更少。不过，日本人和韩国人对我们都很热情。在闭幕式上，我看到韩国组委会带来的韩国舞蹈，倍感亲切，有一点像遇到老乡一样的感觉。

北欧风情

挪威是剧作家易卜生的故乡，也是著名作曲家格里格的故乡。大会的文化活动大多数都与他们相关。大会的开幕式一开始，就是题为 Libraries in Norway（挪威图书馆）的录像片，配音就是根据格里格《培尔·金特》组曲第 2 号第一首"晨景"改编的管弦乐曲。开幕式各个部分之间有竖琴演奏间奏，还有专业的主持人朗诵易卜生《培尔·金特》的片段。

爱因斯坦的故事

在开幕式上，文化部长讲了爱因斯坦的故事：有一天，爱因斯坦给学生出题，学生道："老师，你在一年前已经出过这个题目了。"爱因斯坦说："是的，但是题目的答案变了。"这就是说，我们生活在一个不断变化的社会中，解决问题的办法也会经常改变。我们所要做的，就是要寻找新的方法。

✳ 首尔会议中心（2006 年 9 月 3 日） ✳

本届国际图联大会在韩国首都首尔的 COEX（会展中心）召开。这个地方好像没有韩文的名称，也没有英文的名称，说 COEX，大家都知道这个地方。第一天到 COEX，觉得这个地方实在是太大了。它不仅是一个会展中心，而且还是少儿娱乐中心和购物中心，也是交通枢纽。

由于这个建筑十分巨大，我们看不到在国内或在其他国家举办大型会议时的那种隆重气氛，会议完全被淹没在巨大的建筑中间。会场外面没有巨大的横幅，只有两组气球高高地飘在会议中心上空，撑起了一面会议的旗帜，比较引人注目。不过，在大会开幕式的大会场和展览的门口，有一些标志性的文字，让人们知道这里正在举行一个大型会议。

与上一次在奥斯陆的国际图联大会会场不同，这个巨大的会场为我们提供了一定的便利条件，参会人员不必在各个会场之间往返奔波。会议中心的各种大小不一的会议室,可以满足各种形式会议的需要。有一些会议室可以自由组合,非常方便。

但是,会场还是有不尽如人意的地方。会议室外面很少有可以休息的座位,大家在会议之间没有地方休息,许多人席地而坐。而且,不提供饮用水,代表们不得不买水喝。自动售货机提供的饮料罐头一般是 700 韩元(人民币 6 元左右)。由于会场很大,中间隔了一个展厅,会议室的编号令人困惑。有时候,从一个会议室走到另一个会议室,大概要走一站路。

地下一、二层,是购物中心,有无数个商店,是美女出没的地方。购物者主要是年轻的女性,物价当然不菲。本人没有时间去市区买便宜货,只好在地下的购物中心里随便买了一些东西。

�֍ 在韩国坐出租车(2006 年 10 月 17 日) �֍

我出了那么多次国,一般不敢轻易坐出租车,原因主要是价格太贵。仅有的几次是在澳大利亚,当时在那里住的时间长了,比较了解情况。

初到韩国,第一天晚上晚饭吃得很晚,回宾馆洗漱以后已经将近 12 点。第二天早晨要作大会发言,我顾不得多少钱了,在饭店门口让服务员叫了一辆出租车,让服务员告诉司机我要去的地方,就上去了。没有想到,出租车走得离目的地越来越远,我感觉不对,就示意司机走错了。韩国的出租车司机基本不懂英语,比划了半天,才明白我要去国家图书馆,马上掉头。一路上他不断与其公司总部通话,并与饭店通了一次话,我也不知道他们在讲些什么事情,估计与我有关。到国家图书馆时,计价器已经走了 17000 韩元。他用手比划 5000,我还以为只要交 5000 韩元就可以,后来他用笔写了 12000(我才明白他的意思是要减去 5000 韩元)。我想初来乍到,而且时间紧,就不多理论了,同意付 12000 韩元(大约人民币 110 元)。尽管价格不便宜,但是也不是司机的错,是饭店服务员搞错了,司机能主动承担责任,已经是不错的了。

后来,我才搞清楚,每天在饭店门口等活的都是起步价 4500 韩元的高价车,一般在路上拦到的都是 1900 韩元起步的车,坐到国家图书馆也就 3500 韩元左右。后来,在会展中心开会,路程稍微近一些,也就经常打车,3000 韩元左右。

坐了那么多次出租车,只有一次遇到一个老司机会讲英语。看来,在韩国办公事,最难的问题就是语言问题了。去西方国家,不管其语言是否英语,我一般看字母就能明白,在韩国就完全是一个文盲了!

韩国的出租车互相很礼让,但是有急事时,好像也不遵守交通规则,随便乱穿,也没有人管。

韩国的出租车好像也没有严格的人数限制。我们有两次都是 5 个人挤一辆车,司机竟然都同意。但是有一次与韩国人一起坐,也是 5 个人,韩国人说,在这种情况下,最好给司机小费。

在韩国开会十多天,最后几天已经极度疲劳,也就天天坐出租车了。

❊ 爱国主义热情空前高涨(2008 年 4 月 16 日) ❊

这几天国民的爱国主义热情空前高涨,不断有人发给我邮件、短信、MSN,要求抗议法国等国家的不当行为,抵制法国超市和商品。中国人团结起来,没有什么可害怕的,害怕的应该是他们——大多数西方国家现在对与中国的贸易的依赖程度很高,受损失的应该是他们,不是我们。我们买一架飞机,能养活他们多少人啊!

今天,我 MSN 的“联系人”清一色地都加上了“(L)China”,显示为“[红心]China”(……爱中国),大家表现出的爱国热情和团结精神,超过了过去所有时刻。西方人抵制奥运会,反而激发了我们的爱国热情,这肯定是他们没有预料到的。

那到底是一个什么样的国家啊?听说那个国家很牛,不把别人放在眼里。

但是,我从小一直是对那个国家怀有好感的——那里的语言是全世界最美妙的语言,我为此还学习了这种语言;《论语》的第一个西方语言版本,是法国人柏应理等翻译的拉丁语版本《中国哲学家孔子》;笛卡儿不仅发明了坐标系,还提出了“我思故我在”的思想;卢梭的《忏悔录》,展现了一个启蒙思想家的思想和生活;《歌剧魅影》的故事发生在巴黎,成为最受欢迎的现代歌剧;雨果的《悲惨世界》不仅细致入微地描写了巴黎独一无二的下水道,还歌颂了崇高的人道主义思想,可歌可泣;从勒费弗尔的《法国革命史》和雨果的《九三年》中,我了解了法国人民的革命精神;我知道,法国曾经是西方民主的摇篮。但是,你们怎么能没有辨别是非能力,如此粗暴地对待我们呢?难道你们还想再出一个巴特勒上尉,把除了圆明园以外的中国文明都焚烧殆尽吗?

前些天,我在 Facebook 中玩了一个小游戏“What City Should You Live In?”(你应该生活在哪个城市里?),填写了几个问题的答案,结果竟然是巴黎?我倒想去看一下:那是一个什么样的国度,什么样的城市,什么样的国民?

❋ 法国归来(2008 年 4 月 27 日) ❋

去巴黎开了几天会,今天早晨刚回家。

这次外出,几乎没有上网。住处不能上网,第一天会议休息的时候上了 10 分钟的网,查了邮件,这是唯一一次上网。这让我很不习惯,好像是走进了信息沙漠中。大街上有网吧可以上网,2 欧元一个小时,倒不很贵。但是出门在外,第一是开会,第二是多看看,上网就显没有那么重要了,回来再补吧。

从今天开始分批介绍会议情况和巴黎见闻。

❋ 国航:北京—巴黎(2008 年 4 月 27 日) ❋

我多次出国开会,很少坐中国航空公司的飞机。这次坐了国航的班机,感觉比较亲切,服务态度尚可,但是服务质量欠佳。

第一次从三号航站楼出发,心里没有把握,按外事的建议,就提前三个小时出发了。下雨,路上不好走,比预计晚到机场。新的航站楼很大很漂亮,基本与国际接轨。还有快速列车(Shuttle)连接登机口,与法兰克福国际机场和巴黎戴高乐机场差不多。办票顺利,没有排队;过关顺利,长长的队排了 10 分钟就过去了;安检比较啰唆,扫描的图像反复看很多遍(不只是对我一个人),还要我拿出我的名片盒来核实不是异物(大概他们也不知道是什么东西)。

进入候机大厅,已经过了中午,要解决肚子问题,就在一个韩国餐馆"花廊"(Hua-rang)吃了一碗冷面(55 元),味道还可以。这个餐馆有很多分号,包括首尔仁川机场中的一个。

飞机不很满,我一个人坐两个位子,可以放电脑,写东西。有旅客问空姐几个小时到,她很和气地说,要 10—12 个小时,平均 11 个小时——我很纳闷:为什么没有准点?如果别人要转机怎么办?后面几个团队的游客,换了座位坐在一起,大声说话,打了几个小时的牌,体现了某些国民的低素质。

临出发前一天打印了 100 多页的会议文件,飞机上花了 3—4 个小时看完了,基本了解了 ISSN 中心的财务状况、今后工作和存在的问题。新的标准于去年刚刚发布,我认为我们要组织宣传一下。新版手册马上要出版,我要了解新的情况。新的系统已经在其他国家应用,我国也要考虑使用。电子期刊的 ISSN 号分配问题需要我们去推动。明年的 ISSN 中心主任工作会议,基本上确定在中国国家图书馆新楼举行,我要开始筹备工作。

在飞机上的最后两个小时,主要就是用 iPod 听音乐和看影片。iPod 里存了100 多个电影,没有一个适合当前的心情,只有音乐剧《悲惨世界》(Les Misérables)再次吸引着我,感动着我。其情节、表情、音乐、内容,无一不能打动人心。最百听不厌的,还是最后的冉阿让(Jean Valjean)、芳汀(Fantine)、爱潘妮(Eponine)的三重唱:

"On this page, I write my last confession.

……

To love another person is to see the face of God. "

冉阿让把珂塞特抚养成人,把马吕斯从死神手中夺了回来,交给了珂塞特,然后悄然离去。他靠自己的人格力量,感动了顽固不化的沙威。这确实是一曲人道主义的赞歌!

晚上 7 点降落,7:30 出站。登机出口通道上有 4 个警察挨个检查护照,狭窄的通道排起了长队,我等了 15 分钟。我是先出来的,通过还快一些,出去就看见行李了。门口就遇到了过来接的朋友。

法国的形势大概很不好,不仅是"藏独"的问题,而且还有猖獗的反华势力。这几天一定要小心一些。收音机里广播的是巴黎市要授予达赖喇嘛荣誉市民称号,也说法国总统要向金晶书面道歉。

你说他们是什么民主啊?舆论一边倒,游行不让出来,限制在一个小范围内,而"藏独分子"却可以到处走,甚至打砸抢!

我住大使馆文化处,住处没有洗漱用品。幸好我箱子里经常"收藏"一些"破烂"东西,临时可以用上了。

❋ 行在巴黎(2008 年 4 月 27 日) ❋

第一天早晨 7 点就出发了。本想去其他地方转一圈再去法国国家图书馆(Bibliothèque nationale de France),没有想到一出门就晕了。没有找到地铁站,但是门口有一个城铁站,我不知道如何进去。没有售票员,有售票机,要投硬币。我手头没有硬币,就选择信用卡。指示上说可以用 Visa 或 Master 卡,但是我插进去都显示无效。也许,我的卡只能在商店买东西用,在当地的自动售票机上,还是需要当地的卡。我没有办法,就沿着自己认为是正确的方向,随便走了下去。走到了下一站,那个站台比较大,我觉得有希望,果然看见里面有售票员,就问了走法,并买了 10 张连票(carnet),共 11.1 欧元,平均每张 1.11 元,便宜了 0.39 欧元。花了一张票,就从西城走到了东城,城铁也是沿着塞纳河走的。

下午从国家图书馆出来,走了大多数景点,就用了 4 张票,4.44 欧元,觉得很划算。当然,许多景点是走路的。我不知道有些地铁和城铁之间是不能换乘的,回来的时候找不到路,在地铁里来回乘坐了很多次,最后还是出来了,浪费了一张票。走得脚都打泡了。现在正好是夏时制,晚上天黑很晚,正好给我提供了一个机会,走了不少地方。

巴黎市其实很小,大概与北京中心的四个区总和差不多。如果不乘地铁,自己走着也能游览大多数景点,只要有足够的精力就可以了。巴黎周围是许多卫星城,不属于巴黎市管辖。过去,曾经有人提出过大巴黎(Grand Paris)的概念。当时,周围的城镇共产党势力很大,他们怕巴黎市被共产党占领,就没有同意这一提议。在全球化日益发展的今天,有人再想重新提出这个方案,为时已晚。

❋ 米兰之行第一天:旅程(2009 年 8 月 22 日) ❋

今天早晨 7 点准时出发,10:30 飞机起飞,汉莎航空公司,10 个小时到达法兰克福机场,然后等待转机。

从北京到米兰的行程中代表团有 9 人,除了我以外还有 7 个 MM 和 1 个 DD①,大概 5 人是第一次出国,没有经验,所以我就将注意事项讲得详细一些。尽管操心多一些,但是大家都很高兴,没有出现纰漏。买东西应该在所有事情都完成后没有出现意外的情况下才能进行。看起来在北京机场买香烟和化妆品都很便宜,不过我从来没有买过。这次代当地华人买了 10 条香烟,觉得很便宜啊!20 年没有吸烟了,现在我对香烟的价格不太懂。

法兰克福机场出关比较严格,我的一个同事出关时被要求出示回程飞机票,我正好带着,就解决问题了。但是旁边柜台的警察拦住了一个中国小伙子,问我是否会英语,请我暂时充当翻译。那个小伙子没有邀请信,没有足够的现金,只有信用卡,不能保证其在里斯本的半个月生活,所以警察不让他出来。听说中国科学院的张晓林馆长的签证有一些小问题,也没有顺利在法兰克福转机。在进登机口安检的时候,我们展览用的投影仪引起了警察的注意,我们享

---

① 7 个妹妹和 1 个弟弟。

受特殊待遇,到一个小房间里接受进一步的检查,总算无大碍。

这次旅行过程中,无论是在北京机场还是在法兰克福机场,我都顺利通过安检,没有前天在上海机场遇到的麻烦,看来不是我有问题,是上海机场有问题了。

算起来我从法兰克福转机的次数大概有 10 次了,但是每一次的经历都不太一样。

在飞机场可以允许大家自由活动时间,但是要注意不能找不到人,不要出现因临时换登机口而来不及登机的问题。

在机场遇到了中科院的几个专家,赶紧合影留念,以免错过机会。初景利老师与我在国内难得见面,经常在国外飞机场见面。

15 个小时的旅途顺利完成,晚上在餐馆随便吃了一些比萨饼,餐馆不收小费,但是收座位费,每人 1—2 欧元,其实等于是小费了。

❋ 行在意大利(2009 年 8 月 26 日) ❋

刚到意大利的时候,就问了别人如何坐公交。米兰的有轨公交很发达,许多地方都通有轨电车。车票是通用的,地铁、电车等的票都一样,1 欧元可以坐75 分钟,不管换多少次车。但是最大的问题,就是买车票。这里的电车司机只管开车,不管卖票和检票。车站上也没有卖票的地方。一般来说,可以在报亭和烟杂店等地方买到车票。我们到的时候是星期六,商店都关门,走了很多地方,都买不到票。星期一,我们旅馆旁边的报亭开门了,但是一次性的票售完,只有 10 张的联票,没有 1 元一张的票。我们不用坐那么多次车,10 张的票太多了。在前几天里,买车票成了我们的一件心事。后来,同传 MM 们告诉我们,她们的旅馆前台可以买到车票,那天我们聚餐以后,去她们旅馆,完成了任务。

坐出租车也是一个问题。从会议中心坐出租车去大教堂,也就 15 元左右。但是米兰不允许在马路上拦出租车,需要车的人可以打电话约车,车过来的费用也要你支付。如果你一定要坐出租车,在市中心有排队的出租车站,或者就到一个旅馆里让服务人员帮忙约车,很不方便。不过我们在会议中心开会,司机们大概知道这里有生意,每天看到有一些出租车在门口趴活儿。有几次我们着急,就坐出租车出去了。花了 12 元,给他 15 元,也不找钱。不知道当地是什么规矩,也许是欺负外地人,也许是算做小费了。着急赶路,也不管那么多事情了。

❀ 在意大利上厕所：这就是意大利！
（2009 年 9 月 12 日）❀

在外旅行，上厕所是很重要的一件事情。有经验的人看见厕所一般都是要去的，以免真内急的时候找不到厕所。

刚到意大利以后，进旅馆入住，上了厕所，看见坐便器上有一个大按钮，按了几次都没有反应，不知道如何冲水。琢磨了半天，才发现要快速用力多次按按钮，水才能出来，好像是气动的装置，需要打气的。

一天晚上外出，在市中心的麦当劳坐了一会儿，也上了厕所。我看水龙头上下没有开关或按钮，以为是感应式的开关，手就在龙头下来回移动。旁边的两个旅客（看上去不是意大利人）示意我看脚下——是一个脚踏的开关，好像也是气动的，我一踩果然就行了。他们说："这就是意大利！"他们的意思大概是说，意大利的东西都很特别的啊！

确实，走了那么多的国家，这样的装置我还第一次见到。

❀ 中国与国际接轨了吗？（2009 年 10 月 12 日）❀

记得 15 年前第一次出国的时候，经济拮据。当时大家都要省吃俭用，回来用美元和指标买大件——冰箱、彩电、洗衣机等。

现在出国，尽管有时候还是要带一些方便面和饼干，但是主要目的不是这个了，只是为了偶尔调节一下胃口，在国外基本上能与其他国家客人一起比较随便地交流了。

中国当然还有很多有钱人，在欧洲消费是令人吃惊的，这不得不令人怀疑中国人是否很奢侈。

上个月我们组织国际会议，一个与我同龄的法国人住在图书馆旁边的小旅馆（Inn）里，他觉得很好。一天他去附近的香格里拉饭店与同事喝了一杯啤酒，回来告诉我，他这一辈子从来没有去过如此豪华的饭店——我听了一下子无语了。在我们的心目中，香格里拉是比较好的饭店，但也不是很豪华的饭店，我们去那里参加活动就有多次了；他在全世界参加各种会议，竟然没有见过香格里拉这样"豪华"的饭店？

于是，我开始觉得中国人的生活是否有点奢侈了。

在北京和上海等大城市，我们的生活条件和生活节奏大概与国际接轨了。但是在中国的其他地方，还有那么多的穷人，他们读不起书，吃不饱饭；而富豪们则过着挥霍、奢侈的生活。我们的平均生活条件远没有与国际接轨，我们的消费观念也远没有与国际接轨。

❈ 中外文化的冲击和困惑（2009 年 10 月 13 日）❈

经常出国，或者与外国人接触，有时候觉得比较困惑。

在国外，吃麦当劳等要自己送回餐具的，但是在中国，送回餐具别人看了觉得很奇怪。有时候在国外就忘记送餐具了，在国内还送回餐具。

在中国，排队经常没有形，有时候就随意上去接受服务；到了国外，我经常习惯性地不排队，遭同事白眼。但是如果在国外久了，回到国内按规矩排队，可能就永远到不了头。

在中国，如果遵守交通规则，你可能永远过不了马路。到了国外，明明是绿灯，看见来了汽车，我们还下意识地等车过去，其实车在等我们先过呢。

组织国际会议，也有文化上的冲击，有时候按国内规矩办事，外国人觉得奇怪。如果按国际惯例办事，中国人觉得别扭。

有许多事情不是我不明白，而是习惯成自然，临时调整就比较困难。

与别人握手，习惯伸手出来。一次我与美国大使馆的女工作人员接触，也主动握手，就遇到了尴尬，尽管现在她是我很熟悉的朋友了。

所以，如果经常参加外事活动，我觉得思维的切换是一件很困难的事情。

❈ 飞向法兰克福（2010 年 2 月 3 日）❈

去欧洲不少次，从法兰克福机场转机大概有 10 次，可是从来没有进入过这个城市，也没有进入过德国这个国家。

准备了几个月，今天要成行了。

一个人走，行程自己决定，机票、住宿等都要自己搞定。

上周与德国同事最后确认到机场以后如何坐火车转地铁去图书馆。

住的是图书馆的公寓，估计不会比我们图书馆的宿舍好，什么东西都需要提前考虑带好，以防万一。

一个人出差,有好处也有坏处。

坏处当然是什么事情都要自己考虑,甚至要考虑到迷路后的应急措施。

国际会议,一般是没有接站的,不像我们国内会议,还派专人去机场接人,甚至派出了部门领导出去接站。上次我们开国际会议,提出要去飞机场接人,他们似乎感觉很意外。我们出国外开会,不能指望别人来接你,一切都要独立自主。

一个人走的好处,就是可以自由一些。如果有几个小时的时间,可以周边走一下,看看街景,买一些东西。如果和大部队一起行动,经常是领导有临时安排,或者其他同事有需要帮助的事情,最后就是牺牲了自己的时间。不过会议安排很紧,三天都在图书馆开会,只有最后一天上飞机前,可以去周围看看。

昨天上班的时候打印出一大堆文件,准备在飞机上看。

本来开一个会就够累的,可是法国同事希望在会议期间抽空讨论另一个问题,我觉得脑子不够用了。

这几天图书馆工作很多,连续几个晚上没有休息好,觉得要崩溃了! 换一个环境,也许对调整心情有好处。

✳ 到达法兰克福(2010 年 2 月 4 日) ✳

昨天晚上(柏林时间)顺利达到法兰克福,过关没有任何问题,但是取行李等了将近一个小时。不知道这是德国人的效率,还是有特殊情况。

从机场到国家图书馆,城铁转地铁就到了。可是最头疼的是我不知道如何买票。售票机上有各种价格,还有各个站名,我就是没有找到要去的那个站。后来,一个好心人告诉我进错了站台,方向错了,帮我解决了问题。可是到了中转地铁的时候,还是不知道如何买票,最后是一个女士帮了我。城铁花了 3.8 欧元,地铁花了 2.3 欧元。坐地铁的时候,我碰巧又与那个女士坐一个车厢,她在我前面那个车站下去,临下车前叮嘱我下一站就到了。她还说,也许你花 2.3 欧元是太多了,可以按另一种价格计算。我下次尝试一下吧。

我看德国年轻人英语都不错,也很热情。之前我找了一个老妇女问路,她买了自己的票,就不愿意帮我,一边用德语说:“我是外国人,我不是德国人。”我不知道她到底是哪里的人,怎么讲德语呢? 碰巧我能听懂她的这几句话,就说抱歉离开了。

我最吃惊的是,我买的地铁票和城铁票,都没有用过,没有国内地铁的那种检票机,也没有人中间检查过。不知道德国的检票制度是什么样的。

到图书馆以后,Susanne Oehlschlaeger 在办公室等我,似乎觉得我有点晚了。确实,从飞机落地到进图书馆,用了差不多两个小时了!

德国国家图书馆的公寓是一居室,有厨房和厕所,但是卧室比较大,有两张床和一个办公桌,就是不能上网。

这次图书馆提供两间公寓给会议代表,另一间住了两个女士,我一个人住一间,乐得自在。

今天开始《国际标准书目著录》(ISBD)修订审稿会,十几个来自各个国家的专家都到了。会议为期三天,到星期六结束。当时确定时间的时候,特意安排到周末,为的是不影响大家平时的工作。我参加的其他国际性会议,许多都要跨一个周末。时间是大家商量定的,没有想到对于中国是临近春节的日子。

法兰克福的气温与北京差不多,街道上都是积雪。

❋ 告别法兰克福(2010 年 2 月 9 日) ❋

会议结束后,晚上还有时间出去走一下。市中心 9 点就关门了,只看了两个小时。随着全球化的发展,各国的商业街都差不多。除了吃的,其他用品他们有的我们基本上也有,价格也差不多。外国同事们提醒我一定要注意不要买"中国制造"的产品,他们都知道商店里许多东西都是中国制造的,我买了带回中国没有意思的。

在这里住了几天,对德语的感觉越来越好,能知道找路,也能听懂地铁广播了。

终于搞清楚公交售票系统,市内短途只要 1.5 欧元就够了。

我要乘周日下午的飞机,上午再次去市中心看景点。主要的景点是市政厅、歌德故居、美茵河、大教堂等,步行两个小时基本上都走到了。欧洲的城市规模都不大,难怪他们都认为北京城太大了,可以说是超级城市了。

不知道是因为宗教的原因还是因为劳动法的原因,星期日绝大多数商店都不开门,景点也基本上没有人。我找不到歌德故居,想问路也没有地方去问。费了好大的工夫,才在一个小胡同里找到了歌德故居,花了 5 欧元进去看了一下。虽然大街上没有多少人,故居里人倒还真不少。

在战争年代,法兰克福整个城市都被炸毁,现在的所有建筑都是根据设计图纸或者根据记忆重新建造的,所以说应该是没有什么"古迹"可言。不过,既然到了一个地方,如果不看当地的东西,一定会很遗憾的。

中午在麦当劳吃饭,麦香鱼套餐5块多欧元一份,服务水平也很一般。饭后上厕所,门口的一个印巴妇女笑脸给我指路,洗手以后还给我递纸。本以为是清洁工,没有想到我出来的时候问我要钱,这大概是非法的吧。我问她为什么要钱?她支支吾吾地看别人去了,我也象征性地给了几毛钱,打发了过去。

星期天图书馆不开门,餐厅当然也关闭。Susanne怕我没有地方吃早饭,就给我写了两个附近星期天开门的餐馆的地址。我离开的时候,简单打扫了房间,把钥匙送到图书馆门口的值班员手上。

下午匆忙奔赴机场,一切顺利,就是安全检查实在太麻烦。行李要扫描,随身电脑要分开摆放,皮带要脱掉,手表也要和行李一起扫描。我的行李都扫描完10多分钟了,人还不让过去,大家都在等前面的人通过后才能过去。我看有几个人被请入小隔间,有的脱鞋,有的脱衣服。好在我有上次的经验,没有遇到任何麻烦就过去了。上次路过这个机场的时候,因为水壶里有水,又没有时间出去倒水,只好扔了跟随我多年的铝水壶,现在还觉得可惜。

国航的服务似乎不稳定。回来的航班感觉不太好,空姐服务很不到位。在送餐的间隙时间,没有人主动送水,空姐聚在一起聊天。我坐过的国内航班,似乎没有那么糟糕的。

到北京,能吃到韭菜炒鸡蛋,喝一碗绿豆薏米汤,觉得回家的感觉真好。

✻ 南非——不堪回首(2010年6月19日)✻

世界杯在南非举办,治安成了大家谈论的话题。

回想起2007年我去南非参加国际图联大会,在那里一个多星期。

因为自己过去走的地方比较多,有点不在乎。虽然临出发之前有心理准备,但还是没有想到问题如此严重。

我比较早到达德班,同事们都有事情,我就独立行动了。会场离宾馆不远,步行20分钟。我第一天就拿着相机去会场注册,还在会场周围转了一圈。后来别人说:你竟然敢一个人在会场周围转,还挂着代表证,还拿着相机?

后来,知道事态的严重性,我基本上不敢一个人走了。有时候要走,也与其他国家的代表结伴。每天身上都要背相机和电脑,不敢懈怠。

随着会议的进展,听说会议代表遭遇抢劫的事情越来越多,大概有20多起:

- 苏格兰国家图书馆的一个女代表刚到德班就遭抢劫，相机等贵重物品全部被抢。
- 两个美籍华人大白天在饭店门口被抢，尽管没有丢东西，但是男的裤子上被划了一刀，女的项链被拉扯。
- 法国同传翻译的同事晚上回到房间，发现屋里的东西被洗劫一空。
- 俄罗斯圣彼得堡国家图书馆的馆长大白天在马路上被人抢了相机。
- 南非国家图书馆的市场部主任安德鲁在离开德班前一天，从所住酒店到另一个酒店的路上（5 分钟的路程），被黑人举刀抢劫了，手机和钱包遭劫。
- 一个代表从会场旁边的希尔顿酒店去会场的几十米路上被抢劫了。

……

那天晚上，我负责护送同传翻译们。从海滩晚会到翻译们专用的酒店，步行五分钟，人很多，基本安全。然后我们回自己的酒店，幸亏大会安排了警察。两个警察与我们一群人一起走，沿路遇到不少骚扰的人（不知道是小流氓的还是匪徒），最后还是安全回到了酒店。

最后几天，我尽量坐班车。实际上走 20 分钟的路，也不敢随便出行了。会议中心周边地区，是德班最不安全的地区。坐班车要等时间，很不方便；有时候我参加的会议中间有两个小时的间隔，本来可以回宾馆休息的，但也只能待在会场上了。

离开德班的那天，与南非国家图书馆的安德鲁联系，一直没有联系上。我们差一点错怪他失信了，结果是他也被抢劫了，手机和银行卡都丢了。安德鲁是黑人，熟悉当地情况，怎么也会被抢呢？看来情况不乐观。

2007 年是中文成为国际图联工作语言的第二年，我们第一次派出了同传翻译。领导安排我带队，我责任重大，不能出任何事情。好在中国国家图书馆的团队没有发生任何意外，中国代表也没有发生任何意外，我圆满完成了任务。回想最早到那里的情景，觉得自己确实是胆子太大，这是我去其他地方从来没有过的感觉。

可谓初生牛犊不畏虎啊！

南非那么不安全，为什么还有人去呢？主要是那里美丽的海滩。有经验的人入住酒店，出来都穿短裤去海边晒太阳，没有任何人抢你东西——也没有东西可抢。最危险的是背包的，还有穿金带银的中国人。

德班的餐馆、银行等公共场所，都有两道门。第一道门不关上，第二道门是打不开的。这样，可以对犯罪分子有一些约束，但也不是太平无事了。

我有几次不得不一个人走，总要与当地人保持一定的距离，注意观察前后左右的情况，犹如惊弓之鸟。

各地见闻 · 世界各地

后来，我们有机会去德班的另一片居住区，那里绝对安全，是另一种感觉。

治安问题背后，是种族问题、政权变更和贫富差异等多方面的原因。敏感话题，不方便详细分析。

❊ 美国独立节庆典(2010年6月26日) ❊

昨天中午赶赴美国大使馆，参加了美国驻华大使洪博培(Jon M. Huntsman, Jr.)的午宴，庆祝美国独立234年(234th Anniversary of the Independence of the United Stated of America)，实际上就是美国的国庆节，来源于《独立宣言》。

美国大使馆曾多次邀请我参加美国国庆节活动，几年来都是因为有会议、出国、家务等事情，没有参加。今天一定要去，不去就对不起别人的诚意。

过去在酒店举行庆典。在新落成的大使馆里举行，大概是第二次。

天泽路上都是排队签证的人，车子走不动，我们当然更不能从那里进去。记得有一次晚上从那里进去，因为没有排队签证的人。这次从安家楼南街的正门走，发现安家楼南街已经被封闭，社会车辆不能进去了，似乎已经成了大使馆的领地。街上有中国武警和美国保安，每一辆进去的车子都要检查，还用反光镜看汽车底座，大概是检查是否藏有人或者爆炸物吧。工作人员在马路上搭起了帐篷，验证客人姓名，然后进行安全检查。

我觉得美国人的规定很奇怪，包可以带进去，手机和照相机不让带进去，照片当然不能拍。我不想背包去参加活动，与保安费了不少口舌，他看我是常客，就说给我破例，让我把包也放在门口。大概这个门不经常使用，没有存包的地方，手机和包都放在地上，看上去很不舒服。

都说美国大使馆的保安令人不快，甚至有些人因为签证麻烦就不去美国了。不过人家还是牛，大多数人还是忍受屈辱排队等签证，我也见过少数比他们更牛的中国人。

活动在大厅举行，有弦乐四重奏助兴，听上去是海顿时代的作品，不记得是谁的了，我很喜欢。这个四重奏组合的名字好像叫唐韵(也许是小提琴手的名字)，都是年轻人，看上去像是女学生。

花园里有烧烤，我看着觉得西餐不难做，明火烤鸡肉、牛肉、香肠、土豆等，没有什么味道，最好吃的还是烤香肠。还有第一次喝到的番茄汁兑伏特加，其中放了一些不知道是什么东西的调料，有咸味，很奇特。花园里有乡村歌手助兴，我特别喜欢口琴伴奏，这回好像是那种小的爵士口琴，听上去很有特点，演奏者水平也很高，出现几次solo的片段。听说他们都要去上海世博演出，我算是先睹为快了。

正式仪式开始，就是海军陆战队的护旗手上场，还有中国外交部副部长和美国大使登台。

美国来的小提琴手演奏了中国国歌，大提琴手演奏了美国国歌。我看演奏中国国歌的时候中国人似乎都无动于衷，在演奏美国国歌的时候许多美国人都把右手放在心口，以示敬意。对国歌和国旗的尊重，我在许多国家都看到过，希望国人能增强这样的意识。

仪式最后是用小提琴和大提琴一起演奏的《美丽的美国》（America the Beautiful）。我很熟悉这首曲子，但只听过管乐演奏，第一次听弦乐演奏。等官员退场以后，严肃的旋律就成为爵士风格的变奏，黑人大提琴手一边演奏，一边用嘴对麦克发出气声，大家都很欣赏。

美国国庆节应该是7月4日，恰好是周末，5日以后放假，然后官员们就"换防"了。今天的活动中有一个大展板，上面有45个大使馆官员的图片和介绍，我怎么没有找到我熟悉的官员呢？也许都是新来的，提前"换防"了吧，我也没有时间逐一查看。

在这种场合里，不知道该讲中文还是英文。有时候遇到的老外，中文讲得很好；有时候遇到的中国面孔，却不会中文。如果需要说话，只好双语交替进行，左右开弓。

❋ 纪念尼克松访华40周年（2012年2月16日）❋

这几天在纪念尼克松访华40周年。当时我还在读小学，知道那个时代的一些事情。我的好友老张①当时参加了中国福利会上海市少年宫的接待，是非常光荣的事情，报纸上还报道了他"那张红彤彤的脸蛋"。

去年在 Borders 书店买了三张碟子的歌剧《尼克松在中国》（Nixon in China），袁晨野也在里面扮演周恩来。只是我觉得有点 Boring，没有听完。

昨天晚上出席美国大使馆临时代办王晓岷邀请我参加的招待会以及由南加利福尼亚大学美中学院制作的新纪录片《解析中国之旅——改变世界的一周》（Assignment：China：The Week That Changed the World）的中国首映式，首映式之后是由大使夫人李蒙主持的讨论会。

———————————

① 即张学东先生。

各
地
见
闻
·
世
界
各
地

纪录片主要是那些跟随尼克松总统来中国的记者们的访谈,可以看出四十年来中国和美国都变化了不少。

有一件事情很能反映当时的情况。记者们到中国后,发现街头人很少,在天安门广场采访一个大叔,他说是路过这里的(看到这一段,观众哄堂大笑起来)。却有一个地方有不少人,在2月的寒冬,站在室外,几个小学生手上拿着晶体管收音机听广播,还有人在野餐,明显在做假。记者躲起来观察,过一会,就看见有卡车过来,收走了人们手上的收音机,载走了所有人。美方把这个事情告诉周恩来总理,周总理当场道歉,认为这事情不妥。

回过头来说我的朋友老张,当年接待美国客人的时候,有人问:"你星期天和大人去哪里玩?"他回答道:"我和爸爸妈妈一起去街上看祖国的大好形势。"在当时,"革命小将"怎么能周末出去玩呢?只能这样回答。这个事情还被学校作为典型案例,通报表扬了。现在的学生大概不理解这样的事情,但我们确实是这样过来的。

有嘉宾说,除非美国总统上火星去了,否则总统的任何访问都没有尼克松总统1972年访华重要。这样的表述一点也不过分。

讨论会期间有人提到是政治家创造历史还是媒体创造历史的问题,还有政治家和媒体哪个更真实的问题。除了他们,普通百姓之间的交流也影响了历史。

昨天提前10分钟到大使馆,保安不让进。有人抗议了:"我们不是来签证的,是你们请来的客人啊!"

美国大使馆门口大兵问我从事什么职业,我说:"您啥意思啊?"他说:"文化处的活动,都是文化人,很羡慕你们。"山东的兵,很朴实的样子。

美国大使馆的组织工作做得不错,值得其他大使馆学习,也值得中国驻外使馆学习。

不过招待会上只有一些烤鸭卷、烤肠、鸡蛋夹鱼子酱、烤牛肉等,回家肚子饿,下一碗西红柿面条充饥。

❋ 行在波多黎各(2012 年 5 月 7 日)❋

出门在外,行是大事。新到一个地方,如果不熟悉环境,找公交车当然很困难。如果着急,就只好求助于出租车。但出租车不是万能的,有方便也有烦恼。

去年8月那天到波多黎各圣胡安市已经半夜,没有时间出去"侦察"地形。

第二天一大早就开会,不熟悉路,问酒店大堂的门童,说是不远,但是步行不方便。听说当地出租车统一价格 10 美元,我觉得不太贵,就打出租车去了。

上车以后,我告诉司机要去国家图书馆,他竟然不认识。不知道是因为国家图书馆在当地不重要,还是司机是生手,那么小一个地方,不如北京的海淀区大,怎么会不认识国家图书馆呢? 我把会议资料给他看,他还打了电话,问到了那个地方,走了 15 分钟左右,花了 15 美元,终于到了一个图书馆,结果不是我要去的图书馆,而是国家图书馆上级单位文化部的图书馆。我有点后悔当时太大意,没有注意他看的是哪一行字。

从那个图书馆出来,出租车已经走了,街头根本没有可以招手即停的出租车,只好求文化部图书馆的人帮忙打电话。等了 10 分钟,车来了,终于送我到真正的国家图书馆,花了 12 美元。我说能开张发票吗? 他说明天给你吧。我心想没有也就算了,反正也报销不了,但是他明天怎么给我呢? 难道这个地方就那么小,天天都可以见面的?

等开会结束以后,有一天经过国家图书馆,发现离我们的宾馆很近,步行 15分钟就可以了。回想起来真有点后悔当时打出租车走冤枉路了,不过当时着急也没有办法,新来乍到总要有代价的。

以后的会议都在会议中心举行,第一次去不认识,而且着急,还是乘出租车过去,12 美元。不过我注意到,他们的出租车都很大,坐 5—6 个人都没有问题。而且,出租车司机喜欢问目的地的电话号码,不知道地方就随时打电话。

后来到会议中心开会,有一次中午休息,我看地图上回宾馆的距离不远,就想尝试一下,步行回去。没有想到,走了 30 多分钟,一身大汗,绕了很多弯,找不到步行的路。这是因为宾馆看着近,但是中间都是公路,没有人行通道,不知道要转多少弯子才能到达眼前的宾馆。最后,只好违反交通规则,看没有车的时候横穿马路,抄近道到达目的地了。

一天下午有空去商场,等公交车 30 分钟不到,还是自己打出租车去,15 美元。去是容易,回来可不简单。在商场门口等巴士,车站上没有任何信息,不知道哪路车在这里停,也不知道这个站是往哪个方向的车,只好让商场的门卫再帮忙叫车。门卫问我没有 taxi(出租车),却有 shopping car(购物车)行不行,我不明白,就问他是否是一样的。他说一样的车,价格也是 15 美元。车送我回酒店,我还是不明白他们为什么要有这样的区别,大概只是属于不同的公司而已。

开完会以后,终于一天晚上有时间,就坐巴士去圣胡安老城区,只要 50 美分。巴士很宽敞,每个座位上都有机械控制的按钮,可以提醒司机停车。不过晚上的巴士要半个多小时才有一班,等了很久,遇到要饭的酒鬼,满嘴的酒气快熏死人,我只好躲远一些。酒鬼见我躲开,就冲我嚷嚷,不过他倒不纠缠女性,大概是有一定的底线。这就是省钱的代价,不过也确实体验了当地人的生活。

❈ 参加美国大使馆的独立节庆典(2012 年 7 月 3 日) ❈

今天中午去美国大使馆参加一年一度的独立节庆典。

去那里主要是感受一下节日的气氛,见一些朋友。

仪式开始前,看到有一长队,不知道是做什么,就排了上去。结果是大家与骆家辉大使和夫人李蒙握手。我们没有什么可说的,既然排上队,也只好递上名片,与大使寒暄几句。我看有几个人说了很长时间,后面都等不及了。

去大使馆参加过几次活动,这次有点经验,直接去后花园里,有烧烤和乐队。

最喜欢吃土豆沙拉、烤肠、炸鸡,还有听摇滚乐。

炸鸡的味道和肯德基一样,但是更好吃一些。

天气酷热,露天的花园里虽然有阳伞,也坚持不了多久。

这次收获较多,得了一个大使夫人签名的棒球,还有一顶棒球帽!

差一点让大使亲自签名,可是轮到我的时候找不到笔了,只好作罢,也不能总纠缠着人家啊!

庆典上最引人注目的,除了大使夫妇以外,还有一群充当小贩送礼品的学生、一群棒球运动员、还有那些威武的军官们。

宴会上总能遇到一些老朋友,这也是很值得高兴的事情。

❈ 出俄罗斯记(2012 年 9 月 12 日) ❈

8 月中旬与学会的同行们一起去芬兰参加国际图联大会,并去拉脱维亚参加图联大会会前会,几经周折,感想颇多。

临出发前 10 多天,我们就知道要转道上海搭乘俄罗斯航空公司的班机在莫斯科转机,而且转机时间就一个半小时。从那时起,我们就每天关注俄罗斯航空公司的实际运行情况,发现该航班几乎每天晚点,经常是晚点一个多小时。我们觉得在莫斯科转机几乎不会顺利了,做好了在莫斯科过夜的准备,并考虑如何应对后续问题。

也就在我们出发的这几天，预报说有台风要登陆上海，橙色预警已经发出，预报还说出发的 8 月 7 日那天会有大雨。

我们期待的 8 月 7 日终于到来，没有大雨，没有台风，航班没有晚点，我们顺利达到莫斯科转机。虽然时间很紧，莫斯科的警察还是墨守成规，用 30 分钟逐一检查我们那么多人的护照，不过我们还是赶上了去里加的航班。听说后几天的航班和火车全都取消了，这对于我们来说简直是奇迹了。

在莫斯科转机，本来我们也不出关，不明白为什么警察几乎每人用一分钟左右的时间仔细核对护照，还用了专门的仪器。我着急地说我们要转机，时间不够，他也无动于衷，也许他根本不懂英语。

到了拉脱维亚的里加机场，意想不到的事情又发生了。我们一群人被拦在海关外面，要我们集体办理手续。可是集体办理时，又不说明原因让我们等候。警察要了我们的护照、机票、保险单、邀请函等各种文件，到里面打了一通电话，然后开始分头复印、填表、盖章，不知道他们在做什么事情。也许我们从芬兰大使馆获得签证，从拉脱维亚入关对他们来说比较奇怪，但是拉脱维亚不也是申根国吗？为什么还那么麻烦呢？等候了两个小时，终于放行了。两个小时内，大家都很着急，我也没有办法，与小警察们贫嘴，消磨时间，也让大家不要着急。警察们确实都很年轻，大概都在 25 岁左右。领头的美女警察很年轻，很认真，但是不作任何解释。

进入海关以后，一个团员的行李没有找到，还费了一些小周折。到旅馆的时候，大家都筋疲力尽了。

好在大家在拉脱维亚和芬兰参加会议很顺利，收获很大。

9 天以后，我们打道回府，还是搭乘俄罗斯航空公司的航班。因为航班衔接的时间问题，我们要在莫斯科过夜。出发前就有心理准备，我们得到书面通知，只能在宾馆的特定区域里活动，对吸烟的区域和吸烟的时间也有很详细的规定。到了莫斯科，没有想到问题更大。我们不能去宾馆的前台办理手续，而是在保安限定的一个小地方办理，然后由保安带领去客房。进了客房以后就不能离开，因为保安就在过道里值班，随时关注房间里的客人，大家感觉好像是受到了克格勃的监视。凑合一夜过去了，早晨起来自然也不能自己去餐厅，而是集合退房以后，由保安带领到一个会议室里用餐。一个团员出来抽烟，房门打不开，保安也不让大家随同等候。幸亏技术人员不久赶到，解决了问题，把大家都急出了一身汗，大家怕耽误赶飞机。

其实，在从赫尔辛基到莫斯科的旅途前还发生了一件事情。我在出发前几个小时去 CityCenter 闲逛，有点大意。走到地下室，感觉左面的裤子口袋感觉异

常，三个印巴人模样的小伙子擦肩而过，一看发现口袋的两个扣子开了一个。想起 2006 年我的同事在挪威奥斯陆把钱包和护照都丢了，也是巴基斯坦人干的，我吓出了一身冷汗。那几个小伙子若无其事地手拿地图，像是找路的样子，一直走了很远都没有回头。我口袋里放了不少现金，那是为了在莫斯科转机预防意外而准备的，其实莫斯科的情况也没有想象那么糟糕。

历经磨难，我们回到了祖国。似乎会议中发生什么我都记不太清楚了，脑子里总想起那么多"历险"。

这段经历使我想起了《出埃及记》里的故事，可谓"出俄罗斯记"，或者说是"出芬兰记"。能顺利度过那么多难关，感到冥冥中有非凡的力量在庇护着我们。当然，我不能与摩西相比。

❋ 巴黎小旅馆的回忆（2012 年 9 月 26 日）❋

我去过两次法国巴黎参加国际会议。

第一次是 2008 年在巴黎西南部的中国大使馆文化处住宿，早晨乘坐地铁去开会，本来路程很短，因为巴黎地铁线路太复杂，走了两次冤枉路，颇费周折才到会议地点。主要问题是，巴黎的地铁线路纵横交错，远比我想象中复杂，而且每条轨道上可能运行不同的线路，如果按习惯性思路上车就可能去了不同的地方。

法国人有夜生活的习惯，晚上吃饭到 11 点还在兴头上，我住太远确实很不方便。

第二次是 2009 年 4 月去巴黎开会，住了一次市中心的小旅馆，只要步行 10 分钟就到开会的地点，觉得还很有意思的。

那是一个家庭式的小酒店，电梯只能容纳一人和行李，外面是手拉的门。每一层就几个房间。房间大概就 8 平方米，一个小的卫生间，只有肥皂和毛巾，没有其他东西。幸亏我带的东西比较全，也不觉得很麻烦。

餐厅在楼下一层，也就大约 10 个位子。早餐很简单，只有一截棍子面包、一块黄油、一块果酱、一壶咖啡、一杯橙汁、几块方糖，不用自己去取，店小二会给你送到桌子上。看我随身带了几粒药，小二还主动给我上了一杯白水。简单是简单，感觉却很温馨。

旅馆基本上是家庭作坊式的运作，前台有三个人轮班，只有一个人会英语。幸亏我会一些法语单词，基本能理解他们的意思。不然只能花大钱住高级宾馆。

住了三个晚上,最后一天早晨退房前,我在整理会议的报告和笔记。还没有到中午,清洁工大妈就不断地敲门。我本以为 12 点以前走就可以了,但是清洁工大概要提前完成工作,敲了 N 多次门。我说 12 点走,不整理了,而且我的旅行箱开着,顶住了房门,没法开门和她打招呼。她还是请了一个男人过来用英语要求我尽快。没有办法,我到 11:15 终于完成了,打开房门,大妈气呼呼地看着我。结账的时候老板在柜台上,一个老头。没有计算机打印的发票,只有手写的收据。我支付了 219 欧元,把行李寄存在他那里。

看到他们有监视设备,而且旅店里人不多,行李放他那里也比较放心。出去转了一圈,下午 4 点多回到旅馆取行李。那个放行李的地方其实也就是一个小会议室,当然平时没有什么会议,我看到他们自己人坐在那里算账。

这次住旅馆的感觉不错,在巴黎第二区有这样一个住所,已经是很不容易了,而且还能有独特的体验,这在大宾馆里是不可能体会到的。如果下次再去,还可以再住这个地方。

❋ 大家说说为什么留在北京吧(2006 年 11 月 23 日) ❋

北京不是适合人类居住的地方。但是我为什么来了呢?

北京有很好的人文环境;

北京有太多的中国元素,我非常喜欢(但是我的母亲认为那些东西很土);

北京的包容性大,不同专业、不同层次、不同民族、不同地方的人都能在其中找到自己的发展空间;

北京是一个文化多样性的城市,在中国只有屈指可数的几个这样的城市;

北京是政治、文化、科研、教育的中心,要做第一流的事情只能在这里。

但是,北京太不适合居住了!!!

当时考大学,北大的分数比复旦低,大概排在第四五位,进北大应该没有问题。我向往北大,但是父母不让。自己年龄太小,把握不住,就没有报考北大。

在研究生期间,有几次机会来北京,看到北大,看到故宫,看到圆明园,看到天坛,看到北京图书馆,一下子有莫名的激动:我喜欢这个城市!

后来,我就过来了,也找到了自己的发展空间,尽管有太多的甜酸苦辣,可以写一本书。

但是,我还是感到北京太不适合居住了:污染、交通、服务、人口……

除了热爱北京的人文环境和北京的事业以外,我很想念上海马路旁的小

书
山
蠹
语

店,想念大饼和油条,想念生煎包子,想念臭豆腐干,但是上海也不是我心中理想的居住地。

我退休以后,我一定要离开北京,去南方的某个小城市,度过晚年的时光。

❀ 20 年前上华山有感(2006 年 11 月 26 日) ❀

最近几年,经常会想起 20 年前上华山的事情。主要是觉得,自己现在似乎有一点老,不可能像当时那样敢于冒险了。现在回头想想,当年的经历还确实是很独特,也很危险。

那年和表妹一起去西安住了一个多星期。我想要去一趟华山,但是我舅舅就是不让,怕不好向我父母交代。最后,在我一再坚持下,舅舅还是同意了,但是要我自己承担责任。其实,舅舅大概从心里是支持我的,他也是这样的人,但是确实不好向我父母交代。

那天是大年初二,头天刚下了雪。我一个人坐火车,到了华山脚下,大概已经 9 点多钟了。同路的还有一些香港人,他们都在旅馆住下了。我自己一定要连夜上山。进山的时候,管理人员看我的打扮,也没有多问,就让我进去了。后面有一年轻妇女也要进去,管理人员没有让她进,好像发生了争执。大概别人怕她进去寻短见吧。

我买了一份地图,就一个人进去了。当时的装备是:一个帆布书包(里面是一些应急用品和食品)、一个军用水壶、一个大手电筒(装四节大号电池,后面还有一个备用灯泡)。我穿的是高领毛衣,外套一件夹克衫,头戴绒线帽。

开始,我还一直用手电筒,按地图的指示,判断方向。有一段路上,我觉得越来越不好走,觉得是有问题了。重新看地图,确定自己的方位,又上了正路。走了一个多小时,手电筒的灯泡烧了。我马上把背后的备用灯泡装上,但是我已经不敢再用手电筒了。我想,后面还有那么长的路,如果灯泡再烧了,我就一点办法也没有了。我就开始尝试着摸黑行路。那天是大年初二,当时天气很好,弯弯的月亮尽管很小,但是还是有一些光线,还有满天的星星,亮度足以让我辨别山路了。在方向不清的时候,我就找北斗七星,确定北极星的位置,然后用手电筒看一下地图。

不知道前面还有多少路,也不知道我还要走多长时间,就是一个人默默地在山里走了几个小时(大概是 3—4 个小时吧)。走到山顶,浑身已经湿透了。山顶上有一些人,我就坐着吃一些干粮,等待天亮。然后去另外一个山头,再下山。

书山蠹语

其他具体的细节已经记不清楚了。我当时下山时最有感触的是,山路上都是积雪,有的地方已经冻成了冰。下山尽管都有比较好的山路,但是很滑,一不小心,就有可能滑进山沟。我开始感觉有一点后怕,不知道晚上自己是怎么上来的。

我最近时常回想年轻时候的一些事情,觉得当时自己很叛逆、很另类、很敢于冒险,这样的性格也决定了我成为现在的我。如果我当时有足够的钱,也许会有更多的冒险经历。现在再让我去做那些事情,大概没有精力,也没有胆量。但是我觉得,应该要保持年轻时候的那种热情和激情,不能因为年龄的增长和阅历的增加而变得越来越世故。

✳ 台北市观感(2006 年 11 月 30 日) ✳

由于安排上的问题,香港人没有及时到达,台方的人员也另有会议,所以今天就安排参观了。

台北"故宫"的建筑是新的,展品却是宝贝,比我们故宫的东西还要好一些。领导熟悉青铜器,我只是外行看热闹而已。在邮局买了一些邮品,送朋友们作纪念。

顺路去了蒋介石的士林公寓,公寓地盘很大,被开辟成了一个公园。

去 101 大楼看了一下,花了 360 台币,电梯不到半分钟就到达了顶层,真是神速! 俯瞰台北市,也和其他国际大都市差不多。司机开小差找不到了,我利用等候的半个多小时拍了百货店门口的 MM。那里日本人多,所以也搞不清拍的 MM 到底是不是台湾妹子。不过,终于在 101 看到了一些美女。顶层的服务生是美女,百货店的顾客大多数是美女。

晚饭后,我们和香港同胞一些去酒吧坐了两个小时,感觉不错。酒吧里唱的是中文、日文和英文歌曲,我还是比较喜欢的,尽管很多台湾歌曲不太熟悉。进去的门票一人 500 台币,比北京稍微贵一些。非正式的交流可以加深大家的了解。如果我不去的话,她们就都不去了,会扫了大家的兴致。不过,我还是挺喜欢那里的气氛。黄太已经 50 多岁了,还是像青年人那样喜欢热闹。最后一首是 Cats 里的 Memory,我很喜欢,但是歌手没有唱出味道。歌手大概有 40 岁了。卖酒的和推销香烟的都是美女呵!

台北的出租车生意不好做,司机也同意我们五人坐一个车,如果白天被警察抓住,要罚 9000 新台币。我一个男士坐在前面,当然付账。还好不贵,只要 95 元新台币(大概人民币 30 元),比韩国便宜多了。

北大的 SS 美女穿着像学生妹。我说我的意志薄弱,可要经不起诱惑了。现在已经是 30 日了,我早晨还要第一个发言,还是睡觉吧。

❈ 享受京沪动车组(2009 年 8 月 10 日) ❈

这几个月坐了 N 多次京沪动车组,本来以为都是一样的,坐了以后才体会到很不一样。之所以不一样,大概它们都属于不同的铁路局,或者属于不同的小组管辖的吧。

D207 次感觉最好,舒适的空调,周到的服务,干净的环境。那天我从上海到北京,还晚发车了两分钟,这对于赶火车的人来说是一件好事情。相比较而言,上次坐的途径苏州的 D313,晚上空调不足,十分闷热。

D32 次白天的动车虽然要停 8 个站,但是速度却不慢,不到 10 个小时(9 小时 52 分)。其他晚间的动车可都是 10 小时多一点(10 小时 12 分)啊! 不过我还是喜欢坐晚间的火车——不用准备两顿饭,睡一觉就差不多到了。D32 从 7 月开始不在车上发 5100 矿泉水了,这点比其他车次差一些。

那一次我坐经过南京的 D305 次动车,觉得也很有意思。一个男的列车员,经常前后转悠,不时地提醒大家注意安全。到南京的时候,他把所有旅客都一一叫醒,要大家检查行李,不要发生失窃问题。"少睡一会儿是小事,不要到终点发现行李丢了来找我啊!"这个大叔很有责任心,但是似乎有点过头了,不过总比没有责任心要好。

北京站的动车候车室提前 45 分钟就开始检票了,很人性化,免得大家在候车室拥挤。

上海站的动车候车室虽然很宽敞,但是提前 15 分钟才开始检票,而且发车前 5 分钟就停止检票了,10 分钟的上车时间太短了啊! 我看到几个晚到旅客,一点办法也没有——玻璃门关着,没有人在外面值班,里面人也听不到外面人呼唤,本人不敢恭维这种冷冰冰的服务方式。那一次坐 D32,没有想到应该 10:42 发的车,不到 10:40 就发了。我们开始还以为我们的手表有问题,查了两个人的手表,两个人的手机,我还查了通过因特网校准时间的计算机,都没有错,不知道到底为了什么要提前两分钟开车,晚到的人可惨了啊!

坐动车软座的旅客,以青年人居多,大多数是学生模样,或者是小白领。小伙子坐动车,一个双肩背就上来了。妙龄女郎上来,有的只跨一个小包,有的竟然带一个枕头或者靠垫,放在餐桌上睡觉用,想得还很周到的。

动车组车厢提供电源,但是隔 4—5 排座才有一个电源。我那天正好带了一个四孔插座。一插上以后,前后都拿出了笔记本电脑,把四个孔全插满,可见乘客都是什么人了。不过,几个小时以后,列车长就来干预,说那么多人共用一个电源,很不安全。

坐动车其实是很享受的,但是我更期盼京沪高速铁路早日开通——还要等两年多啊!

❋ 节日第四天:颐和园和烤鸭(2009 年 10 月 4 日) ❋

节日第四天,去了颐和园和烤鸭店。

记得刚到北京的时候,一帮狐朋狗友一起经常去颐和园。不过我们有自己的玩法,就是在傍晚的时候,从引水渠走,冬天的时候直接从冰面上进去,夏天的时候如果水浅,就扛着自行车从水渠缺口处进去。这样,我们一方面省了门票钱,另一方面也得以在自己想去的时候随时进去,不受开放时间的约束。

然后我们就在西堤那一片空旷的田野里骑自行车,有时候还偷偷解开停在岸边的小船,在月光下荡漾在昆明湖上。

很久没有到西堤那里去了,不知道那里是否还是那样。不过那里太远,游人一般不去的。引水渠的入口是否不能进去了?穿过那么大一块区域,没有自行车是很不方便的。

晚上去吃全聚德烤鸭,价格实在很贵。只是很久没有吃正宗的全聚德,想吃一口,吃了也没有觉得太与众不同。不过,那里的服务确实不错,那么高的价格,服务不好就不应该了。

❋ 重访故宫:数字故宫、漱芳斋和建福宫 (2009 年 10 月 24 日) ❋

昨天下午参加中央国家机关资深委员联谊会的活动,参观了故宫。

上个月刚去过故宫,这次还要去,主要原因是可以见到老朋友,其次是我们可以看到普通游客看不到的东西。

看了数字故宫的演示,虚拟现实技术将故宫的建筑思想和建筑技术展示在我们面前,我获益匪浅。坐在漆黑的演示厅,随着图片的移动,我们似乎觉得自己在不动的环境里上下前后移动,有点眩晕的感觉。

第二次去漱芳斋，多拍了一些照片。那里只是娱乐的地方，不像电视连续剧里说的是居住的地方。屋顶都长了野草，大概清理比较困难。

在建福宫上面拍楼群的照片，是过去没有过的视角。

在午门上看到国旗护卫队在操练。

当了将近 15 年的青联委员，我们对青联怀有很深的感情。晚餐期间，我们一桌的正好都是 50 上下的人，是最早的委员，也是青联的骨干。大家都希望我们这样的聚会能永远继续下去，一直到 70 岁、80 岁……

中央国家机关青年联合会主席吴海英参加了活动，老主席崔志雄和其他老领导也出席了活动。工委俞贵麟书记不能前来，还托海英书记带话问大家好，并告诉我们他的联系方式。在国庆阅兵的电视转播中，我们都看到了俞部长的身影。

黄胜友和郭秋林等老朋友也参加了活动，他们肯定会在博客里展示有关图片的。

✳ 瑞雪？天灾？航空应急能力缺失！
（2009 年 11 月 1 日）✳

刚过 10 月，早晨就大雪，应该是好的兆头。听美国的朋友说，全球不是在变暖，而是在变冷。所以，我们似乎不必对环境的恶化那么恐慌了。似乎往年从来没有这么早下过雪，这场雪直到中午才停止。我打电话给国航，知道上午的飞机还没有起飞，我只好抱着侥幸的心理去机场，结果一个小时以后被柜台小姐告知航班已经取消。接下来的事情使我感到中国的航空管理确实存在问题：

1. 柜台小姐告诉我航班取消一个小时以后，屏幕还是没有任何关于那个航班的信息，广播也没有提到那个航班取消的通知。

2. 如果要变更航班，只有 H 台的几个窗口可以办理票务，可是那里已经排了数百人，我排上去到今天晚上都不会有结果的。

3. 服务小姐告诉我，还可以打服务电话 4008100999 改航班，可是我打了 10 多次，接通以后就一点声音也没有了，不知道是线路故障还是人的问题。

4. 我问柜台小姐，在值机柜台是否可以改航班？她说不可以。

5. 我问总咨询台，她们说改飞机票只能在 H 台的那几个窗口改，不可能在其他地方改。

我彻底崩溃了！马上想到还可以打电话给艺龙（eLong）订票服务，结果如愿以偿，凭航空公司开的延误证明就可以全额退票，不过再订新的航班则没有过去那么好的折扣了。艺龙告诉我，如果我去国航改签机票，可以享受原有的折扣。但是我想，不知道我排队什么时候能排上，而且即使排上了，明天的航班大概都没有了。损失几百元能保证明天的旅行，也就算了。

我的同事坐的是中午的航班，4 点还没有起飞，飞机上人不到一半。为什么不能及时协调呢？不到一半乘客，不仅给航空公司造成经济损失，也给后面没有登机的旅客造成了很大的麻烦。

在美国等西方国家，如果航班有问题，直接在值机柜台就可以直接改签航班，不会那么麻烦的。

看来，中国的航空事业与发达国家相比，还是有一段距离的。平时看不出的问题，到关键时刻都显现出来了。不过，J25 值机口的小姐态度真好，我去了 N 次，都以笑脸相迎。幸亏我没有按指示牌说的那样去 N 口办理，不然有那么长的队伍，不知道结果怎么样了。

午饭后出发，晚饭的时候回家，5 个小时贡献给了我们的地铁事业和机场建设事业。

上海音乐学院图书馆馆长钱仁平教授本来明天要过来，我给他安排好了有关事情。因为天气问题，他明天不能来了。失之交臂，甚为遗憾。他对谭小麟先生无比敬仰，这深深地感染着我。

❈ 福建印象：文化和饮食（2010 年 5 月 17 日）❈

在福州就一天不到的时间，白天也就半天时间，几乎不可能体验到当地的文化，更不用说当地的风景了。

第一天晚上刚到福州的时候，已经深夜。当地馆长安排喝粥，我认为时间太晚，而且不饿，就婉言谢绝了。第二天馆长说，那次周国平来，很喜欢喝这种粥，我是错失良机了。错过机会，以后再补吧。我平时没有吃夜宵的习惯。

上午用茶点的时候吃了最新鲜的荔枝，在北京肯定是吃不到的。我不禁想起了著名的诗句："日啖荔枝三百颗，不辞长作岭南人。"现代交通如此发达，我们也没有必要为了吃荔枝而做岭南人了，不过当地的荔枝确实新鲜啊！

中午吃了一些福建的特色菜，觉得几种汤很好喝，还有海鲜很新鲜，口味清淡。

经常有朋友去福建,带回来的土特产我都很喜欢,主要有橄榄、燕皮、大馅饼、肉松等。

在福建,感觉姓郑、林、陈、黄的很多,有"陈林半天下,黄郑排满街"的说法。光福建省图书馆的领导,就有若干个姓郑,就如国家图书馆的领导曾经大多数姓张一样。

下次如果还有机会,一定要更深入地体验一下当地的风土人情。

❋ 武汉印象(2010 年 5 月 22 日) ❋

来武汉大概是第三次了,仍然觉得很陌生。

第一次来是 1987 年,参加一个数学界的讨论会,并在武汉大学发言,讲的是我的硕士论文。当时还是穷学生,是坐船去的。

第二次来是 2006 年,举办编目的"两会",忙了将近一个星期,几乎没去什么地方,所以印象淡漠。

今天是第三次,只有一天的时间,自然更无法体会。下午顺路坐车在东湖转了一圈。阴天,刚下完雨,路上没有什么人,我感觉到了潮湿而清新的空气扑面而来,很爽快。经常在潮湿的环境里也许不舒服,但是从干燥的北京来到这里,顿时有独特的感觉。

去年刚去过杭州的西湖,今年来到东湖,感觉这里比西湖好一些,享受了真正的美景,较少受到人为的干扰。

晚上吃饭,觉得奇怪的是刚进餐馆,就有人递毛巾,一面走一面擦脸,到了二楼就有一个放毛巾的篓子——我觉得很有意思的,第一次见到这种情况。

万群华馆长是女强人,我们是老朋友了。贺定安副馆长是分类法的专家,我们也见过几次。

最好吃的是洄鱼豆腐汤和牛肉豆皮——典型的当地特色菜。

❋ 南京印象:曾经的记忆(2010 年 5 月 26 日) ❋

上周末刚在长江中游见到了长江上的第一座跨江大桥。今天却已经到达长江的下游,将要见到著名的南京长江大桥。

在京沪之间往来不知道多少次,估计穿越南京长江大桥有百余次了,但是南京长江大桥在我的心目中仍然有其特殊的意义。

南京长江大桥是长江上的第二座跨江大桥,是我国工人阶级在独立自主、自力更生的方针指引下建造的,从小我的课本就一直告诉我这些事情,"文革"期间的手抄本小说也讲了大桥上发生的一些恐怖故事,我一直都记在心里。

这是我第四次来南京了。

第一次是上研究生期间,距今快 30 年了,是与同学一起过来的,在大学的宿舍里住了两天,穷玩。当时同学的亲戚请客吃盐水鸭,我看着馋涎欲滴,穷学生缺肉啊!

第二次是去南京大学开会,待了一个晚上,就在校园里转了一圈,对南京没有印象。

第三次是三年前来南京搞论坛,适逢南京图书馆新馆试运行,我就在外面转了一圈,拍了一些照片。

这次要有一个星期,希望能有新的感受。

❈ 有趣的南京出租车司机(2010 年 5 月 30 日) ❈

昨天早晨坐出租车去火车站,出租车后备箱潮湿,我把箱子放在座位上。我付钱的时候司机和我急了,说是弄脏了他的座位。我之所以不想想把箱子放后备箱,是因为我的箱子是布面的,很干净,很漂亮。他急什么啊?我是想放后面的,谁让你的后备箱那么湿呢?不过,我没有把箱子放在后座地上,这是我欠考虑的地方。

我手上拿着钱要给他,他却怒目以对。我说:"你是不要钱了是吗?"放都放了,还要干嘛啊?

他离我越来越近,差一点动手。不过,我也做好了突发事件准备。

我在微博上一说,有人说南京的出租车司机都很有意思,我看到的只是一个侧面而已。

南京啊!有点意思的。

❈ 南京印象:文化底蕴(2010 年 6 月 8 日) ❈

在南京一个星期,没有时间游览这个城市,最多就是看了南京图书馆、金陵图书馆、南京大学图书馆，还抽了一个小时空去南京图书馆旁边的总统府，在夫子庙吃了一顿晚饭。所以没有太多的印象。但是，总体感觉南京比较有文化。

首先，南京图书馆的建筑显得比国家图书馆的新馆更有文化，每一个细节都渗透了文化元素（以后再向大家介绍）。这是我个人的感受，国家图书馆的同事和领导们看了可不要不高兴啊！

其次，南京人似乎综合了北京和上海的优势，谈吐之间显得很大气。南京方言中有北方话的成分，显得比较圆润。

最后，江苏省的富裕程度让我吃惊。江苏省各级图书馆的经费十分宽裕，基层图书馆事业十分发达。如果中国大多数省份都这样的话，中国就可以超过欧美了。

听上海的朋友说，江苏人都很注重文化修养。一些企业家虽然自己文化修养不高，但是却很尊重文化人，自己也努力学习文化。

南京图书馆是中国第三大图书馆。过去狭小的馆舍和简陋的计算机系统，制约了她的发展。现在，有了新建筑和新系统，我觉得南京图书馆是睡醒的雄狮，早晚是要起来的。

❋ 在长春坐出租车（2010 年 7 月 30 日） ❋

一到长春火车站，同行的老 Y 想搭出租车，我就放弃了与同事一起坐轻轨的选择，搭乘了出租。

出了火车站，才发现轻轨就在车站口，才发现出租车候车站没有人排队，也没有出租车爬活儿，这是在许多城市里少见的景象。

出租车起步价 5 元。2.4 公里以后每多 0.5 公里就加一块钱，看上去比北京便宜一些。

听司机说，在长春很难打出租车，我们算是领教了。特别是在会展中心那么偏僻的地方，出租车更难叫。所以，我最后一天离开的时候，就想选择坐轻轨到车站，中间只要步行几分钟，但是要绕一个大圈子。

长春的出租车还有一个特点，就是可以拼车。你坐在里面，外面有人挥手，司机马上靠了上去，说要再接一个客人，看上去没有商量的样子。我想，如果我不同意呢？反正是我付过钱了。不过同事很乐意上一个新客人，顺便问起当地的小吃，无非就是乱炖之类的东西。

出租车的车况一般都不好,还没有空调。既然不贵,还那么挑剔干嘛呢?

司机都很善聊,主要是聊吉林省的司机怎么好,要我们注意不要忘行李之类的话。看上去确实比较实在,不宰客。究竟如何,我也没有深入体会,不好随便判断。

我在想,最起码他们不会像桂林司机那样干事情。那年在桂林,司机都有名片,递上一看都写着"桂林市十大杰出青年",让人看了产生信任感。我说,我刚才还看见一个,怎么您也是?他说,正好我们几个关系都不错啊!桂林的司机有时候还免费拉客,不过是去购物点,在那里领好处费,不是实际上的白干啊!

❋ 从西安到北京:旅途穷折腾(2012 年 4 月 27 日) ❋

昨天会议的主要议程结束,领导批准的假期有限,我不能与大家一起完成所有日程,就提前打道回府了。

从北京到西安的时候,感觉还可以。

可是从西安出发,就不一样了。西安火车站安检很复杂,要排长队。

送站的车子进不去,乘客要徒步走很长一段路,但是站前却有那么多乱停的车,乘客排长队安检,候车室极度混乱,空气浑浊且闷热,有一种少见的脏乱差的感觉。

提醒后面的同事返程注意啊!那么热的天气,如果是夏天可怎么办啊?

听网友说,西安火车站是全国最差的省会车站。我觉得这似乎与西安旅游城市的地位不符合。

在西安三天两夜,除了第一天花三个小时看同学和亲戚,就没有出过门,对这个城市一点感觉都没有。只是觉得这里建筑比较大气,火车站脏乱差,城墙很美。

早晨 7 点到北京,不想麻烦单位里的司机,没有约车。西客站等出租车的排长队,就上了 320 路公共。车子到半途抛锚,我十分郁闷。上班高峰时间,打出租无望,不少人上了售票员截住的后面的公交车,但是我实在挤不上去了——行李太大。

后来男胖司机和女胖售票员看我还在等,不好意思说:"那我们将就送你到白石桥,我们刚才怕车子载不了那么多人。"我看他们态度不错,也就作罢。好在离单位不远,司机们刚上班,也就临时让司机帮忙接了一下。

感谢司机同事们!终于回家了。

坐火车节约时间,但是牺牲的是舒适。坐飞机很干净,其实浪费很多白天的时间。鱼和熊掌,不可兼得。

❋ 上海少年儿童图书馆(2007 年 2 月 23 日)❋

大年初四在上海的马路上走了一下,不自觉地又走到了南京西路的上海少年儿童图书馆。该图书馆好像是对公众开放的,人们可以随便进出。出于职业习惯,我拿着相机就想进去。但是我刚进去,门卫就把我拦住,告诉我不能拍照。早知道如此我就不拿相机出来了。我告诉他们,我是北京来的,是国家图书馆的。门卫听了"国家图书馆"好像觉得很吃惊,重重地反问了一句:"国家图书馆?"不知道是以为我胡诌,还是第一次听到"国家图书馆"这个名词。遗憾的是我身上没有带证明我身份的证件,所以也无法再说什么。我就在门口照了几张,就走了。

图书馆好像是新装修的,我记得过去不是那栋那么漂亮的西洋楼啊!图书馆位于南京西路茂名路口,现在回想起来当时那个路口是一个少年儿童中心,除了图书馆以外,还有向阳儿童用品商店、六一儿童食品商店等。现在那些店虽然还在,但是已经没有往日的热闹气氛了。比较吸引我的倒是图书馆旁一家八音盒专卖店,那是 90 年代开的店,我每次经过都要进去看一下,但是从来没有下决心要买些什么东西。

我在上小学的时候,学校里分配到很少的几张少儿馆的借书证。老师看我喜欢读书,就给了我一张。少儿馆离我家不远,大概步行 20 分钟就能到,我的小学就在南京西路和铜仁路交叉口,直接沿着南京路向东走过去就到了。能得到借书证,是我最引以为自豪的事情。那是在"文化大革命"期间,我能看的主要就是科学小实验和革命故事之类的书,还有一些少量的文学名著。去年我整理东西的时候,发现我还藏着那张借书证呢。

小时候的记忆是很深刻的,小时候的爱好会影响人的一生。

❋ 访问法国国家图书馆(2008 年 4 月 27 日)❋

第一天早晨8:30就到了法国国家图书馆(Bibliothèque nationale de France),在外面转了一个小时,看了图书馆各个角度的样子。9:30进门找人。由于有了预约，手续比较顺利，门卫看了我的护照，还登记了我的信息，并打印了一个临时出入证，别在我的胸前。

来法国参加 ISSN 中心会议，本来只是想去国家图书馆简单看一下，没有想到那里的几个国际图联编目组的法国同事很热情，安排了一个业务研讨会，讨论《无名氏经典著作》(Anonymous classics)的问题。我负责这个项目的中国部分，做了两年，他们一直没有给我答复。这次过来，专门谈了一下，问题解释清楚了，就可以公开征求意见了。

我和法国同事 Françoise Bourdon 和 Nadine Boddaert 已经有了多年的交往，Françoise 和我一起在 ISBD 评估组工作了一年。傅杰(Jie Formoso)女士是新认识的。Françoise Bourdon 今天没有在，Françoise Leresche 和 Nadine Boddaert和我谈了项目的事情，基本上谈清楚了。过去两年间谈过的很多事情，还是反复地谈，他们还问了我中文如何排序的问题，说要按笔画排序，我说现在几乎没有人按笔画查书了。有一些很基本的问题，我们反复说了很多遍。谈到 FRBR，她们都认为太难，看来这是一个全球都存在的问题，不只是中国人不愿意钻研。不过，她们都知道，我们在中文翻译的过程中，发现了一个错误，并予以纠正。

法国同行倒很客气，会谈一个小时以后还陪我参观了两个小时，最后还和我在员工食堂里吃了饭。

法国国家图书馆实在是很大，一进去就让人觉得很破费，主要建筑材料就是钢铁、木头、玻璃，甚至室外的台阶都用了大量巴西运来的防水的乌木，许多地方的墙面都用金属丝网。这是我看到过的最好的图书馆之一。可惜内部不让拍照，没有留下多少图片。

这个图书馆是收费的，而且分层服务。上层对普通读者服务，下层对研究性读者服务，座位和图书都要预约。

到了最后一个放书目的阅览区(可以说是目录室，并提供一些咨询服务)，那个老图书馆员很高兴地给我看了他们珍藏的各种早期的目录，有卡片，有小的卡片(一般的卡片中间一分为二的那种尺寸)，还有装订成册的卡片。他们还收藏了出版社的目录，这种做法在大多数图书馆都是没有的。他们说，有时候搞不清楚一条编目数据是否正确，就要查出版社的目录。

❈ 访问华东师范大学图书馆(2009 年 5 月 22 日) ❈

来上海，计划要访问华东师范大学。

在上海曾经住了那么久，竟然没有去过那里，实在不应该。

这次去了，觉得校园很美丽。新中国成立前就有的校址，现在依然很有情调，还有一条名字古怪的小河①。在沿河的餐馆里神侃，看到树林里的读书人，真有一种奇妙的感觉。

华东师范大学应该说是图书馆学圣地。那里培养出了上海图书馆界的精英们——吴建中、周德明、刘炜……

与编目精灵②神交了多年，昨天终于见到了。如北大的喻美女③说的那样，她不仅是美女，还是才女。槐老师④有眼力啊！我们照了合影，槐老师不要生气啊！

值得一提的是，我们在晚餐时候遇到了华东师范大学图书馆馆长陈大康博士。陈博士有很多头衔，令人眼花缭乱，他的热情和随和给我留下了深刻的印象。最令我吃惊的是，他竟然与我有很多交集：

1. 他是复旦数学系 77 级的本科生，与我们当时的团总支书记李源潮（现国家领导人之一）是同学。我实在想不明白：一个数学系的学生怎么当上了中文系的终身教授！？

2. 他是国务院学位委员会学科评议组的成员，与国家图书馆的詹福瑞馆长的专业相同，还经常有来往。詹馆长曾经对他进入图书馆行业表示欢迎。

3. 我在上海交通大学附中读高中时候的班主任易湘普老师，曾经与他一起在干校劳动过。

一个偶然相遇的前辈，能与我有如此多的交集，实在是有缘分啊！

华东师范大学，为什么我不早点来啊！

采编部主任张期民也是我的老朋友了，CALIS 和北京大学图书馆的一些编目专家也和我们一起用了晚餐。

今天的访问，最大的收获就是交朋友了。当然还拍摄了一些建筑的图片，已经显得很次要了。

❋ 神交上海音乐学院和上海图书馆（2009 年 9 月 25 日）❋

今天有空，去了上海音乐学院图书馆，见到了神交已久的馆长钱仁平教授。

---

① 指丽娃河。
② 即胡小菁女士。
③ 即喻爽爽女士。
④ 范并思先生的网名为"老槐"。

钱教授很年轻,血气方刚,想做一些事情。他们图书馆的馆舍很小,在一栋大楼里只有 2000 平方米使用面积,能提供的阅览条件很差,该馆没有专业的图书馆员。

他上任不久,马上就游说领导建造新的图书馆建筑,下一步还要理顺图书馆管理,加强与其他图书馆的交流。

据我所知,全国大多数音乐学院的图书馆都与其他图书馆交流甚少,不采用同样的编目方法,更谈不上数据的交换。钱先生很有眼光,希望他能成功。

上海音乐学院是我从小向往的地方,我也听过不少关于那里的故事,我在校史展览中看到了 10 位"文革"期间受迫害的教授,当时我们都听大人说起过的。

我经常去上音门口买碟子,但是从来没有进过门。今天一看,觉得该校校园很小,这是该学校精英教育的需要,没有想到这么著名的一个学校只有这么少的教师和学生。

临别前钱教授送我一本文集《谭盾有什么好?:钱仁平海上听乐记》,我回去可以放在洗手间,随时翻阅。

下午去了上海图书馆,主要是想见神交多年的图林老姜①。他是我母亲去世前见到的最后一个客人,我没有理由不见他的真容。谈起来还是我的校友,十分和善,也显得很后生(年轻),看上去不像是这个年龄的人。大概是因为上海图书馆的水土养人或者气氛和谐,昨天说过金晓明先生也显得十分年轻。

临别前有机会去了馆长吴建中博士的办公室,觉得很意外。过去见面,都是在一些正式的场合,最多也就是在上海图书馆的贵宾接待室里。他很善于鼓励人,在许多公开场合介绍我,我很感谢他的支持。他送我今年出版的《建中读书博客日志》,我回去一定拜读,不过他的博客我经常看,大多数内容都是熟悉的。

我当然不能错过这个机会与这位国际知名的学者合影。

❋ 南京印象:奇人逸事之一:陈远焕先生 (2010 年 6 月 4 日) ❋

在南京几天,比较意外的是遇到南京大学图书馆的陈远焕老师。

---

① 即虞定龙先生。

好久不见了，我们前几个月通过电话，这次是他主动来看我的。

陈远焕老师是少有很敬业的采访馆员，不喜欢写文章，但是酷爱淘书。

不喜欢写文章的结果就是评职称困难，似乎中国许多图书馆的著名采访专家都有这个问题，看来图书馆职称体系有必要给采访馆员开绿灯了。国家图书馆的刘庆平、李德宁、文国瑞等老先生（均已故世），似乎都是这样的情况，不过他们属于过去的那个年代。现在的不少有名的采访馆员（其他图书馆的，我不列举了），也都遇到过职称的困境。职称不能反映人的水平，但是没有职称似乎又缺少评价标准，会导致个人感情因素所带来的偏差。到底如何评价采访馆员？我也说不好。好在陈老先生几年前已经解决了职称问题，我感到很欣慰。

记得第一次见陈老师是在 2006 年 10 月，我在南京参加一个论坛，进入会场的时候，陈老师正在演讲，谈到图书采访问题和帕累托定律之间的关系问题。我一下子被他所吸引，产生了请他讲学的想法。

在 2007 年的研讨会①上，经过我再三请求，他终于答应去作一个发言，不过对记者们一直心有余悸。遗憾的是，到现在他还是没有答应到国家图书馆来讲课。

听史梅副馆长说，他确实是一个神奇的人物。他可以一面打着电话，一面与几个人同时讨论问题；他还可以在与别人讨论问题的同时睡着，一分钟以后醒来继续讨论下去。

星期二晚上，会议结束以后，我与会议代表们一起吃晚饭，然后就去看他。他一个人在办公室，屋子就像其他图书馆采编部一样杂乱。因为我晚上还有事情，我也不想让他为我加班太久，谈了半个小时我就告辞了。他还热心地带我去看南京大学里的两个著名的建筑——赛珍珠的故居和江南师范学堂的旧址。

那天我正在开会，他发了一个清单给我，问国家图书馆是否有藏相关的图书。我联系了北京的同事，马上给他答复。

做图书馆采访工作，其实最重要的是对书的热爱。陈老师就是这样的很难寻觅的书痴。

✳ 南京印象：奇人逸事之二：沈燮元先生 （2010 年 6 月 5 日） ✳

在南京图书馆访问，偶遇沈燮元老先生。他在那里看书，享受自己的时间，

---

① 即第二届全国图书采访工作研讨会。

没有任何任务。

他说，书多得都看不过来。

我向他打招呼，他不敢认我。我自报家门，他马上高兴地与我交谈，还问我过去的一些朋友：小魏、小董、小全、志清①、熊英……

沈老出生于 1924 年，将近 86 岁了。他仍然精神矍铄，性格开朗。

记得 20 年前，他在国家图书馆工作过几年，我们经常周末一起吃饭、喝酒、聊天。沈老与我们有很大的年龄差距，但是我们丝毫不觉得有思想上的差距，我们有很多共同的语言，似乎他也是刚毕业的学生。

当时他大概有 70 岁了，还与我们一起喝酒，谈时髦的话题，例如邓丽君、关之琳等等，也很关心周围年轻人的婚恋家事，经常玩到深夜。

大概有 10 多年没有见到他了，他还是那样。

---

① 即魏文峰先生、董耀鹏先生、全根先先生、张志清先生。

生 活 体 验

- 故乡
- 母校
- 美食
- 生活
- 随感

❀ 重归时尚之都（2008 年 10 月 22 日）❀

　　长假刚回过上海，现在又不得不再回来一次。为别人打拼了那么多，也得为自己家做一点贡献。

　　那么多年了，第一次在工作日走进上海，第一次感受了上海市民的生活。既是那么的熟悉，又是那么的陌生——久违了，上海！

　　上海的街道还是那么的拥挤。下午去医院办事情，从襄阳路到乌鲁木齐路，只有 4 条马路，坐出租车大概 10 分钟还过不去，过一条马路要等 2 个红绿灯。我告诉司机不要再开了，我自己下来走 10 分钟也就到了。后来又徒步走了几次这条路，也不觉得太累。

　　上海闷热得无法忍受，坐着时汗水会直接往下滴，我很不习惯。据说明天要降温，希望爽快一些。

　　上海的盐汽水很好喝。我小时候特别羡慕父母在工厂工作的同学，老是提着热水瓶往家里带盐汽水，非常的爽。改革开放后，工厂里大概没有盐汽水了，但是许多正规的饮料公司却出产盐汽水，至少有 3—4 种品牌，最有名的大概是"延中"了。甚至国际名牌百事可乐，也在上海出品了一种盐汽水，味道不错的。北京为什么没有盐汽水呢？

❀ 再次感受国际化的大上海（2008 年 10 月 24 日）❀

　　这几天主要在长乐路一带活动，所见所闻越来越让我体会到国际化的气息。早晨，可以看到外国人从弄堂里出来，送孩子上学。平时，经常可以看到说中文和外文的外国人行走在马路上。中午，可以看到成堆的外国人在洋楼里开的酒吧喝酒，完全是在西方国家的样子。晚上，小街上的一家家小店亮起霓虹灯，穿着入时的中外男女出入其中。除了周围的一些简陋的小吃铺、五金店以及讲上海话和江浙话的中国人，这里几乎与巴黎没有什么差别了。我一直在重新体会这个我曾经居住过的地方，熟悉而陌生的地方。

　　今天下午，80 多岁的大舅和我谈起老上海的样子，说起淮海路上穿着旗袍的女子中学学生，其中有我母亲和我的大姨妈。他说，现在的作家根本不可能写出老上海的样子。那些从外地迁到上海，只是从历史文献中了解到老上海的著名作家们，写出来的东西能反映真实的老上海吗？只有巴金行，但是巴金已经故去了。

❈ 提前还乡：恐惧和错乱（2009 年 1 月 20 日） ❈

新年将至，工作有不少。为了看望病中的老母，不得不放下手头的工作，提前还乡了。

提前还乡也是一种强制性休假的方式。不然，到大年夜都不一定能休息上的。昨天临出发前，还有不少事情要考虑。幸亏办公室的同事们都很负责，我想到的她们也想到了，我没有想到的她们也想到了。

冬天回到出生和成长的故乡，第一感觉就是对气候的恐惧。从小在那里长大，体会过冬天无法出被窝的滋味，经历过手上和耳朵上长冻疮的年代，曾经有过冬天想写字却无法动笔时候，我真不知道这次回家过年会怎么样——这是我20 多年来第一次提前回家过年，而且时间最长。

到了上海，我的冬装却引起了乘务员的注意。事实上，我走了没有多少路，浑身就出汗了，觉得自己似乎是对上海的冬天过度恐惧了。上个星期还最低温度零下 3 度，今天却已经到了最低 5 度，没有很多冬天的感觉。但愿以后的几天能继续如此，让我能安然度过这个春节。

穿梭于京沪两地之间，总有一种错乱的感觉。一是时空的错乱，从北方到南方，从温室到寒冬；二是思维的错乱，就是暂时放下了紧张的工作，体会一下难得的真正家庭生活。不过，还是得不时地上网，检查邮件，以免错过重要的事情。即使自己不亲自做，也要及时转告有关人员去处理。

我想起了詹福瑞馆长在我部联欢会上的致辞："祝大家身体健康，心情愉快，工作顺利，家庭幸福。"听上去似乎工作顺利应该列在比较次要的位置，但是我想如果我们真的把工作放在次要的位置上，肯定不是他想看到的结果。这是题外话，领导的话不能细琢磨，我们还是应该各个方面都兼顾好才是啊。

❈ 新年的随想：本命年、上海和北京（2009 年 1 月 26 日） ❈

大年初一，总得写些什么的。

今年对我来说有特别的意义，最主要的是今年是牛年——我的本命年。上次本命年是怎么过的，现在已经记不起来了。这次本命年似乎更有意义，因为在我退休之前，这是最后一次本命年了；而且，本人已经将近知天命的年龄，虽然体力不如当年，而且离青年的队伍越来越远，但是这个年龄的人可以对人和事多一些理解,掌握其中的规律,应该有更多的成就。李致忠先生说"你这个年龄是最好的年龄",大概就是这个意思。我希望能早日达到"纵心所欲,不逾矩"的境界,当然不希望早日达到那个年龄。今年还有几个特别的地方,第一是上海经历了18年以来最寒冷的冬天,第二是我去北京工作22年以来第一次花这么长时间在上海过年。

昨天晚上看到上海展览馆的夜景,觉得很亲切,就拍了下来。从出生到青年时代,我一直在上海展览馆(中苏友好大厦)的周边地区生活。虽然搬了两次家,也一直没有脱离上海展览馆的方圆一公里的范围,我的照片还留着童年的记忆。

在童年的时候,我们住在安仁村,与展览馆一墙之隔。弄堂里住了不少展览馆的员工,我有一个同学的父亲就是展览馆放电影的,我最羡慕他能拿到紧俏的外国电影票,当时比较流行的就是阿尔巴尼亚、越南和朝鲜的电影。在那个禁欲的年代,大家都希望看到来自国外的爱情影片。当然,直接表现爱情的影片是没有的,大多数是在革命斗争中产生的"革命友谊",偶尔有拥抱的镜头,都被认为是少儿不宜的。我上的小学就在展览西北侧,早晨做早操或列队操练的时候,如果操场的空间施展不开,我们就移到展览馆北面的人行道上。朱为民老师对我们要求十分严格,那些情境现在依然历历在目。

这几年,我们当时居住的地方已经发生了巨大的变化,上海展览馆的周围,多了一些不熟悉的现代建筑,过去的慈厚南里和慈厚北里都消失了。对于上海人来说,他们应该十分了解这些新建筑,但是我却不知道它们的名字,觉得十分陌生。只是镜头近处的慈惠南里(在展览馆的东南侧)一直是过去的样子,并经过整修变得更漂亮了。

在这个本命年里,我觉得自己似乎已经融入北京这个移民的大家庭中了。当时刚到北京的时候,还听不懂北京的许多土语,吃不惯北京的菜,不知道去哪里买生活必需品(北京与上海有着不同的商品供应模式),朋友们主要还是在上海。现在,我对北京越来越适应,对上海却感觉越来越陌生,不仅因为上海在飞速变化,也因为自己已经融入了北京的多元文化——我吃饭没有选择,哪里的菜都吃;交的朋友没有地域限制,什么地方的朋友都有。不过,我觉得还有必要保留一些南方人的传统,其中最主要的就是勤劳、踏实和细心。没有勤奋的劳动,任何事业都不会成功的。

现在,我觉得上海也开始接受多元文化了。过去在商店购物,说普通话会被人宰,这次回来时,我走进商店,服务员会主动说普通话。这说明上海的外地(外国)居民越来越多,而且服务员也大多数是外地人。多元化才能发展,过去的上海人,不都是从江苏、浙江、安徽等地迁移过来的吗? 后来为什么封闭了呢? 这几天住在西部韩国人居住区,看到商店和餐馆的招牌全部是韩文的,不知道是否有中国人进去。在超市购物,耳边经常会传来韩国人的对话。由此可见,上海越来越包容外来人员——有国内的外来人员,也有外国来华人员。

上海是中国现代文化的发源地,图书的出版和发行都是在上海发展起来的,我认识的很多出版社和图书公司的老人,都是上海人。

经过 60 年的发展,北京已经成为中国当代文化的中心,最主要的出版社和图书公司都在北京,来自全国各地的人们都在为其添砖加瓦,北京没有理由发展不好。

祝北京人越来越勤奋,使这个现代化的城市名副其实;

祝上海人越来越开放,使这个工业化的城市焕发青春。

�֍ 安义路上的毛泽东故居(2009 年 1 月 29 日) �֍

这几天经常坐 57 路公共汽车,起点站就在安义路。

安义路过去是菜场。我小时候住铜仁路,每天早晨长跑以后,就去菜场排队买油条和豆浆。记得当时学习伟大导师列宁的教导:“小生产是每日每时地、自发地、大量地产生着资本主义和资产阶级的。”我们红小兵要割掉资本主义的“尾巴”,就去菜场阻止剪螺蛳和刮带鱼鳞的小生产者经营。他们一分钱都不收,为顾客刮带鱼,用刮下来的鱼鳞去换一些钱作为自己的收入。据说,带鱼鳞可以作为铅笔上银字的原料,其实是废物利用,有利于环保的。当时老师说,他们存在就会产生资本主义。于是我们放学以后,去菜场“割”资本主义的“尾巴”。

安义路只有几百米长,现在安义路南北的慈厚南里和北里都没有了,一些施工项目正在进行中,铜仁路成为酒吧一条街,可以说是“红灯区”。安义路上的所有旧建筑都被拆除,只剩下毛泽东的故居。我查到了如下介绍:

> 安义路 63 号是毛泽东生平第三次来上海时(1920 年 5 月 5 日至 7 月 7 日)的居住地。在此期间,毛泽东领导湖南在沪学生开展驱逐湖南军阀张敬尧的斗争,成立“湖南改造促成会”,并多次发表文章;召集著名的“半淞园会议”,讨论新民学会的发展问题。
>
> 1920 年 5 月 5 日,毛泽东率领“湖南驱张请愿团”来沪,

住在哈同路民厚里 29 号（今安义路 63 号），时间达两个多月。民厚里 29 号是一幢两层楼砖木结构的房子。毛泽东和随同来沪的 15 岁的张文亮住在前楼下房。

❋ 上海是外地人的上海？（2009 年 3 月 29 日）❋

周末回上海看望老妈，在阴雨绵绵中到达上海，正好赶上全国范围内的降温，更感到一份阴冷。

昨天与舅舅聊天，他说如今在上海已经感觉不到自己是在上海，有时候不愿意出门。在地铁里，听到的都是普通话，看到的都是匆匆来往的民工，外地人大量拥入上海，上海人的压力越来越大了。上海人住到郊区去了，外地人住到城里来了。这是好事，还是坏事？

不过，我听说许多上海人自己不做事情，情愿在家里拿低保，真正做事情的都是外地人。

这种情况在北京也很普遍，大概在美国的大城市也是这样。

上海人失去了自己的感觉，这是社会的进步？是文化多元化的表现？还是上海文化退化的先兆？

我自己很希望看到多元文化在上海形成，这有利于发展经济和提高效率，但是上海的本土文化会因此消亡吗？

❋ 上海，你以什么姿态来办好世博会？
（2009 年 4 月 17 日）❋

今天晚上打电话给重病中的老妈，她告诉我一件令人气愤的事情。

我老姐为了看望我老妈，远道从国外回来。临走前带我老妈去医院看病。回来的时候在路上打车。老姐刚把自己的包放到车上，让女司机停一会儿，她去扶我老妈。没有想到，女司机马上踩了油门，飞似地走了。不仅我老妈没有坐上车，而且老妈在医院配的药和医保卡都随车一起走了。

老姐既着急，又气愤，联系了两天，才找到锦江出租车公司的那个女司机，这时距上飞机只有两个小时了。

我不禁要问，上海，你有资格办世博会吗？你准备好了吗？

生活体验·故乡

❋ 上海弄堂里的"万国旗"（2009 年 5 月 20 日）❋

现代化的上海,仍然没有改变过去的习惯。我家弄堂口,还是有很多"万国旗"——公开晾晒的衣服。

周日在上海看电视,有一个"三兄弟"的节目也评论了这个事情。但是那个胖兄弟的观点似乎也有一些问题。他说,世博会马上要在上海召开,各国的先进文化要在这里展示,我们要学习别人的先进文化,提高文明程度。我听了觉得有点奇怪,文化有什么先进不先进的,难道我们都学外国人,就文明了?上海这个大都市的媒体比较开放,也比较随意,但是缺少文化深度。那个大胖子大概定居国外,很崇洋的。他还说了一大堆关于内衣属性的问题,就是说在外国人看来,商店里的内衣具有公共属性,大家都可以看,可以谈论,但是买到家里以后就具有个人属性,不能让外人看的。在这个方面,中国人的观念与西方人正好相反。

小时候老妈一直告诫我,不要从别人的衣服下走,特别是在女人内衣下走,是要倒霉的。

今天还要去上海了。

❋ 欧化的上海（2009 年 5 月 24 日）❋

最近几天一直在我家附近的卢湾、徐汇、静安三区的交界地带活动。晚上出来,觉得似乎是在欧洲——欧式的酒吧、餐馆、服装店……这个地区过去大概是法租界,以后是否还会重新成为法国影响的地区?我不太清楚。但是,我看到最有名的百货店巴黎春天在这里,有一些小店也用了法语的名称。当然,也有一些日本、中亚地区风格的店铺。

❋ 上海啊,上海,要我如何说你?（2009 年 5 月 25 日）❋

回上海,经常要去淮海路上的食品二店买东西,那几个柜台,那几样商品,都是很熟悉的。

昨天,最后一天在上海,照例去采购一些东西。我转了一圈,懒得找东西,就问营业员:"盐津橄榄有没有?"服务员竟然指着另一种橄榄,说这就是盐津橄榄,想骗我买下。我当时就有一种受骗的感觉,马上找了值班经理,要他纠正这个问题。

上海人瞧不起外地人,拿外地人当猴子耍,已经有历史了。在改革开放的今天,上海已经在国际化的道路上越走越远,但是怎么在这么一个出名的商店里面,还会发生这样的事情?我很不理解。

我从小在这个地区长大,这里有什么商品,商品什么味道,都很清楚。难道因为我讲普通话就认为我是外地人,要骗我吗?难道以为我不知道什么是盐津橄榄吗?

虽然这不是一件大事情,我也不要求营业员赔偿或者道歉。服务员找工作也不容易,也要养家。我的目的是要让商店的领导知道这样的做法是不对的。柜台肯定是承包或者出租的,但是商店应该有责任管理。

这种做法在北京似乎是看不到的,特别是有名气的大商店,更不可能发生这样的事情。诚信是很重要的。

我在另外一个柜台买了东西,其他服务员说:"没有就说没有好了,干吗非说有呢?"

❊ 周末的上海故事(2009 年 6 月 28 日) ❊

周末回上海看望老妈,这是我到北京工作以后回上海最频繁的一段时间。没有机会照顾老妈,能多回去就尽量多回去几次。上海的天气多变,时而大雨,时而晴天,空气显得十分潮湿。

老妈省吃俭用,一张存折不知道存多少年了。现在吃药需要花钱,不得不去银行取钱。可是,银行的所在地几年前已经被夷为平地,变成花园了。我问周围的人,他们却不知道银行搬到哪里。我想到了上网,但查到的几个信息都是矛盾的,我估计是网络没有及时更新信息,于是就去了一个所谓的区分行。到了淮海路的那个银行,得知那其实也不是分行,而且不能办理我想办的业务,被支到另外一个银行,而且那个银行周六不开门,周日才开门。今天一大早我去了威海路的那个银行,又被告之代理那个拆迁银行的窗口周末不开门,周一才办理业务;而且这个临时的窗口也要马上搬家,不要错过机会。我要回北京了,只好让老姐办理了。一个银行的事情,花了我两个半天的时间,走了三个地方,还是没有搞定,郁闷ing!老妈想吃绿杨邨的东西,今天也没有顾上买。

老姐还是很关心上海的故事——过去的事情。我们去进贤路的瑞福园吃饭,她一定要多走几步去看程乃珊小说里的那处住宅。我也知道那地方,那现在已经是一个革命历史纪念馆了，门口挂了 N 多的牌子。

老姐谈起了她上的机关幼儿园现在还在威海路陕西路口，我走过多次也没有注意到。她还提到了我上的女青年会幼儿园，我不记得"文化大革命"以后改为什么名字了①，我的老朋友阿东②一定还记得。老姐说那个地方现在大概已经是富豪的宅邸了，看上去很豪华的样子。我不记得那里的具体位置，大概是在威海路茂名路口，在我过去住的九福新邨附近。今天走路经过，没有留神，下次经过那里一定看一下。记得我们上小学以后，还和阿东一起去幼儿园看了老师。上幼儿园的时候，每天放学坐"校车"——用栏杆围起来的三轮车，也就 15 分钟左右就到家了。老妈说老姐上的幼儿园，一个月要收费 20 元——当时大概差不多是一个普通工人的工资吧。

中午临出发之前，吃了传统的荠菜青菜馄饨——胃里的记忆，感觉很好。

❋ 上海展览馆——寻找儿时的记忆（2009 年 7 月 24 日）❋

在上海期间，早晨用一个小时走了上海展览馆周边的一些地方，寻找儿时的记忆。那个区域离现在的家也不远。

展览馆东侧，过去威海卫路（现在是威海路）上的基督教女青年会幼儿园（"文革"以后改名为培新幼儿园）已经成了一栋豪宅，楼前的滑梯等设施没有了，我看不到任何当时的影子。

展览馆西北南京西路口的铜仁路小学不复存在，它被改造成了一家高档餐馆。铜仁路和常德路之间的一大片住宅（慈厚南里和北里）都被拆除了，空地被用来建造嘉里中心。周围很少有居民，自然小学也没有存在的必要性。

小学北面南京西路上的林荫道，还是那个样子，法国梧桐是这个地方的特点。我们做早操和军训都在这块空地上，放学后有时候也在这里玩耍——斗鸡，玩弹子，跳人体"鞍马"……树上有各种知了——"哑巴"、"麻皮"、"热死他"、"爷胡子"……还有金乌虫和天牛，我们用塑料网兜或者柏油捕捉。但是梧桐树上最怕的是刺毛虫，其身上的刺随风吹到身上，疼和痒的感觉十分可怕。

原来铜仁路中间东侧我家（安仁村）旁边沿街（被称为"街道"）的自建住宅，最近刚被拆除，看上去也是要建设商业设施。

---

① 应该是"培新幼儿园"。

② 即张学东先生。

铜仁路南端东侧的展览馆西墙,过去是用铁丝网围起来的,现在早已经是酒吧一条街了,被称为"红灯区"。晚上走过那里的时候,看到许多保安在门口,很气派的样子。

铜仁路南端西侧的慈厚南里,拆迁后曾经是一片绿地,现在开始被用来建设嘉里中心的香格里拉大酒店。

铜仁路往南走到尽头,是过去的新成中学。新成中学是当时全上海唯一有学生管弦乐队的中学,我在那里读了两年半的初中。学校的旧楼还在,现在大概是酒类专卖局的领地。其他楼已经被推翻重建,成为逸夫职业技术学校。我每天早晨在其三层窗口吹小号的那栋楼,现在也没有了。

❋ 陕西南路——假货的天堂(2009 年 7 月 28 日)❋

这几天去医院照顾老妈,每天沿陕西南路走,从延安路到淮海路,一路受尽骚扰。每走几步,就有人问:"手表要吗? 包包要吗?"这支冒牌假货大军大概有上百人,规模不小。

上个星期来上海的时候,我在食品二店吃绿豆刨冰。觉得 10 元的刨冰味道太差,根本不是希望的那种味道,而且价格实在是太贵了! 食品二店的柜台是出租的,卖刨冰的人大概自己也不知道刨冰应该是什么味道,放了一大堆绿豆,没有多少冰,也可以说是假货了。售货员还煞有介事地不断向人推销:"绿色食品,清凉消暑……"

一面吃,前面一个大妈不断问我:"手表要吗?"我不耐烦地说:"不要不要,走开!"吃了一会儿,后面一个男子凑上来问我同样的问题,我干脆不理睬了。他还是不死心,不断地问,还用英语问,我还是不理睬。最后他问:"你到底是中国人还是外国人?"我还是不吭声。难道我长得像外国人吗?

在这条路上走,还经常发生拉拉扯扯的事情,那些人一定要你看他们手上的广告,实在无法忍受。

❋ 回家的路(2009 年 8 月 8 日)❋

上了一个星期的班,又回上海了。

自从读高中住校开始,回家就成为一件事情了。

我读的高中是交通大学附中,在宝山县(现在宝山区)的高境庙,那个地方当时还是农村。记得当时也不是每周都回家的,周末在学校看书很清静,从而也学会了自己洗衣服和床单,自己缝补衣裤和被子。当时没有被套,自己用大号的针将被里、被面和棉絮缝在一起(那个时候不用被套),大多数男生不会,也不屑做这样的事情。

大学在离高中不远的地方。为了有一个安静的地方多看书,我还是很少回家,甚至寒假和暑假期间也在学校读书。一般是一个月才回去一次。走的还是差不多的路线,从家到学校大概要一个多小时,转两次公交车。

毕业后到北京工作,回家的次数就更少了,一年最多两次。

回家的交通工具开始主要是火车,最好的是 Z13/14 次(上海铁路局)和 Z21/22 次(北京铁路局)特快,自然 Z13/14 次的服务更好一些,当时很喜欢吃火车上提供的香肠面,价廉物美,很少有火车上的餐厅提供这样的美味。当时的火车票不便宜,要占工资很大的比例,节省开支自然也是少回去的原因之一了。好在铁路局有不少朋友,经常蹭车甚至蹭过软卧——当时可不是一般人能坐的,除了钱以外,还要证明级别的介绍信的!

后来,工资越来越高,飞机票相对越来越便宜,坐飞机的次数自然也就增加了。坐飞机的过程比较短,可以享受周到的服务,但是坐飞机前后的过程却不很享受——到机场的距离太远,飞机晚点带来问题,飞机要占用大量白天的时间……不过,3—4 折的机票是很诱人,以至于我有一段时间几乎不坐火车了。

去年北京和上海开通空中快线,虽然方便了旅行,使旅客迅速通过安检,但是价格就不再那么诱人了。一般情况下,最多也就是 6—7 折,加上市内交通等其他费用,几乎没有什么竞争力。今年京沪晚间动车组的开通,把我又拉回了火车族。星期五下班吃完晚饭后出发,星期六早晨到上海家里;星期日晚饭后出发,星期一早晨就回到单位上班了。327 元一张火车票,加上市内交通(地铁和公交),也就 336.4 元[0.4(北京公交)+2(北京地铁)+327(动车二等座)+5(订票费)+2(上海公交)=336.4 元]。坐软座动车 10 个小时的感觉,肯定是比去欧洲的飞机舒适,也比坐 T 或者 K 字头的火车卧铺舒适,从而它成为我的首选交通工具。这样的价格,即使每周末都回去,也是可以承受的,就是一定要提前订票,临时很难买到。其实,我还是有点怀念刚取消的 Z13/14 和 Z21/22 次直快列车的。

相比较而言,全价飞机票是火车软座的 4 倍,性价比很差:98(北京出租)+1130(全价飞机票)+50(机场建设费)+35(上海出租)=1313 元。

2000 年老爸去世前后,我回家的次数增多,一年内走了 7—8 次上海。最后一次是坐国航的班机,只有到浦东机场的票,下飞机后马上搭乘出租车,催促司机以最快的速度开车,还是走了40多分钟,在老爸闭眼10分钟后到达,也算是赶上了。如果当时就有现在这么多的航班,尤其是到虹桥机场有较多的京沪空中快线航班,我肯定能在老爸闭眼之前赶到了。从虹桥机场坐出租车,到我家只有10分钟的时间啊!

去年下半年老妈生了同样的病,我也回来差不多10次了,大多数也只是过一个周末,但是已经破了历史记录,也使我更多地体会到回家的感觉。

❋ 卖白兰花的老阿婆(2009 年 8 月 12 日) ❋

这几天每天从陕西南路走,总能遇到那位卖白兰花的老阿婆,她的执著和认真引起我很大的兴趣。上次拍了一张远镜头,这次我站在她旁边,拍了几个近镜头,她竟然一点也没有察觉。用铁丝把花儿编成花样,很费工夫啊!

我在几个地方都看到过她,最多的是在长乐路和陕西南路口,还有在巨鹿路和陕西南路口,有一次还看见她在茂名路和淮海路口的国泰电影院门口。走过她身边,总能闻到一股熟悉的花香。在市场经济如此发达的今天,还有这样的老阿婆一丝不苟地做着传统的生意,不知道有多少年轻女郎会买她的东西。

❋ 再次"享受"上海的银行服务(2009 年 8 月 13 日) ❋

在上海需要钱,就要与银行打交道。在淮海中路和陕西南路口的工商银行,我看见很多人以很原始的方式在等候,坐在椅子上排队。随着前面的人一个个地上去接受服务,我不得不每次都要起身挪动屁股跟上,一共10多次。我问值班经理,为什么没有叫号机? 她说是因为地方太小了。我觉得地方小不是问题,主要是她们没有想提高服务质量。既然有那么多的座位,怎么没有地方放叫号机呢? 她说:"如果你要叫号机,可以到茂名路口的那个银行,那里有。"不知道她是想赶我走,还是想说明她们的银行没有那么落后,这令人感觉很不好。

我排到以后,一问外地卡需要收1%的手续费,马上就走了。去附近的招商银行,用金卡在柜台取要收0.25%的费用,在ATM取没有任何费用,非常的爽!以后可以考虑把工商行的账户都取消,把钱都存到招商银行里去。

记得若干年前,我在南京东路工商银行办业务,看着有一米线,但是后面的人紧紧地跟上来,看我办理手续,一点隐私感都没有,工作人员也不管。在南京路和淮海路这样的闹市区,为什么不能做得更好一些? 难道上海人就不想改变自己的形象吗? 难道一定要让外地人认为上海人素质低吗?

❋ 为老母亲送行(2009 年 8 月 18 日) ❋

回上海已经 10 多天了,一直在上海图书馆对面的博爱医院陪伴老妈。昨天凌晨到今天早晨奋战了 29 个小时,老母亲还是走了,不过走得比较安详。

在医院陪床,为了果腹,就要"侦察"周围的地形,知道了哪里有吃的东西。听说上海图书馆里面的伙食不错,但是我不敢去,怕惊动大家。

昨天,上图的老虞和老丁①到医院看望,我正好离开了一会儿,没有见到,但是我很感动,感受到了老乡的亲情,也感受到了全国图书馆都是一家人。特别是老虞与我素昧平生,只是神交,却帮了我许多忙。我没有告诉他们我的信息,他们只是从博客里的蛛丝马迹就分析出来我的位置,很不容易。可以说,他们是我老妈见的最后两个客人。几分钟以后,老妈就昏迷了。

送走了老妈,就接到了詹福瑞馆长的短信,陈力副馆长还亲自打了电话慰问,办公室主任表示要送花圈。领导对我们如此关心,我们有什么理由不做好工作呢?

确实,没有老妈的支持,我是不可能在图书馆工作好的。我喜欢北京,一个人在北京闯荡。父亲临走之前,还希望我调回上海,特别问我是否有可能到上海图书馆工作,我说不可能的。但是老妈的脾气倔强,不愿意到北京来生活,也不愿意到澳洲随老姐生活,从而她就一直一个人在上海,造成了很多不便。

老妈走了,我与上海的联系就少了,不知道以后是否还经常来上海。

一年以来,我们全家与癌症抗争。有了老爸的经历,我们也知道结果,但是总想多做一些事情,没有想到老妈还是那么痛苦! 由此也想到了中国的医疗制度为什么如此糟糕! 为什么人类还是那么的无能!

这一年中,回上海好像是周末郊游似的,成了家常便饭,自己也不知道怎么会这样了!

詹馆长说,老妈一定要经常去看,不要以后后悔。同事说,工作是无限的,老妈只有一个。送走了老妈,我的任务也完成了。

书
山
蠹
语

---

① 即虞定龙先生和丁建勤先生。

❄ 周末的上海见闻：国际化、开放观念、出租车……
（2009 年 12 月 8 日） ❄

周末在上海过了几天，还是感觉到上海的国际化气氛。

在虹桥，在路上走的时候到处可以听到韩国人的交谈，街头有许多韩国人开的餐厅，甚至没有一个中文字——看来不希望中国人进去啊！

在淮海路周围，身边随时可以看到"洋鬼子"，也经常可以看到异国情侣手牵手逛时装店。当然，男性老外与中国姑娘的居多，偶尔也能看到重口味的中国小伙子。

有人说北京也很国际化，外国人不比上海少。不过我在北京工作时间那么久，平时不去 CBD，也看不到现代的东西，是孤陋寡闻了。只有在上海休假的时候，才能看到一些新鲜东西。

回来的火车上，车厢里竟然有一大批法国男女，还有两个中国姑娘。他们费了半天工夫换座位，最后在我旁边的那个两人座位上，安排了一个法国小伙子和一个中国姑娘，晚上他们依偎着睡觉，俨然是恋人的样子。

上海人的观念也确实开放。一天在淮海路上走，身边几个学生模样的 MM 大声讨论问题。我走过去，听见她们中一个在说："在日本人眼里，Sexual Pleasure 不是见不得人的，而是人类感官的最高境界……"不知道她们只是谈论日本人，还是自己就是这样认为的。

一天坐出租车，与司机闲聊。司机大概 35 岁以上了，他说自己还没有女朋友。我说只是没有碰到机会，肯定有合适的。他很高兴，与我谈起了他的长处，例如他会做饭——用电饭煲会做，不用电饭煲也会做，放多水可以不闷，放少水可以闷（我觉得现在许多青年人大概不用电饭煲不会烧米饭的）；还有螃蟹也有各种做法，清蒸的时候肚子要朝上，用水煮的时候要肚子朝下……我觉得他很会生活的，怎么没有找到老婆呢？他说的一些技巧我都会，正好交流对口了。我让他不要着急，机会肯定是会来的。现在上海开出租车的司机里，很大一部分都是崇明人，上海本地人太懒，不愿意做这样的苦差事。崇明人要生活，就在宝山等地方租房子，其实也很辛苦的。

在南京路上，看到人们很有秩序的排长队，一看是等公交车。没有人维持秩序，能排如此整齐的队伍，对于国人来说是不容易的了。

❋ 周末的思考：上海的记忆及其他（2010 年 8 月 15 日） ❋

买到《海上传奇》的碟子，它是关于上海的一些故事。作为纪录片，采访与上海的历史有关的一些名人的经历，反映了上海的文化。

前面部分主要是一些资产阶级的遗老遗少，还有电影明星和"老克勒"等一些我过去熟悉的故事，但是大众只能仰视。不过，这些故事至少也反映出旧上海的一角。

中间有新中国成立后的纺织女工，代表了新中国的工人阶级。最后关于韩寒的部分似乎没有看到上海的影子，不知道编剧的目的何在，只因为他是名人吗？

没有看到我们这个时代的东西，觉得遗憾。是因为编剧疏忽？还是太敏感？还是觉得没有东西可写？20 世纪 80 年代发生的事情实在是太多了，特别是在文化方面。

是该拍这样的片子了，再过几年人和物的痕迹都很难再寻找。

女主角赵涛的出现似乎有点突兀。她是采访人？是叙事者？是故事的主人公？都不是，与故事主线无关。她大概是贾樟柯的偏爱吧，都是山西老乡，贾导①用她 N 多次了。

电影的英文名为"I wish I knew"（但愿我知道）。同名歌曲是好莱坞作曲家 Harry Warren 1945 年的作品，可以作为电影主线，当做那个年代的标签。

正好又读到大记者闾丘露薇的博文"我的上海"，谈的也是上海的故事。闾丘是我的校友，她的东西看了觉得很亲切。

我觉得，大概只有离开上海，从外部看上海，才能对上海这个城市有更深的认识。

上海本身就是一个移民城市，为什么会形成如此独特的文化，而且进而越来越封闭和排外？我有时候也觉得很奇怪。不过，上海文化里确实有一些值得自豪的东西，进而会导致优越感进而产生排外性。在上海文化里，理性的成分比感性的成分更多一些，所以上海人比较讲究规则，办事情比较认真，从而也就使得上海这个地方的技术和经济都能快速发展起来。但是在外人看来，上海人的这些特征又显得比较小气，斤斤计较，太算计。

上海人有自己独特的生活方式，正如有些老巴黎人，不愿意放弃自己独特

---

① 即贾樟柯先生。

的生活方式,看不起其他地方的人一样。有时候这种独特的生活方式,外人看来有点小资。

但是,如果走出上海,我们确实可以感受到全国各地都有自己不同的文化和价值观,从而"优越感"更无从谈起。就像美国人,在其独特的价值观下,经济得以快速发展,但是美国人的价值观能强加给其他国家吗?当然不能。讲究规则和信用的西方发展得很好,难道不讲究规则和信用的东方就不能发展了?

每次回家,老舅都说,现在上海人住到城外去了,城里住的都是外地人。确实,在我老家的周围,住的都是外地人,他们做着各种各样的生意。老舅研究上海电影史,出了不少书,怀念逝去的年代,自然看不起新移民。而且有一些打工者不注意素质,在公共场合行为不端,更导致老上海人的侧目。

这几年,我经常在外面走,经受各种文化的碰撞,过去的那种生活方式早就没有了。再加上工作繁忙,个人生活显得越来越粗糙。相反,倒学会从各种不同的角度来看过去的事情。

历史总会过去。不知道再过 30 年,回头看上海是什么个样子。这二三十年间,上海又在经历一次移民的浪潮,他们会对上海的未来产生什么影响呢?难道以后永远是"老克勒"和"老懂经"的价值观吗?肯定不是了。

❋ 北京和上海:到底哪里是时尚之都?
(2010 年 10 月 22 日) ❋

去年回上海 10 多次,到达上海之前,火车上广播都会说:"欢迎您来到时尚之都上海!……"手机也会收到中国移动的短信"欢迎您来到时尚之都上海!您若需要了解酒店、餐饮、娱乐、航班、交通等信息,预订机票,请致电 12580,上海移动将竭诚为您服务!"

我走在上海大街上,一直在品位"时尚之都"这句话,似乎觉得上海还不够时尚。

国庆最后一天,我漫步在北京的前门、天安门、王府井等处,试图用相机抓拍时尚的美女,可惜收获甚微。

我不禁想到如下判断:

A:北京确实没有上海时尚,上海完全可以被称为是时尚之都;

B:北京也很时尚,只是我没有去美女出没的地方;

C:北京和上海都很时尚,但是节日期间在大街上走的都不是本地人。

到底哪个判断准确？还有待我申请一个国家社科基金的课题，再请专家们一起来分析了。

我有一个朋友在微博留言，说美女都在私家车里和飞机里，这话也不无道理。

最近有机会去了北京的时尚商区 Solana①，觉得似乎是到了外国，那里的购物环境仿佛在什么国家里见过。看了这个地方，我觉得我要做的课题真有一定的难度了——真不好判断北京和上海到底哪个更时尚了。

❋ 和乐队老刘联系上了（2007 年 3 月 9 日）❋

昨天晚上我把中学期间乐队队长老刘加入了 MSN，今天一大早他就给我来了信息，我们聊了 10 多分钟，基本接上了头。

除了我的一个死党老张以外，初中的同学就没有任何联系了，乐队的队友更没有消息。记得是前年，老刘给我在 ChinaRen 上留言，但是他从来不看我的回信，所以我们一直也没有联系。

我的记忆一下子又被拉回到了遥远的初中时代。那时候我的理想是当一个小号手，我看着老刘应征入伍，感到十分羡慕，也很想走这一条路。父亲尽管不太同意我搞文艺，还是给我找了一个小号老师，这位老师是他们乐队的指挥，海政文工团退伍的。可是没过多久，我们就开始学数理化了，小号一放就是十多年。现在看过去的那些照片，感觉真的很特别，是别人没有经历过的。当时全上海学生乐队也没有几个啊！

老刘说张海洋老师退休后开了一个古玩店，我以后有时间去看看他老人家。他大概有 90 岁了，现在还记得当时他拿军宣队没有办法的样子，也记得他不让我们吹"那不勒斯舞曲"（当时是"靡靡之音"，不让听的）的样子。那年有一个部队文工团招小号手，还要我吹一个曲子，张老师就让我吹《那不勒斯舞曲》。我当时不很懂事，但是从这件事情可以看出，张老师还是很喜欢那些"靡靡之音"的。张老师当时极力推荐我去面试，但是当时我不在状态，发挥不太好，比平时吹得差很多。

---

① 即蓝色港湾。

✳ 复旦学生＝小资？（2009 年 3 月 9 日）✳

前天在校友会的聚会上，书记已经说了我们不是"小资"。但是，这句话却勾起了我们当时的一些"小资"性的回忆。

20 世纪 80 年代是开放的年代，一直持续着保守势力和改革势力之间的较量，这也体现在学生生活的各个方面。

当时，邓丽君的歌曲被认为是"靡靡之音"，禁止学生听。但是，数学系的学生非要听，还要放在窗台上听，弄得搞学生工作的老师到 3 号楼挨个查是谁干的事情，当然他们是空手而归了。明明知道是谁，但是苦于没有证据。

那时候交际舞刚开始流行，大家都认为跳舞是时髦的东东，数学系的学生也不例外，出现了"三剑客"的说法，还有经济系"七姐妹"（或"七仙女"）的故事。

记得同学中有几个弹吉他很棒的帅哥。特别是季耀华，他弹的古典吉他在全上海学生中都是数得着的。我们经常晚上坐在草地上唱歌，吉他手大概有 3—4 个吧。

"大家沙龙"就在 3 号楼旁，不过我倒不经常去。

海德格尔咖啡馆虽然很出名，但也是我走以后的事情了。

至于那个吸引全上海各个高校 PPMM① 的歌舞厅，大概是更晚的事情了。很遗憾，没有赶上那个年代。我们当时举办舞会的时候，都没有很好的音响设备，自己提着录音机过去。

那天在校友聚会上，听说了最近几年竟然都有在毕业前夕男生们到女生宿舍楼下对歌的场景，很是羡慕啊！还有一次竟然有男生们抬着钢琴到女生宿舍楼下，这个场面一定很不错吧？

不过，我们的学生生活中还有另一面。我前几年整理了自己的读书笔记，竟然听了那么多的讲座啊：

- 1980 年 10 月 24 日，刘绍光、顾涵森（核研究所）、余云（二医肿瘤医院针灸门诊部）："一元数理论讲座"
- 1980 年 12 月 5 日，谷超豪（数学系教授）："谈数学学习方法"
- 1981 年 3 月 13 日，欧阳光中（数学系副教授）："谈教育"
- 1981 年 3 月 24 日，王庆余（历史系教师）："科技史的历史和现状"
- 1981 年 4 月 14 日，何祚麻（中国科学院理论物理研究所副所长、研究员、物理数学部学部委员）："中微子及宇宙论"

书
山
蠹
语

---

① 即"漂亮妹妹"。

生活体验·母校

- 1981 年 4 月 14 日，朱润龙（《自然杂志》编辑）：“人体特异功能”
- 1981 年 4 月 24 日，王身立（生物系研究生）：“自然科学中的几种‘妖’的概念及负熵”
- 1981 年 5 月 5 日，陈匡时（历史系副教授）：“中国近代历史上的‘排外’问题”
- 1981 年 5 月 29 日，王小盾（中文系研究生）：“古代的占术与相术”
- 1981 年 9 月 11 日，王身立（生物系 78 级研究生）：“在热力学、信息论、生物学、心理学相互交叉的边缘”
- 1981 年 10 月 6 日，胡道静（国际科学技术史研究院、中国科学技术史专家）：“中国科技古籍的发掘与整理”
- 1981 年 10 月 9 日，吴牟人（哲学系 79 级研究生）：“催眠术漫谈”
- 1982 年 2 月 26 日，许良英（中国科学院自然科学史研究所研究员）：“爱因斯坦的贡献及思想”
- 1982 年 4 月 2 日，方励之（中国科学院学部委员、中国科技大学天体物理研究室教授）：“宇宙结构”
- 1983 年 3 月 24 日，陆全康：“等离子体物理”
- 1983 年 3 月 31 日，王元：“哥德巴赫猜想”
- 1983 年 4 月 7 日，须重明：“天体物理”
- 1983 年 5 月 10 日，苏汝铿：“大数之谜”
- 1983 年 5 月 12 日，项武义：“微分流形与黎曼空间”
- 1983 年 5 月 18 日，项武义：“李群与变换群”
- 1983 年 5 月 19 日，项武义：“对称空间”
- 1983 年 6 月 15 日，倪光炯：“从经典物理到近代物理”

记得那次何祚麻的讲座，教室爆满，临时改地点到大礼堂。大礼堂没有准备，讲座就在黑暗中开始，讲了半个小时以后，电灯才打开。那次的讲座给我留下了极其深刻的印象。

❋ 黄梅雨季(2009 年 3 月 10 日) ❋

作者　甘伟

黄梅雨季里有一个女孩想回到她的北方去
当梅子在南方的雨中熟透了的时候
女孩的思念也完完全全地熟透了

她倚在被雨打湿的窗台上
一遍一遍地想她的北方
想她蓝莹莹的北方
想她白闪闪的北方
想她红彤彤的北方
她的思绪像窗外的雨线一样急促而又绵长
雨打湿了她的头发
于是她的头发变成了一挂波光粼粼的瀑布
雨打湿了她的眼睛
于是她的眼睛使明净的天鹅湖也黯然失色
她湖蓝色的裙子在南方的晨风中无比轻柔地飘动
她老是把她的裙子想象成一张湖蓝色的帆
而她就乘着这张帆
飘过高山飘过大海
飘回北方去

黄梅雨季里有一个女孩想回到她的北方去
于是南方在一霎时失去了所有的魅力
于是有一个南方少年永远地失望了
他失望是因为他永远不能成为她的北方
他在这个黄梅雨季的每一个早晨每一个黄昏
倚在同样被雨打湿的窗台上
想那些属于北方的故事
想那个能成为她北方的人
想北方　北方　北方　北方

于是这个黄梅雨季分外缠绵
于是在这个黄梅雨季里成熟的梅子
都有一丝
除不掉的苦涩

　　这首诗在校友聚会中被多次提起，也深深地打动了我——一个生在南方，活在北方的游子。据说，当年上海有80%的女大学生都喜欢这首复旦诗人的作品。

那天在校友聚会中，Helen① 朗诵了这首创作于 80 年代末期的诗。她十分投入，沉浸到自己的感情世界里，回到座位上低下了头，很久没有平静下来，竟然没有发现我在和她打招呼。

❋ 祝陈禹教授生日快乐！（2009 年 3 月 21 日）❋

前天是陈禹教授的生日，今天在京的博士生聚会，庆祝他的生日。

陈老师说，在学校里面我们是师生关系，毕业以后就是朋友关系了。他很高兴有我们那么多的朋友。

陈老师与我有相似的教育背景和研究兴趣，也有许多共同的朋友，很有缘分。为了纪念陈老师的生日，我最近在维基百科里写了一个关于他的英文条目，还在互动百科里修改了一个中文条目。

聚会中见了许多比我低年纪的师弟师妹们，谈论话题有学术问题，也有世界金融危机的问题。在浮躁的环境下，像陈老师那样认真做学问的还真不很多。

对于教授来说，65 岁是一个很重要的年龄。以后也许不会有很多教学的时间，需要自己安排时间了。

❋ 难得的同学聚会（2009 年 9 月 20 日）❋

周末参加同学聚会，同学们难得来得那么齐，当老师的同学也都来了。过去当老师的同学一般不能参加周末聚会，主要是因为他们周末都出去走穴，全国各地打飞的。

同学的发展方向主要是三种：学术、行政、经济。做行政工作的同学发展势头都不错，有马上任职的，有已经任职的，有将要任职的。做经济工作的同学都很牛气，我的工资不及他们的零头。不过一个做行政工作的同学说，他的工资才 2000 元，再腐败也不会腐败到哪里去的啊！

现任唐山市委书记的赵勇同志也参加了聚会。他工作繁忙，却是聚会的常客，很珍惜同学的友情。他给大家描绘了唐山城市发展的美好图景，在场的很

① 孙海玉女士，出版人，复旦大学哲学系毕业。

多人都想去唐山挂职了。赵书记把各种数据倒背如流,确实是当干部的料啊!他甚至还知道云计算等最新的动态,很全面的。前几年他当全国青联主席的时候,参加过我们中央国家机关和文化部青联的会议。

❋ 好汉不提当年勇:学生时代的奖状
(2009 年 10 月 11 日) ❋

记得我从小学开始就一直是"好孩子"和"好学生",得过德、智、体多方面的奖励。大学本科毕业后,不想一直当"典型",尝试着另一种生活。

研究生毕业以后,进入了一个全新的领域。此后一直认为,自己要开拓一个新的领域,不能再谈过去的成绩,就是所谓"好汉不提当年勇",提当年勇的人都是没有出息的人。

最近整理东西,看到一大摞过去的奖状,觉得有点意思。既然自己已经定型,还是想提一下当年的"勇",也算是一种回忆吧。

那么多奖状里,包括各个阶段的数学竞赛、俄语竞赛、长跑、优秀团员、三好学生、俄语书法比赛等,挑选出几个给大家看看,也许现在许多人已经看不到当时奖状的样子了。

附图是小学冬季长跑比赛奖状和上海市中学生数学竞赛二等奖的奖状(附图省略)。

❋ 祝贺谷超豪教授获得国家科技最高奖
(2009 年 12 月 27 日) ❋

今天有机会去母校,见了同学,在牛楼(光华楼)里喝了咖啡,巧遇大师兄洪家兴院士。

这几天大家都忙着接受记者采访,主要是大老板谷超豪教授将获得国家科技最高奖,据说元旦以后等领导有空就正式宣布。

我读硕士研究生的时候洪教授刚博士毕业,听说他的很多传闻。他是我的师兄,也是我的老师。我毕业到北京以后,他来看过我,在图书馆旁边的东坡餐厅吃饭,还许诺如果我要出国他可以给我写推荐信。过了那么多年,他评上了院士,也当过数学学院院长,是典型的事业狂,真正把数学学院当做自己的家,把数学当做自己的老婆了。

洪教授见了我，说我外表没有什么变化，但是人有很大的进步，实在不容易。都知道我在什么地方进步，我就不详细介绍了。回想起我当时做出的决定（离开数学界，并且离开上海），自己都觉得很有勇气，一般人很难做出这样的决定。看到我在图书馆界也做出了一定的成绩，大家都感到很高兴。

如果我继续做数学，或许也能做出一些成绩，可是当院士实在是太难了啊！而且，中国的院士制度受到很多人的批判，看来早晚要改革的。

谷老板能得大奖，不仅是他自己的荣誉，也是我们大家乃至数学学院和复旦大学的荣誉。

谷老板也是我的导师，所以说是大老板，但是实际上我的论文由陈恕行教授指导。这几天联系陈教授多次，一直没有找到，只好遗憾而归。上周给他家里打电话，师母没有说他要出去啊！陈教授两次冲刺院士，差一点成功，大家都觉得惋惜。

❋ 复旦见闻：牛楼咖啡和其他（2010 年 1 月 5 日）❋

去复旦，必须要去牛楼（光华楼）。数学学院在东楼里占了 10 层，力学系只有两层。数学学院被"赶出"了 600 号，那是最经典的一个楼啊！600 号正在装修，要成为校长办公室了。数学学院的资料室也占了大概 2—3 层，我看周末里面还有不少学生在读书，不像我当时读书的时候 600 号里面的资料室比较神秘，也很少有人去的。记得我经常去里面看 Springer 出版社出版的"黄皮书"①。

二楼大厅可以举办各种活动，据说举办过舞会。我同学问我是否还跳舞，我说早就不跳了。我记得当时很擅长跳快三，是顺时针"自转"并且绕全场逆时针"公转"，到了北京和天津就不行了，这里是逆时针转，而且没有这么大圈子的"公转"。加上人生地不熟，工作也很忙，后来就基本不跳舞了。北京流行平四，我还真不是很会跳。

大厅里的画很有意思，是一个蔡姓画家的作品，据说现在值几百万。我不知道画的名字，我称它为"日月光华"，我觉得画的意境就是要通过光来表现校名的典故"日月光华，旦复旦兮"（《尚书大传·虞夏传》）。

我同学的办公条件很不错，教授一个人一间办公室，副教授两人一间，都比

① 指《数学讲义丛书》（Lecture notes in mathematics）。

我的办公条件好。

朱胜林教授曾经与我同宿舍,还在搞他的代数。当年他从山东到上海,第一天学校没有人,是我把他从校门口接到宿舍里,还帮他安顿了下来。

华诚教授是我伯父的学生,毕业后去日本多年,刚回归母校,在力学系教书——我们20多年没有见面了,他当时在我上铺睡觉,毕业后曾经有一段时间与我一起欣赏音乐。

在牛楼顶上喝咖啡,咖啡味道不很好,但是那个地方很适合学术交流,还看见有不少学生在那里上网。我读书的时候怎么没有那么好的条件呢?三十年了,恍如隔世啊!

程晋教授正在参加博士后报告答辩,不能陪我聊天,只是抽空出来抢着买单。他从常微分方程转到了偏微分方程和计算数学,现在做得很不错,是同学里少有的二级教授。

估算了一下,牛楼的造价很昂贵,维护费用也不低。

✳ 追忆逝水年华(2010 年 6 月 30 日) ✳

周末回去参加高中同学的聚会。

虽然没有读过普鲁斯特的《追忆逝水年华》,但是这次却亲自经历寻找 30 年前的记忆。

同学中大概只有我一个人没有与大家聚会过,也很少有像我这样第一次返校。只是因为独自在外漂泊,很少有机会回来;过去即使偶尔回上海几天,也要看望老母亲,没有时间参加同学聚会。

校园的建筑全部都是新的,30 年代的老建筑已经荡然无存,只有一栋教学楼是 1965 年建成的。也恰巧在这栋建筑里,还有我们当时的教室,我们得以进去回顾了同学的岁月。校舍改造体现了教育局的重视,投资很大,但是为什么要拆除那么多的老建筑呢?国内外校友回来,一点念想都没有了。听老师说只有几棵松树和一棵银杏树在那里,都是 30 年代种的。

老师说,79 届是学校最辉煌的一届,我们班级也是理科班里最好的班级。不过,只有我们班里还有学俄语的同学,这也是我当时考交大附中的主要原因。不然,我也许就考复旦附中了。

改革开放后,我们是学校面向全市招生的第一届新生;我们班级所有人都考上了大学,当时全市大学录取比例不到 1/10;我们班级被评为上海市三好集体。

　　班主任易湘普老师回忆,当时5个理科班的班主任除了他以外都是大学毕业生,他自己不是大学生,却把大家都送进了大学。同学说,以后可以不要求老师都是大学生了,呵呵!我们上学的时候,老师还没有结婚。我们读大学的时候,曾经去过他家里,老师的小孩还很小。老师至今还记得当时给我们喝可乐,他说:"我不喜欢喝可乐,那么难喝,你们怎么一下子都喝完了?"改革开放后,可乐刚进入中国,还是新鲜的东西。当时与我一起去的钟幼伟现在是组织干部,这次没有见到他,他出差去了。

　　易湘普老师是学校的名师,去年刚退休,但还是在忙教学工作。我至今还记得他当时对我们的谆谆教诲:"虽然大家都是全市的尖子,但是不能骄傲自满,要全面发展,以后的日子长着呢,谁知道谁会怎么样啊?"

　　俄语汪菊娥老师对我们班印象最深,还知道我当时俄语成绩最好,她允许我不上课或者上课时看其他书,因为课程内容我都已经完全了解了——初中时候打下的底子。

　　校友会的陈德良老师到北京来过多次,他向我们介绍了学校最近的发展。经过多年的努力,母校在上海四大名校的基础上有更大的进步,排名继续上升。

　　老师们对我们这个年代学生强烈的求知欲印象十分深刻,现在的学生风格不一样了。社会进步,人也在进步,我们这些书呆子不合时宜了。

　　大家介绍了各自的情况,似乎不少人都在经商,一些出国回来后创业,也有一些自嘲开小"烟纸店",几个在大学教书,只有极少几个在国家事业单位里工作而且忠诚度很高。我们班没有当大干部的,其他班有即将任省部级干部的领导。

　　有几个同学对当时学的东西记忆深刻,袁世彪同学还用上海方言背诵了元素周期表。我对当时读书的具体细节已经不记得了,大概这些内容都进入我的"内存",没有进入大脑中的"硬盘"。

　　邓勤同学家住北京西路,离我家不远。我们经常周末相约坐公交车上学。当时要转几次车,一个多小时,现在坐地铁大概只要半个小时。我们俩都是"叛逆者",上了复旦,没有上交大。

　　还有N多人本来准备来的,但据说在新疆、越南、美国等地出差的途中。

　　一个过去从来没有说过话的女生说,北京人比上海人大气。这种评价从上海女性嘴里出来,我觉得很惊讶。

　　30年很快就过去了,好像还在昨天。高中时代是世界观形成的时期,当时的教育经历决定了以后做人和做事的风格。

✳ 回忆初中俄语老师尤石湖先生（2010 年 10 月 12 日） ✳

早就想写点关于尤石湖（1923 年—1997 年）老师的东西，一直没有动笔。

今天在微博里与气象先生宋英杰一起比赛，他晒最早学习的英语句子，我晒最早学习的俄语句子。

他说，他学的第一个英语单词是 Chairman，因为学的第一个短句是 Long Live Chairman Mao（毛主席万岁）第一次记忆得死去活来的词组是：the Great Proletarian Cultural Revolution（伟大的"无产阶级文化大革命"）学到的第一个长句子很浪漫：It is such a fine day that I thought I'd go out for some fresh air.

在他的鼓励下，我也晒了我最早学习的俄语句子：

好好学习，天天向上：Хорошо Учиться и всегда вперёд！

毛主席万岁：Да здравствует председатель Mao！

我高中以后，最熟记的是苏联作家尼古拉·阿列克谢耶维奇·奥斯特洛夫斯基（Николай Островский）在《钢铁是怎样炼成的》中的著名段落：

"人最宝贵的是生命。它给予我们只有一次。人的一生应当这样度过：当他回首往事时不因虚度年华而悔恨，也不因碌碌无为而羞耻。这样在他临死的时侯就能够说：'我已把我整个的生命和全部精力都献给最壮丽的事业——为人类的解放而斗争。'"

"Самое дорогое у человека - это жизнь. Она даётся ему один раз, и прожить её надо так, чтобы не было мучительно больно за бесцельно прожитые годы, чтобы не жёг позор за подленькое и мелочное прошлое и чтобы, умирая, смог сказать : вся жизнь и всё силы были отданы самому прекрасному в мире - борьбе за освобождение человечества. "

尤石湖老师是我的初中俄语老师，是他启发了我对外语的爱好，也使得我当时的俄语水平遥遥领先于其他同学之上。我记得他经常在课堂讲翻译家的故事、翻译工作者协会的事情，也给我们看俄语的新华社通讯稿。当时，要看到俄语资料是很难的，新华社通讯稿就是很不错的资料了。

进入高中以后，俄语老师知道我与其他同学不在一个起点上，不能与其他同学一起上课，就破例同意我可以不听课。后来我知道，高中的俄语老师去市里进修业务，授课的就是尤老师。

为什么呢？因为尤老师学习俄语专业，早就是华东师范大学的讲师。因为被划成"右派"，下放到新成中学当外语教师。所以，他的俄语水平远远在其他

生活体验·母校

中学俄语教师之上，而且还会英语、德语、法语等语言。此外，他还有当时中学老师里不多有的知识分子气质。

在尤老师的影响下，我也对俄语（乃至所有的外语）产生了浓厚的兴趣。经过他的指点，我的俄语基础很好，加上课外阅读，我在 1980 年高考获得了俄语 100 分的好成绩。在此之前，区里曾经举办过俄语提高班，比我高一级要考外语学院的学生都没有我考得好。上大学以后，按当时的规定，学俄语的同学在大学里第一外语也必须学俄语。我参加了学校组织的免修考试，以优异的成绩获得了俄语免修资格，大学前两年不用学习俄语，但是却有第一外语俄语的优秀成绩。所以，我的成绩单里，俄语和英语都是第一外语，而且都有优秀的成绩。

第一外语学完以后，我又选修了德语。到研究生的时候，我选修了法语。从此，我对语言的热爱一发不可收拾，开始考虑翻译学术著作了。

现在，我虽然很少用到俄语了，俄语阅读也越来越生疏，但是我对俄语仍然还有很深的感情。这是因为我从俄语开始走上了学外语的道路。俄语那么难学，其他语言还有不能学会的吗？不过，回头看，英语入门比俄语容易得多，但是学好英语却不是那么简单的事情啊！

尤老师对外语的热爱，也在很大的程度上影响了我。

改革开放后，他被平反，调到华东政法大学从事俄语编辑工作。

我到北京工作以后，还去尤老师家看望过他。没有想到，他走得很早。

❈ 看望小学老师（2010 年 11 月 21 日）❈

昨天下午有机会看望了小学老师谭松林。

我们是 1976 年小学毕业的，到现在已经有 30 多年没有见到老师了。

老师今年 82 岁，过去经常遇到我母亲，也问起我的事情。

老师见到我们很高兴，谈起当年的事情，谈起自己的生活。

谭老师是我们的班主任，要求很严格，精力充沛，同学对她印象都很深刻。

谈到不久前胶州路的那场火，谭老师找到了话题。那是上海市教育局分的房子，她当时申请没有被批准。前几天听说的里面没有出来的人里，有许多熟悉的名字。

晚上经过胶州路，看到卖花的生意不错，周围的小路上都是警察，警车在那里随时准备启动。那栋黑楼已经没有任何生机了。

✳ 回忆儿时的素质教育（2010 年 11 月 23 日）✳

小学同学聚会，朱为民老师多次表示十分高兴，因为他见到了 30 多年来都一直没有见到的两个同学，其中之一就是我。看得出来，朱老师很在意我，我也就频频向朱老师敬酒。

30 多年，我没有见过老师，也没有见过老莫等同学。老莫开了一家印刷厂，算是事业成功人士。当时朱老师安排我和老莫一起出黑板报，老莫画画，我写美术字。有几次，我们都快完成了，朱老师不满意，全部擦除后重新来。当时觉得十分委屈，现在看来是接受严格的训练。老莫后来学画画，小有成就。

当时我写美术字写得好，学校里的标语都是我写的，我祖母去世的时候，告别仪式上的字也是我自己写的，那时我还只是小学生。

朱老师说，现在的学生不做这些事情。学校要举办活动，就花几百元钱请广告公司做。看上去漂亮，但是学生却得不到应该有的锻炼。

过去 30 多年了，朱老师对我们这几届的学生如数家珍。为什么呢？他当时单身，精力充沛，与学生摸爬滚打在一起，与我们是有感情的。

大家还回忆了当时参加中国福利会上海市少年宫的活动，也很特别。我几次与北京的同事谈到少年宫的事情，同事都不明白，还以为自己花钱去上什么课外辅导班。后来我才搞清楚，上海市少年宫属于中国福利会，运作模式不同于其他城市的少年宫。上海市少年宫不仅举办各种文艺班，培养少年人才，还组织服务队和接待员，让小朋友自己为来参观的学生们服务和讲解。我当时参加过京剧班（打鼓）、射击班（气枪和小口径步枪）和电工班，还参加了服务队，成员都是从优秀学生中选拔的。服务队一般是周末活动，在工作前要动员，工作后要总结，服务队队长还要"早请示晚汇报"，逐渐培养了大家的服务意识和纪律意识，这应该就是素质教育，似乎比现在所提倡的素质教育更好一些。我有一段时间负责电动赛艇，可是赛艇经常发生机械故障。我学习大人如何修理，后来有小故障就自己解决，甚至大冬天赤脚踏入水中排除故障。为了这个事情，我多次得到老师的称赞。

我的同学老张①当时是红人，不仅是服务队的干部，还是接待员，就是要陪同外国友人参观少年宫，这在当时可不是一般人能做的。记得尼克松访问中国的时候，老张就参加了接待，当时的电台和报纸都作了报道，其中"他那红苹果

---

① 即张学东先生。

似的脸蛋"的比喻大家现在还记忆犹新。

朱老师对待学生不是一般的严格。我有一次列队迟到,不好意思叫"报告",被朱老师训斥一顿,他硬是不让我入列。与展览馆一墙之隔的那个学校操场,现在是酒楼了。

同学聚会成了对朱老师的"控诉会"。不过大家对朱老师都很有感情,感谢他对我们的培养。

我们居住的那个地方,大部分已经拆迁,成了繁华商业区。铜仁路小学已经不复存在了。

❈ 沉痛悼念秦曾復先生(2011 年 8 月 28 日) ❈

惊悉秦曾復先生去世,思绪不由得回到 30 年前。

秦老师是我在大学里的第一个老师。我 1980 年入学,他是我们数学分析课的主讲老师,一讲就是一年半。我很佩服他的口才、对教学的认真态度以及对教学内容的融会贯通。听他讲数学课,似乎数学不再抽象,Σ、Δ、ε 等都成了一个个有生命的小精灵。

他讲课从来不看讲稿,也不照本宣科,所以大家都爱听。他的板书很工整、美观,上他的课可以说是享受。我至今还保存着当时的听课笔记。

记得我 1987 年硕士毕业的时候,他听说我要到北京图书馆工作,马上就说:"复旦大学与北京图书馆有缘啊!"——鲍正鹄和孙蓓欣两位先生都是复旦校友,都在北京图书馆工作。

我到北京后,有很长一段时间没有与他接触。

后来听说他当图书馆馆长了,我们才有机会多次在国内外学术会议上见面。

听同行说,秦老师在高校图书馆中威信很高,属于元老级的人物。

在一次见面中,我问起他的名字写法,他说应该是"秦曾復",不是"秦曾复",名字中的繁体字不能随便简化。对于这个问题,我本人也有类似经历,完全同意他的意见。他说有一次从东北坐飞机到上海,介绍信上的名字写错了,害得他费了很多力气。

前年听说他身体不好,不料一下就走了!

今天找出几张照片,作为纪念:一张是 2004 年数学系同学纪念本科毕业 20 周年时的合影,另一张是 2005 年在奥斯陆国际图联大会上的合影。

书山蠹语

❋ 祝陈恕行教授生日快乐(2011 年 9 月 24 日) ❋

今天是复旦大学数学系陈恕行教授 70 岁生日庆典,师弟们会聚南京,为他举行研讨会,也祝贺他荣休。

本人距南京太远,而且身不由己,不能参加,很是遗憾。

陈教授是实际上指导我论文的老师,而且我排行很靠前,差不多是大师兄;可惜我现在已经不做数学了。

如下是老师指导我写的硕士论文,发表在英文专业杂志上了:

" Reflection of Singularities at Boundary for Piecewise Smooth Solutions to Semilinear Hyperbolic Systems"

("半线性双曲组的分片光滑解在边界上的奇性反射")

Journal of Partial Differential Equations(《偏微分方程》杂志), Vol.2, No.1, (1989), pp.59-70.

(被收入美国数学学会的《数学评论》(Mathematical Review),90k:35158,由 Albert J. Milani 评论,November-Issue 90k,p. 6365)

昨天晚上与老师通话,表达了自己的心情。

好在去年回母校,见了陈教授,还有合影。

陈教授在业内很有名气,似乎离院士很近,但还是擦肩而过。可遇而不可求的事情大家都懂的。

按图书馆员的习惯,我给老师整理了一个著作目录(不包括论文):

- Analysis of singularities for partial differential equations / Shuxing Chen.— Singapore; Hackensack, NJ : World Scientific, c2011.
- 拟微分算子 = Pseudodifferential operators / 陈恕行著. — 2 版. — 北京 : 高等教育出版社, 2006.
- 现代偏微分方程导论 / 陈恕行著. — 北京:科学出版社, 2005.
- 数学物理方程 / 陈恕行等编著. — 上海:复旦大学出版社, 2003.
- Geometry and nonlinear partial differential equations : dedicated to Professor Buqing Su in honor of his 100th birthday : proceedings of the conference held July 30-31, 2001, at Zhejiang University, China / Shuxing Chen and S.-T. Yau, editors.— Providence, RI : American Mathematical Society, c2002.
- 偏微分方程的奇性分析 / 陈恕行著. — 上海 : 上海科学技术出版社, 1998.

- 数学物理方程:方法导引／陈恕行,秦铁虎编著. — 上海 ：复旦大学出版社,1991.
- 仿微分算子引论／陈恕行等编. — 北京 ：科学出版社,1990. 2.
- 偏微分方程近代方法／陈恕行,洪家兴编著. — 上海 ：复旦大学出版社,1988. 7.
- 偏微分方程概论／陈恕行编. — 北京 ：人民教育出版社,1981.

❋ 悼念初中乐队学长王坚先生(2011 年 10 月 18 日) ❋

今天忙了一天,中间接到初中老学长刘宏逵的来信,得知王坚学长不幸去世。

王坚先生比我长一岁,高一个年级,在新成中学管弦乐队里和我一起吹小号,刘宏逵入伍后王坚先生改吹圆号。

在那个年代,新成中学管弦乐队是全上海唯一的中学生乐队,我们都为能加入这个乐队而感到自豪。

张海洋老师当时花费了不少心思,现在他还有空整理自己的回忆写成文字,但是看来不容易出版。

新成中学管弦乐队已经不复存在,新成中学也变成了逸夫职业学校。学校离上海展览馆不远,我回家探亲期间去襄阳路买菜的时候还能经常路过。

刘宏逵学长是乐队队长,由小号转圆号,很早就参军入伍,成为专业演奏员,是我们的榜样:

以上照片中第三排右一就是我,这大概是 1976 年我刚入初中时候的事情(图片略)。

那时候我们每天早晨到学校教学楼顶层练习长音,一直到上课为止。有时候大家喜欢吹一些经典小号曲子(例如《天鹅湖》里的《那不勒斯舞曲》),老师马上就制止,因为在那个革命的年代,不能有资产阶级的"靡靡之音"。不过,吹一些海顿小号协奏曲之类的曲子还勉强可以,没有多少人懂。

到了 1976 年底粉碎"四人帮"的时候,我们乐队出动参加了上海市的大游行,我在里面吹小号,王坚先生在我左手边。我们吹的曲子有《大海航行靠舵手》、《中国人民解放军军歌》、《东方红》等革命歌曲。

王坚先生与我家有点世交,不过后来交往不多。

1978 年,我高中考上了上海交通大学附中理科班,是"文革"后第一届正规高中,所以很珍惜,也就几乎放弃小号了。偶尔回新成中学,还能遇到乐队的朋友们,但是后来很少有联系。

听说王坚做销售,经常喝酒,业余还吹小号。

十一长假期间,他突然住院,没几天就走了,据说与喝酒有点关系。

人生苦短,珍惜生命啊!

❋ "穷人"的日子(2006 年 6 月 3 日) ❋

现在日子好过了,还是要"忆苦思甜"一下。

回想当时大学刚毕业的时候,一个人在北京闯荡,也不愿意向父母伸手,每一分钱都是要算计的,被一些女同事认为是"小气鬼"。现在,收入是足够花销了,几乎是想做的都能做到(不过我想做的不太多)。有时候,我会想到月收入500 元的人是如何生活的。我在买菜的时候,就经常想这个问题。

如果不是时令菜,一元就可以买许多,吃几顿是没有问题的。我最近还热爱一种新的菜,就是咖喱鸡架。鸡架在超市里 3 元一个,加上土豆 1 元左右,就可以烧一锅咖喱鸡,非常美味,第二天吃更佳。这一锅汤一个人可以吃 4—5顿,平均一顿也就 1 元左右,实在是太便宜了!而且营养也不差呀!不过,我买了最好的咖喱粉,是印度出的,几十元一瓶,算下来一次大概要几块钱。如果有廉价且美味的咖喱粉就好了。我试了几种牌子,现在的咖喱粉没有过去那种纸包装的浅黄色的家常咖喱粉好吃了。

❋ 鸡油(2007 年 11 月 29 日) ❋

今天内人做了鸡汤,用柴鸡做的,黄黄的鸡油漂浮在汤面上,十分诱人。留下来鸡杂(主要是鸡油和一些未成型的小鸡蛋)等我来做。当然,首先是熬鸡油,然后吃油渣,然后炒大葱。鸡油太多,就留在碗里,明天就会结成黄黄的鸡油冻,随时就可以取用。过去,鸡油是我们家最珍贵的食品,可以拌饭、拌粥(放一些小葱)、放在面汤里,一般冬天可以放很长时间,最想吃的时候才吃。现在,大家都知道动物油不利于健康,所以很适度地食用,但是当年的记忆仍然是十分美好的。我用鸡油炒大葱和鸡杂,仍然得到大家的一致好评。

生活体验·美食

❋ 大饼、油条和豆浆（2008 年 10 月 24 日）❋

　　怀念小时候的早餐，一直想吃大饼、油条和豆浆。我家附近没有找到，所以好多年没有吃了。今天早晨去医院，在襄阳路和长乐路口看见一家店，花了 2.4 元三样都吃到了，味道很不错，就是当年的那种口味，就是觉得卫生状况实在不怎么样。外地人承包的不太讲究。但是在正规的商店里，已经吃不到这种味道了。

　　回忆上小学的时候家住铜仁路，早晨和同学一起去长跑，沿着南京路跑到外滩，然后再返回。回家后，就是提着暖壶去安义路菜场买早点，最常规的就是大饼、油条、豆浆，豆浆是放在暖壶里的。我记得油条好像是 4 分钱一根，如果把昨天剩的油条再炸一下就是"老油条"，要贵一些，大概是 5 分钱，很好吃的，包在糍饭（糯米团子）里更好吃。在排队等油条的时候，总有人耐不住性子，要取刚出锅的油条，老板娘（当时不这样称呼，是革命同志）就用苏北腔直嚷嚷："滴点油，滴点油！"意思是让油条在铁框里多放一些时间，让油滴回去——当时油是很贵的！

❋ 在上海吃小吃（2009 年 5 月 31 日）❋

　　每次去上海都少不了吃小吃，例如生煎馒头（包子）、豆浆、大饼、油条、小馄饨等等。

　　农民工那里的大饼和油条味道不错，但是卫生状况实在不敢恭维，而且也不清楚里面有什么添加剂（据说好吃的油条里都有一些化学物质）。有时候实在嘴馋，还是会去吃一下的。

　　永和大王的油条虽然很干净，但是吃上去似乎没有那么松软，而且那里也吃不到大饼。

　　这几年上海新出来的心一代连锁店也有不少小吃，上次去上海的时候就尝了一下，味道基本可以，就是贵了一些。24 小时营业，成本自然会高一些。

　　那天在医院陪老妈，去对面的一家店吃了糍饭（糯米饭团）和桂圆粥，味道一般，总也吃不到小摊上的那种味道。

❋ 儿童节的纪念(2009 年 6 月 1 日) ❋

儿童节——几乎永远地留在记忆之中。

童年似乎是幸福的,相对于现在的儿童,应该说是幸福的,因为没有学习的压力;但是,我们在物质生活方面,远没有现在儿童幸福——虽然家庭情况尚可,没有挨饿,但是当时吃肉都很困难,记得经常买肥肉熬猪油,很少吃到糖(最多也是古巴砂糖),巧克力是奢侈品。

在童年,我参加了许多业余活动,它们塑造了现在的我。

记得每天早晨长跑,从展览馆跑到人民广场,偶尔还跑到外滩,所以南京路上的建筑都很熟悉——现在已经不是当年的那个样子了。

跑步回来以后就是提着热水瓶买豆浆,还有大饼和油条。

小学的朱为民老师对我们要求很严格,每天早晨军训养成了我良好的作息习惯。

我的少年时代随着毛泽东的去世而结束,从此我走上了紧张而忙碌的道路,一直到今天。

❋ 终于吃了传说中的小杨生煎(2009 年 7 月 19 日) ❋

一直听说吴江路的小杨生煎馆有名,虽然离家不远,但是总也没有去过。

今天早晨上海天气出奇地晴朗,紫外线难得如此强。我一大早就去吴江路,找到了即将拆迁的小杨生煎馆。要了二两生煎馒头(上海方言,其实是包子)和一碗咖喱牛肉汤。

生煎的感觉没有想象那么好,牛肉汤确实是那种味道。记得 15 年前老爸带我去南京东路附近的一家老店(记不得名字了),也是喝了咖喱牛肉汤。我只是想知道,为什么生煎馒头要与咖喱牛肉汤一起食用呢?

小小的店面不到 10 平方米,楼上有空调,一个柜机和一个分体机(不可想象!),还算十分凉爽,得以吃下了热气腾腾的包子和汤。

这大概是我最后一次去那里,估计下次就拆迁了。我去西面的新吴江路店下面侦察了一下地形,在楼下的 85°C 喝了一杯冰咖啡。

❋ 一元一根的光明牌棒冰（2009 年 7 月 30 日）❋

今天早晨经过延安中路上的三阳盛南货店,看见冰箱里有一元一根的光明牌棒冰,有绿豆、赤豆、盐水的三种。我买了一根绿豆棒冰,味道就是记忆中的那种,久违了啊！棒冰下面基本上就是绿豆汤冰冻起来的样子,上面是大颗的绿豆,占 1/3 的容量,还带有薄荷的清香。

记得小时候棒冰是 4 分钱一根,断棒冰更便宜一些。种类主要有绿豆棒冰、赤豆棒冰、奶油棒冰。说是奶油棒冰,其实就是有一些奶粉味道,似乎是比较高级的棒冰。当时雪糕是一种奢侈品,最好吃的是比棒冰大一些的可可雪糕;更奢侈的是冰砖,就是现在的冰激凌。前几年回上海的时候,还看见过好德超市里有卖光明牌冰砖,去年在北京的家乐福里好像也看到过这种冰砖,很简朴的样子,当代社会里很少见了。

除了这家南货店以外,其他商店(包括上海的商店)里肯定很难看到光明牌棒冰的。大家为了利润,都卖贵的和路雪等牌子,很少有棒冰的,更没有这样的绿豆棒冰。现在条件好了,我倒不喜欢吃雪糕或者冰淇淋,反而喜欢吃棒冰。北京好吃的绿豆棒冰不多,棒冰主要是大红果等种类。

小时候,家门口弄堂对面(铜仁路—安义路口)的冷饮店是我们经常光顾的地方。看到那个大冰箱不分昼夜地开着,马达带着皮带轮子突突地响着控制压缩机,隔着马路都能听见,让我觉得很好奇。改革开放以后,家家户户都有冰箱,这是当时根本无法想象的。

❋ 清蒸臭豆腐（2009 年 8 月 2 日）❋

每次回上海家里,老妈总是按过去的惯例,要准备一些鸡鸭鱼肉。现在条件好了,吃荤菜成了负担,我主张吃素菜,所以吃得最多的就是百叶包肉(枕头)、荠菜、草头、素鸡等,还有臭豆腐。

吃习惯老妈做的清蒸臭豆腐了,到上海总想吃一口,而且清蒸臭豆腐的做法在北京的上海本邦餐馆里也很少见,但是自己过去很少做,没有经验。这次来上海,老妈住医院了,我只好自己做,三次以后才做出习惯的味道——加酱油、虾米(开洋)、小葱、生姜、糖、盐等佐料,蒸 15 分钟左右。

当然,原料也很重要。现在菜场里卖的臭豆腐大多数都味道不对,洗了烹调以后一点臭豆腐味道都没有,而且口感偏硬。最后我们选定的是清美牌臭豆腐,4 元一盒,15 块,味道很不错;另一种牌子(旭洋)味道就差一些,一些没有品牌的散装臭豆腐就更差了。

中国各地臭豆腐(干)的味道不完全相同,其他地区的臭豆腐吃不习惯,我觉得武汉的臭豆腐干的味道与上海臭豆腐的味道比较接近,但是恕我孤陋寡闻,似乎在其他地方没有看到过臭豆腐。

臭豆腐还有一种吃法就是油炸,沾辣酱吃。北京许多上海本邦餐馆里都有这道菜,上海马路上也经常可以看到摆摊卖油炸臭豆腐的,不过家里做比较麻烦一些,需要用许多油。

❋ 家乡的美味:小馄饨、小笼包、冰砖、单档汤、生煎馒头 (2009 年 9 月 27 日) ❋

在上海最后一天,还是要享受家乡的美味。

在陕西南路上的丰裕店吃了生煎馒头(包子)和鸭血汤,每次都要吃的。

在巨鹿路吃了小馄饨,还是那家店。虽然不是特别美味,但这是我能找到与儿时味道最接近的一家餐馆了。

在锦江饭店东侧长乐路上的一个小店"笼格里笼"吃了单档汤(油面筋塞肉和百叶包),感觉味道不太正宗。上次吃过素菜包,感觉尚可。

在表姐家里吃了油炸臭豆腐,豆腐当然是清美牌的,4 元一盒 15 块,蘸辣椒酱吃。

吃过哈根达斯,还总想吃一口 2 元一块的冰砖,寻找儿时的感觉。

晚上去吴江路,去南翔小笼店吃了蟹肉小笼。味道不错,就是里面汤少一些。一两 8 个,似乎没有达到最好的标准。记得上学的时候去南翔,吃过一两 10 个的,皮很薄的。这里的服务员说,南翔小笼店不是起源于南翔,而是起源于城隍庙,有一个嘉定人在那里开店,就出了名。这家店上了档次,食客不必排队等,店中也有舒适的用餐环境。

吃完小笼,出来看到隔壁的小杨生煎店却生意兴隆,门口排的队很长,不知道是因为便宜,还是大家更喜欢吃生煎包。

❋ 周末：聚会、王府井和小笼包（2009 年 10 月 31 日）❋

下周又要忙碌，周末难得悠闲。

昨天晚上参加临时召集的朋友聚会，见到一些文艺界的朋友，老黄①的博客"看望著名作家梁晓声文化部青联委员小聚"都介绍了。

今天周六，去了王府井。四号线地铁通车以后，去王府井更方便了。过去觉得似乎很遥远的地方，现在半个多小时就到。毕竟我们住在西郊（现在已经不是那么偏远的地方了），去"城里"可以减少一些"土气"。

到了王府井，地面上人似乎不多，但是底下的餐馆都是座无虚席的啊！

在地面上加入了一个电瓶车的 40 分钟胡同游，看了王府井周围的一些景点。过去都走过，但是不知道典故。

在东方新天地里品尝了"一品小笼"，包子基本上是我喜欢的味道，但是口感还是比南翔包子差一些。店里的油豆腐粉丝汤完全不是我记忆中的那个味道，其他（馄饨等）也就不想再尝试了。

那家店里附近还有一家上海店铺②，不过是点菜的大餐馆，价格也不菲，走过就翻了一下菜单。

中午的地铁爆满，但还是没有达到昨天下班时候 10 号线人贴人的程度。北京的路，怎么修都解决不了问题啊！

今天外出，看到不少人戴口罩。预防流感，究竟有没有用呢？

❋ 周末宰鸭记（2009 年 11 月 22 日）❋

难得一个周末，本想安静写作，可是中午家里人买来一只活鸭，一下子打破了平静。

鸭子 13 元一斤，说是 3.9 斤，回来一称只有 3.1 斤。好在没有宰杀，马上拿去论理，鸭贩退了 10 元钱。鸭贩子太黑心，不过大多数情况下他们都是这么干的。

在单身的时候，我就经常买活鸡，自己宰杀。一来可以享受其中的乐趣，二

① 指黄胜友先生。
② 指小南国。

来是为了保证吃到正宗的柴鸡,第三也可以吃到鸡里面的所有东西,包括血和内脏——如果让别人宰杀,经常是没有那些的。

很久没有操刀,也很想重温一下,不过知道搞鸭子不如搞鸡容易,也只好硬着头皮上了。

第一步是放血。拔去脖子上的小毛就开刀。鸭子不如鸡那么会挣扎,放血的工作很容易就完成了。用一个小碗放一些盐水,血进去的时候不断搅拌,血就成血豆腐了。隔水蒸熟,然后就可以进行多种方式的烹调。

第二步是拔毛。烧开热水,鸭子放进去烫 5 分钟左右,不断观察,等候时机。时间太长,皮就烂了,外观不好看;时间太短,毛拔不下来。把嘴巴和脚上的死皮烫软,用手一拧就下来,这时候就差不多了。不过鸭子最难搞的就是小毛,比鸡毛要多费很多时间。在农贸市场,一般卖鸡鸭的人都不愿意杀鸭子,这也是原因之一。如果有松香,可以把小毛拔下来,但是化学制品对健康不太有利。今天费时最多的就是拔毛了。

第三步是开膛。要注意的是不要弄破两片肝中间的胆,不然做出来的菜就很苦。然后要把气管从脖子中抽出来,还要把肠子整根取出来,不要弄断,不然异味很重。本人不吃鸭尖(屁股),索性把肠子的最后一段和鸭尖一起剪除(记得小时候我外公特别喜欢吃鸡和鸭的屁股,那里脂肪多,有特殊的香味)。鸭胗皮不如鸡胗皮容易去处,要用刀刮。我们家喜欢吃肠子,于是将盲肠等不太好的部分去除以后,就把肠子的主要部分剪开,用水洗过,再用盐揉,用醋洗,肠子就可以下锅了。

第四步是切块。把整只鸭子分成小块,对我来说更是轻车熟路。不过鸭的解剖结构与鸡不太一样,胸部骨头容易弄伤手。现在有专用的剪刀,比过去方便多了。还要注意去除粘连在肋骨上的肺,许多人不知道这是什么东西。鸭子一般分两次吃,一半煲汤,另一半以后再说。

第五步是炒鸭杂(内脏)。把内脏切片以后,用盐搅拌,然后加芡粉,用大火爆炒一下取出,把大葱放入油锅炒,最后把两者搅拌一下,菜就成了。不过鸭杂的味道不如鸡杂的味道鲜美。

宰鸭用了很长时间,但也算是生活中的一种乐趣吧。享受的是过程,不是结果。

放血的时候碰到刀刃,拇指上出现一道细长的口子。这是经常发生的事情,没有关系,过几天就会愈合。

❋ 周末的罗宋汤(2009 年 11 月 29 日) ❋

周末出去吃了几顿,本来想其他几顿凑合的。不料今天家里做酱牛肉,我马上考虑要利用牛肉汤做罗宋汤。

罗宋汤其实就是俄罗斯风格的牛肉汤,因为俄罗斯的英文名称为 Russian,中文音译名成为"罗宋",旧上海称租界的俄罗斯人为"罗宋瘪三",俄罗斯的汤就称为"罗宋汤"。

罗宋汤的原料应该用"白奶牛肉"或称"牛腩",就是牛肚子上的花肉。今天做酱牛肉,用熬牛肉的汤做罗宋汤是有点凑合了。如果做汤,牛肉不宜太多,一斤多就可以了,主要是取其味。

其他食材还有:

洋葱(或称葱头)一棵;

胡萝卜两根;

土豆两个;

圆白菜(或称包菜、卷心菜)一棵;

番茄酱(梅林牌的 198 克小罐头,如果有更小的 100 克罐头更好),如果没有买到番茄酱罐头,可以自己用西红柿炒成番茄酱,但是色泽逊色不少;

黄油一块,如果没有黄油,用熬熟的素油也可;

面粉少许。

烹调工具:汤锅一个,炒锅一个。

烹调过程如下:

1. 把牛肉切成小块炖汤,一般要 1—2 小时,到牛肉差不多煮烂了为止。

2. 开始炖汤的时候就放洋葱片,炖到最后洋葱就烂了,主要功能是去腥,也有其特殊的香味。

3. 牛肉炖烂了以后,先放胡萝卜,因为胡萝卜不太容易烧烂。

4. 然后放土豆,去皮后切成滚刀块,直接下锅。

5. 土豆烧得差不多了,就放圆白菜,切成小片下锅。

6. 等圆白菜烧得差不多了,就可以用油炒番茄酱,翻动几下,就可以倒入汤锅。炒的时间如果太长,番茄酱容易发黑。

7. 把少量面粉放到油锅里炒,待面粉把油都吸光,稍微翻动几下,就放入汤锅。用油炒面粉的目的是,一方面能使得汤有浓稠感,不显得太稀,另一方面也避免面粉结块。这有点像勾芡(上海方言"着腻"),但是与勾芡的效果不完全一样。

8. 最后,加盐和糖,根据自己的口味适当调整。

9. 食用的时候,可以根据自己的口味适当放一些胡椒粉,这是西餐里经常用的佐料。

我老爸在70年代就经常做这个菜,我在90年代学了这个菜,到现在已经20多年了。

毛主席诗词《念奴娇　鸟儿问答》里边有一句"土豆烧熟了,再加牛肉",说的就是罗宋汤。应该是牛肉烧熟了,再加土豆。毛主席的诗词带有讽刺意味,故意颠倒了顺序。

罗宋汤有时也叫浓汤。如果做得简单一些,也叫俄罗斯红菜汤。记得过去复旦大学食堂用红肠代替牛肉,也做出了类似的味道。

罗宋汤营养很丰富,就是做起来比较麻烦,主要是要买到番茄酱罐头。这种罐头在上海的菜场里都有卖,但是在北京却不多见,碰巧有些超市里会有。

✻ 吃螺蛳(2009年12月5日) ✻

炒螺蛳是一道受人欢迎的家常菜。螺蛳在北京叫"田螺",在上海"田螺"特指比较大(大3—4倍)的螺蛳。

我比较喜欢吃小螺蛳,因为它比大一些的田螺更有味道。不过,如果螺蛳太小,吃起来麻烦,享受就差一些了。

这几天有机会吃到巴城的阳澄湖螺蛳,味道十分鲜美。

螺蛳炒起来比较容易。处理过的螺蛳,放进油锅炒,加上生姜、酱油等作料,就完成了。根据不同人的偏好,可以加一些辣椒或者糖。巴城靠近苏州,当地的味道偏甜。

炒螺蛳不麻烦,麻烦的是前期准备工作。

第一:要养1—2天。把螺蛳放水里,滴几点香油,放在阳光下,螺蛳就张开来,吐出了肚子里的脏东西,有时候也生出小螺蛳。过去只知道滴香油,同学刚告诉我阳光照射的办法,以后可以试一下。

第二:剪掉螺蛳屁股。只有剪掉屁股,螺蛳才能入味,吃的时候一吸,螺肉就出来了。剪螺蛳屁股可以用剪刀或者老虎钳。如果嫌麻烦,菜场可以代为加工。

小时候父母说，吃螺蛳一定要注意不要吸进螺蛳盖。不然它堵住气管，是要死人的。不过，我长大以后从来没有听说过有人吃螺蛳堵住气管死人的，也许是父母吓唬小孩子的。

新闻界称播音员的口误为"吃螺蛳"，不知道典故是什么。

❋ 生煎包、小笼包、油豆腐粉丝汤：南方人与北方人的感受（2009 年 12 月 19 日）❋

回上海，一般都要吃生煎包、小笼包、油豆腐粉丝汤等传统小吃，以满足味觉记忆的需要——从小喜欢吃的东西，长大以后还是会想吃的。

不过在上海小吃的问题上，南方人和北方人之间有着迥然不同的看法。

那天我在丰裕生煎连锁店里吃生煎包和油豆腐粉丝汤，生煎 4 元一客（四个），豆腐粉丝汤 3.5 元一碗。我吃了两客生煎和一晚汤。旁边一个北方小伙子大概是第一次吃，问我怎么是 1 块钱一个啊？他大概觉得太贵了，我说就是这个价格啊！

还有一次，一个北方小伙子进店里，说："这锅包子我都要了。"服务员说："不是我不想给你，你肯定是吃不了那么多的。"小伙子坚持要那么多（大概还有几个同伴在后面），服务员只好作罢。我心里想，他能吃得了那么多才怪呢，我们一般吃两客（8 个）就饱了，再能吃最多四客啊！看来他也是第一次吃生煎包子，不知道吃多了很撑的啊！

所谓生煎包子，就应该是生的时候就开始煎，才有其特殊的味道。有一些北京餐馆，号称是上海本邦菜，里面的生煎包子，其实就是把普通的包子用油炸一下，那纯粹是挂羊头卖狗肉了。

前几年永和大王在北京开张的时候，就有生煎包子，大概 10 元一客，味道也比较正宗。可能北京人中喜欢吃这种东西的人不多，到后来永和大王里就没有这个东西了。

记得我当到北京的时候，我的一个老同事与我谈起上海包子的事情，他说，上海的小笼包一两 8 个，这么小，怎么吃得饱呢？

其实，上海也有大的包子，不过最好吃的是素菜包子。而小笼包子一般是吃早点的时候吃的，是比较高档的小吃，吃小笼包子不是为了吃饱的，而是品尝其美味的。小笼包子（上海称小笼馒头）里有灌汤，吃起来一定要小心，不然要烫着上颚的。在吴江路的南翔馒头店，一笼包子要 30—50 元（普通猪肉、蟹肉、蟹黄三种），味道还比较正宗。即使在上海，普通的餐馆里已经很难吃到味道正宗的小笼包子了。

不过，关于小笼包子也有不少争论。有人说南翔的小笼包子最正宗；但是也有人说，城隍庙的南翔包子店更正宗，这是因为小笼包子，是因为有一个南翔人在城隍庙（豫园）开店才出名的，而不是起源于南翔。

吃生煎包子的时候，吃油豆腐粉丝汤（里面还有百叶包肉）也是一种不错的搭配。

❋ 治大国如烹小鲜（2009 年 12 月 30 日）❋

经常琢磨烹调，有时候会想起管理中的一些问题，想起"治大国如烹小鲜"这句名言。

查百度，归纳出如下解释：

> "治大国如烹小鲜"原文为"治大国，若烹小鲜"。这是老子的一句话，出自《道德经》第六十章。
>
> 关于这句话是什么意思，有各种各样的解释。一种解释说，小鲜是很嫩的，如果老是翻过来、翻过去，就会弄碎了，因此治理大国也不能来回折腾。这种解释虽然接近本意，但没讲到"妙"处。懂得烹饪的人都知道，烹饪艺术的核心部分，就是掌握火候。而小鲜，又是各种烹饪材料中最为娇嫩的，更要细心伺候。所以治理大国的最高境界，就是小心翼翼地掌握火候。那么，怎么掌握火候，大国又如何可以被比作小鲜？这个问题比较复杂，但也可以大而化之道来。简单地说，治理国家，首先要考虑人民的本性。从经济学角度看，人民的本性就是趋利避害。如果政府能够提供和维系一套基本制度，使任何个人做对自己有利的事情时，就对社会有利；在做对社会有害的事情时，就对自己有害，这样就可以在全社会的成员在追求自己利益的同时，使社会繁荣起来。一般而言，这套制度包括保护产权、维持秩序、调解纠纷的功能。一旦有了这么一个制度框架，人们明确地知道什么是自己的成本，什么是自己的收益，从而自动地按照对成本和收益的计算行事。

古人的文字到底是什么意思，大概没有现代人能真正理解。学者有学者的解释，读者当然也可以有自己的解释。

我个人认为，管理工作也有点像烹调。一种做法是根据既定的菜谱，去购买原料，达到理想的效果。还有一种做法，就是根据原料，调整自己的菜谱，充分利用原料，做出最好吃的东西来。

比如说，如果你手头有新鲜的活鱼，就可以做清蒸鱼，品尝鱼本身有的鲜味。但是如果手头只有不太新鲜的鱼，那只能做红烧鱼或者油炸鱼了。

还有一个例子，就是烧肉。如果有瘦肉，可以炒肉片、炒肉丝等；如果有五花肉，最好是做红烧肉；如果只有大肥肉，熬猪油吃油渣也很好。

家里有些红豆和芸豆存货，我都不喜欢吃，也都不知道如何做了好吃，本想要扔了。但为了不浪费资源，我想出了做红豆沙的办法，高压锅压半个小时后打成豆沙，放冰糖，也很好吃。至于芸豆，也采用类似的办法煮熟，用糖水浸泡，味道与饭店的差不多，马上就吃完了。

从烹调中，我想起了管理学上的一些事情，不也类似吗？同样一些人，在一种好的管理制度下，可以把消极作用变为积极作用，推动事业的发展，这就是管理者要做的"烹调"工作。

我的"烹调"解释与专家的解释不同，但是我觉得很符合实际。

❋ 周末包春卷（2010 年 1 月 23 日）❋

春卷已经是国际性的食品了，我在国外参加招待会的时候，厨师也经常端上春卷，但是有时候他们自己也不知道这是中国菜。不过，国外的春卷都比较小，皮很厚，适合在酒会上拿着吃。

过去经常自己包春卷，因为我不喜欢吃北京的春卷，所以记着自己从小到大家里做的那种味道。

有几次请亲戚朋友吃饭，上了我做的春卷，大家都赞不绝口。

这几年很少包了。一方面因为工作越来越忙，另一方面是周围的超市里也买不到春卷皮。

上周去气象局后面的菜市场，发现有春卷皮子，今天就开始张罗了。

我们家做春卷的原料是里脊肉、大白菜、香菇，有时候还有冬笋丝。

首先是切肉丝，用快刀切成细丝，用少量盐揉搓，再放少量芡粉（目的是让肉丝更嫩一些），用旺火炒一下，成嫩肉丝后，盛出来；

然后是把香菇丝放入油锅炒,放少量盐,再盛出来;

再后是炒白菜丝,当然是先炒帮子部分的丝,然后炒叶子部分;

再后是放盐和糖(有些北方人不喜欢吃糖,可以不放);

最后是倒掉多余的水分,将肉丝、香菇、大白菜混合,用凉开水兑芡粉放入其中炒一会儿,目的是收干菜里的水分。

春卷的馅炒完以后,放1—2个小时降温,然后就可以包春卷了。

包春卷与包馄饨和饺子不同,不必封口。但是一定要注意不要把皮子弄破,不然油炸的时候要引起爆油。

如果春卷吃不完,可以放冰箱冷冻,不过一定要注意不要让春卷都冻在一起,不然以后就无法分开了。

春卷包好以后,最好马上炸了吃,效果最佳。炸的时候要把封口部分放下面,这样炸完后的春卷不会散开。

炸春卷要费很多油,所以说多吃春卷似乎对健康也无益。

我们家吃春卷的时候,一般用泰康黄牌上海辣酱油蘸春卷吃。不过上海辣酱油在北京不容易买到,有时候可以在双安商场的超市或者三里河的一些商店买到。如果实在买不到上海辣酱油,就只好用镇江香醋蘸着吃。不同的味道,不同的效果。

早晨起来,炸四个春卷,蘸着上海辣酱油,喝着小米粥,吃点榨菜和腐乳,真是神仙过的日子啊!

❋ 过年食谱:春卷和大排(2010年2月19日) ❋

过年买到了春卷皮子,按既定方案(见我1月23日的博文)做了,大家吃了都说好吃。前几天去香格里拉里面喝了茶,那里的春卷远远不如自己包的好吃。不过这次忘记放冬笋丝了,是一个小小的遗憾。

大排是江浙一带人喜欢吃的东西,实际上就是北方的腔骨带里脊肉切片。做大排最重要的是要用锤子敲,使得大排的面积扩大超过一倍(炸完以后面积又会缩小),它看上去会很薄,几乎是快透明了——这样吃上去才松软可口。用的锤子当然是厨房专用的锤子,一面带钉子的那种。

大排加工以后,有两种做法。一种是抹面包屑以后炸,最后蘸上海辣酱油或者镇江香醋吃,这是西式的做法。还有一种方法是我家特有的,在老抽酱油里浸泡以后炸着吃,就是如图这个样子(附图省略)。虽然上不了大雅之堂,但

生
活
体
验
·
美
食

是在我家的亲戚朋友里却很受欢迎,他们经常要求我做这道菜。大排最好吃的肉在骨头旁边,所以我最喜欢啃骨头。把大排和炸大排的油作为佐料下面条吃,味道极其鲜美。

这道菜的缺点就是用油太多,不利于身体健康。

❀ 宁波的海鲜:红膏咸蟹(2010 年 2 月 22 日) ❀

我去过 10 多次北戴河,但是却第一次去宁波。在宁波吃海鲜,感觉与北戴河不同。首先是海鲜的品种不同,第二是海鲜的吃法不同,第三是海鲜的价格不同。

听当地人说,北京的海鲜大多数是渤海或者南海来的,很少是从东海来的。东海的海鲜价格要贵很多。

上海的宁波人多,我的邻居和同学里就有不少是宁波人。记得小时候吃过咸蟹,但是不记得当时喜欢吃。最近几年,经常吃到宁波产的红膏咸蟹,觉得味道不错,不过喜欢吃这种东西的人很少,特别是在北京。

红膏咸蟹在上海通常被称为呛蟹,用新鲜的生螃蟹腌制而成,生着吃。因为其蟹黄很红,故称红膏咸蟹。

由于是生吃的东西,对原料要求特别高。一定要新鲜,而且制作过程一定要干净。如果不是好的品牌,吃了要拉肚子。好的品牌当然也就贵,一个要 100元。我在北京的石库门饭店里吃过,一个要 180 元。如果有 10 个客人,只能一分为 10,每人吃一只脚带着一点蟹肚子肉。那天和沈公①一起吃饭,许多北京的客人都不吃,我就多吃了几块,还打包回来。

我喜欢吃螃蟹,但是我发现北京人喜欢吃螃蟹的不多,经常是餐桌上的螃蟹都被我打扫干净。至于生的咸螃蟹,吃的人就更少了啊!

❀ 各地小吃之比较研究:京沪臭豆腐案例分析
(2010 年 7 月 11 日) ❀

我比较喜欢吃臭豆腐。

老妈在世的时候,她以前总给我做大鱼大肉吃,这是中国人的传统观念,很

① 即沈昌文先生。

难改变。

我说，其实这些东西哪里都可以吃到，就是臭豆腐其他地方吃不到。

后来，我回去的时候，她就一定要做臭豆腐给我吃。

过去在菜场买散装的臭豆腐，越来越靠不住了。经常买的时候闻上去味道不错，回来一洗，烧熟以后就味同嚼蜡。

于是乎，我们注意到了盒子密封包装的臭豆腐，有清美牌和旭洋牌，当然前者味道更不错。按上海的习惯，要蘸辣火酱吃，我都觉得不够辣。

在全国各地走，我也想尝试各种不同的臭豆腐。几年前，在武汉的小吃街上，吃到了与上海臭豆腐很相似的味道。

在北京，曾经在东华门小吃街吃过那种黑乎乎的、扁扁的臭豆腐，闻上去味道不错，吃了觉得不好吃。我也不知道那是哪个的地方的臭豆腐，后来就不吃了。

在北京居住20多年以后，最近终于有机会吃了老北京的臭豆腐，在什刹海的九门，就是以下所示的样子。不过，口感比上海的硬一些，味道很近似。那天肚子太饱，没有吃完，以后可以考虑再去吃。调料的样子与上海的辣火酱有点相似，但是味道不尽相同。

上海的臭豆腐清蒸也很好吃，放酱油、白糖、小葱、生姜，有时可以放开洋（虾米），味道甚佳。

大街上叫卖的臭豆腐，有时候闻上去使人很想吃，但是实在不能吃——不知道味道如何，也不知道是从哪个制假窝点出来的，更不知道是否是用地沟油炸的。

❄ 夏季绿豆汤（2010 年 8 月 19 日） ❄

绿豆汤是夏季防暑的最佳饮料。

记得小的时候，夏季经常吃的东西，一个就是绿豆汤，一个是凉拌西红柿（专门挑洋红番茄）。

在幼儿园，在学校里，有时候也能喝到绿豆汤，当然主要是汤，很少有绿豆。

在高中和大学里住校，很少有机会喝绿豆汤，因为学校不提供，自己也没有条件做。

那个时候，可乐刚进入中国市场，我们更喜欢喝可乐。

听同学说，做绿豆汤还有一个最简单的方法，就是用热水瓶里放绿豆，闷一个多小时就可以，但是我从来没有尝试过这种方法。

自己过日子以后，就经常做绿豆汤。开始不懂，先泡水以后再煮，效果不佳。

后来知道窍门，就直接用干绿豆煮半个多小时，基本上就可以了。

用高压锅以后，煮绿豆汤似乎变得更简单了。蒸汽喷出来以后，15分钟绿豆就很烂了，但是这时候的绿豆口感不是最佳的。

最佳的方法是，高压锅水开蒸汽喷出来以后，马上关火，闷到压力自然降低，绿豆略硬，保持原有形状，这时候才有最佳的口感。

有人喜欢吃豆，有人喜欢喝汤，各取所需。如果大家都喝汤，绿豆倒了可惜，就直接放糖做成棒冰，放几个星期都可以，一点也不浪费。

没有想到，前一阵绿豆成了灵丹妙药，身价陡增。

现在，绿豆又回归其原来的地位，我还是那么喜欢喝绿豆汤。不过，最好是在熬绿豆汤的同时，放上一点薏米，不仅口感好，也更有利于健康。

那年去安徽开会，天气酷热，大街上到处有卖绿豆汤的摊位，我觉得很亲切，我实在不希望现代都市文化把传统的饮食都丢弃掉。

不过，绿豆汤很容易变质。放冰箱两天以上，就不能再喝了。有一次我在上海茂名路的一家刨冰店里吃了绿豆刨冰，马上腹泻，估计就是绿豆变质导致的。

广东的朋友告诉我，吃不完的绿豆冷藏，不去搅动，可以放时间长一些。

现在，吃刨冰的人不多，商店里提供绿豆刨冰的也更少了。记得过去面爱面餐馆里有绿豆刨冰，现在也不提供了，只有彩豆刨冰，大概是因为其容易保存。绿豆卖不出大价钱，还容易变质，谁愿意做这种生意呢？

去年在淮海路的第二食品店了看到有绿豆刨冰，是在出租的摊位上，我很想尝试，找那种感觉。结果吃了以后索然无味，里面绿豆很硬，放了各种奇怪的香料，营业员看我吃的样子也觉得不好意思。我想这个摊位大概刚开张，她自己也不知道绿豆刨冰应该是什么样的味道。如果这出现在其他小店铺，我完全能理解。但是出现在如此有名的大商店里，似乎不太应该。

绿豆是好东西，以后一直要吃下去的。

❋ 会议、小老婆、鸭架汤（2010年9月7日）❋

今天大概有5个会议，从大到小不等。

我照旧带上我的小老婆（笔记本电脑——这是我同事给的雅号，因为我基本上是随身带着她的）。

带笔记本的目的有几个。

第一个目的是可以做会议记录。凭我的打字速度，听领导讲话可以记录下八九成，回去就基本上不用回忆，直接看记录就可以传达了。我的英文打字速度更快，当年用传统打字机的时候，我就比老外们打得都快，让他们看得都傻眼了。

第二个目的是可以节约时间。开会前经常有等候的时间，开会中间经常有许多废话，开会结束后如果要参加后面的会就要等一段时间。我经常在这些时间里接收邮件，用办公自动化软件处理紧急事务，或者上网查阅信息。所以，在我手上的公文很少有耽误的，我自以为效率比较高。

今天上午在会议室等候发落，一个多小时，基本上靠"小老婆"打发时间，审阅了一个报告，批复两个文件，处理了一些最近的图片，做部门工作记录。

晚上回家，开始熬鸭架汤。原料是烤鸭架子，3元钱一个，附近的烤鸭店里有卖。周末经过烤鸭店的时候，就很想吃。当时家里有剩菜，就先买了处理后放冰箱。今天熬汤，放上扁尖和鸡毛菜，味美无穷，而且价格十分低廉。

除了烤鸭架子以外，吃剩的烤鸭做汤也好吃。除了放鸡毛菜以外，也可以放切成细丝的白菜。有时候还可以放一些粉丝。

从我爱吃鸭架汤到现在可有年头了。记得15年前国家图书馆二期那个地方有一家全聚德烤鸭店，大年三十在推销鸭架子，我一口气买了3个，回家给老爸数落了一通："哪有新年买烤鸭架子的啊？别人卖不出去的东西，你去买来了，真是傻瓜啊！"

当时全聚德的烤鸭架子也就3元一个，现在已经7元了，还是有人排队买。买烤鸭架子的人主要有两种，一种是会过日子的老头、老太，为节省开支；还有一种是开饭店的，用来做汤给客人喝。

我们就是好这一口，好久不吃就想得慌。

❀ 美味风鹅（2010年11月28日）❀

前几天去国家行政学院，竟然在餐厅吃到了风鹅——这是我第一次在北京吃到如此具有家乡特色的菜啊！

我自己经常做风鹅。

具体的做法就是，先把花椒和盐放在一起用炒锅中火翻炒，花椒的香味出来后就关火降温。然后，在洗干净的整鹅上涂抹椒盐，注意上下里外均匀，在搪

生活体验·美食

瓷或不锈钢大锅或其他容器中放置一至两天。

然后,就是把腌制好的整鹅取出容器,用绳子挂起,在阴凉处"风干"。

在上海这样的江南潮湿地方,可以挂半个月左右。但是在北京,挂三天就已经很干了,几乎要出油。

我们不能等到鹅肉干了才吃,当鹅肉外面几乎没有水分,但是肉的本身却还比较饱满时,应该就算差不多了。

如果不马上吃,可以切块放冰箱冷冻。

具体的吃法就是,把整只(或者半只)鹅放进大锅里用开水煮,半个多小时后就可以取出,降温后用刀切成小块,就是一道凉菜了。切记不能煮得时间太长,也不能时间太短。时间长肉就烂了,口感和样子都不好;时间短了嚼不动,也不行。如果时间把握不准,用筷子戳一下鹅肉,就可以知道是否烹调适中了。

煮鹅用的汤里可以放进白菜丝和粉丝,也很美味。如果讲究一些,再放蛋饺和鱼圆等,味道更是鲜美。

过去在大钟寺农贸市场买活鹅,自己宰杀。现在活禽不允许在市内销售,超市里也很少看到卖鹅的。今天去市场,看到可以预订,15元一斤,我不太敢决定。如果是预订,不知道贩子会怎么计算重量。宰杀后不知道原来到底多少重,过去有过经验教训的。

鹅的解剖与鸡和鸭不太一样,切起来比较麻烦,胸口的骨头容易伤手。

❋ 除夕做蛋饺(2011年2月2日) ❋

做年夜饭,大家都想品尝南方的蛋饺。

好久没有做了,手艺生疏,而且家里工具不齐全。

最好有大的不锈钢汤勺,有一块肥肉。

用汤勺在火上加热,用肥肉抹一下热的汤勺,油均匀地分布在汤勺上,然后舀一勺鸡蛋,轻轻晃动,汤勺的圆形自然就成为蛋饺皮的模子。如果火太旺,可以随时调节汤勺和火的距离。包蛋饺的时候,可以用汤勺配合助力,蛋饺很很容易包好。

今天没有大汤勺,也没有肥肉,就用大炒锅配食用油进行,很不得力,不过也凑合做了一碗。

形状差不多,破皮以后打补丁的不少。

蛋饺的金黄色,寓意金子。鸡汤里放蛋饺和粉丝,表示金元宝和银项链,吃了来年发财。

不过,无论是否有意义,鸡汤里放这些东西肯定很鲜美。如果条件允许,还可以放鱼圆、肉圆等。

附图(略)中的蛋饺不是我自己做的,是过去在上海亲戚家吃的,很不错。

❋ 准备过年(2012 年 1 月 15 日) ❋

星期五谈完了任务书,星期六发给我定稿,最黑暗的任务书谈判期就这样过去了。

每年的任务书谈判期,都是我身体最虚弱的时候,不知道是否有因果关系和必然联系。

记得去年有关部门给我电话确认任务书最后稿的时候,正是周日中午,我头晕躺在床上,无法审核,让副手确认了。

今年任务书谈判期提前,在春节前就做,时间更紧。元旦以后我经历了一周痛苦的失眠调整期,上周随时都有需要解决的意外发生,到周五已经厌倦到极点,找一个安静的地方休息了一会儿,才恢复了精力。

星期日才发现已经是春节前的最后一个周末,不出去就没有机会买年货了。

今天去市场,买了活鸡、活鸭、牛肉、猪肉……

整个下午也都在处理鸡鸭的内脏和鸡鸭的毛,当然鸭毛是最难弄的。现在市场不允许用松香、沥青等化学物质去毛,所以回家要费很多时间。

处理鸡鸭肠子也不容易,与猪大肠的处理方法不同。中间剪开,剔除盲肠和直肠,用碱、醋、盐等洗,去除异味和周围的脂肪,晚上就可以吃了。费那么大的劲,炒出来就一点点,有人就好这一口。今天东西多,时间紧,匆忙中把三个胆都弄破了。好在及时发现,及时处理,也不至于造成后果,炒出来的菜味道不错。

晚饭后做春卷。按老爸传下来的做法做的春卷,家里人都喜欢吃。只是我这几年太忙,很少做了。今天去菜市场,看到春卷皮,就动了这个念头。我的做法就是,用香菇、木耳、白菜、肉丝炒馅。如果在上海,条件允许的话,可以放一些冬笋丝,味道也不错。吃的时候,最好是就白米粥,蘸上海辣酱油,真是神仙过的日子啊!

晚上还有一件事情,就是炒椒盐,做风鸭。按我家的做法,应该用鹅来做;但是市场上买不到鹅,说是可以预订,明天我也没有空去取,只能用鸭子来凑

生活体验·美食

合。先腌两天,然后风干,就可以在春节期间用水煮白切着吃了。

明天开始又要忙碌一周,希望不要那么累,能让大家都过好节日。

❋ 赶火车的奇遇(2006 年 9 月 29 日) ❋

节日中很重要的事情就是探亲访友。上周,我就与朋友老罗一家约好,一起包一个软卧包房去南昌。于是,出现了昨天的奇遇。

帮我们订票的老兄前天晚上喝多了,没有给我们送票,我昨天下午 2 点左右才拿到车票,我们没有办法及时送给老罗了,只好让他们自己到车站与我们会合。

按惯例,我们 4 点半从家里出发。如果道路畅通的话,20 分钟就可以到西客站了。我们打出 1 个半小时的时间,应该是够了。平时不慌不忙的她,昨天倒按时出发了,可我却因检查水、电、气、门、窗,拖了几分钟时间。

出租车是打到了,我们按习惯性思维让司机从三环走。开始,司机说西客站那里车堵,可能来不及,我们没有在意。可是,走了一个小时还没有到公主坟,我们开始着急了。司机是延庆来的乡下人,很谨慎,不敢超车,别人老往我们前面插,他也不管。最后,在他的建议下,我们走长安街,从西客站北面的小胡同①插过去。长安街十分畅通,一下子就过去了,但是进入小胡同以后,又开始堵塞。我开始绝望了。只有 20 分钟的时间,根本来不及了。我开始考虑应急方案,将车票的铺位号发短信告诉老罗,并准备好钱,随时给司机后就下车。我们有一点绝望了,看来赶不上火车了,而且老罗他们还在四环上面,也过不来了。

我当时在想,如果我们到了,他们到不了,车票怎么办? 怎么把车票给他们? 如果我们先上去了,他们即使到了,也拿不到票。如果他们先到,我们赶不到,车票也没有办法给他们。问题是,我们想 29 日在南昌办一些事情,好不容易有一个长假,又白安排了。如果改签明天的票,是否有座位还是问题,更不用说是否有铺位了。

快到西客站的路口,车又堵上了。我们决定下车,跑步去车站,尽管手头上有那么多的行李,也只好这样了。还是她灵活,在前面没有堵车的地方拦住了一辆私家车,请求人家帮忙。人家开始以为我们是家里有病人,就让我们上去了。上车才知道,我们是要赶火车的。那个人是附近医院的医生,有救死扶伤的美德,二话不说,就飞速把我们送进了车站的入口处。

---

① 指羊坊店西路。

生活体验·生活

只有 10 分钟了，我们说服了安检的保卫，让我们免检通过。然后飞速跑入软卧候车室。检票员说你们赶快进去吧，马上就开车了。可是我还在考虑老罗的车票怎么办。老罗这时在莲花桥，我们都觉得是赶不上了。我想把车票放在检票员那里，她们以要下班为理由拒绝了。最后，她们态度有一些缓和，但还是没有接收车票，只是问我们后面的人叫什么名字。我匆匆交代以后，就进站了。上车后，我是松了一口气。但还是在担心老罗的事情。如果老罗上不来，车票又退不了，也是罪过。

这时，老罗来电话，说已经到火车站了。我们马上让他们直接进软卧检票口，告诉检票员情况。最后，还有 3 分钟，他们终于进来了。我飞跑出去，接了他们的行李，他们一家四口上车了，火车马上就启动了。

回头想，这次经历实在是奇特。说实话，我从来没有经历过火车误点的事情，而且是两家人一起走，一起晚到，最后化险为夷，可以说是奇遇了。

如果没有那位医生帮忙，我们真的跑到车站的话，肯定是赶不上了，而且走那么多的路，还要过天桥，也会累得半死。不仅自己赶不上，还耽误了两家人，实在是不应该。

我下车了时候，留给了医生一张名片，并留了一盒月饼给他。我想，他是不会主动找我们的。我回北京以后，一定要找到他。在这么特殊的时候认识的朋友，一定有特殊的意义。前面那辆出租车的计价表显示是 46 元，我也顾不得找钱了，给了他 50 元。

✳ 骗子骗到我头上来了！（2008 年 7 月 12 日） ✳

昨天晚上，一个广东口音的人给我电话，说是老朋友了，第二天下午要来看我，并请我吃饭。

> 顾主任吗？
> 是的。
> 你还记得我吗？
> 你是谁啊？
> 我是广东的。
> 你是 X 主任吧？
> 是啊！我很高兴你还没有忘记我。你那么忙，我还以为

记不得我呢!

　　我当然不会忘记你的。你有事情吗?

　　没有什么事情。我现在在河北,明天中午过来,请你吃饭。

　　我请你吧,我是主人啊!

　　明天再联系吧。你的手机里有我的电话吗?

　　没有

　　那你记下我的电话吧。

　　再见!

我当时真的以为是广东省某个同行呢,准备安排时间第二天接待他。
今天早晨,我又接到了他的电话:

　　顾主任吗?

　　是的。

　　咳呀! 我遇到了一些麻烦了。昨天晚上这里的朋友带
我去夜总会,找了几个小姐,开了房间。正遇到奥运会期间
严查,我们都进公安局了。我们现在在石家庄长安区派出
所。这种事情遇到了也算倒霉,不便和家里人说。我处理完
了就过去,晚一点到北京。你知道怎么处理这样的事情吗?

　　不知道。

　　那我再联系你吧。

　　好的。

　　你在哪里?

　　我在家里。

这时候,我已经觉得有一点问题了。我想起了一个朋友的类似经历,觉得
这个人肯定是骗子。但我还是继续自己的工作,静观事态的发展。
过了一个小时,电话果然又来了。

　　他们说每个人罚 5000 元,6 个人共计 3 万元。

　　那你很倒霉啊!

　　是的。我的钱都在宾馆里,手头没有钱。你能送钱过
来吗?

生
活
体
验
·
生
活

你在石家庄,那么远,我怎么送钱过去啊? 不可能的。

你就送一次,帮帮忙吧!

那么远,真的不可能的。

我托了一个朋友帮我办这件事情,你把钱打到他账上去行吗?

我看看吧。我老婆管得很严的,我手头没有钱。

你一定要帮我啊!

我看看吧,手头真的没有钱。我再答复你吧。

那我过一会儿再联系你。

好的。

骗子的嘴脸已经暴露了,我马上拨打了110。但是电话还是不断地进来,我拒绝接听了。工作太忙,没有时间和他周旋,让110去处理吧。这种骗术是老一套的,不用多解释,110一听就明白了。

去年,有一个朋友被骗了几千元,过程几乎一样,只是借口说是车祸而已。

❈ "盖帽儿"的典故(2009年2月27日) ❈

昨天晚上与机关党委王吉书记一起吃饭,王书记讲了大家都不知道的"盖帽儿"的典故。

在北京话里,"盖帽儿"表示"好极了"的意思,但是很少有人知道它的典故,是很有文化的典故呢!

过去请客吃饭,主人都要先点一个菜,客人才开始点。如果客人点的菜比主人点的菜贵,服务生就会说,"今天没有这个菜,您看另外一个差不多的菜是否可以?"这样,主人点的菜就"盖了帽",定了饭菜的标准,其他人不能点高了,服务生也不允许故意诱导客人点贵的菜。长此以往,餐馆有了信誉,回头客就越来越多。

反思当今世界,这样的餐馆似乎越来越少了,服务生不诱导你点几个贵的菜是不会罢休的,有时候客人要宰主人,也会点一些贵的菜。

我们很希望"盖帽儿"这样的文化传统能继续传承下去啊!

✳ 过年的感受（2010 年 2 月 20 日）✳

过年的意义是什么？除了团聚，就是休息。

像我这样一般不看电视的人，过年除了休息，就是工作了。即使偶尔看电视，也觉得很无聊。个别人利用春晚的招牌做文章，中国 5000 年的文明就体现在这几个人身上？没有这几个人就没有中国文化了？难道我们就要弘扬这样的文化？

好久没有这样休息了，之前连续几个星期每日睡眠在 6 小时以内。对于我来说，睡觉超过 8 小时，就是最幸福的事情。这几天确实做到了，也享受了幸福。

既然不看电视，也不出去逛街，其他时间就是工作了，偶尔做一些烹饪活儿，享受生活。节日期间的工作，没有压力，是主动型的工作，不受领导指示的约束，所以觉得很享受。主要是处理积压很久的一些项目，终于可以处理完了。

第一天上班，同事中去南方的人都觉得不该去，主要是太阴冷，太不习惯了。我也不例外，在江南一带总觉得不自在。

大家讨论最多的除了春晚，还有燃放烟花爆竹。过一个年，不知道要燃放掉多少钱，那么多火药大概都可以收复南沙，收复宝岛了。我的朋友中不少人反对燃放，但是也有许多人觉得这就是风俗，不燃放就不算过年。

南方的饮食比北方丰富，东海边自然海鲜也更多一些。渤海边我去过很多次，东海边可是第一次去。东海的海鲜品种与渤海不同，看上去精致一些，价格也很不菲。只能偶尔尝试一下，如果经常吃肯定是不行的。不过，一些平常的海鲜也不贵，如果不讲究的话，可以经常吃。

偶遇 30 多年前的同学，其消费水平不是我等可以比拟的，看了觉得诧异。即使是欧美来的客人，如果不是做生意的，一般也不会如此消费。同学说："你今后会永远留下名声。"这就是我们的差别吗？

告别了本命年，回到了北京，也回到了现实。接下来就是没有止境的工作，也许要持续几个月才能消停，每年如此。

生活体验·生活

❈ 从 12 人到 2 人的经历（2007 年 5 月 9 日）❈

高中时代我们 12 人住一个宿舍。

大学时代我们 8 人住一个宿舍。

研究生时代我们 4 人住一个宿舍。

一直向往有自己的空间……北图答应我们 2 人一间。

可是，我们一开始 6 人住一间漏雨又透风的平房。

后来，搬了 N 次家，才到现在的招待所，2 人一间。

又 N 年以后，有了自己的空间。

这个过程实在很漫长，但也值得回味。

我最值得骄傲的事情是那段时间做成的。

❈ 做一个理性的爱国主义者（2008 年 6 月 2 日）❈

今天下午，随办公室的 MM 一起去展览厅参加了"真诚温暖人心大爱感动天地——汶川抗震救灾大型纪实图片展"开幕式，仪式上最令人难忘的是著名朗诵艺术家、国家一级演员殷之光与 20 名中央民族大学学生一起朗诵的诗歌《我们不哭》。

展览的不少图片很震撼，很感人，我最难以忘怀的是那幅占据一面墙的图片——那也是一面墙，但是上面的窗户已经被扭曲，形状各异，墙上的裂缝仿佛是一道道伤疤，述说着那个惊天动地的时刻。

但是，我也看到，有一些图片"做"得很假，人工的痕迹很明显。我不知道，这些记者是去记录灾难的，还是去寻找创作灵感的。仁者见仁，智者见智，我不便在这时候对这个敏感的话题过多地评论。但是，我总觉得我们应该用理性来看待地震这个灾害了。

今天读了佳人①的博文"做一名理性、冷静的思考者"，也看了《南方周末》的报道"真相比荣誉更重要——林强访谈录"，很有同感。难道所有人都天天去谈地震，灾难就会减轻？所有人都蜂拥到灾区，灾区人民就会消除心中的创伤？我们的祖国需要我们默默无闻地去建设，而不是需要每天都"创造"出一些感人

---

① 指顾文佳女士，网名"书韵佳人"。

书
山
蠹
语

的故事。我们做好本职工作，也是对灾区的支援。

一个社会只有各司其职，分工明确，才能达到高效发展。我们应该反思地震背后的许多问题了！如果没有良好的社会机制和管理机制，全国各地出什么事情，总理都去亲自处理，累死总理也是没有用的。

❋ 做一件事情需要一个人毕生的精力
（2008 年 10 月 8 日）❋

前几天商务印书馆的老郭①给我发短信，我顺便问了一下《知识的拱门：科学哲学和科学方法论历史导论》什么时候出版，我被告知该书应该在不久以后出版。《知识的拱门》是我和朋友们在 20 年前的译作，出版社因为各种原因放弃了出版计划，到 2006 年商务印书馆同意出版时，才获得了新生。2007 年我完成了修改稿，2008 年 7 月完成索引等工作，并看了清样。老郭说，书已经过了多次校对，大概要出版了。按出版合同，今年年底之前是必须要出版的。事情终于完成，我这时候才体会到，一个人做一件事情是要花多少时间和精力啊！——也许会需要一个人毕生的精力。成败不能在短时间内看出来，暂时的失败也不能说明今后永远都会失败。

20 年前，在西方学术思潮大量涌入中国的那个年代，有几个年轻人，他们致力于西方学术著作的翻译工作，希望在短时期内将更多的西方学术著作介绍入中国。他们做了很多，结果却不令人满意。出版政策的调整、政治环境的变化和版权公约的问题，都影响了我们所热爱的翻译工作，这些朋友现在大多数都离开了北京，离开了中国。比较成功的作品有 1990 就出版了的《欧洲的觉醒》（2009 年即将再版）和 10 年以后出版的《简明牛津音乐史》。过了 20 年，《知识的拱门》也终于得以出版。等我退休以后，我也许会翻译更多的学术著作，完成自己当时的心愿。

关于书目数据整合的问题也是如此。在 1990 年，我写了一篇文章，希望中国能有自己的"在版书目"。经过了大约 20 年，中国的出版业（以及与图书馆界）信息的整合还只是一个梦想。在我退休以前能实现这个梦想吗？人的毕生精力，大概也就只能做几件比较大的事情而已。

---

① 即郭继贤先生。

书山蠹语

※ 望眼欲穿的社保医疗卡（2008 年 10 月 28 日）※

今天早晨读到新闻"北京明年底逾 1000 万人将刷社保卡就医"，甚感欣慰，只是觉得来得太迟了。记得上海在 10 年前就采用了社保医疗卡，并且据说在几年内要在全国推广。父亲在世的时候说，以后到北京去住就很方便了。转眼间，父亲去世已经八年了，母亲现在身体状况不佳，北京明年才开始在本市推行社保卡，全国联网更遥遥无期。官僚制度、地方利益和系统之间的屏障，都制约了发展。希望我老的时候，能有更好的机制。

※ 看"傅雷捐赠译著手稿展"有感（2008 年 12 月 13 日）※

昨天下午回到北京，处理完公务以后，就去看了一下刚开幕的"傅雷捐赠译著手稿展"。看了手稿上密密麻麻的译文，还有各种颜色的修改文字，体会到了这位大翻译家对事业的执著精神。詹福瑞馆长的话最能表达我的想法了："傅雷的译著是二度创作，他几乎以一种宗教般的殉道精神从事他的翻译事业，这给了当代翻译者和学术界极大的教育、启示及警示"。

走到《艺术哲学》的手稿面前，看到大翻译家在钢笔小字手稿的基础上，又重新用毛笔誊写了定稿，对于经常从事文字和翻译工作的我来说，是一种强烈的触动。我也不禁想到，现在有多少翻译家是这样认真对待自己的翻译作品的？我们的作品对读者负责吗？对后代负责吗？对自己的名声负责吗？

作为中国翻译协会的理事，我参加了 2004 年的理事大会，大家在小组讨论的时候，都在感叹现在会外语的人多了，翻译家少了。这不仅是现代人的精神素质出了问题，也在于社会对翻译的认可程度出现了偏差。翻译不是任何会外语的人都可以做的。要做好翻译，不仅要有过硬的外语水平，还要对西方文化、历史、宗教等各个方面有所了解。不熟悉除自己翻译的语言外的其他语言，也很难做好翻译。如果光外语好，中文不行，也不能做好翻译。此外，如果翻译家要认真对待自己的作品，靠这些翻译的稿费能养活自己吗？有一些带有偏见的学者还认为，做翻译工作很容易。我也希望他们自己能动手做一下翻译工作看看，体会一下翻译工作有多么的艰难。

20 年前，我刚开始做翻译工作的时候，我的室友说："翻译折寿。"我不知道我是否会长寿，但是我确实为翻译工作付出了代价，牺牲了无数的业余时间。

生活体验·随感

现在我出版的译著有数百万字,大多数是在自己所爱好的学术领域,完全出于自己的热爱,能有多少回报呢?要靠稿费养家、买房、买车、给老妈看病是远远不够的。

现在事务性工作多了,很少做学术翻译。尽管还有不少翻译工作,但是主要是围绕自己的业务。与国际接轨,也需要不少热心翻译的人士。

✳ 今天是伟大领袖毛主席的生日(2008 年 12 月 26 日) ✳

今天是伟大领袖毛主席的生日,115 岁了啊!

我上小学的第一课,就是"毛主席万岁!万岁!万万岁!!!"当时念了不知道多少遍,还是不明白"万岁"是什么意思。小学的课文里有一段是"吃水不忘挖井人,时刻想念毛主席"。记得毛主席去世的时候,我还在读初中。毛主席在我们心中是圣人,我们的每天生活都离不开他的存在。突然听说毛主席去世了,我们不知道怎么办,觉得世界似乎是要毁灭了。

不久,毛主席的接班人华国锋同志担任了国家领导人,我们学校的乐队参加了全上海市的游行,庆祝"英明领袖华国锋一举粉碎'四人帮'",留有照片作为纪念。

我当时是小号手,累得嘴都抽筋了。

现在,没有了毛主席,我们的国家还在运转,我们的社会还在进步。但是对毛主席的感情似乎一直在我的心中,我觉得他是一个象征,是一个符号,代表着我们童年的那个时代。

我当时收集了所有报道毛主席逝世的报纸,放了很多年,最后还是被父亲给扔了。

今天在郊区开会,讨论明年工作任务。抽空写了这一些感想,作为纪念。

✳ 漫谈"创新"(2009 年 3 月 22 日) ✳

昨天晚上吃饭,大家谈起了"创新",觉得这个很好的术语给用滥了。

真正的创新,是大多数人不可能达到的,也不会有任何功利目的。

当年普林斯顿高级研究院成立的时候,就是要用高薪聘请一些世界上顶级的思想者过来从事"没有任何用处"的学术研究,从而吸引来了爱因斯坦、冯·

诺伊曼等世界驰名的科学家。他们并没有"创新"的任务，只是进行他们自己所爱好的学术研究。冯·诺伊曼的研究成果为现在的计算机科学奠定了基础，更是现代信息革命的基础，这是最大的创新。但是他当时可能根本没有想要做现在意义上的"创新"，更没有想要把自己的"创新"成为科学和社会发展的推动力。

比较现在的教育和科研机制，把创新提到了如此高的地位。在一个连硕士论文都要创新的时代，政府的投入是否为科学和社会的发展产生了足够的推动力？我们的回答自然是否定的。

创新不是简单地否定前人，也不是用一些新奇的想法做无用的事情。如果一个杯子是圆的，我们做一个方的杯子，当然是创新，但是这对社会有多少价值？

创新不是目的，而只是达到目的的手段。关于这个问题，联想集团的做法大概值得我们学习。联想集团没有像国内其他大公司那样跟风，而是从增强企业的实力着手。到企业有足够的竞争力以后，创新也是自然而然的事情了。如果开始片面谈创新，也许这个企业不会是今天的样子。

我认为，在一个单位里，大家能做到对自己所从事的工作知其然，就已经是很高的要求了。如果现有的机制或体系不能满足要求，或者出现了问题，就必须创新管理机制，但是这也不是随便什么人都可以做的。

当然，我也不反对用"创新"作为标签，实现管理者提高组织内部整体竞争能力的思想。不过这里的"创新"只是一个标签而已，不要太当真。

✳ 多事的一日（2009 年 6 月 5 日）✳

昨天似乎啥事情都没有发生，今天的事情都扎堆了：
- 新闻联播主播罗京因淋巴癌去世；
- 成都公交车发生燃烧已致 24 人死亡；
- 李泽楷梁洛施生子，李嘉诚替孙取名"长治"；
- 河南商丘开封济源强对流天气致 22 人死亡。
……

不过，主播的去世给我们敲响了警钟——我们是同龄人啊！算起来，我的同学中去世的也有 3 人了，大多数是劳累过度。

当然，今天也有好事——工资入轨兑现了。前天从银行短信得知这个月的工资多了不少，总觉得纳闷，但是没有时间去想这个事情。今天得到确切的消息，是补发了将近一年的工资，数字还不少。我没有预料到这个事情会这么快。

几个星期前，馆内已经公示了高级岗入轨的结果，本人是二级。但是一直觉得这不是最后的结果，所以也没有当一回事情。今天核对了工资单，才确认是按二级发的——能得到全馆最高的工资级别，要感谢大家的支持，感谢组织的关心，感谢国家的政策。

不过，自己到现在这个地步，也花费了巨大的努力，几乎很少有休息时间。

✳ 高考的日子（2009 年 6 月 8 日）✳

我们那一年（1980 年）是恢复高考以后的第四年，也是恢复正规高中以后的第一年高考。由于春季入学和秋季入学之间的两次改动，我们这一次高考的人数特别多，大概是 20 多人里面录取一个，竞争十分激烈。

本人于当年获得了上海市数学竞赛的二等奖，而且文科和外语都不错，是毕业生中的佼佼者。作为交通大学附中的毕业生，得到了交通大学（当时还是纯理工科的大学）的保送承诺。但是，本人不甘现状，想通过自己的努力报考综合性大学——开始想报北京大学，折腾了一阵，最后还是报了复旦大学。

我谢绝了父母特殊帮助的提议，自己埋头苦读，奋战几个月，终于以高分考上了复旦数学系。遗憾的是，分数没有达到名列前茅的程度，与我的好友王方路先生有一段差距（他是全上海第二名）——后来我们还经常提起这件事情。他高考俄语考了 99 分，我考了 100 分，我们一起获得了俄语免修的资格，开始学习英语。

现在回头想来，这种攀比几乎没有什么意义。即使得了第一名，又说明了什么呢？人生的道路很长，各种机遇都可能改变人的一生。不过，王先生后来在金融领域的确是十分成功的。

20 世纪 80 年代，是理想主义的时代，也是启蒙的时代。读书、讲座、思考、讨论，是这个时代校园生活的主线。本人也有机会接触了各种不同的学科——除了数学以外，还有物理学、天文学、哲学、历史、文学……形成了自己的思想。在这个时代，我学习了若干门外语，为我今后的翻译工作打下了坚实的基础。

现在的高考是什么样子的？我不太清楚。现在的大学是什么样子的？我更不清楚。

❋ 翻译和学术严谨性的问题（2009 年 6 月 20 日）❋

上周看到网上批评某副教授①翻译错误,给学术界抹黑的评论,这个事件在学术界议论颇多。昨天中午吃饭的时候,饭桌上聚集了五个博士,也在议论这个事情。回到办公室,我正好看到了这本书,突然发现著者是我认识多年的一个学者,互相发过电子邮件,大概有 5—6 年没有联系。

她是学俄语的,涉及英文翻译的部分出问题,也可以理解。如果她能让其他学者看一下,或者编辑能认真校对,大概也不至于出这样的问题。

当然,问题是不可原谅的。但是这个问题绝不是孤立的和偶然的,各种"学术著作"里这样的东西不少见,只是这次碰上了媒体,成为众矢之的,可以想象著者所处的境地是十分尴尬的。

翻译不比写书容易,翻译也不仅是会英语的人就可以做的。我做过不少学术著作的翻译工作,许多词都是要经过查证才能确定的,不能望文生义,其艰辛不是常人能体会到的。

四年前在中国翻译协会开会的时候,大家都感叹,现在会外语的人多了,翻译家少了。

国家不重视翻译,学者自认为都能做翻译,翻译家缺少稳定的收入来源和社会的尊重,自然也就越来越少有人去做了。

我现在偶尔还做学术翻译,但是半年下来的稿费,还不及一个月的工资,更不如有些"专家"一次讲演的劳务。如果不是出于对这个工作的热爱,我是不可能去做的。

❋ 云计算的时代与信息垃圾（2009 年 9 月 29 日）❋

周日回到办公室,看到桌子上放的有关云计算的动态;

打开计算机,看到许多博客里关于云计算的论述;

上周中图学会学术委员会结束后,上海交通大学图书馆举办了一个关于云计算的会议;

……

---

① 即王奇女士。

我突然感到，云计算的时代马上就要到来了，正像我们所经历过的许多“伟大的时代”——信息高速公路、知识经济、知识服务、知识管理、元数据、FRBR、eLearning、eScience、Library2.0 等等。不管这些东西是否有发展，但是许多人确实因此当上了教授或者副教授。

面对新的概念，大家一定会有机会写很多文章，从而为今后的职称评审创造条件。凭感觉估计，专业期刊中有 80% 以上都是信息垃圾。

这几天正在评职称，被这么多的学术垃圾污染，要考虑申请特殊工种健康补助了。记得小时候听大人说，有一些特殊工种每天能喝鲜奶，大家都羡慕得不行。我能吃点什么呢？

三八、雷锋、犀利哥及其他（2010 年 3 月 5 日）

快到三八妇女节了，上级要统计女员工的人数，我看本部门的女员工数占了 75%，不知道是喜还是悲。喜的是部门有那么多能干的娘子军，悲的是我的同类太少了。

从全馆来看，大概是男女各半。但是到业务部门，女性就占多数了。我看过国外的小图书馆，有的地方几乎女性占了 90%。

妇女三八放假，我们男性为什么没有自己的节日呢？希望政协委员能提出好的提案。

今天又到学雷锋的日子，大概许多青年人都不知道雷锋这个名字。我从小就是在“学雷锋，争三好”的气氛下成长起来的。

看到关于犀利哥的详细报道，很同情他的经历，觉得是电影艺术的好素材。他曾经有不错的过去，可以说他是社会的牺牲品。如果在 40 年前，他大概就是雷锋了。

拥抱红五月（2010 年 5 月 1 日）

终于进入了五月。

北京没有感受到春天，却直接进入了夏天。

同事们都在说，今年的冬天太长了，真过腻了啊！冬天的势力太强大，春天斗不过她，只有几天感觉到春天的影子，却没有真正见到她的面容。

五一劳动节,气温骤然上升,感觉到已经进入夏天,虽然离立夏还有四天的时间。按过去的经验,五一节一般都是很热的,今天果然很如此。难道上天也知道人间有五一节吗?

　　昨天是四月的最后一天,照例是安全检查,去各个科组走了一圈,提醒大家注意防火、防水、防盗、交通安全。去年我部的安全工作十分出色,今年也不能懈怠。

　　快下班的时候,又召集了一个非正式的会议,大家情绪很激动,讨论了一些临时安排的疑难工作,不过问题最后还是解决了,希望不要影响大家的节日休息。

　　这几年来,总是盼望长假。第一是因为一周下来总是很疲惫,总觉得短暂的周末无法彻底消除疲劳;第二是因为手头的工作太多,总要利用假日期间清理积压。现在五一不再是长假,但聊胜于无。

　　今天上午去了南锣鼓巷,本来是去买东西,却不料那里是一个旅游景点,不少游客在那里,看来大多数是青年人。那里的酒吧、饭馆、四合院很有特色,还有不少礼品店,特别是有多家卖火柴的商店,很有意思。在北京那么多年,从来没有雅兴去走那些地方啊!

　　然后去市里找了一家卖碟子的小铺。现在管得严,买碟子很不方便,只有自己想办法去找了。记得前些年,有几个固定的关系经常给我提供。当然,我最想买的还是音乐剧、歌剧、文艺片。

　　中午去当代商城里的鼎泰丰吃小笼包子,价格实在不菲,不过为了这一口,硬着头皮也是要吃的。今天吃的是蟹粉小笼、鲜肉小笼、海蜇金丝瓜、虾仁馄饨、草莓冰山,花了将近200大洋。包子味道不错,但是口感还是不如上海的南翔馒头店。

　　晚上自己做饭,要考虑在现有的材料的基础上达到最优效果。家里剩了好几天的上海咸肉,没有蒸透,太咸,太硬,大家都不吃。我就把咸肉切成碎末,与鸡蛋一起打碎,蒸出来的鸡蛋羹出乎意料地好吃,一下子就被瓜分了。然后,用咸肉末与鸡毛菜、豆腐一起烧汤,味道也很不错的。

　　直到今天中午,我们才想起昨天晚上的 SB 会①开幕,在我们心中似乎已经被遗忘了。活动太多,也不想关心那么多事情了。只是想知道一些场馆的信息,万一要去的话应该有所准备。

---

　　①　指世博会。

✳ 《上学记》、《秦始皇》、ISSN 奖和其他
（2010 年 6 月 20 日）✳

工作太多，近期我一直很疲惫，这几天主要是休整。

好久没有时间欣赏歌剧了，周末看了 2007 年美国大都会歌剧院《秦始皇》的碟子，该剧由谭盾作曲并指挥，张艺谋导演，多明戈主演，章子怡客串介绍，Brian Large 制作，参与者都是大牌。

在该剧中，秦始皇显得很有人性，是西方化的君主。他被称为暴君，只是为了自己的一个理想——统一中国。歌剧剧情围绕秦始皇嫁女展开，但是情节似乎不很重要，是为音乐服务的。

全剧中分量很重的打击乐令人联想到奥运会的开幕式，总体上音乐缺少可理解性，比较抽象，还有一些不和谐音。一般来说，成功的歌剧都会有几段经典的段子，可惜这里没有。

最近找到了买碟子的来源，很是高兴，通过电子方式很快就搞定，就是怕没有时间看。

抽空在网络社区里与人讨论了何兆武的《上学记》。有几个青年好友都很喜欢这本书，这在目前这个浮躁的社会里是很难得的。我想读这本书，可惜只读过《万象》中转载的片段。

何老说："幸福的条件有两个，一是你觉得整个社会、整个世界会越来越美好，一是你觉得自己的未来会越来越美好。"

记得有一次与一些学者吃饭，谈到何老的名字，竟然没有人知道。另一次在商务印书馆吃饭，在座的学者没有不知道何老的。看来，某些学术圈子还是很闭塞的。我个人认为，真正的学者不是只知道自己圈子里一些事情的，应该要触类旁通。

何老曾经在国家图书馆西编组工作过 1—2 年（记得在《上学记》中有一处提到过）。我在 20 多年前就很喜欢读他翻译的罗素《西方哲学史》，就是这些书把我引上了"斜路"，使我不专攻数学了。这本书也是商务印书馆汉译学术名著系列里重印最多的一本（大概也是印数最多的）。

一年一度的 ISSN 奖评选工作开始了，我和英国人和法国人一起负责评审来自五个国家的申请。去年做过一次，有一些经验。周末抽空看了所有申请材

料,给巴黎的同事去信核对一些信息,争取下周完成。

作为 ISSN 国际中心管理委员会的委员,每年要负责选一位获奖者,全额资助其参加下半年的主任会议,今年的会议将于 9 月在英国召开。我去不了,但是也要尽义务的,不然当什么理事会委员啊?

抽空为几份杂志业余打工,基本完成积压的任务。

今年图联大会的日程改版,论文原文埋得很深,不容易找到。周末联系了几个国际同行,回信的只有荷兰的 Sophie Felföldi 和瑞典的 Anders Cato。大家都很享受生活,还是有个别人很敬业的。

有时间考虑自己的几个科研项目,有一些成就感。

做科研确实很难。首先要有时间,有了时间以后要找状态。一般来说,有时间就要培养良好的心情,而良好的心境下只有很短暂的时间里有高效的思维状态。如果说要创造,就更难了。

所以,给科学家和艺术家创造良好的环境是很有必要的。

❈ 畅游在书的海洋中(2010 年 6 月 23 日) ❈

在自然界里,熵永远是要增加的,也就是说越来越无序。

在人类社会里,我们都要不断地与熵的增加抗争,以总体的熵增加来换取局部的熵减少。

科学研究是把无序变为有序;

图书出版也是把无序变为有序;

但是图书到了图书馆以后,却又变成了无序。

在图书馆的采编部,图书开始处于最无序的状态,出采编部的时候又变成了高度有序。

实际上就是牺牲了我们图书馆员的脑力和体力,换取了图书信息的有序化。这工作有点像冰箱的压缩机,通过自己做功,把热量释放到外界,达到内部制冷的效果,而外部世界的总体热量没有减少,反倒增加了。

在无序的书山前,我们有时候觉得很无奈。

但是,看到无序的书山逐渐变成有序的书海,我们露出了微笑。

图书馆员工也能从中寻找乐趣,在书海中畅游,享受生活。

虽然工作很枯燥,我们还是热情高涨——我们的歌声是多么的嘹亮!（附图省略）

❊ 需要我这样的人？（2010 年 8 月 6 日）❊

前几天听一个同事说,任继愈老先生在世的时候曾经说过,国家图书馆不是机关单位,是文化单位,需要有顾犇和史睿这样的人多发表不同的观点。

我听了觉得很惊讶。我与任老没有很多接触,总共也就说过两次话,他怎么就如此了解我的呢?

看来我经常发表不同观点,已经出名了。

❊ 看《唐山大地震》（2010 年 8 月 8 日）❊

一直喜欢看电影,特别是文艺片。这几年工作太忙,也不习惯电影院的氛围,就经常买碟子看。

前几天碰巧买了一张《唐山大地震》的 DVD,转到 iPod 里分段看。没有想到该片剧情很吸引人,我分四次就看完了。它虽然有不完美的地方,但是很抓人,也表现了人性的许多方面,我看了颇有感触。

电影名为《唐山大地震》,但似乎描写的内容更多的是与"余震"相关。通过大地震的主线,表现了人与人之间的关系,涉及很多方面,包括夫妻、恋人、父女、母子、责任、感情,体现了一定的价值观,也表现了中国人传统观念中"家"的情结。

在和平年代,人性中的善和恶经常被掩盖起来,甚至被扭曲;只有在战争、地震等灾难面前,它们才会以戏剧化的冲突形式表现出来。这部电影不只是表现地震,而是通过地震来表现人性,表现人类诸多方面的情感,这是很不容易的。

❊ 高粱河、石拱桥和阳光（2010 年 10 月 15 日）❊

离办公室不远就是高粱河,还有通向紫竹院的石拱桥。

难得的好天气——北京的金秋,万里无云,艳阳高照,气温适宜。

难得清静——河边没有人。平时,河边经常有垂钓爱好者,也有抽烟的图书馆员。

难得有心情在河边、在阳光下、在石阶上坐了十分钟,可以说是享受。

遗憾的是,也就只有十分钟的时间,领导就来电话通知我去开会了。

幸福大概也如此,都是转瞬即逝的东西:既要抓住她,又不能迷恋。

看似简单的道理,能领悟的人却不多,所以世间有那么多的烦恼。

❋ 女性教育和其他周末随感(2011 年 1 月 23 日) ❋

周末,终于有一些时间做事情了。

首先是整理办公室。

值得高兴的是,经过几个星期的努力,办公室的东西已经基本整理好。

这次整理放宽了剔除标准,扔的东西比较多,但是还剩下很多。期待以后的日子继续整理,继续放宽标准。

因为前几年一直没有时间和空间整理,这次整理的难度很大,要决定扔东西的时候,都要翻开来看看是否有用。例如,我要扔一些赠阅的期刊时,总要翻开看看是否有自己或者同事的论文。如果有同事的论文,就尽量转给别人。

带个人名字的文件等,都是要销毁的。例如,我还一直保存着历年考核的资料。几个星期下来,碎纸机处理过的纸片装了一箱,过几天集中处理掉,当然不是当垃圾扔掉,环保是很重要的。

一个人在办公室,有时间完成一些积压的工作,例如科研计划、论文评审、业务总结、工作计划等。

有机会与教育部的朋友聊天,谈到高学历的性别问题。

也就是说,现在中国高学历的女性越来越多。

专家说经过调研,高学历女性增加的原因有多种,主要是男女平等、女权性解放所导致的女性受教育机会增加,女性比较善于读书,还有目前的考试制度比较适合女性——不仅在中国,全世界都是这样。

不过我个人还有另外一些看法。

我认为,男性比较愿意做行政、创业、贸易等工作,而这些工作往往不要求高学历(特指研究生以上的学历)。

生活体验·随感

而女性不一定有强烈的社会成就感和经济收入的压力，往往就更有机会去读书深造。

　　我有一些同学家庭条件不错，这保证了她们有时间和精力去读高学位。而且随着社会的发展，女性观念改变，也不太要求一定要找比自己学历高的配偶。

　　以上只是我的个人随想，也没有经过认真思考。

✳ 一个博客　一个世界 ✳
——读顾犇先生《书山蠹语》有感

　　我与顾犇先生可以说是多年的至交。从 1987 年 7 月进入国家图书馆,至今一起共事已二十余年。欢乐有之,辛劳有之,苦涩有之,困惑有之。然近读其从博文萃选结集而成之《书山蠹语》,仍有新奇之感,又如老友重逢,颇多感慨,若迈入一个图书馆的新世界。

一、从博客说起

　　博客(Blog,或 Weblog),即网络日志,是互联网时代一种传播个人思想与情感、并带有知识集合链接的写作与出版方式。而 Blogger,则是指写作或是拥有博客的人。博客是继 E-mail、BBS、ICQ 之后出现的第四种网络交流方式,是网络时代的个人“读者文摘”,也有人称之为“最大的咖啡馆”。通过博客这种新颖的写作与出版方式,人们用文字、图片、音频、视频等方式,可以自由地展现自己的生活,表达自己的思想,抒发自己的情怀,与读者进行无拘无束的交流与互动。一句话,博客为人们开启了一种崭新的生活方式,向人们展示了一个温馨而又充满生机的世界。

　　据说,美国著名科幻作家吉布森(William Gibson)在 1996 年就预言职业博客出现的可能。他说:“用不了多久就会有人为浏览网络,精选内容,并以此为生,的确存在着这样的需求。”另一位美国人巴格尔(Jorn Barger)在其名为“机器人的智慧”(Robot Wisdom Weblog)的网络日志中,最早提出了 Weblog 的概念。目前最流行的词汇“Blog”,一般公认为是摩霍兹(Peter Merholz)在 1999 年命名的。而博客正式步入主流社会、为人们所普遍关注,则是在美国“9·11 事件”之后。博客传入中国大约是在 2000 年。2004 年“木子美事件”后,中国民众逐渐了解博客,并运用博客;2005 年,随着国内各门户网站纷纷开设博客业务,博客也进入快速发展时期。中国互联网络信息中心(CNNIC)也于 2006 年 8 月适时成立了博客研究办公室。

　　博客作为网络时代涌现出来的新生事物,也较早受到图书馆界的关注。图书馆界最早的博客是由美国图书馆员利维(Jeanne Levi)于 1995 年创建的。而我国图书馆界博客建立时间最早的是在 2003 年 6 月的"闲来无空"（http://www.ogg.name/webblog）和 Easy Librarian（http://www.csdl.ac.cn/ezlibrarian）（王文英，2009 年）。2005 年以来，国内图书馆人开通的博客数量剧增，已发展成为图书馆网络论坛的最主要代表和最集中的体现。在博客世界里，图书馆人不论男女老幼，也不分地域身份，尽情地展现自己的个性，分享工作与生活中的喜怒哀乐，同时汲取对自己有益的知识与理念。2006 年 5 月，活跃于网络的图书馆界博客们还自发组织在上海图书馆召开了第一届中国图书情报界博客大会"Web2.0 与信息服务"研讨会。2009 年，上海图书馆馆长吴建中先生还出版了《建中读书博客日志》，是为图书馆人出版博客著作之滥觞。而顾犇先生之《书山蠹语》，稍有别于前者，另有一番气象也。

正如顾犇先生所说："博客是一种记忆，不仅便于自己日后归纳总结，也记录了我所经历过的各种事件，大多数是以后不会有人再去记录的；博客是一面镜子，从其中可以了解到大家对我所关心的问题的看法；博客是一种交流方式，我可以把自己所知道的事情与大家分享，同时也从大家的评论中学到更多的知识。""博客是一种日记，也是一种非正式出版平台。作为日记，我的博客记录了我所经历的各种事件，使得读者可以了解一个图书馆员的所做、所见、所思，它们不可能被收入正史中，但也可以被后人作为'野史'参考。"而对于有着历史学学科背景的我来说，则更倾向于把博客当做日记来看，或许就是所谓的"野史"之类。清末文人刘鹗云："野史者，补正史之缺也。名可托诸子虚，事虚证诸实在。"（语出《老残游记》）可见，"野史"虽不是"钦定"的，甚至为官方所禁，不能藏于庙堂，但仍不失为"史"，自有其存在的价值。

野史作为一种史学体裁，渊源甚早。班固在《汉书·艺文志》中引如淳云："细米为稗，街谈巷说，其细碎之言也。王者欲知里巷风俗，故立稗官，使称说之。"这种闾巷风情、街谈巷说、遗闻轶事的记录，叫做"稗史"，如鲁迅所多次称道的《明季稗史汇编》［（清）留云居士辑］之类。唐代诗人陆龟蒙《奉酬袭美苦雨见寄》诗云："自爱垂名野史中，宁论抱困荒城侧。"又，元代文人萨都剌《上赵凉国公》诗云："如此声名满天下，人间野史亦堪传。"径称这类史实为"野史"了。至于日记，这种极富个性化的写作，却不是国人的专利，更不是现代人的专利。林林总总的各类冠以日记之名的著作，如《拿破仑日记》、《曾国藩日记》、《猎人日记》、《狂人日记》、《雷锋日记》等，早已是汗牛充栋了。

写日记当然属于个人的事情。至于将来能否作为"野史"，当然是次要的事，无关作者的意愿。不过，也不尽然。如清朝时有个规定，要出使各国的大臣都写日记。日记要将所见所闻、所作所为，详细记载，随时咨报。光绪年间驻英法公使郭嵩焘将他的出使日记抄寄一份给了总理衙门,就招来了意想不到的烦恼。这份日记两万来字,总理衙门以《使西纪程》为名刊印出来,甫一问世,便引爆了舆论。先是翰林院编修何金寿说他"有二心于英国,欲中国臣事之"。继而在朝野一片攻击声中,慈禧太后不顾事先的诺言,下令将此书毁版。郭嵩焘本人也只好"因病请辞",总算保住小命。至于德国人拉贝(John H. D. Rabe)所写的《拉贝日记》,真实地记录了 1937 年 12 月侵华日军制造的南京大屠杀惨案,是日本法西斯在中国所犯惨绝人寰的罪行的铁证。

可见,日记也好,博客也罢,纯粹个人的写作是不存在的。有时候,我们不但要把它们当做"野史",甚至还要把它们当做"正史",因为它们实在是真实历史的一部分。归根到底,个人与社会的关系是相互生成、相互规定的。一方面,一定的生产关系和社会关系是个人发展的基础,个人只有在社会中才能获得发展的基础和条件;另一方面,社会并不是存在于个人之外或之上的实体,任何社会都是由个人组成的,个人是社会发展的主体,一切个人活动的"合力"构成社会的整体运动和发展。个人也不可能游离于社会之外,二者的状态和发展水平是一致的。从这个角度来说,顾犇先生此书又何尝不是中国图书馆的现状,乃至中国图书馆的历史的一个缩影呢!

二、关于图书馆人

说到图书馆,当然不能不提图书馆人。没有图书馆,自然就没有图书馆人;反过来,没有图书馆人的图书馆也是不存在的。关于图书馆人,程焕文先生曾有过这样的论述:"所谓'图书馆人',就是指一切曾经或正在从事图书馆理论与实践活动的人。"他还说:"全部图书馆的历史实质上是图书馆人本身的历史。无论是在图书馆学理论研究中,还是在图书馆实践活动中,人的问题始终是一个头等重要的问题。忽视了对人的研究,忽视了人的作用,尤其是忽视了曾有所创造的人们的作用,实质上也就是抹杀了图书馆学术和图书馆事业。"(程焕文,1992 年)对此,我没有任何异议。同时我也注意到,生活在不同的国家、不同的地区、不同的时代的图书馆人,其命运又是何等的不同!

阅读顾犇先生的博客,是令人愉快的。在《书山蠡语》中,我们看到了他丰富多彩的生活、乐观向上的心态、勇往直前的进取精神。我赞赏他对事业强烈的责任心。正如他在书中所说的:"国家图书馆正在经历一次阵痛,大概要有半年时间。希望经过这个过程以后,国家图书馆将获得新生,一个崭新的中国国家图书馆将出现在世人面前。"我也喜欢他始终具有的朴实而又可贵的怀旧情结，如书中提到的：“我穿的工作服，有人看了觉得很脏，其实是 1987 年白石桥新馆开放的时候发的工作服，舍不得丢掉，现在已经洗不干净了，一般在打扫卫生的时候穿。今天在整个图书馆里，很少能找到这样的工作服了。”但是，最让我感到高兴的是，我读到了这样的情节：“家乡的美味：小馄饨、小笼包、冰砖、单档汤、生煎馒头”，以及“周末宰鸭记”。这是多么真实而又幸福的图书馆人的生活！

德国诗人海涅（Heinrich Heine）曾经说过：“谁焚毁书籍，谁也会焚毁人类。”但是，在历史上，焚毁书籍的事情却是屡见不鲜。海涅的童年和少年时代，经历了当时席卷欧洲的拿破仑战争。他看到了这样可怕的情景：“看那些愚蠢的人类，在下方尘世里拥拥挤挤；他们呼喊、愤怒、叫骂，各有各的道理。他们摇起帽子上的铜铃，毫无理由地争执；他们举起了棍子，互相打破了头皮。”自然，作为人类知识载体的图书以及图书馆，也难以安然自处。1924 年，英国文学教授廷克（Chauncey Brewster Tinker）在耶鲁大学对毕业生的讲话中说：“没有图书，即没有以往的思想记录，也就没有大学。的确，也不可能有文明。”而在中国，且不论秦始皇的“焚书坑儒”，就是近代图书馆诞生以来图书以及图书馆所遇到的劫难，也是不计其数。这里仅举一例：1936 年中国有图书馆 5196 个，到 1947 年却仅有 2702 个，减少近半。至于图书损失更是难以确计，仅南京一地于日军侵占期间图书馆损失图书就达 170 万余册（杨子竞，2007 年）。两相对照，我们怎么能不感到我们这一代图书馆人的幸运、幸福呢？

从世界范围来说，图书馆的出现甚早，专门的图书管理者（早期的图书馆人）也有着悠久的历史。早在 19 世纪初，德国人施莱廷格（Martin Schrettinger）就提出了“图书馆学”这一名词。1850 年，英国议会通过了图书馆法。这是近代图书馆立法之始。1852 年英国曼彻斯特公共图书馆成立，1854 年美国波士顿公共图书馆成立，标志着西方主要资本主义国家公共图书馆开始兴起，并在 19 世纪末 20 世纪初进入图书馆的快速发展期。而在中国，近代图书馆事业则由传统的藏书楼发展而来。从 1904 年湖南图书馆的建立，1909 年京师图书馆的筹建，经历了 1917 年开始的“新图书馆运动”，几经坎坷，已经走过了百余年的历程。应当说，一百多年来中国图书馆事业的建设是艰难的，又是伟大的。之所以说是艰难的，是由于中国特殊的历史环境，注定了图书馆的产生与发展不可能一帆风顺；之所以说是伟大的，是因为经过几代图书馆人的共同努力与执著追求，中国图书馆事业已取得了辉煌的成就，傲然屹立于世界图书馆之林！

然而，这些成就的取得是如此的来之不易。中国图书馆事业每前进一步，都离不开图书馆人的辛劳。早在 20 世纪 80 年代末，程焕文先生就提出了 20 世纪中国图书馆人才的"四代学人"之说。这四代图书馆人才分别是:(1)奠基的第一代。诞生于20年代,是中国近代图书馆事业开创与奠基者,以沈祖荣、胡庆生、刘国钧、洪有丰、戴志骞、袁同礼、李小缘、杜定友、杨昭悊等为代表。(2)发展的第二代。形成于30至40年代,以查修、皮高品、严文郁、毛坤、汪长炳、钱亚新、柳诒徵、王云五、王重民、陈训慈、张秀民等为代表。(3)开拓的第三代。产生于50至60年代,以彭斐章、周文骏、朱天俊、张琪玉、黄宗忠、谢灼华、陈光祚、倪波、金恩晖等为代表。(4)探索的第四代。出现于80年代,其数量庞大,成才渠道多样,既有来自各高等学校图书情报学院(系、专业)的学生,又有留学回国人员,还有大量来自不同学科背景的图书馆工作人员(程焕文,1988年)。这代人中的佼佼者,目前已成为中国图书馆事业的栋梁。

每一代人都有自己的生存环境、成长历程,都有自己的独特优势与历史使命,都会面临事业发展的特殊需求与新的历史机遇,也都为中国图书馆事业的发展作出了自己的贡献。这便是图书馆人的历史。历史不会重复;当然,也不能被忘记。

三、站在新的历史起点上

从程焕文先生提出20世纪图书馆"四代学人"到现在,又经过了20余年。这20余年中,中国图书馆界至少又产生了新的一代学人。20余年来,中国图书馆界受到了新的社会思潮的冲击,同时也面临了新技术革命的挑战,以及由此而带来的新的发展机遇。正如顾犇先生书中所说:"随着岁月的流逝,计算时间的单位也在变化:从小学时候的度日如年,一直到现在几乎用周和月为单位计算时间,变化巨大,从而一年一年过去越来越快。"不仅是内心感受的改变,外在世界的变化更是令人震惊。曾经辉煌的世界图书业,现在变成了"风雨飘摇中的国际书业";曾经人流如织的"'第三极'关张了"! 而作为个体,又在努力地适应、跟上时代发展的步伐。"在大学里,微机(个人计算机PC)还是新鲜事物,我们只是用穿孔带打了自己编制的程序,编了半天,计算机一下子就过去了,没有找到感觉。到了工作单位,开始使用计算机,最早是286的,显示器从CGA、EGA、VGA到SVGA。操作系统的经验:PC-DOS、MS-DOS、Windows 3.1、Windows 95、Windows 97、Windows 98、Windows 2000、Windows XP。还搭建过局域网:Nowell、Windows NT。"

有人说,在中国图书馆史上,经历了三个重要的思想启蒙时期。一是在20世纪20年代到30年代"新图书馆运动"阶段。由于受传统藏书楼的影响,新式图书馆无论从办馆思想抑或服务方式上都还存有一些藏书楼的痕迹,五四运动后,随着民主和科学的思想启蒙,图书馆推行了以普及图书馆服务大众、服务平民为宗旨的"新图书馆运动",发展中的图书馆事业受西方国家图书馆管理思想影响较多。二是在 20 世纪 80 年代中国图书馆大发展时期。这一时期,中国思想界的主流是以经济建设为中心,目光集中在物质、技术层面,关注规模和效益的增长,中国图书馆事业发展战略研究、全国文献资源布局和调研,也都是在这样思想的指引下形成的。三是在 21 世纪初的几年,我国改革开放进入一个从经济体制改革到政治体制改革的阶段。这一时期,以人为本的社会主义民主政治将中国的现代化从物的层面推进到人的层面,图书馆界一些学者开始呼吁公共图书馆精神的回归,在服务理念上提出平等服务,走近平民,消除"数字鸿沟"等。这次思想启蒙无疑是中国图书馆发展史上一次更为深刻的思想启蒙(韩继章,2006 年)。

图书馆受到科学技术发展的影响也是显而易见的。随着计算机技术、网络技术、通讯技术的发展,当代图书馆已呈现出与传统图书馆完全不同的面貌。无论是图书馆的经营理念,还是服务内容与方式,都已发生了翻天覆地的变化。主要表现在以下几个方面:一是馆藏内容。随着新技术、新载体的涌现,文献与信息资源持续扩大,储存内容既有传统的纸质型,也有诸多各类电子出版物,馆藏内涵与外延不断拓展。二是文献处理。计算机的应用,使图书馆采访、分类、编目、典藏、流通、查询等基础业务中的传统手工方式逐渐被计算机与网络技术所取代。三是资源共享。联机信息检索系统及图书馆信息服务网络(联盟)的产生,为真正实现文献、信息资源共享提供了必要的条件。随着网络与数字技术的发展,图书馆联盟(即为共享资源而建的图书馆联合体或网络图书馆系统)已由一个地区、一个国家(如 OCLC)扩大到全球(如 ICOLC——图书馆联盟国际联合体)。四是服务方式。传统的图书馆服务方式,如外借阅览、书目指导、文献检索、馆际互借、参考咨询,基本上是手工操作,目前已基本被电子邮件(E-mail、常见问题解答(FAQ)、网络导航、网络实时参考咨询甚至手机阅读服务(如"掌上国图")所取代,且越来越个性化。

与此同时,图书馆事业的发展也表现出强烈的国际化特征。随着全球化步伐的加快,世界各国之间、各领域之间的联系与影响,也更为密切、更为直接。图书馆作为一个文化机构,自然也不能例外。作为图书馆编目领域的专家,顾犇先生就为我们描绘了这样一幅联系或影响图。他在国际图联编目组常设委员会工作八年,组织翻译多个重要文件,如《国际编目原则声明》(ICP)、《书目记录的功能需求》(FRBR)、《规范数据的功能需求》(FRAD)、《数字时代的国家书目:指南和新方向》、《IFLA 编目原则:迈向国际编目规则,4:第四次国际图联国际编目规则专家会议报告书》。他还自己翻译了 ISBD 统一版的两个版本并提供了中文样例:一是《国际标准书目著录》(2011 年统一版),二是《国际标准书目著录》(统一版,2008 年出版)。这些工作与国际编目方面的最新进展几乎是同时的。当然,中国图书馆事业的国际化实际上在近代公共图书馆创立之时就已开始,只是它从来没有像现在这样紧跟世界图书馆事业迅猛发展的步伐。不仅如此,还有更多的互动与参与。

这是我们这一代人的骄傲,也是我们这一代人的使命。一方面,我们从传统走来,经历了图书馆事业的停滞、困惑、低速发展时期;另一方面,我们又紧跟时代的步伐,适应社会的需求,并将最新的科技成果运用于图书馆事业,使之重现蓬勃发展的生机。正如吴慰慈先生所说:从 20 世纪末开始,随着信息技术的飞速发展,图书馆作为社会知识信息媒介的功能日益重要,网络环境下的信息资源建设,知识管理系统的设计,网络信息资源的开发与利用,电子资源的采集、保管与利用,数字资源整合,网络知识产权保护,智能检索,数字参考咨询,数字图书馆开发、管理与技术,开放存取学术交流模式等,已成为图书馆学新的知识生长点(吴慰慈,2009 年)。我们要迎头赶上,不能再仅仅满足于对西方图书馆学研究成果的"拿来主义",而必须奋起直追,有一种"敢为天下先"(语出《老子》)的精神,去抢占图书馆事业发展领域的各个制高点。

德国诗人歌德(Johann Wolfgang von Goethe)曾说:"人之所以爱旅行,不是为了抵达目的地,而是为了享受旅途中的种种乐趣。"时代稍晚的另一位德国哲学家叔本华(Arthur Schopenhauer)也说:"路的尽头并不是终点,而是超越。"从哲人的话中,我得到两点启示:一是要在平凡的图书馆工作中寻求快乐,不仅是为了完成某项任务或某种"使命";二是要志存高远,不以达到某个起始目标为终点,而要有一种超越意识。我想,这也是我在阅读顾犇先生《书山蠡语》时所感受到的。我愿以此与大家一起分享、共勉,做一个脚踏实地的、新时代的图书馆人。

全根先

癸巳仲春于北京西山

一个博客 一个世界